명화의 탄생
대가의 발견

한국회화사를 돌아보다

명화의 탄생
대가의 발견

고연희 엮음

아트북스

한국회화사의 명화(名畫)와 대가(大家)는 언제 어떻게 만들어졌나

2019년 1월, '회화사(繪畫史)'를 주제로 한 연구모임이 구축되었다. 회화사 연구의 세대가 바뀌고 있는 상황에서 구심점이 될 연구자들의 교류가 필요하다는 의견이 수렴된 결과였다. 그해 겨울 저녁, 종로의 한 설렁탕집에 모였던 이들은 고연희, 권행가, 유재빈, 김소연, 서윤정, 김수진, 김지혜, 석사과정의 고은솔이었다. 그리고 성균관대학교 동아시아학술원에서 이 모임의 지원을 약속하면서, 학계의 '회화사' 연구 방향을 첨예하게 바라보고 동아시아 회화사 연구의 선봉이 되기를 기대했다. 이에 모임의 구성원들은 진솔한 문제 제기로 그 결과물의 발표와 저술을 통해, 이에 대한 주변의 진심 어린 피드백을 수용하면서 그 기대에 부응해 나가고자 한다.

현재 한국의 회화사 연구자들은 대개 유사한 입장에 처해 있다. 연구자들 대부분은 동일한 교재인 안휘준의 『한국회화사(韓國繪畫史)』로 치열한 경쟁의 입학시험을 거쳐서 미술사학과 대학원에 입학한 공통의 기반을 가지고 있기 때문이다. 이는 곧 양식사(樣式史)를 주로 한 미술사학의 초기 방법론과 시대구분론에 근본을 두고 있다는 뜻이다. 우리 연구모임의 구성원들도 모두 그러하다.

지난 수십 년 동안 서구학계에서는 실로 다양한 새로운 미술사 방법론들이 쏟아져 나왔다. 한국의 회화사 연구자들은 국제적 호흡을 함께하고자 하는 책무감으로 이 새롭고 다양한 방법론을 익히고 적용하느라 숨이 가쁜 것도 사실이다. 이 새로운 방법론이란 관점과 관심의 변화이다. 그것은 양식사를 연구할 때 간과되었던 측면, 작품내용, 사회·경제적 혹은 정치적 배경, 나아가 문화, 여성, 의례, 장식의 측면 등 혹은 거대하게 혹은 세밀하게 조망을 조절하면서 예술을 둘러싼 인간의 문화와 사유방식을 이해하고자 하는 다각도의 관점이 되겠다.

한국회화사의 명화와 대가 다시 보기

우리의 첫 모임에서도 그러한 새로운 방법론 중 하나를 모임의 공부 주제로 하여야 하지 않을까 하는 고민을 시작했다. 한국회화사에서의 여성 문제, 물질주의적 영역, 생태 문제 등 다룰 만한 주제는 한두 가지가 아니었다. 그러다가 '명화의 발견'이 제안되었다. "예컨대, 「몽유도원도」는 언제부터 명화가 되었나요?" 「몽유도원도」는 20세기 전반기 일본 도쿄의 전시에서 처음 공개되었다. 조선 중기를 거쳐 후기에 이르기까지 이 그림은 관심 밖에 있었다. 『한국회화사』에 실려 있는 작품의 일람표는 어느 시기에 어떻게 형성된 것인지

다시 살필 필요가 있다. 우리는 이에 뜻을 모으면서 다른 생각을 떠올리지 않았다. 다양한 서구의 연구방법론을 적용하기에 앞서, 우리는 한국회화사가 한국의 역사 속에서 만들어진 내면을 짚어보아야 했다. 서구적 근대화에의 추구와 민족주의의 의지를 안고 만들어졌던 우리 역사 속에 그림의 역사도 잠겨 있었기 때문이다. 우리 모임은 이 문제를 선결하기로 했다.

주제가 정해지자, 우리는 마치 대학원생처럼 주제에 부응하는 명화 혹은 대가를 각자 찾아오자는 과제를 안고 헤어졌다. 두 번째 모임에서는 정선, 최북, 김명국, 명작과 위작, 신윤복 등이 거론되었다. 그다음 모임에서는 자신의 주제에 대한 조사결과를 공유하면서 이들이 하나의 학술대회로 어울리는지 검토했다. 또다시 모여서 토론자를 정하고 학술대회 제목을 결정하는 작업을 함께했다.

문제가 없지는 않았다. 주제를 점검하던 막바지의 여름 모임에서 김홍도의 발표자가 백기를 들었다. 앞선 연구에 시시비비를 논하는 것이 부담스럽다는 이유였다. 사실 그러한 부담은 논고를 진행하는 우리 모두가 느끼던 어려움이었다. 한국회화사의 척추를 잇고 있는 명화와 대가들의 정체를 진단하는 작업은 그 자체가 한국미술계의 스승과 선배의 논고를 근본부터 검토하는 일이었기 때문이다. 그러나 발표에서 포기할 뻔했던 김홍도 편이 이 책에는 실려 있다. 이 책을 내기까지 2년의 시간을 함께하면서, 분명히 우리는 용감해졌다.

정선, 강세황, 최북, 김홍도, 신윤복, 김정희, 장승업, 그리고 위작의 안쪽

이 책에 실린 여덟 편의 글은 시대순으로 구성되어 있다. 첫 번째의 글, 고연희의 「정선, 명성(名聲)의 부상과 근거」는 정선(鄭敾, 1676~1759)에 대한 평가의 상승 과정을 논했다. 20세기 초 일제강점기에서 '진경(眞景)'의 화가로 주목받기 시작할 때, '진경'이란 빼앗긴 국토의 사생(寫生, 근대적 스케치)으로 의미화된 민족적·근대적 가치였다. 이후로 정선은 1980년대 '조선중화사상(朝鮮中華思想)'이라는 자주성의 현현으로, 최고의 화가라는 '화성(畫聖)'의 위상으로 부상되었다. 이 글은 '진경', '조선중화주의', '화성' 등의 개념이 형성된 근거자료를 검토하여, 18세기의 '진경'은 국토산천의 스케치라는 개념이 아니었고, 정선을 후원한 18세기 학자들은 '조선중화주의'를 주장하지 않았으며, 정선은 '화성'이라 불린 적도 없음을 밝혔다. 또한 정선은 조선 후기 윤두서, 심사정, 강세황보다 저평가된 경향을 제시하면서, 그가 국가적 대가로 탄생한 것은 근대적·현대적 산물임을 논하였다.

두 번째 글, 이경화의 「시서화 삼절에서 예원의 총수로」는 김홍도의 스승이라고 일컬어지는 강세황(姜世晃, 1713~91)의 화가상이 어떻게 형성되었는지 알려 주고 있다. 정선을 능가한다고 혹은 '시서화 삼절'이라고 칭송받던 강세황은, 사대부로서 그림에 능한 자신의 모습에 갈등하였고, 그에게 묵죽화를 요청한 이들에게 가장 문인다운 그림인 묵죽화로서 수응한 조선의 사대부 화가였다. 20세기 초 강세황은 대중에게 화가보다는 서예가로 기억되었다. 그런데 1970년대 최순우가 사실적·서구적 원근, 명암법이 적용된 『송도기행첩』을 소개하면서 강세황은 일약 혁신적 화가로 우리에게 등장했고, 이는 강세황의 대표작이 되었다. 동시기에 이동주는 강세황이 서화평으로 권위를 누렸던 측면을 들어 '예원의 총수'라 평하였는데, 이동주의 의도와 다르게, '예원의 총수'는 혁신적 화가에게 걸맞은 호칭이 되었다. 글쓴이가 '미완의 작가상'이라 결론 내린 이유이다.

세 번째 글, 유재빈의 「최북, 기인 화가의 탄생」은 기인 예술가로 기억되는 최북(崔北, 1712~?)의 예술가상 형성을 조사했다. 글쓴이는, 최북이 생전에는 정밀하고 고아한 작품으로 칭송받던 화가였는데 19세기 전반기에 지어진 남공철의 「최칠칠전」과 조희룡의 「최북전」 등의 전기문에서 최북이 일탈적 행위의 예술가로 흥미롭게 기술되었음을 지적했다. 그러나 이러한 문학작품이 마치 역사기록처럼 근대기에 거듭 인용되면서, 우리는 최북을 근대적·개인적·천재적 조선의 화가로 받아들이게 되었고, 또한 최북이 세상을 조롱하고 처절하거나 호탕하게 행위한 낭만적 면모에 흡족함을 느끼고 있다. 말하자면, 최북이라는 조선의 한 화가가 근대적이고 낭만적인 예술가로 탄생하게 된 경위를 추적한 글이다.

네 번째 글, 김소연의 「풍속화가 김홍도'를 욕망하다」는 김홍도(金弘道, 1745~?)를 풍속화가의 대가로 인정하고, 그의 풍속화를 근대적, 사실적, 심지어 혁명적 사유의 그림으로 해석한 근대의 인식 과정을 진단하였다. 김홍도가 생전에 이룬 작품 제작의 양상 및 그에 대한 조선 후기의 평가를 보았을 때, 김홍도의 정체성을 풍속화에 두는 것은 타당하지 않았다. 그러나 20세기 초까지 칭송받던 김홍도의 '신선도'는, 풍속화를 욕망하는 근대의 안목에서 '헛'된 것으로 비난받았다. 이 글은, 조선적이면서 근대적이고 사실적인 풍속화로 김홍도의 가치가 조작되면서 상승되었던 근현대의 인식 과정을 파헤치고 있다.

다섯 번째로 김지혜의 「신윤복, 「미인도」의 부상」은, 오늘날 조선을 대표하는 명화이자 조선의 여인상을 대표하는, 조선의 최고 미인을 담은 미인도로 인정받고 대중적인 사랑을 받고 있는 신윤복(申潤福, 1758~?)의 「미인도」가 탄생한 사연을 다루었다. 「미인도」는 1957년 전후에 세상에 공개되었고 해외 전시를 통해 한국의 명화로 자리를 굳히게 된 그림이다. 이후 1970년대에 본격적으로 회화사에 편입되었다. 말하자면, 「미인도」라는 기녀의 그림은 오랫동안 문방이나 사랑방의 내밀한 남성 공간에서의 감상물이었다가 현대기에 대중적 공간에 걸렸고, 그림 속 기녀라는 신분은 한국의 미인으로 격상되었다. 이는 신윤복을 대가로 만들어주기에 족한 사건이었다. 이 글은, 그림 한 점의 속성과 위상이 학계와 사회에서 드라마틱하게 변화한 예를 보여 주고 있다.

여섯 번째의 글, 김수진의 「누가 김정희를 만들었는가」는 김정희(金正喜, 1786~1856)가 예술계의 총아이자 대가로 평가받기까지 작가 자신의 역량 외에 어떤 외부 요인이 작동했는가를 살핀 성과물이다. 김정희의 유배 시절 제주에서 어떻게 '추사체'라는 개념이 형성되었는가, 위리안치에 처한 죄인이 어떻게 국왕의 주문에 응할 수 있었는가, 김정희의 제자 허련은 어떤 방식으로 스승의 브랜드를 팔았는가, 김정희는 어떻게 '한국의 소동파'로 분할 수 있었는가, 현대 미술 경매시장에서 김정희 작품은 어떠한 위치를 점하고 있는가에 이르기까지, 오늘날의 김정희 상이 만들어지기까지의 주요 포인트를 연대기별로 깊숙이 찔러 통찰하고 있다.

일곱 번째로 김소연의 「오원 장승업, 흥행에 이르는 길」은 조선조 3대 거장, 혹은 조선시대 4대가의 하나로 손꼽히는 오원(吾園) 장승업(張承業, 1843~97)이 평가받은 역사를 다루었다. 장승업은 산수, 화조, 영모, 인물, 기명절지까지 모든 장르에 뛰어났던 화가로서 안중식, 조석진에게 영향을 끼쳐 한국 근대의 화맥을 형성한 인물이다. 그의 사후 장지연, 최남선, 오세창, 김용준을 거치면서 그 역할이 지적되었고, 특히 오세창의 안목으로 만들어진 간송미술관의 컬렉션과 특별전이 이어지면서 대가의 명성이 유지되고 있다. 그런데 문제는 사실적이지도 조선적이지도 않은 장승업의 작품들, 오히려 모화적, 전통 회귀적, 기교적으로 보이는 그의 작품들은 대가의 명성에 걸맞은 근현대의 인정을 받지 못했다는 점이다. 장승업의 화명(畵名)은 호색(好色), 호주(好酒)로 특징짓는 영화 「취화선(醉畵仙)」(2002)의 주인공으로 머물러 있는 듯하다.

끝으로 서윤정의 「조선 후기 서화시장을 통해 본 명작(名作)의 탄생과 위작(僞作)의 유통」은 명작의 대칭적 위치에 존재하는 거대한 문제, '위작'을 다루었다. 조선 후기에 중국 명작들이 유통되고 기록된 상황 속에 군림했던 위작, 전근대기 동아시아에서 비도덕적 의도로 제작되지 않은 위작, 위작이지만 상당한 인정을 받고 있는 경우 등 다양한 예를 두루 짚어가면서, 명작 못지않은 위작의 존재감을 제시한다. 글쓴이는 "근대 서구의 가치판단이 개입된 '위작'의 개념에서 벗어나 동아시아의 서화 제작 관습과 서화의 유통구조를 통해 살펴볼 필요가 있다"고 주장하면서, 위작이 가진 두 가지 역사적 시간성—"원작이 제작되었다고 주장되는 과거 시점"과 "실제 위작이 제작된 당시 시점"—으로 회화사 연구의 지평을 넓힐 수 있다는 탁견을 제안하고 있다.

한국회화사의 '만들어진 전통'

유명한 작품과 화가의 명성이 역사 속에서 만들어졌다는 논의는 이전부터 이루어지고 있었다. 달항아리, 석굴암, 신사임당의 초충도 등은 적절한 예였다. 거슬러 올라가자면 '만들어진 전통(Invention of Tradition)'과도 그 맥을 같이할 수 있다. 이 책의 출판으로, 이러한 관점에 관련한 한국회화사에서의 논의는 굵은 획을 그었다고 생각한다. 이 책에 실린 글들을 읽는 독자들은 아주 쉽게 근현대기 서구 지향적, 근대 지향적, 그리고 민족주의적인 관점이 과거를 송두리째 흔들어놓았다는 점을 알게 될 것이며, 과거를 기억하는 현재의 한계, 과거를 미화하려는 다각적 욕망의 속성에 대하여 성찰하게 될 것이다. 한국회화사는 거듭 다시 집필되어야 한다. 이 점에서 이 책은 후학들을 격려한다.

책이 나오기까지 여러 분들이 함께했다. 우선 2019년 12월의 학술대회 '名畫의 발견, 大家의 탄생'에서 토론을 이끌어주신 박은순 선생님께 감사를 드린다. 사회와 토론을 맡아준 유미나, 김계원, 이경화, 권혜은, 박성희, 이정은, 김현권, 장진아 선생님들에게 감사한다. 진지하고 유쾌했던 토론으로 이 책이 풍성해졌다. 이들 중 이경화는 이 책의 저자로 들어왔고, 유미나, 김계원, 이정은은 연구모임에 합류하였으니, 모두 고마운 일이다. 주제를 제안한 권행가 선생님이 끝까지 함께하지 못한 사정이 아쉽다. 끝으로 학술대회의 성과를 귀하게 여기어 보기 좋은 책으로 만들어준 아트북스의 정민영 대표님에게 감사드린다.

이 모든 과정의 기반에는 모임과 출판을 지원한 성균관대학교 동아시아학술원, 연구모임을 제안해 주신 한기형 학술원장님, 대동문화연구원에 힘입을 수 있도록 믿어주신 대동문화연구원 안대회 원장님, 학술원 행정실 직원분들, 성균관대학교 동아시아학과의 미술사 전공 대학원생들이 있었다. 깊이 감사드린다.

2020년 가을

글쓴이들을 대신하여 고연희 씀

일러두기

- 단행본·화첩·잡지·신문 제목은 『 』, 작품·영화·시 제목은 「 」, 전시회 제목은 〈 〉로 표기했다.
- 인명, 지명 등의 외래어 표기는 국립국어원에서 규정한 표기법에 따르는 것을 기본으로 했으나,
  국내에 통용되는 고유명사의 경우 이를 우선으로 적용했다.
- 이 책에 수록된 저작권 관리 대상 미술작품 목록은 다음과 같다.

  ⓒ간송미술문화재단 – p42, p70, p168, p201, p244

  ⓒ삼성문화재단 – p75, p88, p146, p229, p245

1. 정선, 명성(名聲)의
부상과 근거

고
연
희

고연희

이화여자대학교 국문과에서 겸재 정선을 주제로 박사논문을
쓴 뒤, 같은 대학교 미술사학과에서 영모화초화의 정치적 성격
을 주제로 박사논문을 썼다. 한국문학과 회화를 함께 연구하
고 강의하면서, 민족문화연구원(고려대), 한국문화연구원(이
화여대), 규장각 한국학연구원(서울대) 연구교수, 시카고대학
교 객원연구원을 지냈으며, 지금은 성균관대학교 동아시아학
과에 재직하고 있다. 저서로 『조선시대 산수화』『그림, 문학에
취하다』『화상찬으로 읽는 사대부의 초상화』 등이 있다.

사랑방 감상물에서 국가적 문화유산으로

조선시대 그림들은 소규모 상류계층이 소유하고 감상하던 향유물(享有物)인 경우가 많았다. 그런데 근대를 맞이하면서 이 그림들은 갑자기 민족과 국가의 문화적 자산이라는 의미를 부여받았다. 이러한 시대적 의미부여 속에서 한 폭의 그림이 가지는 역할의 변화, 그 의미와 가치의 이동(移動)은 가끔 드라마틱하게 전개되었다. 우리는 또한 예술품이 민족과 국가의 우수한 자질과 문화적 수준을 자랑하는 시각화된 증인(visualized witness)으로 활용되는 것에[1] 의심 없이 동의하며, 나아가 과거의 다양한 그림 속에서 민족의 유산이라 하기에 좋은 작품을 선별하고 적절하게 해석하려고 한다.

미술작품이 개인의 감상물에서 민족의 유산으로 인식되는 의미의 이동 속에서, 작품의 속성이나 화가의 내면에 대한 생각도 함께 변화되었다. 이 변화에 대한 성찰은 근대 이후 저술되기 시작한 한국회화사의 속성을 이해하는 데 매우 유효하다. 특히 일제강점기와 급격한 경제발전의 소용돌이 속에서 한국의 연구자들은 우리 민족의 우수한 문화유산을 선별하고 민족적 가치를 부여하면서, 변화하는 시대 속 국가구성원의 소망에 응하는 책무를 담당했다. 민족국가의 자주성을 기반으로 '정당'하게 서술되는 역사 서술 속에서, 미술사도 그 몫을 하고자 하였던 이유이다.[2]

'진경산수화'의 발견

겸재(謙齋) 정선(鄭歚, 1676~1759)의 산수화들은 정치적으로 일제강점기를 거치면서 또한 문화사적으로 근대화의 진행을 맞이하는 가운데 자랑스러운 문화유산으로 '발견(發見)'된 그림이었다고 할 수 있다. '진경산수화(眞景山水畵)'의 대가로 불리는 정선의 위상은 한국이 민족국가로서 발전하는 속도와 함께 지속적으로 높아져 왔다. 급기야 '화성(畵聖, 그림에서의 성인)'이라는 최상의 명성이 정선을 수식하는 말로 자연스럽게 들리기에 이르렀다.

그렇다면 근대의 '발견' 이전에 정선은 어떠한 화가로 평가되었을까. 또한 어떠한 과정을 거쳐 그의 위상이 높아졌을까. 이 글은 정선의 산수화에 대한 조선시대의 평가를 간단히 정리하고, 근·현대기에 이르러 새로운 의미로 발견되고 위상이 상승되는 과정을 '조망'한 뒤, 이러한 과정을 가능하도록 근거로 제시된 자료에 대하여 '검토'하고자 한다. 작금 고전이나 명화의 위상 뒤에 숨어 있던 모종의 조작을 살피고 그 사유의 내면을 파악하는 작업이 다양한 각도에서 이루어지고 있으며, 특히 정선의 위상이 부각되는 상황에 대하여는, 몇몇 연구자의 지속적 의문과 반론의 논의가 진행되고 있는 상황이다. 이와 관련한 이전 연구자들의 노력에 대하여는 이제 논의를 진행하면서 차근차근 소개하도록 하겠다.

미리 밝혀두고 싶은 것이 있다. 이 글은 정선의 회화사적 위상이 진실인가 그 여부(與否)를 따지고자 하지 않는다. 역사 속 무엇의 위상에 대한 해석과 판단은 가치관의 변화 속에서 바뀌어가기 마련이다. 또한 정선에 대한 해석의 오류나 판단의 지나침을 지적하려는 의도도 없다. 그보다는 지나간 해석과 담론이 형성된 상황과 전개의 양상을 파악함으로써 각 시대(時代)의 내면(內面)을 진단하는 성찰의 시간을 가지는 것이 필요하기 때문이다.

조선시대, 엇갈리던 평가 혹은 비난

18세기 전반기 정선은 금강산의 수십 장면을 그려낸 화첩의 화가로 인기를 누리기 시작했다. 당시의 상황을 간단히 소개하자면 이러하다. 정선은, 당시 기세가 높았던 노론계 장동김씨 가문과 친분이 있었다. 김씨 가문이 배출한 학자 김창협(金昌協, 1651~1708), 시인 김창흡(金昌翕, 1653~1722) 형제는 정선에게 후원자와 같은 이들이었다. 김씨 형제들은 산수의 경치를 탐방하고 그 특성과 기이한 정도를 비교하는 산수품평(山水品評, 산수의 경치의 특징을 논하고 등급을 매기는 논의)에 관심이 깊었다. 그리하여 그들에게 찾아오는 문인들과 함께 직접 산수를 탐방하고 기행시문(紀行詩文)을 지어 돌려보기를 즐겼다. 그들에게 기이한 경치의 으뜸은 금강산(金剛山)이었기에 이들 문인에게서 유례없는 금강산 유람의 열풍이 일었다. 당시 그들의 기행시문은 '축경모기(逐境摸奇, 경치를 쫓으며 기이함을 모사하다)'의 태도로 일관하였다. 정선은 그들의 산수여행을 따라갔으며, 그들의 기행시문이 제공하는 풍경의 조망과 풍경의 기이한 특성을 포착하여 그려내고자 노력하였다.[3] 정선이 그린 금강산 화첩이 이들에게 큰 인기를 누리면서, 정선은 문인들의 요구에 응하여 산수 여행코스의 특정 장소를 반복적으로 그려서 제공하는 역할을 담당하게 되었다.

이때 남인계 학자들은 정선의 산수화에 별관심이 없었다. 그들은 윤두서(尹斗緖, 1668~1715)의 학습적이고 실험적인 다양한 회화 및 그림실력에 가치를 부여하며 동시대의 윤두서를 가장 뛰어난 화가로 평가하였다.[4]

정선보다 한 세대 뒤에는 심사정(沈師正, 1707~69)과 강세황(姜世晃, 1713~91)이 활동하기 시작하였고, 사람들은 이들과 정선을 비교하곤 하였다. 심사정은 정선에게 그림을 배우고 또 금강산도 그렸지만 문학적 내용과 중국풍의 그림을 많이 그렸고, 강세황은 정선이 '진경(眞景)'을 잘 그렸다는 화제를 남겼지만, 자신의 의견을 개진한 아래의 글에서는 정선을 비평했다.

근래에 정겸재(鄭謙齋, 정선)와 심현재(沈玄齋, 심사정)가 그림을 잘 그리기로 유명하고 각자 그린 성과가 있다. 정선은 그가 평소에 익힌 필법으로 제멋대로 휘둘러 돌의 기세나 산봉우리의 형태를 따지지 않고 대부분을 열마준법(裂麻皴法)으로 어지럽게 그렸으니 '실제를 베꼈다(寫眞)'라고 논하기에는 부족하다. 심사정이 정선보다는 낫지만 또한 그는 높고 넓은 식견이 없다.[5]

강세황은, 정선이 사실적으로 그리지 않았다고 하였고 또한 죽죽 거듭 빠르게 반복하여 긋는 정선의 붓질에 모종의 염증을 표현하였다. 18세기 중엽 이후로는 "겸재와 현재의 그림에서 누가 낫고 못한지 세상 사람들의 논란이 있다"라고 하는 김광국(金光國, 1727~97)의 기록과 같이 겸현우열(謙玄愚劣)의 말이 있었다. 여기서 김광국은, "내가 일찍이 우리나라 문장가에 비교하여, 겸재는 계곡(谿谷) 장유(張維, 1587~1638)와 닮았고 현재(玄齋)는 간이(簡易) 최립(崔岦, 1539~1612)과 닮았다고 평했다. 지금 현재 심사정이 동기창(董其昌, 1555~1636)을 임모한 화첩을 얻었는데 어떤 사람이 겸재와 현재 중 누가 나은가 묻길래 우선 예전의 개인적 견해로 답했다. 질문한 이는 한참을 묵묵히 있더니 '그대의 말대로라면 현재가 낫군'이라 하기에 서로 박장대소하였다"[6]라는 일화를 기록하였다.

18세기 후반에 활동한 이른바 실학자들은 진경이란 말을 그다지 사용하지 않았고 실제 경치를 그린 그림이나 정선의 산수화에 대한 특별한 호감을 표현하지 않았다. 실학과 실경산수화의 연관성을 말하는 학자들이 종종 있었는데, 이것은 현대적 가치관과 개념에 의거한 추측일 뿐이고 조선시대의 실상에는 전혀 부합하지 않는다.

정선의 산수화에 대하여 최고의 평가를 보여 준 사람은 김조순(金祖

淳, 1765~1832)이었다. 그는 김창협·김창흡 형제들의 맏형 김창집(金昌集 1648~1722)의 현손이다. 김조순은 정선을 '동국제일(東國第一)의 명가(名家)' 라고 하면서 다음과 같이 설명했다.

> 현재 심사정과 더불어 이름을 나란히 하여, 세상에는 '겸현(謙玄)'이라 이
> 르고 또한 이르기를 "아치(雅致, 고아한 풍치)는 (겸재가) 현재에게 미치지
> 못한다"고 이른다. 그러나 심사정은 운림(雲林, 예찬(倪瓚)의 호)과 석전
> (石田, 심주(沈周)의 호) 등 여러 (중국) 화가의 풍격을 배워서 그 영향에서
> 벗어나지 못하였고, 겸재의 붓질은 스스로 얻은 것이라 그의 필묵의 변
> 화는 천기(하늘의 기운)를 깊이 터득한 자가 아니면 이르지 못하는 바라
> 중고 이래로 '동국제일의 명가'로 추킴이 마땅하다. 그러나 심사정의 재주
> 와 사유가 무리에서 뛰어나니 바로 겸재의 맞수가 된다.[7]

김조순은 정선의 화풍이 '스스로 얻은 것'이라고 하며 높이 추어올렸
다. 그러나 이 글도 정선을 심사정 위로 완벽하게 올려놓지 못했던 상황을
보여 주고 있다. 더욱 눈여겨볼 것은 김조순마저도 정선이 우리 산천을 그
렸다는 점에 가치를 두지 않았다는 점이다.

이후로 19세기 회화이론을 이끈 신위(申緯, 1769~1847), 김정희 등은
정선 산수화의 위상을 더욱 낮게 평가했다. 신위는 정선을 칭송하기도 하
였지만 강세황이 정선을 압도하였다고 하였다. 그 이유로 강세황의 유가적
기운(儒氣)을 들었다.[8] 나아가 서권기(書卷氣, 탈속적 학자의 분위기)와 문자
(文字)의 조형성(造形性)을 그림에서 추구한 김정희는 정선의 그림을 보지

말라고 제자들에게 당부하였다.

한편, 19세기 그림문화로 상당한 인기를 누리던 것이 금강산 대병풍 문화였다. 탐승(探勝)과 사찰 탐방의 금강산 산행의 문화가 지속적으로 전개되면서 대병풍이 제작되었는데, 이 병풍의 화풍 속에 정선이 남겨준 화풍에서 구도의 특성 일부가 영향력을 행사하고 있었다. 이러한 대병풍의 화풍 속에는 김홍도(金弘道, 1745~?)의 금강산 화풍도 그 위세를 함께 보여주고 있었다. 말하자면 정선에 대한 그리움은 이러한 병풍문화 속에 잔존하다가 사라졌다.

요컨대, 18세기 정선의 활동기에서 19세기에 이르는 기간에 이루어진 정선에 대한 문헌상의 평가를 간략히 정리하면, 무엇보다 조선시대의 관점으로 보면 이러하다. 정선은 탐승을 즐기는 문인들에게 기경(奇景)을 잘 표현한 화가, 자득적 활달한 화풍을 그린 화가로 칭송을 받았는데, 그가 동일한 곳을 계속 그리고 활달한 화풍을 사용한 점은 동시에 비난과 저평가의 대상이기도 했다. 18세기 전반에는 윤두서와 비교되면서 정선의 활동범주 및 화업의 특성이 드러났고 18세기 중엽부터는 심사정, 강세황 등과 견주어지면서 정선의 거친 측면만이 논의되었다고 할 수 있다. 19세기 회화예술 담론의 변화 속에서, 즉 대상보다 필묵의 표현에 의미를 부여한 예술론의 진행 속에서 정선은 아예 탐탁지 못한 대상으로 지목되었다. 이러한 조선시대의 평가 양상에 대하여 이 글이 주목하는 점은 이것이다. 조선시대 사람들은 정선을 최상의 화가로 선명하게 극찬하지 않았다. 또한 그들은 정선의 그림이 우리 국토를 사실적으로 그린 특성을 지목하지 않았고, 따라서 그러한 이유로 정선을 칭송하지 않았다.

근대기, '진경(眞景)'을 택한 민족화가와 사생(寫生)으로 그린 근대화가

근대기 일제강점기 속에서 '뜻있는' 한국 연구자들은 민족공동체적 자부심을 증거하는 예술품을 찾고자 노력하기 시작하였다. 정선의 산수화가 민족적 자부심의 예술로 부상하는 출발지점에서 역할을 한 이들은, 일제강점기의 민족주의적 연구자, 즉 위창(葦滄) 오세창(吳世昌, 1864~1953)과 고희동(高羲東, 1886~1965) 등이었다. 오세창은 『근역서화징(槿域書畫徵)』을 엮어 고려와 조선의 서화가(書畫家)에 대한 자료를 편집하였다. 객관적으로 문헌자료를 편집한 이 대작 속에서 그는 유난히 정선에 대하여 "특히 진경을 잘 그려 일가를 이루고 동방산수의 조종(東方山水之宗)이 되었다"라는 개인적 의견을 덧붙였다.[9]

고희동은 일본의 도쿄미술학교(東京美術學校)에서 서양화를 배운 화가이자 평론가로 근대기 화단에서 영향력이 컸던 인물이다. 그는 1925년의 글에서 정선을 "'진경'을 사생(寫生)하기에 일가를 자성"하였다고 하였다.[10] 고희동은 "우리 조선의 명산승지를 이루 다 들어 말할 것 없이 금강산을 보라. 세계에 짝이 없는 순전한 미의 덩어리가 아닌가"라고 우리 산천 명승의 의미를 주장하였고, 이를 그린 정선을 중시했다. 또한 당시 일본에서 산수의 '사생(스케치)'을 중시하는 풍조를 고희동이 받아들였다.[11] 고희동은 정선을 사생의 화가로 재해석하여 이후 한국의 근현대 화가들에게 산수를 사생하는 화가의 모범이 정선이라는 생각을 심어주었다. 여기서 '사생'이란 단어에 대하여 짚어둘 것이 있다. 근대 이전 동아시아에서는 작은 생명체를 그리는 것을 '사생'이라 하여 화조(花鳥)나 초충(草蟲)을 그린 화첩을 '사생첩(寫生帖)'이라 부른 예가 많다. 그러나 지금은 근대기에 일본에서 유입된 '사생(스케치)'이란 용어가 우리에게 정착되어 있다.

세키노 타다시(關野貞, 1867~1935)가 『조선미술사(朝鮮美術史)』에서 정선에 대한 이러한 해석을 수용하였지만 정선보다 심사정에게 두 배가 넘는 지면을 할애하였다.[12] 오세창과 고희동이 행간에 부여한 민족적 정서를 세키노 타다시가 느꼈는지 여부는 모르겠다. 한편 우리나라 최초의 본격적 미술사학자였던 고유섭(高裕燮, 1905~44)은 1940년에 발표한 글에서 정선의 그림에 대한 칭송은 "명성이 실제보다 지나치다(聲過其實)"라고 하고, '동국(東國)의 습기(習氣)'라 할 수 있는 "위약(脆弱), 조경(粗硬), 체삽(滯澁), 수리(瘦羸) 등의 벽기(僻氣)"가 보인다고 하였으며, 조선적 특수 성격으로 추앙될 수 있지만 그게 아니라면 논할 건덕지가 못된다고 하였다.[13] 여기서 말하는 '위약'이란 가볍고 약함이니 근본의 취약함이며, '조경'이란 거칠고 생경함이며, '체삽'은 껵껵하여 막힘이나 유연하지 못함을, '수리'는 마르고 병든 양 풍요롭지 못함을 말하는 것이다. 미학을 전공한 고유섭은 그림의 주제보다는 표현의 양상을 중시하여, 정선의 그림에 나타나는 거칠고 반복적인 측면을 몹시 부정적 어감으로 지적했다. 고유섭의 이러한 평가에서 우리는 미학자로서의 당당함을 느낄 수도 있지 않을까. 왜냐하면 우리 산수를 그렸다는 주제에 얽매여 그림을 평가하는 것은 예술의 본위를 포기하는 태도이기 때문이다.

그러나 이후 민족주의적 의지를 가진 연구자들은 조선시대 화가를 평할 때 유난히 정선의 위상과 의미를 부각하고자 하였다. 금강산은 국토의 상징이 되어 이광수의 「금강산유기」(1924), 최남선의 「금강예찬」(1928)

등이 나오는 분위기 속에서, 조선시대에 금강산을 그린 화가 정선은 자연스럽게 부각되었다. 정선의 위상이 높아지면서 상대적으로 심사정이 폄하되었다. 이 점은 그동안 간과된 경향이 있다. 두 화가에 대한 평가가 상반되는 근대기의 글을 들여다보면, 시대적 분위기가 예술품의 의미 변화에 너무 큰 영향을 끼치는 현상을 목도하게 된다. 윤희순(尹喜淳, 1902~47)은 '민족미술(民族美術)'의 주제를 내걸고 『한국미술사연구』를 저술하면서, 정선에 대하여는 "중국그림을 걷어차고 향토 자연으로 뛰어든 천품의 화가"라고 극찬하고, 심사정에 대하여는 '역행(逆行)'을 범했다는 비난을 서슴지 않았다.[14] 심사정은 그가 활동을 시작한 18세기 중엽 정선과의 우열논쟁에서 비교적 우위를 점하며 호평받던 화가였지만, 일제강점기의 특수한 정치상황 속에서 한국 산천을 많이 그리지 않았다는 이유로 비난을 받았다. 심사정에 대한 평가절하는 정선의 높아진 명성이 가져온 역사의 뒷면을 비추는 거울이라 할 수 있다.

현대기, 정선은 자주의식의 으뜸 화가

6·25전쟁의 상처가 치유되면서 사회경제가 안정기에 접어들던 시기, 연구자들은 정선의 '진경'에 다시 주목하였다. 이동주(李東洲, 1917~97)는 「겸재일파(謙齋一派)의 진경산수(眞景山水)」(1967)라는 글을 발표하고, 『한국회화소사(韓國繪畫小史)』(1972)를 서술하면서, '진경산수'란 한국의 풍치를 실경에 가깝게 그린 것이라고 해석하였다.[15] 여기서 '진경'은 '진경산수', '진

경산수화' 등의 용어로 조금씩 바뀌면서 정착되는 과정을 볼 수 있다. 이 즈음 서구로 유학을 떠난 젊은 학자들 가운데, 김리나가 하버드 대학교 석사학위논문(1968)으로, 유준영이 쾰른 대학교 박사학위논문(1976)으로 정선의 산수화를 주제로 택하였다.[16] 이는 민족문화에 대한 모색으로 정선이 기대되었던 시대상을 반영한다.

이러한 기대 속에서 정선의 회화가 가지는 민족사상적 가치를 새로운 내용으로 해석하면서 정선의 위상을 급상승시키는 노력이 최완수(崔完秀, 1942~) 외 유봉학·정옥자 등 사학자들에 의하여 이루어졌다. 간송미술관에 소장된 정선의 작품을 독점적으로 연구하면서 지금까지 정선에 관한 가장 오랜 연구자로 많은 저술을 내놓은 최완수는 간송미술관 발간지『간송문화(澗松文華)』에 자신의 연구를 시리즈로 출간하고(1981~1993), 이를 대형 서적으로 엮어내면서 '조선중화사상(朝鮮中華思想)' 및 '조선성리학(朝鮮性理學)'을 진경산수화의 배경사상으로 이론화하고 나아가 정선을 '화성'으로 세웠다.[17] 이는 그 이전에 실학의 문화현상으로 범박하게 진경산수화를 설명하던 방식과는 차원이 다른 학술적 연구방법이었고,[18] 민족국가의 자주성을 가진 전통예술의 성과로 진경산수화를 바람직하게 자리매김하는 방식이었다. 민족적이고 창의적인 위대한 화가를 탄생시킨 최완수의 이론은 당시 조선 후기를 연구하는 사학 및 문학계 연구자들에게 고무적이었다. 이에 힘입어 최완수는 몇몇 학자와 함께『진경시대』를 내면서 '진경시대론'을 제안하였고,[19] 진경산수화에 대한 보급용 서적을 출판하였다. 이즈음 최완수를 중심으로 진행된 담론화에 대한 우려가 동시에 제기되었다. 이에 대하여는 뒤에서 소개하도록 하겠다.

'진경'이 무엇이길래?: 근거 검토 1

정선을 '진경'의 화가로 의미 있게 주목한 이들은 근대기의 오세창과 고희동이었다. 일제강점기 민족적 감정 속에서 우리 국토의 의미가 '진경'에 부과되었으며 고희동이 사용한 '사생(寫生)'의 표현에는 일본의 배경이 선명하지만,[20] 상기한 바와 같이 오세창은 '진경'의 용어적 '근거'를 강세황의 글로 밝혀두었다.

그런데 강세황이 남긴 '진경'의 용례를 다시 살피면, '진경'은 실제의 경치를 뜻하는 표현일 뿐 그 이상의 특별한 가치를 포함하지 않았던 것을 알 수 있다.[21] 조선 후기 문헌에서 '진경을 그렸다(寫眞景)'와 '실경을 그렸다(寫實景)'의 용례를 비교하면 의미 있는 차이를 찾기 어렵다.[22] 강세황이 말한 '진경'의 예는 다음과 같다.

- "정겸재는 동국진경을 가장 잘 그렸고(鄭謙齋最善東國眞景)"[23]
- "이 노인(겸재 정선)의 진경도는 제일이다(此翁眞景圖, 當推爲第一)."[24]
- "어느 곳 진경을 그렸는지 알 수 없으나(未知寫得 何處眞景)"[25]
- "진경을 그리는 자는 지도와 같을까 항상 우려한다(寫眞景者, 每患似乎地圖)"[26]
- "화원 김응환에게 세 정자의 진경을 그리게 하였다(使畫員金應煥寫三亭之眞景)."[27]

여기서, 18세기의 용어 '진경'은 그림의 대상(object)이었고, 진경이란 표현으로 무언가 민족적 주제를 언급하려는 의도가 없었음을 볼 수 있다. '진(眞)'이 진짜를 대신하는 말이라면, 진경은 실제 경치라는 대상을 칭하는 표현이었던 점은, 18세기의 담론으로 형성된 "진산수(眞山水)/화산수(畵山水)" 대비의 글에서도 확인할 수 있다. 정선의 시대에 이미 중국에서 유입되어 널리 읽히던 『개자원화전(芥子園畵傳)』 초집의 서문과 김창협, 조귀명(趙龜命, 1693~1737)의 글을 나란히 비교하면 다음과 같다.

> "오늘날의 사람들이 '진산수(眞山水, 실재의 산수)'와 '화산수(畵山水, 그림속 산수)'를 사랑함은 다르지 않다."[28]
> "세상에서 말하기를 좋은 그림은 반드시 '진(眞)'에 가깝다(逼眞)'라 하고 또한 좋은 경치는 반드시 '화(畵)'와 같구나(如畵)'라고 한다. …… 화가는 오히려 마음대로 포치하여 붓 아래 아주 멋진 경치를 '환(幻)'으로 그려낼 수 있기 때문이 어찌 아니겠는가."[29]
> "진산수는 그림 같다(似畵)고 말하고, 화산수는 실제 같다(似眞)고 말한다. 실제 같다고 하는 것은 자연을 귀하게 여기는 것이요, 그림 같다고 하는 것은 기교를 숭상한 것이다. 이는 즉 하늘이 내린 자연은 진실로 인간의 법이 되고, 인간의 기예는 또한 하늘보다 나음이 있다는 말이다."[30]

고희동과 오세창이 일제강점기에 진경으로 정선의 특성을 말함으로써 정선은 우리 산천을 그린 민족적 화가가 되었다. 여기에 정선이 산천을 스케치하여 그렸다는 특성을 부가함으로써 정선은 근대적 화가가 되었다. 말하자면, 근대기에 정선을 특징지은 개념 '진경'은 근대기 이전에는 존재하지 않던 개념, 즉 근대 민족국가에서 '우리 민족의 산천'이라는 새로운 의미를 부여받은 말로 근대기에 탄생된 것이다.

여기서 더욱더 유의할 것은, 근대기에 탄생한 우리 회화사의 '진경'의 용어와 의미는 오늘날 지속되고 있으며 민족국가관에 입각하여 한국회화사가 서술되는 한 이 용어는 유의미하게 유지될 것으로도 보인다는 점이다. 오늘날 회화사 연구자들은 근대적 진경의 탄생에 대하여 의식하지 않더라도, '진경'의 의미를 구체화하여 사용에 불편이 없도록 노력하고 있다. 1972년 이동주는 '진경산수'를 우리 산수 풍취를 실경에 가깝게 표현한 그림이라 함으로써 '사경산수(寫景山水)'와 구분하였고,[31] 1980년 이래 안휘준(安輝濬)은 '진경산수화'는 정선과 그의 추종자들이나 영향을 받은 화가들이 남종화풍으로 그린 '실경산수화'라고 정의함으로써, 진경산수화와 실경산수화를 구분하였다. 여기서 '진경산수화'는 실경 주제와 남종화풍을 포함한 특정 시기, 특정 화풍의 의미로 특화된다.[32] 변영섭은 진경이 실경(實景)을 의미하지만 한국회화사에서 "회화사적 특수용어로 통용"되는 상황을 지적하였고, 한정희는 동아시아적 차원에서 줄곧 실경산수화의 용어를 택하고 있다. 한편 박은순은 18세기의 진경산수화에서 19세기의 진경산수화까지를 정리하며, 진경산수화를 실경산수화의 의미로 넓혀서 사용할 것을 제안하였다.[33]

조선중화사상(朝鮮中華思想)을 그렸다?: 근거 검토 2

1980년대, 정선이 중국산수경을 버리고 한국의 산수를 그리게 된 배경이 곧 '조선중화사상'이라는 이론이 등장했다. '조선중화사상'은 중국의 명나라가 청나라로 교체되는 정치상황 속에서, 즉 중화문명의 명나라가 망하고 오랑캐 만주족이 지배하는 청나라가 들어선 상황 속에서 조선의 학자들이 보여 준 사고방식 중의 하나로 명명된 것이다. 내용인즉, 사라진 명나라의 중화(中華)문명을 조선이 계승한다는 뜻이다. 아마 고려 때부터 스스로 소중화(小中華, 작은 중국)라 부르는 전통이 있었기에 가능한 발상이다. 이러한 사상의 실재를 명명하고 정선의 진경산수화가 '조선중화사상'에 바탕을 둔다는 이론을 주창한 이들은 최완수·유봉학·정옥자 등이었다. 사실, 진경을 국토 실경이라는 민족적 개념으로 이해한 순간부터 진경산수화 제작의 배경이 되는 자주의식의 실체에 대한 기대는 잠재되어 있었다고 할 수 있다.

　　1981년 최완수는 조문명(趙文命, 1680~1732)의 "지금 천하에 중화제도(中華制度)는 홀로 우리나라에만 남아 있으니", 한원진(韓元震, 1682~1751)의 "우리의 나라를 세우고 다스림이 대개 송조(宋朝)와 비슷하다", 조귀명이 윤두서·김창협·김창흡 등이 중국과 선후를 다툰다고 한 점, 1749년 대보단(大報壇)에 명나라 의종(毅宗)과 조선 태조(太祖)를 함께 모신 점 등을 예로 열거하고 결론으로 제시하기를 "조선(朝鮮)이 중화(中華)라는 자존의식이 최고조에 다다른 것을 의미한다고 했다. 정선의 진경화법이 이 시기에 그 절정에 이른 것도 이런 사조를 그대로 반영하는 현상이라고 보아야 하겠다"라고 하였다.[34] 그러나 1676년에 출생한 화가 정선이 1711년부터 본격적인 금강산 화첩을 내놓은 배경으로 설명하기에는 그 시기가 적합하지 않고, 제시한 내용 또한 '조선중화사상'이란 내용에 부합하지 않는다. 그러나 1982년 유봉학은 시기적으로 적합해 보이는 근거를 제시했다. 그것은 김창협이 소중화사상의 소유자였다는 주장이었다. 유봉학은 김창협의 글 일부를 원문으로 소개하면서 김창협이 소중화사상을 지녔다고 하였다.[35] 김창협은 정선에게 직접적인 영향을 주었던 학자였기에 김창협이 소중화사상을 강하게 지니고 있었다면 그의 문화권에서 발생한 회화작업으로의 연관성은 타당해 보인다.

최완수로 시작된 조선중화사상론이 영향력을 발휘하기 시작하자, 미술사학계에서 이 이론에 의문을 제시하기 시작했다. 처음 깃발을 든 홍선표는 1994년의 글에서 18세기 한국뿐 아니라 중국과 일본에도 실경산수화가 공통적으로 유행한 상황을 들어 조선만의 특성으로 주장하는 조선중화사상 배경설에 문제가 있다고 지적하였다.[36] 한정희는 중국회화와의 비교 측면에서 이 문제를 살폈으며,[37] 송혁기도 이론 자체의 부적합성을 지적하였다. 고연희는 정선의 화풍과 명청대 중국 명산을 담은 산수판화집의 연관성에 주목하였고 그 배경으로 중국산수 기행문학과 판화집에 깊은 관심을 가졌던 김창협과 김창흡 형제의 개방적 대청관(對淸觀)을 논하였다.[38] 2007년 박은순은 진경산수화의 역사를 천기론적 진경(18세기 전반), 사의적 진경(18세기 중엽), 사실적 진경(18세기 후반), 절충적 진경(19세기 이후)으로 정리하면서, 진경산수화를 진경시대나 조선중화라는 특정 시대와 사조의 산물로 설명할 수 없다는 논리를 펼쳤다.[39]

그러나 2012년 안휘준이 그동안의 연구사를 정리하면서, "안동김문, 조선성리학, 소중화사상 같은 것이 없었다면 절대로 정선의 진경산수화는 창출될 가능성이 전무했을 것인가?"라고 다시 묻고, "정선이 조선성리학과 조선소중화주의의 영향을 받았을 개연성은 인정되지만" 다만 그것이 오히려 정선의 위대함을 폄훼하는 것이 문제라고 하였다.[40] 이러한 상황을 보면, 정선이 진경산수화를 제작한 배경에 안동김문의 조선중화사상이 있었다는 논리가 지금까지도 그 영향력을 유지하는 것 같다. 적어도 안동김문이 조선중화사상을 가지고 있었다고 인정되는 것 같다. 이에, 앞의 유봉학의 글에서 제시한 김창협의 조선중화사상의 근거였던 원문을 검토하고자 한다. 바로 「연경(燕京)으로 가는 황흠(黃欽)에게」라는 편지글이다.

천지(天地)의 사이에 양(陽)이 다하는 이치는 없다. 그러므로 순전한 음(陰)의 세월에도 실로 양이 없던 적이 없다. …… 지금 천하(天下)가 오랑캐 손에 들어간 지 오래다. 우리 동방이 한구석에 있어 홀로 의관예악의 오랜 전통을 바꾸지 않고 엄연히 '소중화(小中華)'라 자처하면서 또한 옛 중국을 돌아보기를 요순(堯舜)의 정치와 공자, 맹자, 정호, 정이(孔孟, 程朱)의 가르침이 있던 그 땅과 그 백성이 모두 오랑캐가 되었으니 다시는 좋은 문헌이 없으리라고 생각한다면 이는 잘못이다. 천하가 넓은데 돌아보면 어찌 훌륭한 선비와 유학을 자신의 임무로 삼는 김인산(金仁山), 허백운(許白雲) 같은 학자가 없겠는가. 그런데도 우리나라 사신들이 해마다 줄을 지어 연경을 다녀오면서도 끝내 한 사람도 못 들었다고 하니 어찌된 일인가. 선비들이 남방에 멀리 있어 들을 수 없는가. 아니면 오늘의 천하

(淸)가 원(元)나라 시절에 미치지 못하여서인가 연경으로부터 온 문사서 적이라면 내가 본 것이 많다. 그중에는 요즘 사람들이 쓴 서(序), 인(引), 제(題), 평(評)의 글들이 제법 있는데 종종 인식이 정밀하고 표현이 정화하며 내용이 지극히 넓으니 모두 우리나라 유명한 노학자들이 미칠 수 없는 경지이다. 이들은 과거를 거쳐 학문한 수재들일 뿐인데도 오히려 이와 같거늘 하물며 산림에서 도를 강하는 선비들이랴. 애석하구나. 내가 그이름을 들을 수 없고 그 책을 볼 수 없는 것이. 공이 가시어 나를 위해 널리 방문하여 다행히 얻는 것이 있거든 그것으로 오히려 중원의 문헌이 남아 있음을 보고 새롭게 열어나가는 조짐을 볼 수 있을 것이오.······41

한국에서는 이미 고려시대부터 '소중화'의 자칭을 자부하였고 당시에는 '소중화'론이 배청(排淸)의 사고와 결부되어 있는 상황이었다. 김창협은 소중화로 자처하며 당시 청나라 문물을 배격하는 조선 학자들을 비판하고 있다. 김창협은 청나라의 역사적 존재를 인정하고 청나라 내의 학식을 배워야 한다고 주장한 학자였다. 위 편지와 같은 해(1705), 서종태(徐宗泰, 1652~1719)도 연경 가는 황흠에게 시를 건넸는데, 소중화의 태도를 강조하였다. 서종태는 스스로 연경에 가서 "우리나라 옷이 (청나라) 사람들의 눈을 놀라게 하지만 소중화임을 오히려 알 수 있을 것이야"라며 청나라의 오랑캐 문화에 대한 반감과 조선이 중화문명을 유지한다는 자부심을 표현하였다. 그는 황흠에게 "산하에는 눈물만 더하여져 어느 날 해와 달이 하늘과 땅을 비추어줄까"라며 탄식의 위로를 전했다.42 말하자면 김창협과 그의 형제들은 당시 '소중화'를 자처하며 청나라를 돌아보지 않으려는 서종태와 같은 당시 문인들의 태도를 지나치다고 우려했고, 오히려 명청대 서적을 입수하고자 노력했다. 김창협의 태도는 청나라에 특별하게 개방적이었다는 뜻이다. 이들이 명청대에 간행된 중국 산수유기와 중국 명산도 판화집을 두루 보고 즐겼던 사연은 여기에서 이해된다. 중국 산천이 글과 그림으로 기록된 것을 보았기에 중국 산천의 장단점을 앉아서 헤아린다고 하며 작은 나라에 태어나 중국 산천을 돌아보지 못함이 아쉽다는 글은, 18세기 전반 조선 산천을 누비며 산수유람을 이끌었던 조선 문인들의 문집에서 어렵지 않게 만나보게 된다.[43]

아울러 '조선중화사상'의 근거로 제시한 정옥자의 예문이 잘못된 해석에 근거한 것이었음을 하영휘가 밝힌 바 있다. 중요한 지적이었지만 학계에 널리 인용되지 않는 것으로 보이기에 여기 다시 소개한다. 내용인즉 조선중화사상의 중요한 예로 제시한 "(조선 국왕 이돈이) 빛나는 황명(皇明)에 복(伏)하여 화주인(華夷主)인즉"이라는 예문은, 그 뜻이 "빛나는 황명이 화이(華夷)의 주인이 되어"인데, 잘못 해석한 것이었다. 여기서 '황명'은 명나라 태조이다. 즉 조선 국왕이 '중화와 오랑캐의 주인(華夷主)'이 되었다고 해석하여, 이 문장으로 조선중화의 해석을 이끌었던 논의는 오류라는 것이다.[44] 조선시대 사유 속에서 민족주의적이고 근대적인 국가 인식을 찾으려고 했던 몇몇 사학자의 노력이 무리한 작업이었음을 이 연구는 정확하게 지적하였다.

요컨대 정선의 화가 활동을 후원하고 그림 주제를 제공해 준 김창협·김창흡·김창업 형제는 청나라 문물을 입수하는 데 적극적이었고, (소)중화를 자칭하며 청의 문화를 돌아보지 않는 태도를 잘못이라 지적했다. 특히 이들이 명청대 출간된 산수기행문집과 중국 명산도 판화도 삽도를 즐겨 보고 체험(體驗)의 산수관(山水觀)이라는 거대한 문화사적 변화를 이끌었다. 이러한 문화의 저면에는 개방적 대청관이 자리했다. 이 글의 논지에서 강조하고 싶은 점은, 정선의 그림을 후원한 김창협·김창흡 형제를 비롯해 그들의 문인들은 청의 발전을 인정하고 서적과 문물을 수용하고자 했으며 조선중화주의를 주장한 이들이 아니었다는 점이다.

정선은 '화성(畫聖)'이다?: 근거 검토 3

'화성(畫聖)'이라 하면 '그림에서의 성인(聖人)'이란 뜻이다. 동아시아 문학사에서 '이백(李白)은 시선(詩仙)', '두보(杜甫)는 시성(詩聖)'이라거나 '왕희지(王羲之)는 서성(書聖)'이라 하는 표현이 널리 유통되고 있듯이, '○聖'이라 하면 그 분야에서 고전적 모범이 될 만한 위상을 뜻한다. 최완수에 의하여, 정선을 '화성'이라 한 연구 결과가 나온 이래,[45] 이 명칭은 일반에까지 널리 확산되어 정선을 수식하는 상투적 용어로 정착되었다. 이에 대하여 장진성은 정선을 화성이라 하기에는 졸작이 많으니 화성이란 평가는 "정선에 대한 개인적 신격화"라고 비판했고, 안휘준은 이러한 반박에 동의하면서도 다만 정선이 최고의 화가가 될 수 있는지의 여부를 논하기에 작품 평가가 미흡하다는 의견을 제시했다.[46] 그러나 설령 졸작과 대필이 많더라도 확실한 우수작의 존재로 화가가 평가될 수 있기에 졸작과 대필의 문제는 화가 수준의 평가에 중요한 잣대가 될 수 없다. 말하자면 화성론 자체에 대한 미술사학계의 본격적 검토는 아직 이루어지지 않았다고 할 수 있다.

이에 여기서는 1993년 최완수가 화성론을 제시한 지점으로 돌아가 그 근거를 검토하고자 한다. 최완수는 조선시대 박덕재(朴德載)의 글을 증거 삼아 정선을 '화성'이라 하였다. 박덕재의 글은 1747년 작『해악전신첩(海嶽傳神帖)』에 실려 있는 발문이다. 최완수는 박덕재의 글 중에서 "이에 정씨(鄭氏)가 단청(丹靑)으로 성인을 모시게 됨으로써 곧 향당에서 한번 엮어낸 화성인(畫聖人)이 되었고 이공(李公)은 시와 음률로 그 뜻을 읊음으로써 곧 비파와 거문고 소리 쨍쨍하게 내었다(대시인이 되었다). 몸이 육예(六藝)에 통하고 나이가 칩십 줄에 든 분들이다"라는 부분을 들어, 정씨(정선)는 화성인이 되고 이공(이병연)은 대시인이 된다고 해설하였다. 최완수는 또한 "박덕재가 누구인지 알 수 없으나 겸재를 화성으로 존숭"하였다고 하였다.[47]

박덕재의 발문이 실려 있는 1747년 작『해악전신첩』은 간송미술관이 자랑하는 소장품이다(그림 1, 2, 3, 4).[48] 정선이 금강산 화가로 발돋움하는 기반이었던 1712년 작『해악전신첩』이 사라진 현 시점에서,[49] 1747년 작 화첩의 가치는 배가되었다. 이 1747년 작 화첩은 1712년 작 화첩의 주요 구성인 이병연(李秉淵, 1671~1751)의 시, 김창흡의 시, 정선의 그림을 모두 갖추었다. 현전하는 1711년에 그린「장안사(長安寺)」(그림 5)와 비교하여 보면 능숙한 솜씨를 잘 보여 주는 화첩이다. 이 1747년 화첩에서는, 김창흡의 시를 홍봉조(洪鳳祚, 1680~1760)가 다시 적은 차이가 있으며, 그 외 발문은 마땅히 1747년 제작에 맞추어져 있다. 박덕재의 발문은 1747년 화첩의 뒷부분에 자리한다(그림 6).[50]

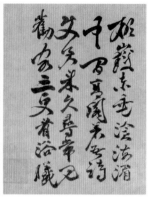

그림 1 김창흡 시, 홍봉조 글씨,
「장안사비홍교(長安寺飛虹橋)」를
읊은 시(『해악전신첩』), 종이에 묵서,
32.0×25.0cm, 간송미술관

그림 2 정선, 「장안사비홍교」(『해악전
신첩』), 비단에 채색, 32.0×24.8cm,
1676, 간송미술관

그림 3 이병연 시, 이병연 글씨,
「장안사비홍교」를 읊은 시(『해악전신
첩』), 종이에 묵서, 32.0×25.0cm,
간송미술관

그림 4 정선, 「해산정」(『해악전신첩』),
비단에 채색, 33.5×25.5cm,
국립중앙박물관

그림 5 정선, 「장안사」(『신묘년풍악도첩(辛卯年楓嶽圖帖)』), 비단에 채색,
36.1×37.6cm, 국립중앙박물관

2009년 최완수는 정선에 대한 기존의 연구를 엮어『겸재 정선』을 내었고 이 자료를 다시 소개했다.[51] 여기서 '화성' 관련 인용문의 국역이 약간 수정되어 있음을 볼 수 있다. "정씨(鄭氏)가 단청(丹靑)으로 성인을 모시게 되니 곧 향당은 성인(聖人)을 그린 사람으로 한결같이 엮어낸다. 이공(李公)은 시와 음률로 읊어내니 곧 비파와 거문고 소리 어울리는 쨍쨍한 소리다. 몸이 육예(六藝)에 통하고 나이가 칩십 줄에 든 분들이다"라고 바꾸었다. 이전에 "한번 엮어낸 화성인"로 번역된 부분이 여기서 '성인을 그린 사람'으로 수정되어 있다. 그런데 본문의 해설에서는 여전히 '화성인(畵聖人)'이란 칭호를 반복하였으며, 해당하는 장(章)의 제목도 '제9장 화성의 길'이라 하였다. 시성과 같은 화성은 아니라고 해석은 고쳤으되, 시성을 떠오르게 하는 '화성'의 명성을 글 제목에 유지하려고 한 무리한 노력의 뒷면에는 피치 못할 이유가 있었을 것이다.

여기서 박덕재 글에 대한 사진자료를 토대로 글 전문을 다시 국역하여 보려 한다. 다음의 국역문 중에 '○○' 혹은 '○보(○甫)'로 표현된 부분은 현전하는 화첩의 발문에서 의도적으로 지워 있는 부분을 옮긴 것이다. 또한 이 글은『논어(論語)』와『맹자(孟子)』등의 경전에서 취한 문구가 많기에 그 경전의 내용은 각주로 처리하여 독자들이 살필 수 있도록 하겠다.

○○○○가『해악전신첩』을 나에게 보이며 한마디를 구하였다. 아, 해악(海嶽)은 하나의 해악이로되, 그 신(神)은 허다하게 많으니 ○○의 전(傳)함에서 전(傳)하는 것은 무슨 신(神)일까. 우(虞)임금의 여러 신인가, 진(秦)의 삼신(三神)인가. (그것은) 질종(우임금의 예관)의 법전이며[52] 허황한 말이

라, ○○가 먼저 힘쓰고 마음을 둘 바는 아니다. 그런즉 내가 알겠거니, ○보(○甫)는 유학자라 성스러워 알 수 없는 것을 신이라 이른 점에서[53] 반드시 그 뜻을 취할 것이 분명하다. 무릇 산수는 성인에게 있어서 어떤 반열인가. 공자가 이르기를 '인자요산 지자요수(仁者樂山, 智者樂水)'라 하였다. 어질고 지혜로우니 성인이시라는 자공(子貢)의 말을 참고할 만하다.[54] 유약(有若)이 성인을 찬한 데 이르면[55] 그 말씀이 더욱 갖추어졌다. 태산은 언덕에서 성(聖)이고, 하해는 흐르는 물에서 성(聖)임을 또한 미루어 알 수 있다. 우리 금강산이 태산과 하해와 함께 성(聖)이 됨을 천하에서 들은 지 오래이다. 그리하여 중국의 선비들이 (금강산을) 한번 보고자 하는 지극(한 바람)이 감탄하는 시로 표현되었다. 경전에 이르기를 "범인은 성인을 보지 못하면 보지 못할 듯이 여긴다"라고 했으니,[56] 사실이 아니겠는가. 우리 금강산은 산수에서 성(聖)이다. 여기에 정씨(정선)가 그림으로 모셔 앉혔으니 이는 즉 「향당편(鄕黨篇)」이 성인을 그려냄이요. 이공(이병연)이 시문으로 읊었으니 이는, 즉 증점(曾點)의 슬(瑟)과 안회(顔回)의 금(琴)이 울리는 쟁쟁한 소리로다. 몸은 육예를 통하고 나이가 칠십 대열에 드는 이들이다. 남양자(홍봉조(洪鳳祚)의 호) 서법의 높은 수준이 삼연(三淵) 노선생(김창흡) 화제의 품격에 이르렀다. (이들의) 지(智)는 성인을 알기에 족하여 자신이 좋아하는 것에 아첨하지 않았으니,[57] 이른바 그 문을 들어가 종묘의 아름다움과 백관의 성대함을 볼 수 있었던 이들이다. 여기서 일만 이천 봉이 어찌 수길 높은 궁장이 아니겠는가.[58] 아, 좋아함이 산에 있는가, 물에 있는가, 성(聖)이란 글자에 있는가. 산에서나 물에서라면 반드시 태산에 올라 천하가 작음을 보고, 물가에서 물의 천천히 가는 뜻을 탄식하며, 열심히 하기를 죽어서야 그친다면, 바야흐로 인(仁)과 지(智) 두 가지를 좋아하는 것의 참된 맛을 알 것이며, 신(神)을 궁구하고 화(化)를 아는 영역은 비록 (딱 맞지 않아도) 멀지 않을 것이다. 마땅하고말고. ○보가 이 화첩에 마음을 쓴 것은 공경함을 신(神)과 같이 한 것이 분명하다. 나는 비록 늙었지만 원컨대 더불어 돌아가고자 한다.

박덕재 쓰다.

○○○○以海嶽傳神帖示余, 求一言. 噫! 海嶽一海嶽, 其神煞有許多般, ○○之傳, 所傳者何神. 虞之群神歟, 秦之三神歟. 秩宗之典也, 不經之說也, 有非○○所先務而所留心也. 然則我知之○甫, 吾儒也, 其必取義於聖而不可知之謂神者, 明矣. 夫山水之於聖人也, 何其班乎. 孔子曰, 仁者樂山, 智者樂水. 仁且智, 則旣聖矣. 子貢之言可考也. 及夫有若之讚聖人, 其說益備. 泰山之聖於丘垤, 河海之於行潦, 亦可以推知也. 惟我金剛兼泰山河海之聖, 聞於天下也久矣. 是以中華之士願一見之至發於詠歎之間. 經曰, 凡人未見聖, 若未克見, 不其信矣乎. 此我金剛之聖於山水者也. 於是焉鄭氏以丹靑伴坐, 則鄕黨一編畫聖人也. 李公以詩律詠歸, 則點瑟回琴鏗鏗聲也. 身通六藝, 齒七十之列者, 南陽子書法之高也, 至若三淵老先生之題品. 智足以知聖人, 汗不至阿其所好 則所謂得其門而入, 可以見宗廟之美, 百官之富者也. 斯豈非萬二千峰, 卽一數仞之宮墻也. 噫. 樂在於山乎, 在於水乎, 在於一聖字乎. 於山於水, 必求登泰山小天下 在川上歎逝水之漸意, 俛焉孳孳, 死而後已. 方可識仁智二樂之眞味, 知窮神知化之域, 雖不遠矣. 宜乎. ○甫之用心於斯帖, 敬之若神, 明也. 吾雖

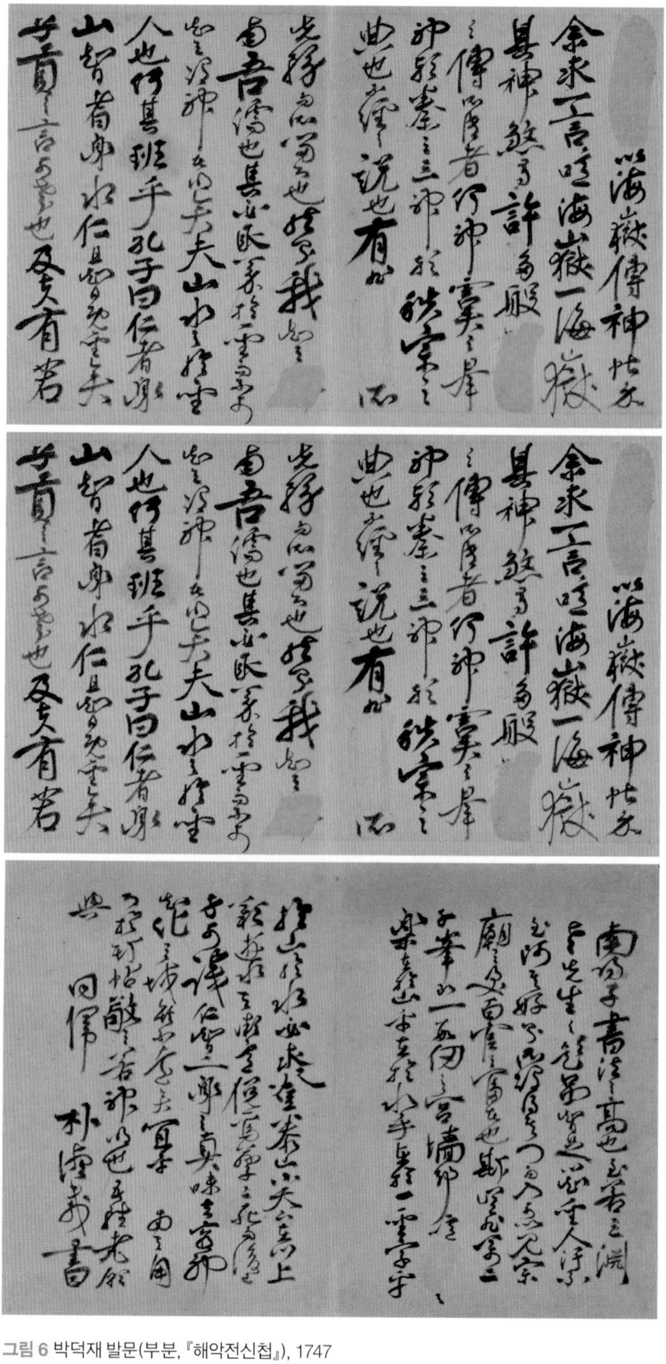

그림 6 박덕재 발문(부분, 『해악전신첩』), 1747

老, 願與同歸. 朴德載書.[59]

    '화성' 부분의 번역을 다시 보자면, "정씨(정선)가 그림으로 모셔 앉혔으니, 이는, 즉 「향당편」이 성인을 그려냈음이요. 이공(이병연)이 시문으로 읊었으니, 이는 즉 증점의 슬과 안회의 금이 울리는 쟁쟁한 소리로다. 몸은 육예를 통하고 나이가 칠십의 대열에 드는 자"이다. 「향당편」은 공자의 행동·의복·음식 등을 구체적으로 묘사하는 특이한 장이기에, 『논어』를 통독한 사람이라면 금세 그 뜻을 알 수 있고 『논어』를 암송하던 옛 학자들에게서라면 말할 것이 없다. 게다가 "「향당편」이 성인을 그린다"라는 표현은 옛 글에 빈번하게 등장하는 문구이자 비유였다.[60] 즉 "『논어』의 「향당편」이 성인을 그려냈음이요"라는 문장에서, 성인은 목적어이며 화(畵, 그리다)는 서술어이고, 주제어는 『논어』의 「향당편」이고, 여기서 말하는 성인은 공자이다. 이 글을 쓴 박덕재는 그림 제목 '해악전신(海嶽傳神)'의 '신(神)'이 유가에서 말하는 '성(聖)'이라는 이 글의 주제를 관철시키고자, 금강산은 산(山)의 '성(聖)'이라는 논리로 비유를 지속하였다. 이러한 비유 논리의 틀 속에서 글쓴이는, 「향당편」이 성인(공자)을 묘사하여 일반인에게 공자의 모습을 알려 주었듯이, 정선이 금강산을 잘 그려서 우리에게 금강산의 모습을 보여 주고 있다고 풀어내고 있다.

    글쓴이 박덕재가 누구인지 궁금하지 않을 수 없다. 지금으로서는 권상하(權尙夏, 1641~1721)의 문집에 실린 '박덕재(朴德載) 진하(振河)'에게 답한다는 편지글로 미루어, 박덕재는 박진하(朴振河)라는 인물임을 추정할 수 있을 뿐이다.[61] 지워진 이름에 대한 정밀한 연구가 진행되려면 간송미술관 소장의 원본 조사가 필수적이다.

가상(假想)과 역사

조선시대의 화가 정선이 우리 산천을 주제로 그린 그림들은 그 시절 유람을 즐긴 일부 문인들이 즐겨 감상한 그림이었지만, 지금은 한국회화사에서 진경산수화라는 특별한 이름으로 불리는 문화유산이 되어 그 자리가 우뚝하다. 조선시대 문헌에서 살펴보면 18세기의 정선은 유람산수의 기이한 경치를 잘 표현하여 칭송되었다. 실재하는 산수경, 즉 '진경'을 대상으로 그렸다는 특성이 언급되었으나 정선의 급한 필치에 대한 우려가 한편 지속되면서 윤두서·심사정·강세황보다 저평가된 경우가 많았다. 19세기에 이르러서는 김정희 등에게 비난을 받았다. 그러나 일제강점기를 기점으로 현대기에 이르기까지 정선은 높은 평가를 받기에 이른다.

　　이 글에서 본격적으로 살핀 것은 근현대기 연구자들이 근거로 삼았던 자료이다. 우선 20세기 초에 부가된 '진경'이란 주제의 설정을 보았다. 이는 일제강점기의 학자들이 18세기 용어 '진경(眞景, 실경의 의미)'을 빌려, 우리 산천을 그린 민족주의적 가치와 근대적 스케치를 뜻하는 사생(寫生)이란 근대적 개념을 부가시킨 말이었다. 그리하여 진경은 국토 사생의 의미로 전환되었다. 둘째 조선중화사상이라는 자주정신 배경설을 살펴보니, 그 근거의 제시가 시간적으로 맞지 않고 문장의 예시는 거듭 잘못된 해석을 수반하고 있었다. 특히 정선을 후원한 학자는 당시 조선의 학자들이 중화를 자처하며 청의 문물을 배격하는 태도를 우려한 인물이었다. 끝으로 정선이 '화성'으로 불렸다는 설의 근거를 살폈다. 이는 고전문헌의 표현방식과 경전에 대한 몰이해가 빚은 오역이었다.

그러나 여기서 반드시 짚어둘 점은 이러한 의미 변환과 오역을 수반한 근거 제시는 시대가 소망하는 결론을 도출하고자 했던 노력의 결과였다는 사실이다. 이 노력의 결과는 이를 바라던 연구자들에게도 영향을 주면서 담론으로 발전하였고, 일반인은 만족하였으며, 현장의 화가들은 용기와 영감을 얻었다.[62] 우리 산천을 주제로 하는 '진경'의 예술이 과거에 존재하였고 그것을 그린 대표 화가의 사상은 민족자주사상의 소유자였고, 또한 이미 그 당시에도 최고의 화가로 인정받았다고 믿고 싶은 소망이 가상의 정립과 확산을 도왔기 때문이다. 또한 흥미로운 점은, 근현대기에 형성된 해석(혹은 소망)을 통하여 정선의 명성이 우리 회화사에 굳건하게 세워졌다는 사실이다. 한 폭의 그림(혹은 귀중한 문화유산)에 대한 지속적 사유, 과거와 현재가 나누는 끊임없는 대화, 가상(假想)의 설정과 공유가 인문학의 역사를 이루고 영향력 있는 실세를 발휘하게 된다. 그런 의미에서, 정선에게 투영된 소망이 있는 한, 그의 명성과 위상은 한국회화사에서 사라지거나 낮아지지 않을 것이다.

후기

1996년 즈음 박사논문의 주제를 정할 무렵, 나는 겸재 정선이 가진 자주의식의 근거를 찾고자 애를 썼다. 이 화가는 어찌 이토록 우리 산천을 많이 그렸을까? 그런데 그를 금강산으로 보낸 문인들의 글을 읽어보니 중국 산천을 보고 싶어 하는 갈망이 더 컸고, 또한 한양에 살던 그들이 열정적으로 떠난 금강산 여정을 쫓아가 보니, 간 곳을 또 가고 읊은 내용을 또 읊는 모습이 자못 소비적이란 생각까지 들었다. 맥이 빠진 나는 이 주제를 포기해야겠다고 생각하여 한 선배에게 푸념을 늘어놓았다. 그때 나의 푸념을 들어준 사학과 선배가 그것이야말로 연구할 만한 주제라는 의견을 내놓았다. 조선시대 중화주의를 연구하던 이 선배가 충격적으로 직감한 역사적 통찰이 나에게 전해졌다. 도서관의 커다란 쓰레기통에 나란히 걸터앉아 나누었던 선배와의 대화, 동료 연구자의 존재는 그 순간 빛이 났다.

그런데 한국회화만을 전문으로 하는 학회가 없다보니, 회화사 연구자들끼리 한자리에서 동료 연구자로서의 의미 있는 대화를 나누기 어려운 상황이었다. 아니 허심탄회하게 담소를 나눌 기회를 갖기도 쉽지 않았다. 우리가 처음 모여 제안한 주제는 이것이 아니었지만, 같은 분야 연구자들의 모임과 공감대의 위력은 금세 발휘되었다. '명작의 발견'이라는 주제가 제기되자, 나는 모두의 우려 속에서 긴장감을 느꼈다. 이 주제를 제기하며 모두의 표정을 살피던 권행가 선생님이 끝까지 함께하지 못했던 사정이 아쉽다. 그 외에는 모든 과정이 즐거웠다. 무엇보다 이 모임의 연구자들과 함께한 시간이, 나에게는 나의 학업에서 누릴 수 있었던 영광의 시간이었음을 고백하고 싶다.

2. 시서화 삼절에서
예원의 총수로

수응과 담론으로 본
강세황의 화가상 형성과 변화의 역사

이
경
화

이경화

서울대학교 고고미술사학과 대학원에서 강세황의 자화상과 회화를 통한 자기표현에 관한 연구로 박사학위를 받았다. 조선시대의 문인화·초상화·실경산수화 등을 공부해 왔으며 근대기 우리 미술에 발생한 다양한 변화를 폭넓은 시각으로 관찰하는 데 관심을 기울이고 있다. 논문으로 「太平宰相의 초상−채제공 초상화의 제작과 함의에 관한 재고」 「다산(多山) 박영철(朴榮喆)과 경성제국대학 진열관」 등이 있다. 현재 서울시립대학교에서 강의하며 서울대학교박물관 객원연구원으로 활동하고 있다.

오늘날과 다른 평가를 받았던 화가

표암(豹菴) 강세황(姜世晃, 1713~91)은 흔히 18세기를 대표하는 문인화가로 일컬어진다.[1] 조선 후기의 문인화가들은 "중국으로부터 새로운 화풍을 수용하는 데 선구적인 역할을 했고 화원을 지도하는 역할을 담당한 인물들"이라고 정의된 바 있다. 이 정의에 따르면, 조선에 문인화가 정착하는 데 기여했으며, 수많은 화원화가의 그림에 화평을 남긴 강세황은 당대의 대표적인 문인화가라고 부르기에 부족하지 않아 보인다. 그러나 우리가 접하는 그에 대한 평가는 오늘날 전문가의 관점에서 도출된 결과물이다. 강세황이 살았던 18세기 조선 사회에서 그와 그의 회화를 보는 시각은 어떠했을까? 조선 후기의 서화가 자하(紫霞) 신위의 다음 시문은 강세황을 보는 동시대의 시선을 담고 있다.

병풍의 그림들 잘된 것이 없었는데,

영·정조 연간에 이르러 점차 볼 만해졌지.

홍엽상서 강세황은 뛰어난 선비의 기운으로

결국 겸재 정선을 압도하고 말았네.[2]

    신위는 영조(英祖, 재위 1724~76)와 정조(正祖, 재위 1776~1800)의 시대,
즉 18세기에 조선의 회화 수준이 매우 높아졌으며 강세황을 이 시대의 가

그림 1 강세황,
「개성시가」(『송도기행
첩』), 종이에 엷은색,
32.8×53.4cm, 1757,
국립중앙박물관

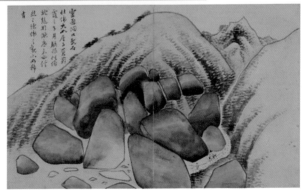

그림 2 강세황,
「영통동구」(『송도기
행첩』), 종이에 엷은색,
32.8×53.4cm, 1757,
국립중앙박물관

그림 3 강세황, 「피금정도」, 비단에 수묵, 147.2×
51.2cm, 1789, 국립중앙박물관

장 뛰어난 문인화가라고 여겼다. 그의 글에서 눈에 띄는 점은 강세황이 진경산수화의 대가인 겸재 정선을 압도했다는 견해이다. 정선은 18세기 전반 자유분방한 필법으로 조선의 승경을 그려 독보적인 명성을 얻은 화가이다. 신위는 이런 강세황이 정선을 유기(儒氣), 즉 '문인의 기운(文氣)'으로서 능가했다고 평했다. 오늘날 정선은 강세황과 비교하기 어려울 정도의 높은 예술적 업적을 인정받은 화가이다. 일각에서는 그를 조선 최고의 화가로 추앙하기도 한다. 이러한 평가에 비추어볼 때 신위의 상반된 인식은 흥미를 끈다.[3]

신위는 총평만을 내렸으며 구체적인 장르나 작품을 지목하지는 않았다. 그렇다면 그가 강세황을 이처럼 높이 평가한 구체적인 근거는 무엇인가? 동시대 문예계가 주목한 강세황의 작품은 무엇이었을까? 오늘날 강세황의 이름을 들어본 사람이라면 그의 대표작으로 개성과 그 부근의 명승지를 그린 『송도기행첩(松都紀行帖)』이나 금강산 유람 후 그린 실경산수화를 떠올릴 것이다(그림 1, 2). 혹자는 조선을 넘어 동아시아에서도 보기 드

그림 4 강세황, 「자화상」, 비단에 채색, 88.7×51.0cm, 1782, 진주강씨 백각공파 종친회 국립중앙박물관 기탁

문 독보적인 자화상을 꼽을 수도 있겠다(그림 4). 그러나 강세황이 활동하던 당시에 그를 실경산수에 뛰어난 화가로 평가한 경우는 보기 드물다. 강세황이 초상화나 인물화에 뛰어나다는 기록을 남긴 동시대인 또한 만나기 어렵다. 18세기 후반 실경산수화나 초상화가 강세황의 화가상을 형성하는 데 오늘날과 같은 역할을 했다고 판단할 근거는 뚜렷하지 않다.

다산(茶山) 정약용(丁若鏞, 1762~1836)이 강세황의 그림에 대하여 남긴 글에서 또 하나의 흥미로운 내용을 찾을 수 있다. 정약용은 "강표암은 난(蘭)과 대나무 그림이 가장 훌륭하다. …… 산수화도 그의 특기가 아니다"[4]라고 하였다. 강세황이 사군자에 속하는 난과 대나무에 재능을 보인 화가라고 평한 정약용의 의견에서 당시 문인사회에서 강세황을 보는 시각의 일단이 헤아려진다. 앞서 신위가 강세황의 문기를 높이 평가한 기저에도 자리했던 것으로 추정된다. 묵죽화와 같은 문인의 회화가 자리했던 것으로 추정된다.

강세황을 보는 오늘날의 시각과 동시대의 회화 담론 사이에는 일정한 거리가 놓여 있다. 이것은 강세황이 당대에 이해받지 못한 비운의 화가이거나 오늘날 비로소 발견된 화가라는 의미는 아니다. 오히려 그는 조선에서 더 높은 평가를 받은 화가일지도 모른다. 다만 동시대인의 시선에 비친 강세황은 지금과는 다른 모습이었을 가능성이 높다. 이 글은 조선과 오늘날 사이에 존재하는 강세황을 둘러싼 담론의 간극이 야기하는 의문에서 시작되었다. 강세황이 활동하던 사회는 그와 그의 작품을 어떻게 인식했는가? 화가 자신은 어떤 방식으로 자신의 사회적 이미지에 개입하여 이를 조절했는가? 오늘날 우리가 지니게 된 강세황의 화가상은 어떻게 형성되었는가? 이러한 질문의 답을 구하는 일은 강세황의 화가상이 형성되고 변화하는 경로와 변화에 작용하는 요소들이 무엇인지를 조명하고 그 의미를 찾는 과정이 될 것이다.

시서화 삼절의 명성과 「표옹자지(豹翁自誌)」의 아마추어 화가

1766년 안산에 머물던 강세황은 54년의 인생을 정리하여 「표옹자지」라는 일종의 자서전을 지었다. 강세황의 자서전에는 그가 자신의 삶을 인식하는 방식이 뚜렷하게 반영되었다. 동시에 화가로서 자신이 속한 사회에 어떤 이미지를 투사하고자 했는지도 확인된다(그림 5).

강세황의 글은 증조부 강주(姜籀, 1567~1650), 조부 강백년(姜栢年, 1603~81), 부친 강현(姜鋧, 1650~1733)으로 이어지는 가계의 내력으로 시작한다.

> 내 성은 강이고 본관은 진주, 이름은 세황이며 자는 광지이다. 아버지는 대제학 문안공 현이며 할아버지는 설봉 문정공 백년이다. 증조는 죽창 첨지중추 주이며 고려시대 은열공 민첨의 후손이다. …… 나는 대대로 벼슬한 집안의 후손으로 운명과 시대가 어그러져 늦도록 출세하지 못하고 시골에 물러앉아 시골 늙은이들과 자리다툼이나 하고 있으며 만년에는 더더욱 서울과 소식을 끊고 사람을 만나지 않았다.[5]

앞에서 언급하고 있는 강주 등은 지방 사족이던 진주강씨 설봉공파를 중앙의 명문 가문으로 부상시킨 주인공으로 강세황에게는 자랑스러운 선조였다. 강세황의 자기인식의 근간에 놓인 '대대로 관직을 지낸 가문'의 후손이라는 자부심은 그를 이해하고자 할 때 가장 먼저 고려해야 할 부분일 것이다.

풍요로운 환경에서 성장한 강세황은 선조들처럼 과거에 급제하여 관로에 나아가는 미래를 준비했을 것이다. 그러나 1728년에 발발한 무신란(戊申亂)은 그의 예정된 생애를 흔들어 놓았다. 무신란은 소론과 남인을 비롯한 소북의 연합세력이 영조의 정통성에 의문을 제기하며 일으킨 전국

그림 5 강세황, 「자화소조(自畵小照)」(『정춘루첩(靜春樓帖)』), 종이에 엷은색, 지름 14.9cm, 1789

적인 무력 반란이었다. 반란은 실패했으며 수백 명이 죽고 1,000여 명이 유배되는 대대적인 숙청으로 막을 내렸다. 무신란에 가담한 것으로 지목되기만 하여도 결정적인 피해를 입었는데, 강세황의 집안이 그러했다. 그의 형 강세윤(姜世胤, 1684~1741)이 반란에 연루되어 유배에 처해졌다. 유배에서 돌아온 강세윤은 명예를 회복하지 못한 채 사망했다. 가문의 복권까지는 오랜 시간이 필요했다. 서울 생활을 정리한 강세황은 1744년 처가를 따라 안산으로 이주하게 되었다. 이곳에서 동병상련의 처지였던 처남 유경종(柳慶種, 1714~84), 그리고 성호(星湖) 이익(李瀷, 1681~1763) 가문의 젊은 지식인들과 어울리며 1773년까지 30여 년을 머물렀다.[6]

안산에서 서화에 전념하며 화가로서 이름을 알리던 1763년, 강세황의 인생에 중대한 사건이 발생했다. 이해 둘째 아들 강완(姜俒, 1739~75)이 과거에 급제했다. 동시에 무신란에 연루되었던 형 강세윤의 탕척(蕩滌)도 성사되었다. 이는 강세황 가문이 35년여 만에 관계에 재기함을 의미하는 일대 사건이었다. 이처럼 의미 있는 순간에 강세황 자신은 영조의 교시를 받아 긴 절필(絶筆)에 들어갔다.[7]

강세황에게 절필을 권고한 영조의 교시는 『조선왕조실록(朝鮮王朝實錄)』이나 『승정원일기(承政院日記)』와 같은 정사에는 보이지 않는다. 다만 3년 뒤에 강세황이 쓴 「표옹자지」와 이를 바탕으로 아들 강빈(姜儐, 1745~1808)이 작성한 행장(行狀)에는 절필의 사정이 상세하게 실려 있다. 행장에 의하면, 조정의 경연(經筵)에서 누군가가 강세황이 서화에 재능이 있음을 알리자 영조는 "인심이 좋지 않아 천한 기술이라고 업신여길 사람이 있을 터이니 다시는 그림 잘 그린다는 말을 하지 말라. 지난번에 서명응(徐命膺,

1716~87)이 이 사람이 이러한 재주가 있다 하기에 내가 대꾸하지 않은 것은 나대로 생각이 있어서였다"라고 답했다. 이 말을 들은 강세황은 국왕의 세심한 배려에 감격해 3일 동안 엎드려 울었다. 그리고 마침내 그림과 붓을 태워버리고 다시는 그림을 그리지 않기로 맹세하였다.[8]

영조가 기억한 '서명응의 일'은 『승정원일기』를 통하여 상세하게 확인된다. 한 해 앞선 1762년 10월 27일 조정에서는 일본 통신사행에 파견될 종사관을 선발하기 위한 인선 논의가 있었다. 통신정사로 선발된 서명응은 강세황을 "고 판서 강현의 아들로 세칭 시서화 삼절이다"라며 추천했다. 이에 대하여 영조는 다시 알아보는 것이 좋겠다고 대답했을 뿐 추천을 받아들이지 않았다.[9] 서명응이 언급한 삼절이란 시, 글씨, 그림에 모두 뛰어난 문인을 일컫는 말이다. 삼절이라는 호칭은 당나라 현종(玄宗, 재위 712~756) 때 시인이자 화가이며 동시에 서예가였던 정건(鄭虔, 705~764)이 작품을 바치자 황제가 기뻐하며 그 위에 '정건삼절'이라는 칭호를 적은 데서 유래했다. 시서화 일치를 이상으로 여겼던 동양의 문화적 전통 속에서 삼절은 언어와 이미지를 능숙하게 구사할 수 있었던 문인화가에 대한 최고의 찬사로 성립되었다.[10] 강세황을 평가할 때 가장 빈번하게 등장하는 호칭이 바로 삼절이다. 18세기 동시대의 빼어난 인물을 기록한 이규상(李奎象, 1727~99)의 『병세재언록(幷世才彦錄)』 「화주록(畵廚錄)」에 나열되어 있는 열아홉 명의 화가 중 강세황은 유일하게 삼절로 불린 화가였다.[11] 이런 사실은 강세황이 조선에서 삼절로서 폭넓게 인정받은 인물이었음을 의미한다. 강세황 사후에 국왕 정조가 내린 제문에는 "정건과 같은 삼절(三絶則虔)"이라는 구절이 실려 있다. 국왕의 제문은 이명기(李命基)가 그린 초상화에 쓰여 있다. 정건의 고사를 연상시키는 이 행위는 시서화 삼절로서, 문인화가로서 명예의 정점을 보여 주는 장면일 것이다(그림 6).

강세황이 언제부터 시서화 삼절로서 인정을 받았는지는 분명하지 않다. 그러나 안산에서 활동하던 시기에 이미 삼절로서의 명성을 구가하고 있었음은 분명하다. 당시 강세황은 자신의 시서화에 대하여 혹은 회화로 얻은 명성에 대하여 어떻게 여기고 있었을까?

그림을 좋아하여 때로 붓을 휘두르면 힘이 있고 고상하여 속기를 벗어버렸다. 산수는 왕황학(王黃鶴)과 황대치(黃大癡)의 법을 크게 터득했으며 묵화인 난죽은 더욱 맑고 힘차며 속기가 없었으나 세상에 깊이 알아주는 사람이 없었고 나도 스스로 대단하게 생각하지 않고 다만 이것으로 감흥을 풀고 마음을 기쁘게 하는 것뿐이었다. 간혹 얻으려 하는 사람이 지분거리면 속으로는 매우 귀찮고 괴로웠지만 또 완강하게 거절하지 못하고 다만 건성으로 응낙하여 남의 뜻을 거스르려 하지 않았다. 글씨는 이왕의 법을 받았고 미불과 조맹부를 참작하여 상당히 깊은 경지에 이르렀다. 한편으로 전서와 예서를 공부하여 스스로 옛사람의 정신을 터득했다. 기분이 좋을 적마다 옛 법서 두어 줄씩을 임서하여 소산청원의 취미를 붙였다.12

이 글은 「표옹자지」에서 강세황이 자신의 서화에 관한 생각을 밝힌 부분이다. 강세황은 자신이 산수화에서는 원나라의 문인화가들인 왕몽(王蒙, 1322~85)과 황공망(黃公望, 1269~1354)의 화풍을 지녔으며 난과 대나무

豹菴姜公七十一歲眞

御製祭文

珠牌雅揖雄蹟雲煙揮毫萬紙內屏宮掖
卿宮不倫三絶卽虞北惶華國西樞殫先
才難之思薄弔是宣

曹允李詳書

그림 6 이명기, 「강세황 초상」, 비단에 채색, 145.5×94.0cm, 1783, 진주강씨 백각공파 종친회 국립중앙박물관 기탁

에서도 속기를 벗어났다며 긍지를 보이고 있다. 그는 회화에 관한 자신의 재능을 부정하지 않았다. 그러나 그의 글에서 우리의 예상을 벗어나는 언급이 발견된다. '세상에 깊이 알아주는 사람도 없고 스스로 잘한다고 여기지 않았다'라는 구절이다. 이 시절 강세황은 각지의 명사와 고위 관료들의 요청을 받으며 다양한 작품을 제작했다.『송도기행첩』,「복천오부인초상(福泉吳夫人肖像)」과 같은 안산 시절을 대표하는 그림들은 다양한 요청과 회화로서 얻은 명성을 증명해 준다(그림 7). 동시에 강세황이 서화 요구에 적극적으로 수용했던 상황도 반증한다.[13]

그러나 자서전에 의하면 그는 스스로 즐기기 위하여 그림을 그렸을 뿐이었다. 간혹 서화 요청을 받으면 괴로웠지만 거절할 수 없어 대충 건성으로 그려주었다. 이런 설명은 안산 시절의 회화 제작 양상과 서로 상충하며 여기에서 화가 스스로 회화활동의 의미를 축소하고자 하는 의도를 읽을 수 있다. 이것은 서예에 관해서는 이왕(二王: 王羲之, 王獻之)을 본받아 미불(米芾, 1051~1107), 조맹부(趙孟頫, 1254~1322)의 글씨를 터득했으며 법서의 임서를 취미로 삼았다는 등 강한 자부심만을 보이는 태도와 대조적이다. 강세황이

그림 7 강세황,「복천오부인초상」, 비단에 채색, 78.3× 60.1cm, 1761, 개인 소장

회화에 대해서 유독 소극적인 의미를 부여하며 여기화가(餘技畫家)를 자처하는 이유는 무엇일까?

그 해답은 「표옹자지」의 저술 시기와 목적에서 찾아야 할 것이다. 강세황의 자전은 바로 '절필기'의 글이었다. 1763년 기다리던 아들의 출사가 이루어지는 순간 강세황은 그림을 그리지 말라는 영조의 권고를 받았다. 오랜 정치적 금고로 인해 가문이 향반(鄕班)으로 전락할 수 있는 절명의 순간에 시서화로 얻은 삼절의 칭호는 명예롭지 않았다. 절필 이래 자서전을 쓰기까지 3년여의 기간은 강세황에게 화가가 아닌 새로운 사회적 이미지를 정립해야 하는 시기였을 것이다. 이 순간 그는 문인으로서의 새로운 정체성을 세우고자 했을 것이다. 강세황이 자신의 자서전에 절필 과정을 상세히 기록하며 자신을 재능은 있으되 즐겨 그리지 않는 아마추어 '여기화가'로서 이미지화한 이유는 세상에 알려진 화가의 이미지를 일소하고 그 자리에 문인의 정체성을 다시 정립하려는 시도로서 풀이된다.

강세황의 회화 수응과 묵죽화[14]

자서전에서 강세황은 자신에게 그림을 구하려는 자들이 많았음을 내비치고 있다. 주위의 요청에 응하여 서화를 제작하는 행위를 수응(酬應)이라고 한다. '회화 수응'은 강세황과 관련한 회화 담론 중에서 유독 빈번하게 등장하는 주제이다. 그의 왕성한 수응은 20년에 걸친 절필의 원인이기도 하였다. 따라서 절필의 종식은 회화의 제작 여부가 아니라 타인의 요청에 대

그림 8 강세황, 「죽석모란도」, 비단에 수묵, 115×54.5cm, 1781, 개인 소장

한 수용, 즉 사회적인 회화 활동 여부에 의해 결정될 것이다.

강세황은 자서전을 집필하면서 절필의 계기와 시작을 명백하게 밝혔다. 그러나 언제 어떤 절차에 의해 절필을 마쳤는지에 대해서는 별도의 기록을 남기지 않아 현전하는 그림으로 유추할 수밖에 없다. 현재 확인되는 만년의 작품 중 「죽석모란도(竹石牧丹圖)」는 1781년의 연기를 지니며 절필 이후 그림으로 가장 앞자리에 위치한다(그림 8). 강세황은 「죽석모란도」 왼쪽에 유광옥(劉光玉), 즉 유기(劉琦, 1741~?)라는 한어역관을 위하여 그렸다는 관서를 적었다.[15] 비록 수묵으로만 그렸으나 1미터가 넘는 규모와 상당한 공력이 들어간 필치는 강세황이 유광옥의 서화 요청에 진지하게 대응한 상황을 담고 있다. 같은 해 겨울에는 '청계의 태화당(太和堂)'에서 그렸다는 관서가 있는 대형 사군자도를 제작하기도 했다. 1781년 이전에도 강세황은 간혹 그림을 남겼다. 그러나 이들 그림에서는 제작 시기나 그림을 증여받게 될 인물을 뚜렷하게 밝히지 않아 회화를 대하는 조심스러운 태도가 엿보인다. 이에 반하여 「죽석모란도」와 「난매죽국」에는 제작 시기와 증여 대상이 분명하게 기록되어 었다. 이들 그림의 존재는 절필하고 난 후 20여 년이 지난 1781년을 즈음하여 강세황이 다시 사회적인 회화활동에 나섰음을 증명하는 것으로 풀이된다.

두 그림에서 감지되듯이 강세황이 말년에 즐겨 그렸던 그림은 주로 사군자였으며 그중에서도 묵죽은 가장 빈번하게 그렸던 장르였다. 묵죽화는 문인의 덕성이나 관료로서의 절개를 대나무의 성질에 기탁하여 표현한 그림이다. 북송대에 소식(蘇軾, 1037~1101)이 문동(文同, 1018~79)의 대나무 그림을 도(道)의 경지를 표현한 그림으로 이해한 이래로 묵죽은 문인의 미학을 대표하는 화목이기도 했다(그림 9). 강세황이 묵죽화를 선호한 일차적인 이유는 문인들이 추구하는 이상적인 가치를 시각화한 그림이라는 일반적인 인식에 있었을 것이다. 또 다른 이유는 사군자를 그리는 방법적 측면이 서예의 필법과 깊이 관련되어 있다는 데서도 찾을 수 있다.[16] 서예에서도 회화에 못지않게 자신만의 예술세계를 이루었던 강세황이 묵죽화를 향해 관심을 보였던 것은 자연스러운 결과일 것이다. 그러나 강세황에게는 가치를 표상하거나 서법의 연장선에 놓인 그림이라는 등으로 국한되지 않는 현실적인 묵죽화 제작의 이유가 있었다.

18세기 최대의 서화 수장가인 석농(石農) 김광국의 요청으로 그려진 「청록죽(青綠竹)」에서 강세황이 묵죽화를 빈번하게 제작했던 이유를 추정할 수 있다. 이 그림과 함께 수록된 기록은 강세황이 직접 쓴 제발로서 제작 계기를 보여 준다(그림 10).

> 예로부터 대나무를 그릴 때는 모두 먹을 사용하고 채색을 쓰지 않았으므로 묵군이란 호칭이 있었다. 지금 석농이 작은 종이에 그려주기를 바라면서 굳이 청록색을 써달라고 한 것은 과연 무슨 뜻인가? 작은 화폭에 구애되어 천 길이나 솟은 대나무의 형세를 마음껏 표현하지 못함이 더욱 안타깝다. 갑진년 늦봄에 표옹이 쓰다.[17]

김광국의 『석농화원(石農畵苑)』에는 강세황의 그림이 다섯 점 이상 실려 있다. 강세황이 다른 화가의 그림에 제사(題詞)를 쓴 경우도 종종 발견된다. 두 사람은 화가 혹은 비평가와 수장가로서 상당한 친분을 유지한 것

그림 9 문동, 「묵죽도」, 비단에 수묵, 131.6×105.4cm, 중국 북송, 대만국립고궁박물원

그림 10 강세황, 「청록죽」, 종이에 엷은색, 29.0×21.0cm, 1784, 간송미술관

으로 보인다.[18] 「청록죽」은 한 모퉁이에서 솟아난 바위를 중심으로 두 그루의 대나무를 그린 정형화된 형식의 그림이다. 의뢰자의 요구에 따라 청록을 사용했다는 점을 제외하면 강세황이 즐겨 사용했던 형식이 그대로 활용되었다. 이 글에서 더욱 주목할 내용은 강세황이 회화 요청에 따라 묵죽을 그렸다는 것이다.

강세황은 안산에 이주한 초기부터 이미 많은 그림을 요청받았다. 1747년 청문당의 주인 유경용(柳慶容, 1718~53)에게 그려준 그림에 첨부된 발문에서 당시 강세황의 회화 수응을 설명하는 내용을 찾을 수 있다(그림 11). 맨드라미와 여치를 그린 화훼화 곁에는 "세간에 내 그림을 구하는 사람이 많다. …… 비록 요구에 따라 응하지만 반은 억지로 짜증나고 피곤해서 함부로 붓을 움직일 따름이다"라는 글이 적혀 있다.[19] 당시에 강세황은 괴로움을 느낄 정도로 그림 청탁을 받고 있었으나 유경용을 위한 이 그림만은 특별히 시간과 정성을 다하여 그렸다고 한다.[20]

이규상은 『병세재언록』에 서화가로서 강세황이 받은 심상치 않은 서화 구청을 짐작할 수 있는 흥미로운 이야기를 수록해 놓았다. "그(강세황)는 비록 시골의 늙은이나 초야의 인사가 그림이나 글씨를 청하여도 즉시 들어주었다. 나라 안에 집집마다 표암의 서화가 병풍이나 벽에 붙어 있을 정도였다."[21] 시골의 늙은이, 초야의 인사까지도 그의 서화를 받고자 했으며 강세황은 이러한 요청을 거절하지 않고 즉시 그려주었다고 한다. 집집마다 강세황의 서화가 붙어 있었다는 내용은 물론 과장된 표현일 것이다. 그러나 이러한 인식이 형성될 정도로 강세황이 많은 서화를 그려주었다는 점만은 눈여겨보아야 할 것이다.

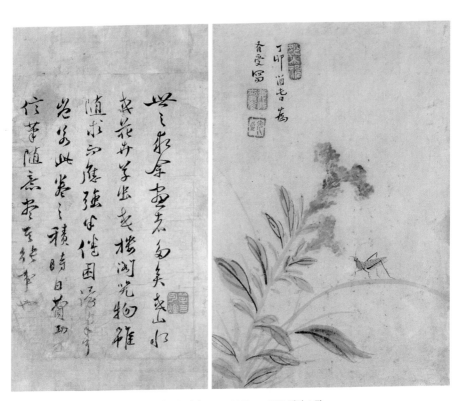

그림 11 강세황, 「맨드라미와 여치」, 종이에 수묵담채, 39.4×32.7cm, 1747, 개인 소장

이규상은 18세기 전반 가장 인기 있었던 화가인 정선의 수응화(酬應畵)에 관련된 기록도 남기고 있다.[22] 그에 따르면, 정선은 전국적인 그림 요구에 수응했으며 종이나 비단에 그린 양이 얼마나 되는지 알지 못할 정도였다고 한다. 정선은 계속되는 그림 주문에 신속하게 대응하기 위해 '권필(倦筆)'의 그림, 즉 마구 휘두른 그림을 남발했으며 때로는 아들을 대필 화가로 고용할 정도였다.[23] 이규상이 기록한 정선과 강세황의 수응에 관한 일화는 과장된 면이 있을지라도 이를 통해서 그들의 명성이 어느 정도였는지 짐작할 수 있다.

앞의 일화에서 강세황 또한 정선 못지않은 대중적인 서화 요청을 받았던 상황이 엿보이며 그 행간에서는 정선 이상으로 요청이 쇄도했을 가능성마저 간취된다. 강세황은 이러한 요청을 거부하지 않고 성실하게 응수했던 듯하다. 정선이 권필로 그리거나 대필 화가로서 서화 요구에 대응했던 방식을 돌아보면 강세황의 수응 방식에 관하여 의문이 일어난다. 시골의 노인, 초야의 문인을 포함하여 전국에서 밀려드는 그림 요청을 그는 과연 어떤 방식으로 해결했을까? 그의 서화 수응은 사회적 명성과 어떻게 관계되는가?

삼성미술관 리움이 소장하고 있는 『십로도상첩(十老圖像帖)』은 1790년 연로한 육체적 한계로 인하여 세밀한 그림을 그릴 수 없었던 강세황이 김홍도에게 대필을 요청하여 탄생한 작품이었다(그림 12).[24] 이처럼 강세황도 때로는 대필이라는 방법을 활용했으나 이것은 매우 특별한 경우에 한정되었던 것으로 보인다. 저명한 문사였던 정란(鄭瀾, 1725~91)에게 그려준 『불후첩(不朽帖)』의 기록은 강세황에게 특유의 수응 태도가 있었음을 짐작게 한다. 다음은 정란의 요구로 그린 이 화첩의 발문이다.

> 내가 묵죽 그리는 법은 대강 알지만 산수는 본래 잘하지 못한다. 창해 옹
> 은 내가 대나무만 그리는 것을 염려해 산수를 그리라 했는데 이것은 거
> 의 내시에게 수염이 없다고 나무라는 격이다. …… 훗날 보는 사람은 구
> 하는 사람의 일은 알지 못하고 능하지 못한 자의 잘못만 꾸짖으니 나는
> 이러한 일을 좋아하지 않는다.[25]

정란은 강세황이 대나무를 그려줄 것을 걱정하여 산수를 그려 달라
고 부탁한 끝에 비로소 원하는 그림을 받을 수 있었다. 강세황의 글에서
자신의 의지와 관계없이 산수화를 그려야 했던 불만스러운 심정이 드러난
다. 정란과 같이 사회적 명성과 오랜 친분이 있는 인물의 경우도 강세황에
게 산수화를 그려 받기는 쉽지 않았던 일인 것 같다. 『불후첩』의 기록에서
강세황이 서화 요청을 위하여 선택한 방편을 찾을 수 있다. 그는 서화 요청
을 받으면 다름 아닌 대나무 그림, 즉 '묵죽화'를 선택하곤 했다. 이런 상황
은 연행을 떠났던 1784년경의 기록을 통해 다시 한 번 확인할 수 있다. 강
세황은 연행을 전후한 무렵 유난히 많은 묵죽화를 제작했다. 이 중 의주에
서 선면에 그린 두 점의 「고목죽석도(枯木竹石圖)」가 남아 있다(그림 13). 「고
목죽석도」의 제사에는 "이 부채에 꼭 산수를 그려 달라고 했다. 그러나 잘
게 접혀 나무 주름 같아서 붓을 댈 수가 없어 마침내 고목죽석으로 대신
했다"라는 글이 적혀 있다.[26] 산수를 요청받았지만 죽석으로 대신했다는
내용은 『불후첩』의 제작 상황과 거의 일치한다.

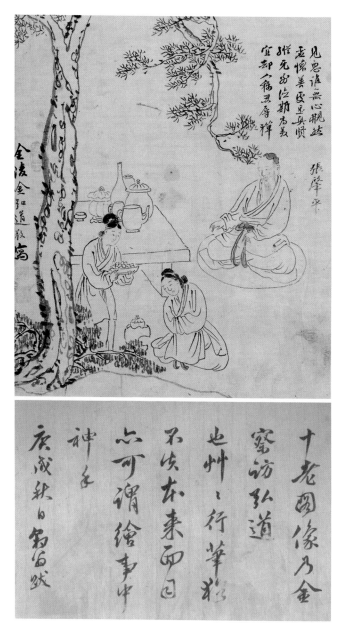

그림 12 강세황·김홍도, 『십로도상첩』, 종이에 먹, 33.5×28.7cm, 1790, 삼성미술관 리움

강세황이 받았던 서화 요청은 베이징에 머무는 동안에도 마찬가지였다. 그의 행장에는 그가 베이징에서 이 요청에 어떻게 대응했는지 상세하게 기록되어 있다. "(그림을) 얻고자 하는 사람이 저자를 이루었지만 부군은 마음에 지킴이 있어 모두 허락하지 않았다. …… 대략 간단한 작품으로 그들의 요구에 응하여 체면치레나 했다."[27] 강세황은 서화 요청이 쇄도했음에도 불구하고 많은 그림을 그리고자 하지 않았다. 조정의 공식 사절로서 후한 예물을 받는 상황을 피하기 위해 수응을 사양했을 가능성이 높다. 그러나 그 요청을 완전히 거절하지는 않았으며 간단한 그림으로 응수함으로써 예의를 잃지 않고자 했다. 청조의 인사들에게 제공한 간단한 그

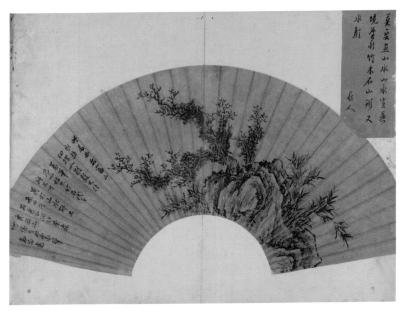

그림 13 강세황, 「고목죽석도」, 종이에 먹, 35.0×53.0cm, 1784, 국립중앙박물관

림이 무엇인지까지는 나타나 있지 않았다. 그러나 연행 동안의 행적과 남겨진 그림으로 미루어 간단히 제작할 수 있는 사군자류의 작품이 주종을 이루었을 것으로 추정된다.

「표옹자지」를 짓던 안산 시절에도 강세황은 '매우 귀찮고 괴로웠다'며 수응의 괴로움을 토로한 바 있다. 이 글에 반영된 상황은 강세황이 재야에 머물던 시기였지만 그는 이미 화가로서 인기를 구가하며 괴로움을 느낄 만큼 서화 요청을 받고 있었다. 국왕의 총애를 받으며 활약하던 만년에 그를 향했던 그림 요청은 안산 시절과는 비교할 수 없을 만큼 수요가 증가했을 것이다. 수응의 괴로움도 요구에 비례하여 커져갈 수밖에 없었다. 화가는 감당할 수 없을 지경에 이르렀던 회화 요청에 보다 효율적으로 대응할 수 있는 방법을 강구해야 했다.

회화 수응과 사회적 명망의 상호관계

강세황이 만년을 보냈던 남산 무한경루(無限景樓)를 묘사한 정약용의 시문에는 그에게 몰려오던 서화 요청의 상황이 그려져 있다.

표옹의 산중 누각 계곡의 정원에 접했는데,
그림 구하러 온 사람들 흡사 시장 터를 닮았네.
난죽 일필로 그려 손님 요구에 수응하고,
고요할 때 바야흐로 도원도(桃源圖)를 그린다오.[28]

정약용의 눈에 비친 무한경루는 마치 장터를 연상시킬 만큼 그림 구하는 사람들로 붐볐다. 강세황은 사군자화의 일종인 난초 혹은 대나무 그림으로 대중의 요구에 응했다. 수응객이 돌아간 이후 그는 「도원도」처럼 시간과 공력을 필요로 하는 그림을 그렸다. 의무감으로 임해야 하는 괴로운 서화 제작에서 벗어나서야 그는 자신의 능력을 온전히 발휘한 그림을 그릴 수 있었을 것이다.[29] 정약용은 강세황이 대나무 그림에 가장 뛰어나다고 했지만 수응을 위해서 일필로 그린 간략한 그림에 대해서는 오히려 "대나무와 비슷하게 그린 것(竹畵)이지 진짜 대나무를 그린 것(畵竹)이 아니다"라며 은근히 비판의 시각을 드러내기도 했다.[30]

정약용이 목격했을 당시 강세황은 성공적인 관직 생활에 따른 영예로운 만년을 누리고 있었다. 그의 그림을 구하는 사람들은 그의 성공에 비례하여 많아졌을 것이다. 이 시기에 강세황은 자신에게 밀려드는 회화 요청에 대응하기 위해 독특한 방법을 고안하기에 이르렀다. 그것은 1789년 회양에서 목판으로 제작한 8폭의 대나무 그림과 시문이다. 함께 판각한 묵죽은 아직까지 알려진 바가 없으나 시문의 인쇄본과 육필본의 시첩이 전해지고 있다(그림 14). 이 시문에는 묵죽을 판각한 이유가 생생하게 설명되어 있다.

> 그림을 그려 달라는 사람들 마치 미친 듯 어수선하지만
> 잠시 동안 붓을 휘둘러 수천 장을 그려내네.
> 새겨서 완성하니 늙은이 한가로이 할 일 없어
> 팔짱 끼고 남들 바쁘게 본뜨는 것을 구경하네.

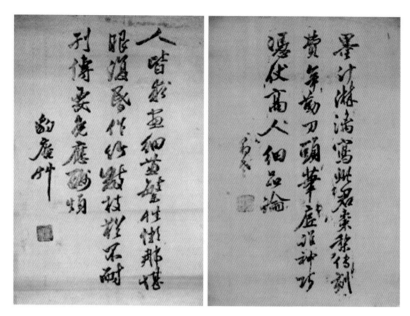

그림 14 강세황, 「화죽팔폭입각우서팔절」, 종이에 인쇄, 72×47cm, 1789, 개인 소장

사람들은 모두 세밀하고 번잡한 그림을 요구하는데

성품은 게으르고 눈마저 어두운 걸 어찌 감당하리.

대나무 몇 가지를 치는 것도 참지 못하니

새겨서 전해 줌은 번거로운 응수를 면하고자 해서지.[31]

강세황이 판각을 제작한 이유는 노년까지도 그를 괴롭혔던 서화 요청 때문이었다. 그는 수천 장의 묵죽을 인쇄하여 이러한 요청에서 벗어나기를 기대하였다. 앞의 시문에서 직접 그린 육필의 그림으로는 감당할 수 없는 지경에 이르렀던 회화 요청을 짐작해 볼 수 있다.

절필 이전 강세황에게 회화를 요청하는 구청자 대부분은 그와 사회적 관계를 맺고 있는 주변의 문사들로서 사회적으로 지위 있는 인물들이었다. 그들의 서화 구청에 대하여도 강세황은 "속으로 매우 귀찮고 괴로웠다"며 괴로움을 토로했다. 서울 이주 후 강세황 그림의 수요층은 안산 시절과 비견할 정도가 아니었으며 반드시 직접적인 교우 관계를 지닌 문사들만도 아니었다. 이른바 '대중적'이라 할 만큼 쇄도하는 회화 요청을 거절하지 않고 응하기 위해서 그는 신속히 그릴 수 있는 주제의 그림을 그려야 했을 것이다. 간략한 붓질로 즉시 그릴 수 있는 묵죽은 수응에 적합한 그림이었다. 강세황은 10여 개의 댓잎이 있는 간단한 묵죽화로 서화 구청에 수응했으며 이조차 여의치 않은 상황에서 묵죽과 글씨의 판각을 마련하여 대중의 요구에 응수했다.

조선시대를 통틀어 화가가 사적으로 자신의 그림을 판각해 인쇄하는 일은 흔치 않았다. 강세황이 전례 없는 새로운 방식을 고안해 내며 서화 수응에 각별한 공력을 기울인 이유는 무엇일까? 그는 수응에 따르기 마련인 보상을 기대했을지도 모른다. 수응은 일방적인 행위가 아니기 때문에 어떤 형태의 보상이 있었을 것임을 예상할 수 있다. 그림에 대한 답례로서 가장 일반적인 형태는 경제적인 보상일 것이다. 그러나 그 보상이 반드시 물질적 형태를 띠거나 혹은 단일한 형태로서 나타날 필요는 없을 것이다. 보답은 일종의 우정의 형태나 새로운 관계 맺음으로 나타날 수도 있었다. 이 경우 화가에게 서화 수응은 복잡한 인간관계를 연결하고 그 안에서 자신을 표출하는 효과적인 수단이었다.[32]

사회적 네트워크 속에서 서화 요청을 응대하는 일은 어떤 측면에서

화가의 일상적인 의무로 여겨졌을 가능성이 있다. 불성실한 수용은 비난을 야기할 수 있으며 그것은 문인으로서 불명예가 될 수 있다. 그러나 대중적인 명성을 얻은 화가의 경우 모든 요구에 열과 성을 다한 득의작(得意作)으로 대응하는 일은 불가능하다. 정선은 수많은 수요로 인하여 속화법을 구사했다. 그는 한번에 쓸어내리듯 붓을 휘두른 '휘쇄법(揮灑法)', 갑작스러운 그림 요청에 대응하여 '응졸지법(應猝之法)'을 사용했으며 심지어 '대필화가'까지 고용했다. 아울러 권필(倦筆)로 그린 그림을 남발하여 화격에 현저한 차이를 보이는 작품이 공존하는 원인을 제공했다.[33] 이러한 편의적인 대응은 필연적으로 비판을 불러올 수밖에 없었다. 조영석(趙榮祏, 1686~1761)과 같이 정선의 그림을 잘 이해했던 문사는 천편일률적인 정선의 산수화에 대해 "영동, 영남의 산 모양이 비슷하기 때문인가, 아니면 원백(元伯, 정선의 자)이 붓을 놀리는 데 싫증이 나서 일부러 이처럼 편안하고 빠른 방법을 취한 것인가"라며 은근히 질타하는 뜻을 보이기도 했다.[34] 대필 화가의 그림은 언뜻 보기에는 비슷했지만 원숙함이 떨어졌다는 이규상의 평가에도 대필을 향한 비판적인 시선이 담겨 있다. 이들의 비판을 통하여 편의적인 방식으로 수준 낮은 그림을 양산하는 일은 화가로서 평판에 바람직하지 않았음이 확인된다. 강세황 또한 간략한 묵죽화로 인하여 정약용으로부터 대나무가 아니라는 핀잔을 받기도 했다. 과다한 요구를 충족시키기 위해서 선택한 방편에는 한계가 따랐다.

　　강세황이 『불후첩』에 산수를 그리며 화첩을 보는 이들은 그의 그림이 억지로 그린 것임을 알지 못할 것이라 적어놓은 까닭은 만족스럽지 못한 그림에 대한 세간의 시선을 의식한 때문일 수도 있다. 문인화풍으로 그린 산수화는 화가로서의 명성에 부응하고 문인으로서의 자신을 표현하기에 가장 적합한 그림이었다. 그러나 '닷새에 바위 하나, 열흘에 물 한줄기'를 그린다고 말해지는 문인의 산수화로 쇄도하는 요청을 감당하기란 불가능에 가깝다. 강세황이 선택한 묵죽화는 단지 빠르게 그릴 수 있는 그림만이 아니었으며 화가의 자아를 표현하는 그림이기도 했다. 대나무는 군자의 도덕성을 상징한다. 그 표현에 서법(書法)의 원리가 적용되는 묵죽화는 문인화의 이상에 근접한 그림이었다. 이처럼 즉각적으로 그려낼 수 있으며 동시에 문인으로서 정체성을 담보하는 묵죽은 강세황에게 최적의 수응화로 다가왔을 것이다.

강세황은 안산 시절부터 회화 요청으로 인한 괴로움을 토로하면서도 그 수응을 거절하지 못했다. 이것은 만년에 이르기까지도 마찬가지였다. 심지어 묵죽과 시문의 판각까지 마련해서 대중의 요구를 만족시키고자 했다. 그가 이토록 회화 요청에 응했던 이유는 무엇이었을까?

이규상은 『병세재언록』에서 18세기에 사회 각 방면에서 두각을 보였던 180여 명의 명사를 각각이 지닌 재능에 따라 18개 항목으로 분류하였다. 이규상은 강세황에 관하여도 상당량의 기록을 수록하였는데 당시의 문인사회가 강세황을 보는 시각의 일면이 포함되어 있다. 강세황은 화가와 명필을 분류한 화주록 및 서가록(書家錄)에 수록됨으로써 삼절로서의 명성을 증명하였다. 이와 더불어 강세황은 '고사록(高士錄)'에도 이름을 올리고 있다.[35] '고사'라는 분류는 일견 모호하지만 이규상의 설명을 통해서 의미를 파악할 수 있다. 그는 고사란 "천진스럽게 세속에 뒤섞여 있으나 옥을 품고서 은둔한 자"라고 정의했다.[36] 의관이 의젓하여 겉모습만으로도 알 수 있는 유림(儒林)과 대별하여, 고사는 내면에 고결한 품성을 지닌 문인을 일컬어 분류한 항목이었다. 고사록에 분류된 인물의 면면을 살펴보면 서예로 이름이 있었던 김상숙(金相肅, 1717~92), 호고 취미로 이름이 높았던 김광수(金光遂, 1696~?) 등의 저명한 인물이 눈에 띈다. 이들은 사회적 지위와 뛰어난 재능에도 불구하고 영달을 도모하지 않았다는 평판을 얻은 인물이었다. 고사는 은일자적인 삶의 태도로서 문인의 이상을 실현한 인물이라 할 수 있다. 만년에 조정에 나아가 현실적인 영예를 누렸던 강세황의 생애는 고사로 분류하기에는 다소 이질적인 측면이 없지 않다.

이규상이 강세황을 고사로 분류한 이유로서 오랜 세월을 포의로 지냈던 전력, 문예적 능력, 그리고 만년의 관직에도 불구하고 검소한 생활을 유지한 점 등을 거론할 수 있다. 고사록에 수록된 내용에서 눈에 띄는 부분은 강세황이 "비록 시골 늙은이나 초야의 인사가 그림과 글씨를 청하여도 즉시 들어주었다"라며 서화 수응에 대하여 상세히 기록한 점이다. 강세황을 고사로 분류한 이유는 누구에게라도 그림을 그려줄 만큼 격의 없이 요청에 응하였기 때문이었던 것으로 보인다. 폭넓은 서화 수응을 통해서 강세황의 이름이 널리 알려졌으며 동시에 고결한 문인이라는 명망까지 얻기에 이르렀던 것이다. 이규상의 기록에서 서화 수응이 화가에 대한 사회적 평판과 직결되는 행위였음을 알 수 있다. 강세황이 판각까지 마련하며 적극적으로 대응했던 이유를 여기에서 찾을 수 있다. 강세황에게 회화 수응은 문인화가로서 자신의 사회적 이미지를 만들어가는 수단이기도 했다.

18세기 예원의 총수

강세황은 만년에 관료로서 활약하며 동시에 묵죽화로 주위의 요구에 수응하며 높은 명성을 구가했다. 이 시기 그에 관한 회화 담론의 대다수는 묵죽화와 관련되어 나타났다. 그러나 현재의 학계에서 강세황이 두각을 보였던 분야로서 묵죽화를 손꼽는 경우는 보기 어렵다. 삼절로서 일컬어졌던 강세황의 이름에는 흔히 '18세기 예원의 총수'라는 수식어가 따라다니고 있다. '총수'라는 표현에서 당대 문예계에 강력한 영향력을 행사하는 지도자라는 평가를 받았음을 알 수 있다. 격의 없는 자세로 누구의 요구에도 수응하며 명망을 얻었던 태도와 대조적인 면모이다. 조선시대의 회화 담론 중에 나타나지 않았던 권위적인 이미지를 부여하는 언표가 강세황에게 부여된 이유는 무엇인가? 이와 같은 화가상의 전환에서 어떤 의미를 찾을 수 있을까?

강세황을 향한 시각의 전환을 이해하기 위하여 근대적인 미술사 연구의 근간이 형성된 20세기 초의 저술에서 강세황에 관한 학술적인 논의가 본격적으로 시작되는 1970년대까지의 연구를 살펴보고자 한다. 오세창이 역대 서화가에 관한 전통시대의 기록을 망라하여 출간한 『근역서화징』(1917년 편집, 1928년 출간)은 전통과 근대의 미술사가 교차하는 순간에 등장한 역사적인 미술사의 아카이브이다. 여기에 수록된 문헌 자료는 조선의 서화가를 이해하는 가장 기초적인 자료로 활용되며 오늘날까지도 상당한 영향력을 발휘하고 있다. 오세창은 강세황에 관하여 상당한 분량의 내용을 실었다. 그 내용을 자세히 살펴보면 회화보다는 서예에 비중을 두고 있으며 회화로서는 묵죽과 묵란에 관한 약간의 언급이 포함되었을 뿐이다. 『근역서화징』의 서술 방식은 강세황을 화가라기보다는 서예가로서 부각시키는 경향이 있다.

이 시대의 대표적인 미술사학자라 할 수 있는 문일평(文一平, 1888~1939), 고유섭, 김용준(金瑢俊, 1904~67) 등의 한국회화에 관한 논의를 살펴보면 강세황을 비롯한 18세기의 문인화가에 관한 서술은 거의 눈에 띄지 않는다. 이들이 비슷한 시기에 활약한 정선과 김홍도에 관하여 상당히 심도 있는 논고를 남기며 그들의 생애와 활동상에 관한 깊은 이해를 보여 주었던 점과 뚜렷하게 대비되는 현상이다.[37] 문인화가와 문인화를 가장 중요한 분야로 여기며 김홍도와 같은 화원화가도 문인화가적인 인물로 보려는 경향이 있는 현재에 비추면 20세기 초의 문인화가에 대한 무관심은 의아할 정도이다. 이렇듯 문인화가를 향한 무관심의 배경에는 식민지 통치하에서 조선의 역사와 문화를 부정했던 특수한 상황이 있었다.[38]

해방 이후 1948년에 출간된 김영기(金永基, 1911~2003)의 『조선미술사(朝鮮美術史)』에서는 다른 면모가 확인된다. 비록 소략하지만 강세황의 회화에 대하여 소개하면서도 화가가 아닌 서가(書家)의 장에 포함시킨 점은 그가 강세황의 회화를 어떻게 인식하고 있었는지를 반영한다.[39] 김영기의 강세황에 관한 서술에서 눈에 띄는 점은 강세황의 중국 사행과 청조 문인과의 교제를 서술하는 데 상당히 많은 공간을 할애한 점이다. 이는 김정희를 중심으로 조청 문인들의 교류를 연구했던 후지즈카 치카시(藤塚鄰, 1879~1948)의 영향으로 판단된다.[40]

일제강점기 이래로 강세황을 비롯한 문인화가들의 회화가 주목받지 못했던 중요한 이유의 하나는 그들의 작품에 접근하기 어려웠다는 사실에서 찾을 수 있다. 오늘날 강세황의 대표작으로 거론할 수 있는 그림 대다수가 강세황의 후손들, 혹은 안산 진주유씨의 후손들을 통해 전승되어 온 상황이 이를 어느 정도 설명해 줄 것이다. 이 점은 정선과 김홍도의 주요 작품이 일찍부터 서화 수집가들을 통해서 미술시장에서 활발하게 유통되었던 현상과 대비된다. 강세황의 회화가 대중의 시야에 본격적으로 공개된 시기는 1970년대에 이르러서였다.

강세황의 화가상을 반전시킨 결정적인 사건은 『송도기행첩』과 『정춘루첩』의 등장일 것이다. 1971년 최순우(崔淳雨, 1916~84)가 『고고미술』에 발표한 '강표암(姜豹菴)'이라는 3쪽짜리 논고는 최초로 두 화첩을 소개하고 강세황을 재평가한 글이었다. 『송도기행첩』에서 개성 시가의 전경을 한 폭에 포착하기 위하여 사용된 원근법, 영통사(靈通寺) 입구의 바위의 독특한 양감을 표현한 그라데이션 기법은 이전의 회화에서 볼 수 없었던 화법으로서 서양화의 시점과 표현 방식을 빌려와 산수화에 적용한 것이었다. 근래에 강세황이 학계에서 높은 평가를 받는 가장 중요한 이유는 바로 서양화풍 수용의 선구자라는 사실에 근거하였다. 최순우는 이 화첩의 발견을 계기로 강세황이 서양화법의 '혁신적인 표현법을 정립'했음을 알 수 있게 되었다고 했다. 그간에 중국본의 잡다한 그림을 그리는 화가, 혹은 문기 있는 그림을 그리는 지식인 화가로서 막연하게 그려졌던 강세황의 화가상이 회화의 혁신을 이끈 화가로 변모하는 순간이었다.

'예단의 총수'라는 언표가 등장한 시기도 바로 이때였다. 예단의 총수는 민길홍이 지적한 바처럼 1972년 이동주(본명은 이용희)에 의해 『한국회

화소사』에서 처음 사용되었다.[41]

강세황은 자기 자신 남종문인화다운 아마추어 그림의 묘미를 내면서 오파 이래의 명·청 남종화법을 반도 화단에 보급하고 스스로도 문인화다운 아마추어 그림을 그린 것으로 유명하다. 강세황은 일찍부터 시서화 삼절로 알려지고 그 청렴한 인격으로 존경을 받았는데 정조의 지우(知遇)를 받은 후로는 사실상 예원의 총수로 군림했다. 그러한 그의 입장이 그가 남긴 무수한 화제 화평의 의미를 말해 준다. 그의 남종산수화는 환쟁이 태가 있는 화원 그림과 달라서 약간 묽고, 심주·문징명·동기창의 그림을 본뜨기를 즐겼는데, 그것이 대부분 화보 그림에 의한 것이다. 때로는 필선이 경직한데 또 때로는 「벽오청서도(碧梧淸暑圖)」처럼 화보 그림을 능가하는 경우도 나온다. 그의 임모로는 「동현재임모본」(국립중앙박물관), 횡권이 있으며 묵산수로는 「하경산수도(夏景山水圖)」(박재표 구장)가 유명하다.[42]

이동주는 강세황을 아마추어다운 문인화를 그린 화가로 평가하고 있으며 예원의 총수라는 평가도 강세황의 그림이 아니라 그가 남긴 화평에서 도출되었다. 이동주가 근거로 삼은 그림은 「벽오청서도」, 「방동현재산수도(倣董玄宰山水圖)」, 「하경산수도」 정도로서 이미 공개된 『송도기행첩』이나 『정춘루첩』 등은 전혀 거론하지 않았다. 그의 시각은 일견 최순우보다 보수적인 인상을 준다(그림 15). 이동주의 책은 1970년에 이미 완성되었으나 1972년에 이르러 처음 출간되었다. 따라서 최순우의 논고 이전의 인식을 반영한 것으로 추정된다.

이동주는 강세황이 시서화 삼절의 명성, 청렴한 인격, 국왕의 지우를 입은 인물이라는 점과 다양한 화가의 그림에 적은 화제(畵題)를 근거로 그를 동시대 예술가를 이끄는 우두머리로서 '군림'했다고 했다. 그가 사용한 '총수(總帥)'라는 표현과 관련하여 재벌 총수를 연상시키며 부정적인 의미를 포함한 개념이 아닌가라는 의문이 제기되기도 했다.[43] 총수는 역사적으로 조선시대 어영대장의 별칭이었으며 현대 군대에선 총지휘관을 일컫는다. 재벌과 총수라는 용어가 결합된 과정이 분명진 않지만 언론에서

그림 15 강세황, 「벽오청서도」, 종이에 엷은색, 30.5×35.8cm, 삼성미술관 리움

재벌 경영자를 지칭하며 총수라는 용어를 사용한 사례는 1960년대 초부터 확인된다. 재벌 총수는 1960~70년대 한국적 재벌의 형성이 진행되는 과정에서 군사주의 문화의 영향을 받아 등장한 용어였던 것으로 추정된다.[44] 이동주가 자신의 저서에서 예원의 총수라는 표현을 처음 사용한 시기 역시 1970년경으로, 저술 당시의 사회적 분위기가 반영된 용어였음을 알 수 있다. 그러나 그가 예단의 강압적인 지배자라는 의미에서 총수라 일컬은 것은 아니며 지도적인 영향력을 지닌 인물임을 강조하였던 것으로 보인다. 그가 거론한 강세황의 화제·화평은 대부분 직업 화가들의 그림을 위한 것이었다. 신분적인 질서에 구애되지 않고 화평을 적어주었던 점에서 개방적인 면모가 엿보인다. 1989년 강세황의 생애와 서화 전반을 조사하고 종합적으로 연구한 변영섭의 『표암 강세황 회화 연구』가 출간되었는데, 여기에 인용되면서 이후 강세황의 위상을 정의하는 용어로 정착되었다.[45]

미완성의 화가상

이 글은 시서화 삼절로 지칭되던 강세황이 어떻게 예원의 총수라 일컬어지게 되었는가라는 의문에서 시작하여 강세황의 화가상을 역사적으로 재구성하고자 했다. 강세황이라는 화가의 이미지는 그를 둘러싼 여러 요소들, 즉 사회·문화·정치·경제적 요인이 조우한 결과로서 만들어졌다. 이것은 그의 화가상이 허구적인 경계 위에 성립되었음을 이야기하는 것이 아니다. 우리가 가진 화가상이 화가의 예술적 업적과 더불어 다양한 역사적 요소간의 복잡하고 치열한 상호작용의 결과물임을 이야기하고자 했다. 다만 한 편의 글에서 모든 요소를 충분히 담아 서술하기는 어렵기 때문에 효과적인 논의를 위하여 화가와 사회를 직접 연결해 주는 '수응'이라는 행위를 선택했다.

안산에 이주할 무렵부터 강세황에게는 시서화 삼절이라는 명성이 그림자처럼 따랐다. 강세황은 명성에 상응하는 수많은 서화 요청에 응해야 했다. 그러나 가문의 정치적 재기를 이루어야 하는 사대부의 입장에서 보면 회화로서 얻은 이름은 명예로운 것이 아니었다. 유교를 사회 운영의 이념으로 삼았던 조선에서 사대부가 화가로서 인정받으며 동시에 사회적 권위를 유지하기란 불가능에 가까운 일이었다. 강세황은 20년 동안 회화 수응을 멈추고 절필을 단행하며 자신의 명성을 명예롭게 전환시켰다. 동시에 절필을 마친 그는 묵죽화로서 사회적인 그림 요청에 적극 대응하고자 했다.

강세황은 자신의 화가상을 능동적으로 기획하고 세상에 투사하고자 했다. 이규상이 강세황을 고결한 선비로서 고사록에 포함시킨 일은 결과적으로 그가 조선 사회에 자기 이미지를 어떻게 만들어나갔는지를 증명한다. 1800년을 전후하여 강세황의 문기(文氣)는 정선의 회화를 압도한다고 말해질 정도로 그의 회화에 대한 평가는 높았다. 그러나 100여 년이 지난 20세기 초에 들어서면서 강세황은 근대미술사에서 거의 주목받지 못한 인물이었다. 일제의 식민 지배를 받는 상황에서 조선의 문인화와 문인화가에 대한 외면은 시대적 상황이 반영된 현상이었다.

1970년대까지도 강세황의 화가상에 큰 변화는 없었다. 이 무렵 이동주가 강세황을 예원의 총수로 지칭한 것은 그의 사회적 지위와 화평에 근거한 것이었다. 화가로서 강세황은 여전히 아마추어적인 문인화가로서 규정되었다. 강세황이 혁신적인 화가로서 재발견된 배경에는 이전까지 알려지지 않았던 새로운 작품의 공개와 문집의 영인이 있었다. 무엇보다 서양화법을 실경 묘사에 적용한 『송도기행첩』은 강세황에 관한 인식의 전환을 불러왔으며 다음 시대를 지향하는 혁신적인 면모를 지닌 화가로 부각되었다. 이러한 시각의 전환은 2013년 탄생 300주년을 기념하여 국립중앙박물관에서 개최된 특별전의 부제, '시대를 앞서간 예술혼'에 분명하게 반영되었다.

20세기 이후 강세황을 둘러싼 담론과 화가상은 작품의 발굴, 학술 연구, 전시회와 더불어 새롭게 변화하고 지속적으로 만들어져왔다. 이런 의미에서 강세황 화가상의 역사는 여전히 완결되지 않은 채 진행 중이라 할 수 있다.

정약용에 따르면, 강세황의 집은 그림을 요구하는 사람들로 문전성시(門前成市)를 이루어 흡사 장터 같았다고 한다. 강세황은 사대부 문인이면서 실로 많은 그림 요청을 받은 '문인화가(文人畵家)'였다. 강세황은 때때로 수많은 요구에 응대해야 하는 자신의 처지를 회의하였지만 어떤 요구에도 성실하게 대하였다. 권세가, 시골 노인이, 심지어 어린아이가 요구해도 그림을 그려주었다고 한다. 강세황이 요청에 응하여 그림을 그리는 태도에는 거부와 회피의 서사가 뒤따르지 않는다. 그림을 그려 달라는 이들이 예의를 갖추지 않으면 지위 고하를 무론하고 맞섰다는 화가의 무용담이 강세황에게서는 보이지 않는다.

요구에 응하여 그림을 그리거나 글을 쓰는 행위를 수응(酬應)이라고 한다. 흔히 대규모의 수응화는 '직업 화가'임을 증명하는 행위로 여겨지기도 한다. 그러나 조선 사회는 강세황을 직업 화가로 대우하지 않았다. 여기에서 문인화가에 대한 우리의 고정관념에 균열이 생겨난다. 대개 문인화가라 하면 자신의 즐거움을 위하여 자유롭게, 혹은 고독하게 그림을 그린 문인을 떠올린다. 그렇다면 수많은 수응을 위해 그림을 그린 강세황은 어떤 화가인가? 혹은 더욱 근본적인 문제를 물을 수 있다. 문인화가란 어떤 존재인가?

나는 그 화가가 누구인지를 알기 위해서는 수응 자체, 즉 얼마나 많은 수응을 하였는가보다는 어떠한 상황에서 요청이 이루어졌으며 그 수응 행위의 결과는 무엇이었는가에 주시해야 한다고 생각했다. 그림 요청에 반응하는 화가의 전략은 결국 그가 세상에 투영하고자 하였던 정체성과 직결되는 문제일 것이기 때문이다.

3. 최북, 기인 화가의
탄생

유
재
빈

유재빈
서울대학교 고고미술사학과와 동대학원을 졸업하였다. 「정조
대 궁중회화연구」로 박사학위를 받았다. 미국 하버드 옌칭연
구소(Harvard-Yenching Institute) 객원연구원을 지냈으
며, 현재 홍익대학교 대학원 미술사학과에 재직하고 있다. 주
요 논문으로는 「18세기 도산서원의 회화적 구현과 그 의미」
「정조대 왕위계승의 상징적 재현」「건륭제의 다보격과 궁중회
화」 등이 있다.

최북, 시대에 따른 화가상의 변화를 추적하다

최북(崔北, 1712~?)은 기이한 행적으로 이름난 조선 후기 중인 화가이다. 금
강산의 절경에 감탄하여 구룡연에 뛰어들었다든지, 무리한 그림 요구에
화가 나서 자신의 눈을 찔렀다든지 하는 일화가 여럿 전한다. 그런데 이러
한 기행은 흥미롭게도 대부분 그의 사후에 기록된 것이다. 그는 생전에 이
미 그림으로 이름난 화가였지만 사후에 기행으로 더 유명세를 떨치게 된
것이다.

정작 그 자신이 남긴 글은 시 몇 편을 제외하고는 남아 있지 않다. 그
는 출신이 모호하고, 생몰년도 오랫동안 부정확하게 알려져 왔다.[1] 가문의
족보도, 자신의 문집도 없는 데 비해 다른 사람이 최북에 대해 남긴 글은
상대적으로 많이 남아 있다. 그에 대한 기록은 생전보다는 사후에 더 많

이 생산되었고, 새로운 이야기가 계속 추가되었다. 자신의 눈을 찌른 일화는 그의 대표적인 기행으로 인구에 회자되고 있지만, 사후 60년이 지나서야 처음 등장하였다. 그 이후 근·현대에 이르기까지 최북에 대한 관심은 주로 기행적 일화를 반복적으로 소비하는 방향으로 흘렀다.

최북이 학문적으로 재조명된 것은 1980년대부터이다.[2] 작품의 양식 분석을 기반으로 한 미술사 연구는 최북의 작품을 새롭게 보기 시작하였다. 기존에 알려진 그의 기행에 비해 그의 화풍은 차분한 남종문인화풍에 가까웠다. 그는 중인이었지만 성호 이익을 비롯한 명문가 문인들과 가깝게 교류하였고, 중인 사이에서도 시회를 조직하여 글과 그림을 나누었다. 새로 밝혀진 그의 문인화풍과 문인적 소양은 기인 화가 최북을 '문사형 직업 화가'로 거듭나게 하였다.

이들 연구는 기존 자료에서 흥미 위주의 일화는 걸러내고, 사료가 될 만한 내용을 추려서 그의 생애를 재건하고 그의 회화 작품과 연결시켰다. 덕분에 비교적 객관적이고 종합적인 시각으로 최북을 조명할 수 있게 되었다. 그러나 이 과정에서 최북에 얽힌 흥미로운 일화들은 학문 영역에서 사라지고, 대중적인 소통으로 퍼지게 되었다.[3]

한편 국문학계에서는 고전 산문에 등장하는 다양한 계층의 인물을 발굴하는 과정에서 최북이 재조명되었다. 영웅과 도덕군자로 구성되던 인물 열전은 조선 후기에 들어서면 기존 윤리와 통념에서 벗어난 새로운 인물 유형을 포함시키기 시작했다.[4] 최북의 기행적 일화들은 새로운 인물상의 적합한 사례가 되었다. 이처럼 미술사학자와 국문학자들의 접근은 달랐다. 미술사학자들은 화가의 삶을 객관적으로 고증하기 위해 사료를 생몰년과 교유관계를 추적하는 자료로 사용하였다. 그에 비해 국문학자들은 문헌 속에 나타난 기인적 삶이 어느 한 명에 국한된 것이 아님을 발견하고 이를 조선 후기의 문화현상으로 해석하였다. 이 연구는 화가의 신비화를 경계하는 미술사학자들의 엄중함과 화가를 기인, 재인(才人)과 같이 하나의 시대적 인물상으로 조망하는 국문학자의 통찰에 모두 큰 도움을 받았다.

이 글은 미술사학자들이 걸러낸 최북의 이야기들을 다시 살펴보고자 한다. 여기에서는 최북의 생애를 재구성하기보다는, 최북이란 인물이 어떻게 시대에 따라 다르게 인식되었는가에 관심을 둘 것이다. 따라서 최북과 관련한 일화의 진위를 검증하기보다는 그 기록이 놓인 맥락을 헤아리고자 한다. 우선 글이 쓰인 시대적 맥락을 볼 것이다. 최북의 지인들이 남긴 그의 생전 기록은 그의 사후 기록과 매우 다른 양상을 띤다. 그의 기행에 대한 일화가 생산된 것은 대부분 그의 사후, 즉 18세기 말에서 19세기 초 사이이다. 이때 생산된 일화는 근대기 들어 반복되어 재생산되었고, 기인 화가로서의 화가상이 공고해졌다.

또 다른 맥락으로 기록의 장르적 특징을 주목하여 볼 것이다. 최북과 관련한 기록들은 본인에게 건넨 '편지' 혹은 '송별시', 그의 작품에 내려진 '화평', 그의 사후에 지어진 '전기' 등의 형식으로 구분할 수 있다. 이러한 문학 형식은 구체적인 내용으로 논조를 결정짓고 화가상을 형성하는 데 영향을 끼쳤다. 요컨대 이 글은 최북을 둘러싼 기록들의 시대적·문학적 맥락을 다시 살펴봄으로써 그의 화가상이 어떻게 형성되었는지 알아보도록 하겠다.

최북, 재능과 일복을 타고난 화가

일본으로 사행 가는 최북을 따뜻하게 전송하다

최북에 대한 당대인들의 평가는 그의 기행보다는 회화적 역량에 초점을 맞추고 있다. 최북과 교유한 당대인 중에 성호 이익과 그의 일가인 여주이씨(驪州李氏)가 중요한 비중을 차지하고 있다.[5] 이익과 그의 여주이씨 후손들은 안산의 문인 집단에 큰 영향을 끼쳤는데 당시 안산에 머물던 최북 역시 그의 문화적 영향권 아래에 있었던 것으로 보인다. 그들은 최북의 회화를 높이 평가할 뿐 아니라 그의 화업에 적극적인 지지를 보냈다. 최북에 대한 가장 이른 기록을 남긴 이는 이익과 그의 후손이자 제자인 이현환(李玄煥, 1713~72)이다. 그들은 1747년, 서른여섯 살에 최북의 일본 통신사행[6]에 송별시문을 지어주었다.

먼 길을 떠나는 관리에게 송별의 뜻을 담아 지어주는 '신장(贐章)'은 조선시대 오랜 관행이었는데, 특히 국외 사행의 경우는 필수적이었다.[7] 그러나 최북과 같이 관원이 아닌 수행원에게 신장을 써주는 경우는 드물었다는 점에서, 최북에 대한 그들의 남다른 평가와 기대를 볼 수 있다. 그들의 글을 통해 이를 구체적으로 확인해 보자. 이익은 「일본에 가는 최칠칠을 보내며(送崔七七之日本)」라는 제목으로 7언율시 3수를 지어주었다.[8] 그 마지막 수는 다음과 같다.

> (나는) 못나고 게으른 삶이라 장관을 보지 못했지만
> (그대는) 하늘 저편 좋은 유람이 물결을 건너게 되었구나.

부상 가지에 걸린 태양의 참 형상을

부디 잘 그려 와 나에게 좀 보여 주게.

拙懶平生欠壯觀

奇遊天外隔波瀾

扶桑枝上眞形日

描畫將來與我看

　이익의 시는 일반적인 신장의 내용, 즉 무사귀환에 대한 기원과 임무를 성실히 수행하기 바라는 마음 등을 그대로 담고 있다. 첫 수에서는 "하늘은 응당 한 줄기 순풍을 빌려주리라(天心會借一帆風)"라는 말로 항해가 순탄하기를 빌어주었다. 인용한 마지막 수에서는 "부상 가지에 걸린 태양의 참 형상을 부디 잘 그려 와 나에게 좀 보여 주게(扶桑枝上眞形日 描畫將來與我看)"라고 하였는데, 부상국(扶桑國), 즉 일본의 풍광과 문물을 잘 그려 올 것을 당부하고 있다.[9] 당시 일흔일곱 살의 거장 성호 이익이 서른여섯 살의 젊은 화가에게 보내는 글임을 생각하면 그 시선이 무척 다정하고 사려 깊은 데 놀라게 된다. 다시 생각하면, 화가 최북에 대한 인간적 존중과 화가로서의 기대가 컸던 것을 볼 수 있다.

　당시 안산에 살면서 이익에게 배우던 후손, 이현환 역시 최북에게 송별문을 써주었다. 이 글은 관습적인 사행 신장과는 사뭇 다르다. 그는 단순히 무사귀환을 바라는 대신 화원의 사행 임무에 대해 그와 나눈 진솔한 대화를 옮겼다.

임진년에 또 사신의 명이 내려져 나라를 걱정하는 신하들이 재예가 있는 자를 물색해서 각기 직무를 수행하게 하였다. 이때 최칠칠은 그림으로 세상에 이름이 나 있었기에, 마침내 이 선발에 뽑혔다. 나에게 전송하는 글(贐語)을 요청하며 다음과 같이 말하였다. "이 임무는 나라의 명이므로 의리상 감히 사양하지 못합니다. …… 현실에 골몰할까 염려되어 결연히 떨치고 가려 합니다. 장차 바다를 건너 동쪽으로 가서 천하의 기문과 장관을 보고 넓고 큰 천지를 배워서 돌아오겠습니다."

…… 지금 나라에서 자네를 뽑아 보내는 이유를 아는가? 왜인이 찾아와 그림을 청하거든 바람처럼 소매를 떨치고 마음대로 붓을 휘둘러, 법도를 잃지 않으면서도 새 뜻을 만들어내고, 호방하면서도 신비함을 불어넣게 …… 진실로 저 왜인들이 그림에 뜻을 둔다면 반드시 그림에 빠져 국사를 망각하는 화를 초래할걸세 …… 그림 그리기를 사모하고 본받기 위해 전쟁하는 것을 잊을 것이오 …….

한편으로 여가에 몰래 산천과 인물, 성지와 기계를 그려서 돌아오게. 뒷날 우리나라가 전쟁하고 수비하는 데 편의를 제공한다면, 자네의 세 치 붓이 나라를 반석보다 무겁게 만들어 나라를 지키는 용도로 쓰일걸세.[10]

첫머리를 통해 최북은 화원이 아니었지만, 화명이 높아 사행에 선발되었으며, 최북이 이현환에게 보내는 글, 신어(贐語, 먼 길을 떠나는 이에게 보내는 인사말)를 직접 요청하였음을 알 수 있다. 이현환은 최북의 말을 직접 인용하였는데, 국명을 받는 사명감과 더 넓은 세상을 배워오겠다는 포부가 드러난다. 이처럼 직접 인용함으로써 일반적인 축원을 담은 신장과 달

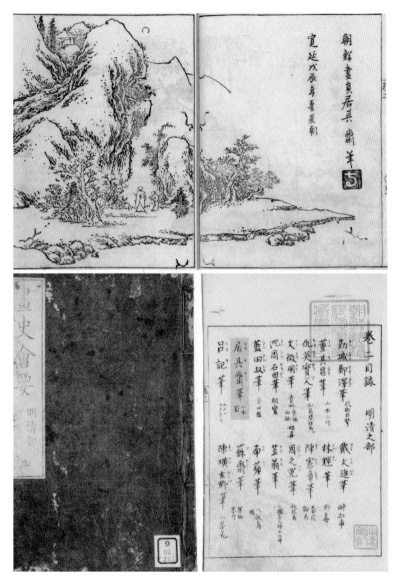

그림 1 최북, 「산수」(『화사회요(畫史會要)』), 오오카 슌보쿠(大岡春卜) 편찬), 27.0×18.0cm, 1753, 국립중앙도서관

1748년 통신사 화원으로 일본에 간 최북은 일본의 카노파 화가인 오오카 슌보쿠를 만나 그림 모임을 열었다. 오오카 슌보쿠는 이때 남긴 한일 화원의 작품을 자신이 편찬한 화보 『화사회요』에 수록하였다. 최북의 작품은 산수화와 화조화가 판화로 번각되어 실렸다.

리, 가는 자와 보내는 자 간의 진지한 대화의 한 장면을 연출해 낼 수 있었다. 즉 최북의 결연한 자세를 드러냄과 동시에 그에 대한 이현환의 기대와 당부를 장황하게 펼쳐낸 것이다.

이현환은 최북에게 일본인들이 그림을 요청하거든 그에 응하는 한편, 일본의 지리와 문물을 그려 올 것을 요구하였다. 이는 잘 알려진 통신사 수행화원의 두 가지 업무를 그대로 요약하여 보여 준다.[11] 다만 그림을 그려줌으로써 우리의 문화적 역량을 과시하기를 바라는 것보다 그들이 최북의 그림에 빠져 국사를 망각하고 전쟁하는 걸 잊기를 기대한다는 점이 특이하다.[12] 이처럼 이익과 이현환은 일본에 가는 최북에게 각별한 마음을 담아 신장을 지어준다. 이현환은 왜인이 전쟁을 잊게 만들고, 우리가 스스로를 수비하게 하는 중대한 역할을 최북에게 기대한다. 여기서 드러나는 최북은 호방하고 결연하다. 흐트러지거나 낭만적인 기인의 모습은 찾아보기 어렵다.

밀려드는 주문으로 지친 최북을 독려하다

최북은 일본에 다녀온 후 그 명성이 더욱더 높아져 그림 주문이 쇄도하였다. 앞서 최북을 전송하는 글을 쓴 이현환은 지친 최북을 위로한다. 다음은 최북이 일본에서 돌아온 이듬해인, 1749년 가을, 그에게서 영모화(翎毛畵) 8폭병풍을 받은 이후 남긴 글이다.

칠칠은 그림을 잘 그리기로 세상에 명성이 자자하였다. 사람들이 병풍과 족자를 들고 와서 그림을 청하였는데, 칠칠은 처음에는 기뻐하며 바람처럼 소매를 휘둘러 잠깐 사이에 완성했다. 대응이 물 흐르듯 자연스러웠다. 지난 무진년(1748)에는 일본에 그림을 그리도록 파견되었는데, 왜인들이 보화를 들고 그 그림을 얻고자 몰려들었고, 돌아올 때에 이르자 더욱 그 이름이 높아졌다. 사방에서 찾아와 그림을 청하느라 사람들의 발길이 칠칠의 문에 이어졌다. 왕공과 귀인들이 심지어 화사로 그를 부리기도 하였다. 칠칠은 끝내 염증을 내었다. 흰 비단을 가지고 오는 자가 있으면 받아서 팽개쳐 두기 일쑤였다. 궤짝에 차고 상자에 쌓인 채 해를 넘겨도 붓을 들지 않을 때가 많았다.

그 옛날 문여가(文與可, 북송 문인화가 문동)는 대나무를 잘 그렸는데 비단을 가지고 찾아오는 사람이 수도 없이 많았다. 문여가는 염증을 내어 땅에 던지며 "버선이나 만들어야겠다"라며 욕했다. 지금 칠칠의 산수(山水), 화훼(花卉) 그림은 문여가의 대 그림과 수준이 비슷하여 명성이 나란하다. 그림에 염증을 느낀 심경도 문여가처럼 비단으로 버선이나 만들고자 할 지경이다.

그래서 일찍이 말하기를 "그림에 빠져든 사람은 도덕 문장을 갖추더라도 한순간에 화사라는 치욕을 얻게 되니 말을 할 때마다 극으로 치달으니 그림을 경계한다"라고 하였다. 내가 보니 아무것도 거리낌 없이 붓 가는 대로 빠르게 휘두르니 견줄 사람이 없다. 그 큰 뜻으로 말하자면 옛것(古法)을 본떠서 새로운 뜻(新意)을 드러낸 것이다.

내가 "그대의 그림은 성성이가 술을 좋아하여 꾸짖어도 또한 마시는 것에 가깝지 아니한가"라고 하였다. 소식이 말하기를, "시에서 두보, 문장에서 한유(韓愈), 글씨에서 안진경(顔眞卿), 그림에 있어서는 오도자에 이르러 고금의 변화가 이루어졌으니 천하의 능사가 모두 갖추어졌다"라고 하였다. 내가 그대의 그림을 또한 능사가 갖추어졌다고 평가했으니 그대는 (재능을) 아끼지 말게나. 사람을 기쁘게 하고 즐겁게 하는 것 가운데 그림만한 것이 없다. 환현(桓玄)이 전쟁 중에도 서화를 지키려고 빠른 배에 실어 놓은 것이나 왕애(王涯)가 서화를 이중으로 된 벽에 보관하였던 일은 결국 나라에 해를 끼치고 몸을 망치게 하였다. 옛사람의 고질적인 버릇이 쉽게 고쳐지지 않음이 이와 같다. "가만히 조화옹의 뜻을 헤아려보니 그대에게 기묘한 재주가 있어 사람들이 그대의 그림을 보배로 여길 것이니, 명월주, 야광벽과 같은 보배를 어찌 가볍게 여기겠는가. 훗날 그대의 그림을 얻는 사람은 보배로 간직할 것이니, 주저하지 말게나"라고 하였다. 칠칠이 말하기를, "그림은 내 뜻에 맞으면 그만일 뿐. 세상에는 그림을 아는 자 드무네. 참으로 그대 말처럼 오랜 시간이 흐른 뒤에 이 그림을 보는 사람은 그림을 그린 나를 떠올릴 수 있으리. 뒷날 날 알아주는 지음(知音)을 기다리려 하네"라고 하였다.

마침내 영모화를 그려 여덟 첩으로 내게 전해 주니 나는 최백(崔白)의 영모라고 일컫고 이를 글로 남긴다.

기사년(1749) 가을날, 9일[13]

이 글은 명성이 높아진 최북의 오만한 성격 혹은 작가로서의 자부심을 드러내는 자료로서 종종 인용되었다. 그러나 이 글의 문맥을 살피면 최북의 오만함보다는 지친 모습을 살필 수 있다. 일본에서 돌아온 지 불과 1년이 안 되어 그림을 그려 달라는 주문이 밀려들었다. 일본인들이 '보화'

를 들고 온 것에 비해 조선인들이 어떤 보답을 하였는지는 언급이 없다. "왕공 귀인들이 그를 화사로 부렸다"는 것은 합당한 대우와 보답 없이 권위를 이용해 그에게 그림을 요구했음을 짐작할 수 있다. 오히려 '그림에 빠져든 사람은 도덕 문장을 갖추더라도 한순간에 화사라는 치욕을 얻게 된다'라는 말로 미루어 최북은 그림으로 이름이 날수록 치욕을 얻게 되는 모순된 상황에 놓이게 된 것이다.

이현환은 이러한 상황에 놓인 최북이 그림을 그만둘까 걱정하며 그를 독려하는 차원에서 이 글을 쓴 것으로 보인다. 그는 최북을 북송의 문인화가 문동에 비유하기도 하고, 신선이라 불린 당나라 화가 오도자(吳道子, 680~759)에 비유하기도 하였다. 심지어 그는 글 말미에 덧붙이기를, 최북에게서 받은 영모화를 '최백의 영모'라 부르기까지 하였다. 최백은 영모화에 뛰어난 북송대 화가이다. 이처럼 이현환은 중국 최고의 화가들을 끌어다 그에게 용기를 북돋아주고 있다. 훗날 최북의 작품이 보배로 여겨질 테니 너무 상심하지 말고 화업을 계속하라고 권한다. 이에 대해 최북은 "그림은 내 뜻에 맞으면 그만일 뿐. 세상에 그림을 아는 자 드무네"라고 답한다. 그림을 주문하는 사람은 많으나, 자신을 대우해 주는 사람은 없다. 그리는 사람 스스로 만족하는 수밖에 없다는 뜻이다. "뒷날 날 알아주는 지음을 기다리려 하네"라는 최북의 마지막 말 속에는 현실에 대한 회한과 앞날에 대한 기대가 복잡하게 얽혀 있다.

이 글이 최북에게 그림을 받은 답례로 남긴 글이라는 것은 의미심장하다. 이현환은 다른 왕공 귀인과 달리 최북의 재능을 인정하고 글로써 위로하였다. 그러나 이현환 역시 최북에게 그림을 기다려 받는 입장이라는 것은 같다. 그는 적절한 대우를 하지 않는 자들을 비판하기보다, 최북이 염증내지 말고 정진하기를 권하였다. 그를 문동에 비유한 것은 한편으로는 최북의 재능을 칭찬한 것이지만, 다른 한편으로는 방일(放逸)하지 않기를 경계한 것이다. 존경받는 문인이자 관리였던 문동조차 밀려드는 주문 앞에서는 염증을 낼 수밖에 없었다. 일개 중인 화가였던 최북이 고관대작의 주문에 불만을 표한다면 어떻게 보였을까. 이현환의 격려 뒤에는 창작 노동과 신분적 한계의 이중고에 시달리는 최북의 그림자가 있다.

생활고를 겪는 말년의 최북을 위로하다

이익과 이현환 등 여주이씨 문인들의 글은 청년기와 장년기의 최북을 보여 준다. 당당하고 진지한 젊은 최북을 이들은 동등하게 대우하였으며, 따뜻하게 격려하였다. 최북이 말년에 만났던 신광수(申光洙, 1712~75), 신광하(申光河, 1729~96) 형제는 최북의 다른 모습을 전한다. 신광수는 1763년 최북의 나이 쉰두 살에 그에게 눈 덮인 강, 「설강도(雪江圖)」를 요청하는 글, 「최북설강도가(崔北雪江圖歌)」를 지었다.[14]

> 최북이 장안에서 그림을 팔고 있으니
> 살림살이란 오막살이 네 벽 텅 비었는데
> 문을 닫고 종일토록 산수화를 그려대네.
> 유리 안경 집어쓰고 나무 필통뿐이구나.
> 아침에 한 폭 팔아 아침밥을 얻어먹고
> 저녁에 한 폭 팔아 저녁밥을 얻어먹고

날은 차갑고 손님은 헌 방석에 앉았는데

문 앞 작은 다리에는 눈이 세 치나 쌓였네.

여보게 자네, 내가 올 때 설강도를 그려주게

두미 월계에 다리 저는 당나귀 가고

남북 청산 온통 하얀 은빛에

어부의 집은 눈에 눌리고 외로운 낚싯배 띄워주게.

어찌 꼭 파교와 고산의 풍설 속

맹처사와 임처사만 그려야 하는가.

나와 더불어 복숭아 꽃 물가에 배를 띄우거든

설화지에 다시 봄산을 그려보게나.

崔北賣畫長安中

生涯草屋四壁空

閉門終日畫山水

琉璃眼鏡木筆筩

朝賣一幅得朝飯

暮賣一幅得暮飯

天寒坐客破氈上

門外小橋雪三寸

請君寫我來時雪江圖

斗尾月溪騎蹇驢

南北靑山望皎然

漁家壓倒釣航孤

何必灞橋孤山風雪裏

但畫孟處士林處士

待爾同汎桃花水

更畫春山雪花紙

최북은 '그림을 파는(賣畫)' 사람으로 그려졌다. 텅 빈 오막살이나, 한 폭 팔아 한 끼를 연명하는 구절은 그의 곤궁한 삶을 보여 준다. 그러나 최북의 가난에 대한 그의 묘사는 사실적이라기보다 은유적이다. 여기서 「설강도」는 그가 요청한 그림이자, 최북의 쓸쓸한 말년을 상징하는 풍경으로 들린다. 「설강도」에서 '어부의 눈 쌓인 집'과 그의 '외로운 낚싯배'는 최북의 눈 쌓인 초옥과 그의 외로운 처지를 연상시킨다.

신광수는 겨울 풍경이라고 해서, 반드시 맹호연(孟浩然)이나 임포(林逋)의 눈보라치는 설산을 그릴 필요는 없다고 덧붙였다. 당나라 시인 맹호연은 눈 내리는 날 봄을 맞으러 매화를 찾아 떠났다는 일화와 관련되어 있다. 북송의 임포는 매화를 부인 삼아, 학을 자식 삼아 살았기 때문에 '매처학자(梅妻鶴子)'로 불린다. 이처럼 항간에 겨울 풍경은 으레 이른 매화와 설산을 모티브로 하고 있는데, 신광수는 최북에게 거기에 얽매일 필요가 있냐고 되묻는다. 그러면서 자신과 더불어 복숭아꽃 떨어지는 물 위에 배를 띄우고 봄산(春山)을 그려보자고 권한다. 그림에 견주어 최북에게 따뜻한 봄 같은 삶을 약속하고자 한 것이다. 사실 그림에 대한 실질적인 충고나 주문이라기보다 최북의 삶에 대한 연민을 드러낸 것에 가깝다.

최북의 가세를 정확히 알기는 어렵지만, 그가 신광수의 글처럼 텅 빈 초옥에 홀로 머물렀다고 보기는 어렵다. 신광수가 이 글을 지은 지 5년 후인 1766년 그는 강세황, 허필(許佖, 1709~68) 등 안산에 살았던 남인과 소북인들이 만난 자리에 참석하였다는 기록이 있기 때문이다.[15] 강세황이 시를 짓고, 최북은 이 모임 장면을 아집도로 그려주었다.[16] 그렇다면 신광수는 최북의 곤궁한 삶을 왜 이토록 과장한 것일까.

신광수는 가객이나 유랑객, 농아, 점술가, 기생들에게 글을 지어준 것으로 잘 알려져 있다.[17] 그는 자유로운 형식의 악부시(樂府詩)를 통해 서민의 모습을 생동감 있게 그려내었다. 그의 「최북설강도가」는 이러한 그의 문풍을 드러내는 글이다. 이상에서 본 바와 같이 신광수가 본 최북의 말년은 곤궁하고 외로웠다. 그러나 그의 삶이 단지 가난에서 비참하고 외로운 것으로 옮아간 지점은 신광수 자신의 문학관과 이 글의 장르적 특성 안에서 이해해야 할 것이다.

최북의 그림에 남긴 동시대인들의 화평 – 고풍스러운 아취가 즐길 만하다

당대인들은 최북의 삶을 격려하고 위로했다. 그렇다면 그의 그림에 대해서는 어떤 평가를 내렸을까. 최북의 그림에 남긴 화평을 통해 작품에 대한 평가를 살펴보자. 당대인들의 화평은 긴 제발문과 그림 위에 짧게 남긴 평어로 나눌 수 있다. 주로 그림평을 남긴 사람들은 최북과 깊이 교유한 이익, 이용휴(李用休, 1708~82) 등 여주이씨 일가와 강세황 등 안산의 문인들이다. 우선 이익은 1744년, 최북이 그린 6폭병풍 「난정도(蘭亭圖)」에 대한 글을 남겼는데, 그 일부를 인용한다.[18]

종이가 있으면 '난정첩'을 써야 하는 건

좋은 모임 난정의 글 본받기 때문이지

……

그림은 참으로 산을 옮기는 기술인데

최생이 그에 능하단 말을 이미 들었지

자연에 노닐던 당시 모습 볼 수 없고

요즘 세간 음악 놀이 그저 질탕하거니

냇가에서의 진실한 그 자취 잘 묘사해

필획 하나하나에서 정밀히 분석했구나…….

有牋須寫蘭亭帖

勝集憑仗蘭亭文

……

丹靑大是移山術

能事崔生余已聞

不見當時風雩樂

世間絲管徒躑躅

臨川眞迹相發揮

點畫一一毫芒分……

　　최북의 「난정도」는 명필 왕희지가 봄날 '난정'이란 정자에서 가진 전
설적인 모임, '난정수계' 장면을 그린 그림으로 추측된다. 이익은 최북이 이

모임의 '진실한 자취(眞迹)'를 잘 묘사하였다고 칭찬하였다. 여기서 '진적'은 난정의 모임이 세간의 속된 놀이와 달리 '진실되다'라는 의미인 동시에 최북이 그 자취를 참되게 묘사하였다는 의미이기도 하다. 그 앞뒤로 "산을 옮기는 기술인데 최생이 그에 능하단 말……"이라고 한 언급과 최북이 "필획 하나하나에서 정밀히 분석했구나"라는 평가를 통해서도 확인할 수 있다. 즉 이익은 최북 그림의 정밀함과 진실됨을 높이 산 것이다. 이러한 평가는 최북 사후에 내려진 기묘하다, 호방하다는 화평과는 사뭇 다르다.

이익이 최북의 서른세 살 무렵, 비교적 이른 시기의 화평을 남겼다면 그의 조카, 이용휴는 최북의 중년 이후 제작한 「금강산도(金剛山圖)」에 제발을 남겼다.[19]

은칠칠은 때도 아닌데 꽃을 피우고, 최칠칠은 흙이 아닌데 산을 일으켰다. 모두 경각 사이에 한 일이니 기이하도다. 우리나라에 태어나 풍악(楓嶽)을 보지 못하는 것은 마치 사주(泗州)를 지나면서 공자를 뵙지 않는 것과 같다. 옛사람이 이르기를 "어떤 산은 조화옹이 젊었을 때에 만들었기 때문에 소략하다"라고 하였다. 나는 "이 산은 (조화옹이) 늙어 솜씨가 익숙해진 이후에 별도로 신의를 발휘하여 창출한 것이다"라 이르겠다. 그렇지 않다면 천하에 어찌 어느 한 산도 이 산과 비슷한 것이 없겠는가?

이용휴는 당나라 때 도사 은천상(殷天祥)의 자가 최북과 같은 '칠칠'이라는 점에 주목하여 은천상을 빌려와 최북 그림의 뛰어남을 서술하였다. 은천상은 한겨울에 때 아닌 두견화를 피게 한 신선이다. 최북 또한 순식간에 종이에 금강산을 그려냈는데, 이를 "흙이 아닌데 산을 일으켰다"라고 표현하고 있다. 그는 이 금강산은 조화옹(조물주)이 늙어 솜씨가 익숙해진 이후에 신의(新意)를 발휘하여 창출한 것이라고 하였다. 이는 단지 금강산에 대한 평가라기보다 앞서 은천상의 경우와 마찬가지로 최북 그림 솜씨에 대한 비유라고 할 수 있다.[20] 단지 '정밀하다'거나 '진실되게 옮겼다'라는 이익의 평가보다 '신의창조(新意刱造)', 즉 새롭게 발휘한 창조적인 성과를 높이 사는 적극적인 평가라고 할 수 있다.

한편 당시 최북과 안산에서 교유하던 강세황과 정란이 최북의 그림에 짧은 화평을 남긴 것이 그림과 함께 전한다. 최북과 한 살 차이였던 강세황은 화평을 통해 많은 화가들에게 영향을 끼친 문인화가이다. 강세황은 최북의 「송하초옥도(松下草屋圖)」(삼성미술관 리움 소장)에 "예스럽고 아취가 있어 즐길 만하다(古雅可喜)"라는 평을 남겼다.[21] 한편 여행과 풍류를 즐겼던 문인 정란은 최북의 「난초」에 사자평어를 남겼다. "필의가 지극히 고풍스럽다(筆意極古)"는 정란의 평은 강세황의 고아(古雅)하다는 뜻과 일맥상통한다.[22] 이들은 짧고 관습적 평어로 들릴 수 있지만 응축된 평어이기에 유의미하게 보아야 한다. 이들이 사용한 '아취(雅)', '예스러움(古)' 등의 평가는 일반적으로 후대에 최북의 그림에 대해 사용되는 '기이함(奇)', '벗어남(逸)'과는 반대의 성격을 가진 덕목임을 유의할 필요가 있다.[23]

이상에서 본 바와 같이 최북에 대한 당대의 평가는 그와 가깝게 교유했던 여주이씨와 그에게 그림을 그려 받았던 문인들이 기록하였다. 이들은 그를 진지한 대화 상대로 여겼으며, 애정 어린 독려를 아끼지 않았다. 말년에 그를 만난 사람들은 그의 궁핍함을 안타깝게 여기기도 하였으나,

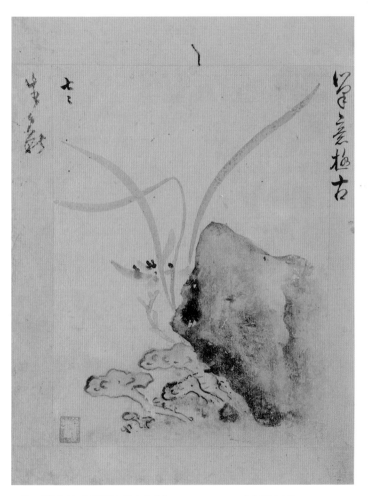

그림 2 최북, 「난초」(『와유첩』), 종이에 채색, 23.5×17.3cm, 18세기, 개인 소장

그림 3 최북, 「늦여름(晚夏)」, 「늦겨울(晚冬)」(『사시팔경도첩』), 종이에 엷은색, 각 48.4×31.2cm, 국립중앙박물관

그것이 그의 기행이나 주석에 기인한다고 여기지는 않았다. 그의 그림에 대한 평가는 그의 생애보다는 그림 자체에 집중하여 내려졌으며, 대부분 찬사에 가까웠다. 그의 그림을 두고 '정밀하다'거나 '고아하다'라고 평했는데, 이는 훗날의 평어인 '기이함'이나 '일탈'과 크게 비교된다.

최북의 화풍을 하나로 정의하기는 어렵다. 다만 그동안 최북의 작품을 연구한 미술사학자들은 최북이 산수화에서 두 가지 경향을 모두 보이는 데에 대체로 동의하였다. 차분하게 정돈된 남종화풍과 즉흥적이며 분방한 화풍이다.[24] 최북 당대 인사들이 내린 평가와 최북의 현존하는 작품을 연결시키는 일은 아직 연구가 더 필요하다. 다만 현존하는 최북의 작품 중에 대다수가 전자에 속한다는 점은 주의를 기울일 필요가 있다. 최북의 대표작 중에 하나인 『사시팔경도첩(四時八景圖帖)』은 사계절을 두 폭씩 모두 여덟 장면에 나누어 그렸다. 매 계절마다 조금씩 다른 준법, 수지법, 색감 등을 사용하여 다양성과 계절감을 충분히 보여 준 수작이다. 이는 자신의 재능을 성실하게 보여 주는 그림, 남을 위해 그려주는 그림의 전형이라 할 수 있다. 이 작품에서 보듯이 그의 작품 세계는 전반적으로 '기이함'을 추구한다기보다 성실함을 유지하는 쪽에 가까웠다.

최북 사후, 기인 전기의 주인공으로 재탄생하다

최북의 기구한 죽음을 애도한 신광하의 「최북가」

최북 사후의 글은 그의 인생 전반을 품평하는 전기 형태를 띤다. 그의 말년이 상대적으로 곤궁하였다는 사실은 그의 삶 전체를 기구한 운명으로 귀결시키는 글을 낳았다. 최북 사후 그의 삶 전체를 조망하는 글로서 신광하의 「최북가(崔北歌)」, 남공철(南公轍, 1760~1840)의 「최칠칠전(崔七七傳)」, 조희룡(趙熙龍, 1789~1866)의 「최북전(崔北傳)」을 차례로 살펴보겠다.

최북 사후의 글 중에 가장 이른 글은 신광수의 동생인 신광하가 지은 「최북가」이다.[25] 앞서 신광수의 시가에서도 최북 말년의 곤궁함을 동정하는 시선을 찾아볼 수 있었다. 최북이 죽자 이러한 연민은 극에 달했을 것이고, 이는 신광하에게는 「최북가」를 짓는 동기가 되었을 것이다.

그대는 보지 못했는가, 최북이 눈 속에서 죽은 것을

담비 가죽옷에 백마를 탄 이는 뉘 집 자손이더냐.

너희들은 어찌 그의 죽음을 애도하지 아니하고 득의양양하는가.

최북은 비천하고 미미했으니 진실로 애달프도다.

최북은 사람됨이 참으로 굳세었다.

스스로 말하기를, 화사(畫師) 호생관(毫生館)이라 하였지.

체구는 작달막하고 눈은 외눈이었다네만

술 석 잔 들어가면 두려울 것도 거칠 것도 없었다네.

최북은 북으로 숙신까지 들어가 흑삭(黑朔)에 이르렀고

동쪽으로는 일본에 건너가 적안까지 갔었다네.

귀한 집 병풍으로는 산수도를 치는데

그 옛날 대가라던 안견, 이징의 작품을 모두 쓸어버리고

술에 취해 미친 듯 노래하며 붓을 휘두르면

고당 대낮에 강호가 나타나네.

열흘을 굶다가 그림 한 폭 팔고는

크게 취해 한밤 돌아오다 성곽 모퉁이에 누웠네.

묻노니, 북망산 흙 속에 만골이 묻혔건만

어찌하여 최북은 삼장설(三丈雪)에 묻혔는가.

오호라 최북이여

몸은 비록 얼어 죽었지만 그 이름은 사라지지 않으리라.

君不見崔北雪中死

貂裘白馬誰家子

汝曹飛揚不憐死

北也卑微眞可哀

北也爲人甚精悍

自稱畫師毫生館

軀幹短小眇一目

酒過三酌無忌憚

北窮肅愼經黑朔

東入日本過赤岸

貴家屛障山水圖

安堅李澄一掃無

索酒狂歌始放筆

高堂白日生江湖

賣畫一幅十日饑

大醉夜歸臥城隅

借問 北邙塵土萬人骨

何如 北也埋却三丈雪

嗚呼 北也

身雖凍死名不滅

　　신광하는 최북에게 근체시가 아닌 고악부 형태로 그의 삶을 추도하였
다. 일반적으로 가까운 고인을 애도하는 글은, 탄생부터 죽음까지 삶의 이

력과 업적을 살피는 행장이나 망인의 선행과 그와의 기억을 회고하는 만사이기 마련이다. 그러나 이 글은 출신을 알 수 없고, 죽음마저 지켜지지 못한 이로 최북을 묘사하고 있다. 최북은 단신의 체구와 외눈, 술꾼으로 그려지고 있으며, 청과 일본을 다녀온 해외 경험이 많은 이로 묘사하였다. 그의 평범하지 못한 행적은 결국 눈 위에서 홀로 객사하는 마지막 장면에서 정점에 이른다.

이를 모두 사실이 아니라고 하기는 어렵다. 그러나 신광하가 최북의 기구한 운명을 부각하기 위해 각색한 것은 분명하다. 통신사로 선발된 사실을 언급하지 않음으로써 일본행이 떠돌이 유랑처럼 느껴지게 하거나, 그의 화업을 "술에 취해 미친 듯 노래하며 붓을 휘둘렀다(素酒狂歌始放筆)"라고 묘사하는 구절이 그렇다. 후손 없이 눈밭에서 객사하였다는 구절 역시 과장되었을 가능성이 높다. 유만주(俞晩柱, 1755~88)의 『흠영(欽英)』에는 "화가 최북의 어린 신부가 미인을 잘 그리는데 그 그림을 본 사람이 많다"[26]라는 구절이 있어 그에게 후손이 있었음을 알 수 있다. 이처럼 시가 형태를 취해 애절한 느낌을 자아내는 것은 형 신광수의 동정 어린 시선과 문풍을 이어받은 것이라 할 수 있다. 그러나 신광하는 여기에 출신과 죽음을 알 수 없고, 기형적인 외모를 가졌으며, 술과 유람을 즐긴 요소를 덧붙여 그의 생애에 대한 서사를 더욱 극적으로 묘사했다고 할 수 있다.

'술꾼, 환쟁이, 미친놈'이라 불린 최북의 소문과 실상을 이야기한 남공철의 「최칠칠전」

남공철의 「최칠칠전」은 정확한 집필 연대는 알 수 없으나 『금릉집(金陵集)』

에 수록된 것으로 보아 1815년 이전에 지어졌음을 알 수 있다. 최북이 죽은 후 20~30여 년이 지난 시점이다. 그는 신광하가 추가한 극적 요소를 더욱 부각하였으며 다양한 일화를 가미하여 흥미로운 전기로 탄생시켰다. 그 서두를 인용하면 다음과 같다.

> 세상 사람들은 최북 칠칠이라는 자의 집안이나 본관을 알지 못한다. 그래서 세상 사람들은 그의 이름을 파자(破字)하여 자(字)로 삼아 불렀다. 그림을 잘 그렸으며 한쪽 눈이 애꾸였는데 늘 외알 안경을 끼고 그림을 베꼈다. 본성이 술을 좋아하고 나돌아다니기를 좋아하였다.[27]

남공철은 최북을 출신을 알 수 없는 자, 부모가 물려준 이름이나 지인이 지어준 호도 없이 별칭으로 불리는 자로 소개하고 있다. 남공철이 이 전기의 제목을 그의 별칭, '최칠칠(崔七七)'로 지은 것도 그의 특이한 성분을 강조하려는 것으로 보인다. 그러나 남공철이 그의 출신을 전혀 알지 못하였다는 것은 믿기 어렵다. 남공철은 생전에 최북과 왕래가 있어 직접 그림을 주고받았다.[28] 그의 동시대인 이가환(李家煥, 1742~1801)은 『정헌쇄록(貞軒瑣錄)』(1794)에서 최북의 자와 호뿐 아니라, 본관과 부친의 이름까지 밝혔다.[29] 남공철은 첫 문장에서 최북의 출신을 모른다고 시작하여 마지막 문장(⑩)에서 죽은 나이를 알 수 없다고 끝맺는다. 이처럼 남공철이 글의 맨 앞과 뒤에 최북의 출신과 죽음을 미상으로 남겨둔 것은 신비롭고 기이한 느낌을 부여하는 전기(傳記)의 일반적인 투습을 따른 것으로 보인다.

남공철의 「최칠칠전」에는 전해지는 최북 관련 문헌 중에서 가장 많은

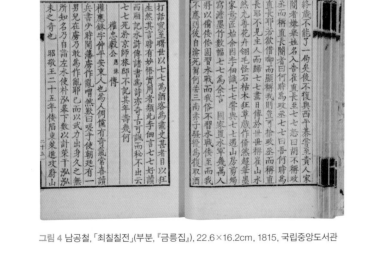

그림 4 남공철, 「최칠칠전」(부분, 『금릉집』), 22.6×16.2cm, 1815, 국립중앙도서관

일화가 실려 있으며, 후에 가장 많이 인용되었다. 이 일화들은 그 자체의 사실 여부를 떠나서 이 글 전체의 문맥 안에서 다시 이해할 필요가 있다. 이를 위해 「최칠칠전」의 내용을 다음과 같이 간략히 정리하였다.

① 최북의 출신, 이름, 외모, 성격

② 최북이 술에 취해 금강산 구룡연에 뛰어들려다 구사일생한 일화

③ 최북이 술을 지나치게 좋아하여 마침내 곤궁해지고, 평양과 동래에 그림을 팔러 다닌 일화

④ 산수화에서 산만 그리고 물을 그리지 않은 것을 주문자가 트집 잡자, 최북이 "종이 밖은 모두 물이다"라며 붓을 던진 일화

⑤ 그림을 사는 사람이 그림값을 너무 적게 주거나 지나치게 후하게 쳐 줄 때마다 최북이 화내거나 비웃으며 안목이 없다고 소리친 일화

⑥ 서평공자가 최북과 바둑을 두다가 한 수 물릴 것을 청하자, 최북이 바둑돌을 흩어버리고 호통친 일화

⑦ 문지기가 "최직장 오셨다"라고 높이자, 최북이 "관직을 빌려 높일 것 같으면 어째서 정승이라고 하지 않는가"라며 화를 내며 돌아간 일화

⑧ '최산수'라 불리나 화훼, 동물, 괴석, 고목 등을 잘 그리고, 초서에 능한 최북의 장기

⑨ 최북이 왜적 수비에 대한 의견을 개진하는 등 남공철과 최북이 토론한 일화

⑩ 최북에 대한 남공철의 총평과 최북의 죽음

이상의 정리를 토대로 「최칠칠전」의 구조를 살펴보면, ①과 ⑩이 머리말과 맺음말의 역할을 하고, 그 안에 최북에 관련한 일화를 풀어놓는 형식을 취하고 있다. 이들 일화는 크게 남에게서 들은 이야기(②~⑦)와 남공철 자신의 의견과 경험(⑧~⑨)으로 구분할 수 있다. 이 둘 간에는 큰 격차가 있다. 전자와 후자의 일화 중 하나씩 인용해서 살펴보자.

어느날 (금강산) 구룡연에 들어가서는 기분이 너무 좋아 술을 마시고 잔뜩 취해 울다 웃다 하다가, "천하 명인 최북은 마땅히 천하 명산에서 죽어야지!" 하고 소리를 지르고는 마침내 몸을 날려 연못으로 달려갔다. 때마침 곁에서 말리는 자가 있어서 연못에 떨어지지는 않았다. 최북을 떠메고 산 아래 너럭바위에 이르렀다. 숨을 헐떡이며 누워 있던 최북이 갑자기 일어나서 휘 하고 휘파람을 불었는데 그 소리가 숲을 진동하여 둥지에 있던 새떼들이 모두 푸드덕 날아갔다.

이 일화는 최북이 금강산 여행 중 구룡연에 뛰어든 이야기를 전한다(②). 최북은 술에 취하고 경치에 취해서 우발적으로 연못에 몸을 던지려 하였다. "천하 명인 최북은 마땅히 천하 명산에서 죽어야지!" 하는 최북의 외침은 예술가로서의 강한 자의식을 보여 준다. 그는 가까스로 목숨을 구했으나 쉽게 진정되지 않았다. 남공철은 마치 직접 본 것처럼 당시의 분위기를 생생하게 전한다. 최북이 갑자기 일어나 휘파람을 부니 새떼들이 일제히 날아갔다. 휘파람은 흔히 옛 시에서 속세를 떠난 은자(隱者)의 정취를 나타낸다. 아마도 죽림칠현(竹林七賢)의 한 사람인 완적(阮籍)이 휘파람으로 스승과 마음을 나누었다는 일화에서 멀리 퍼진 듯하다.[30] 최북은 갑자기 왜 휘파람을 분 걸까. 알 수 없다. 그러나 새떼들이 모두 날아가 버릴 정도로 크게 산을 진동하며 불 수 있는 휘파람은 범상치 않다. 어쩌면 휘파람과 새떼의 묘사는 최북의 신선과 같은 풍모와 신비로운 분위기를 가중시키기 위해 남공철이 덧붙인 표현일지도 모른다. 그렇다면 남공철이 만난 최북은 어떤 모습일까.

처음에 나는 이(단)전을 통해 최북을 알게 되었다. 한번은 최북과 산방에서 만나 밤을 새우면서 대나무 그림을 여러 폭 그렸다. 그때 최북이 내게 말했다. "나라에서 수군(水軍)을 수만 명이나 두고 장차 왜적에 대비하려 합니다. 왜적은 수전(水戰)에 잘 훈련되어 있습니다. 그런데 우리는 예로부터 수전에는 능하지 못합니다. 왜적이 오더라도 우리가 대응하지 않고 육지에서 막기만 하면 저절로 빠져 죽게 될 텐데 왜 삼남(三南)의 백성들을 괴롭혀 소란스럽게 만든답니까?" 하고는 다시 술을 마시며 날이 샐 때까지 이야기를 했다.

남공철은 최북과 만나 밤새 대나무 그림을 그리고 술을 마시며 이야기했다(⑨). 그들이 나눈 대화는 다름 아닌 왜적 수비에 대한 것이다. 최북의 일본 통신사행 경험이 바탕이 되었을 것이다. 이 대화에서 최북은 술에 취해도 흐트러짐이 없다. 당시 나이는 젊지만 대제학 자제였던 남공철을 상대로 최북은 거침없이 자기주장을 펼치고 있다.

이처럼 남공철의 「최칠칠전」의 일화들은 온도차가 크다. 남에게서 들은 이야기의 경우 술과 기행(②~③)이 강조되거나, 이익이나 권위에 굴하지 않는 당당하고 오만한 태도(④~⑦)가 부각되었다. 남공철 자신이 직접 겪은 최북은 이와 다르다. 남공철은 최북의 그림이 전 화목에 걸쳐 뛰어나며 초서에도 특별히 능하다고 칭찬하고 있다(⑧). 특히 남공철이 최북과 직접 만난 일화에서는 왜군에 대비하는 우리 수군의 전략에 대해 최북이 단호하게 자신의 주장을 펼치는 모습을 만날 수 있다(⑨). 이처럼 하나의 글 안에서 일화들이 서로 대조적인 것은 그의 마지막 총평에서 그 이유를 찾을 수 있다(⑩).

> 세상 사람들은 최북을 술꾼이라고도 하고 환쟁이라고도 하며 심지어는 그를 가리켜 미친놈(狂生)이라고도 했다. 그러나 그의 말은 때때로 묘한 깨달음을 주거나 쓸 만한 것도 있었으니 위와 같은 것이 그렇다. 이(단)전은, 최북이 『서상기(西廂記)』나 『수호전(水滸傳)』 등의 책 읽기를 좋아하고, 지은 시도 기이하고 고풍스러워 읊조릴 만했지만 그것을 감춰두고는 세상에 내놓지 않는다고 했다. 최북은 서울의 여관에서 죽었는데 나이가 얼마나 되었는지 모른다.[31]

남공철은 세상 사람들이 "술꾼(酒客)이라고 하고, 환쟁이(畵史)라고 하며, 심지어는 미친놈(狂生)이라고 하는" 최북을 변호하고자 하였다. 그가 직접 대화를 나눠보니, 그의 말은 "묘한 깨달음을 주거나 쓸 만한 것"이 있었다. 그는 최북의 친구이자, 당대에 시인으로 이름난 이단전의 말을 인용하여, 그가 『서상기』나 『수호전』 등 책도 많이 읽고 시도 잘 짓는다고 하였다.[32] 즉 남공철이 전해들은 일화들은 '술꾼', '환쟁이', '미친놈'의 모습을 보여 주기 위해 덧붙여진 것이다. 다시 말해 최북의 기행과 오만은 글의 구성상 남공철이 직접 본 최북의 문사적 풍모와 대비를 이루기 위한 것으로 표현상 과장되었을 가능성이 있다.

자기 눈을 찌른 최북, 비극적인 중인의 표상이 되다-조희룡의 「최북전」

앞서 남공철의 글은 최북을 만난 인연에서 출발하였다. 남공철과 최북 간에는 나이차가 많이 나서 오래 만나지는 못했다. 그러나 남공철은 짧게나마 직접 마주한 경험에서 최북에게 인간적인 연민을 느꼈던 것으로 보인다. 그에 비해 조희룡은 최북이 죽은 후 태어나서 그를 직접 만난 적이 없다. 조희룡의 『호산외사(壺山外史)』에 수록된 「최북전」은 최북이 죽은 지 60년 후에 지어진 글이다. 그럼에도 「최북전」은 다른 글에서는 볼 수 없는 새로운 정보를 생생하게 전한다. 그 전문을 인용한다. 편의상 내용을 구분하여 기호를 붙였다.

ㄱ 최북은 자가 칠칠이니, 자 또한 기이하다. 산수와 가옥, 수목을 잘 그려서 필치가 짙고 무게가 있었다. 황공망을 사숙하더니 끝내는 자기의 독창적인 의경으로 일가를 이루었다. 스스로 호를 호생관이라 하였다.

ㄴ 그는 사람됨이 격앙하고 돌올하여 조그마한 예절에는 스스로 얽매이지 않았다. 일찍이 어떤 집에서 한 달관을 만났는데, 그 달관이 최북을 가리키면서 주인에게 물었다. "저기 앉아 있는 사람은 성명이 무엇

인가?" 이에 최북은 얼굴을 치켜들고 달관을 보면서 말했다. "먼저 묻노니, 그대의 성명은 무엇인가?" 그 오만함이 이와 같았다.

ⓒ 금강산을 유람하다가, 구룡연에 이르러 갑자기 크게 부르짖으며, "천하 명사인 내가 천하 명산에서 죽는 것이 족하다"라고 하고, 못에 뛰어들어 거의 구할 수 없을 뻔하였다.

ⓔ 한 귀인이 최북에게 그림을 요구하였으나, 이루지 못하자 장차 위협하려 하였다. 최북이 분노하며 말했다. "남이 나를 저버리는 것이 아니라, 내 눈이 나를 저버리는구나!" 곧 자신의 한 눈을 찔러 멀게 하였다. 늙어서는 한쪽에만 안경을 낄 뿐이었다. 나이 마흔아홉 살에 죽으니 사람들이 '칠칠'의 징조라고 하였다.

ⓜ 호산거사는 말한다. 최북의 풍모가 매섭구나. 왕공 귀족의 노리갯감이 되지 않으면 그만이지, 어찌하여 스스로를 이처럼 괴롭힌단 말인가.[33]

조희룡의 「최북전」은 남공철의 「최칠칠전」과 형식상 유사하다. 처음에 소개글(ⓐ)을 두고 이어서 최북에 관한 일화를 몇 가지 열거한 후(ⓑ~ⓔ), 마지막에 조희룡의 자평(ⓜ)을 넣는 구성이다. 내용 면에서 유사한 부분이 있는데, 금강산 구룡연에서의 일화(ⓒ)는 남공철의 「최칠칠전」에도 나오는 내용이며(②), 예절에 얽매이지 않고 고관 앞에서도 자신을 굽히지 않는 모습(ⓑ)은 「최칠칠전」에도 유사한 일화(⑥~⑦)가 있었다.

최북에 대한 기록 중 최초로 조희룡의 「최북전」에만 실려 있는 일화가 있는데, 바로 그가 스스로 자신의 눈을 찔러 한쪽 눈이 멀게 된 사건이다(ⓔ). 최북이 외눈이었다는 것은 신광수, 남공철의 글에도 언급되었기 때문에 사실로 보인다. 그러나 그가 어떻게 한쪽 눈이 멀게 되었는지는 알려진 바가 없다. 조희룡은 어떻게 그의 사후 60년 만에 이러한 일화를 추가할 수 있었던 것일까.

조희룡의 「최북전」에만 나오는 구절이 하나 더 있는데, 바로 "최북이 마흔아홉 살에 죽으니 사람들이 '칠칠'의 징조라고 하였다"는 것이다. 최북의 자호인 칠칠은 앞서 언급하였듯이 '북(北)'을 좌우로 쪼개어 '칠칠(七七)'로 파자(破字)한 것이다. 그런데 조희룡은 마치 이름이 죽는 나이의 징조가 된 것처럼 설명하였다. '7×7=49'! 오싹하면서도 신비한 느낌을 준다. 물론 최북은 마흔아홉 해보다 더 살았다. 많은 문헌들이 그가 일흔 살 이상 살았을 것임을 증명한다.[34] 그럼에도 조희룡이 이러한 표현을 덧붙일 수 있었던 것은 어떤 이유에서일까?

이는 조희룡의 『호산외사』의 문학적 특수성에서 그 원인을 찾을 수 있다. 조선 후기에 '전(傳)'이란 문학 장르는 전통적인 덕목을 유형화한 효자·충신·열녀 외에 신선·이인·유협·거지와 같은 사회 바깥의 인물이나 예술가·기술자·상인·의원 등 특별한 재능이 있는 인물을 전기문학의 주인공으로 입전(入傳)시키는 변화를 보인다.[35] 조희룡의 『호산외사』는 중인이 쓴 중인에 대한 전기문학으로서 처음부터 지배층 바깥의 인물을 대상으로 한다. 설화나 허구적 상상력을 추가하여 전기의 교훈적 의미뿐 아니라 흥미를 더한 것도 조선 후기 전의 변모된 양상이다.[36]

『호산외사』는 대부분 본인과 가까운 중인층 인물을 대상으로 하고 있지만, 허구적인 성격을 여전히 가지고 있다. 예를 들어 「김신선전」, 「조신선전」, 「신병두전」 등의 신선전을 포함하고 있으며[37] 심지어 그가 직접 만난 사람의 전기 안에도 신묘하고 기이한 현상, 신이(神異)를 포함시킨 경우가 있다. 「임희지전」에서 배가 풍랑을 만나자, 임희지가 일어나 크게 웃으며 춤을 추니 비바람이 멎었다는 이야기가 하나의 예라 할 수 있다.[38] 「최북전」에서 최북이 스스로 눈을 찌른 일화가 허구인지 아닌지는 확인할 수가 없다. 그러나 곧이어 이어지는 "마흔아홉 살에 죽으니 '칠칠'의 징조"라고 한 부분은 그의 비극적 죽음이 마치 그의 이름에서 미리 예견된 것처럼 신비하게 마무리했다. 최북이 일흔 살 이상 살았으리라는 것은 이미 많은 연구에서 증명된 바 있다.[39] 즉 「최북전」에도 다른 전과 마찬가지로 허구적 상상력이 어느 정도 개입되었을 가능성을 배제할 수 없다.

「최북전」에서 '눈을 찌른 일화'는 최북에 대한 정보로 인식하기보다는 최북에게 투사한 조희룡의 자기 인식을 상징하는 글로 읽히는 것이 적당하다. 최북에게 '눈', 즉 회화적 안목은 그에게 명성을 부여한 것이자, 다른 사람에게 환쟁이(畵史)라는 무시와 위협을 당하는 빌미를 제공한 것이기도 하다. 시인이자 화가로서 조희룡은 자신의 재능에 긍지를 가졌으면서도, 그를 포함한 많은 여항인이 재능을 펼치지 못하는 것에 대해 울분과 비애를 가지고 있었다.[40] 이는 최북에 대한 조희룡의 마지막 찬평에서도 드러난다. "최북의 풍모가 매섭구나. 왕공 귀족의 노리갯감이 되지 않으면 그만이지, 어찌하여 스스로를 이처럼 괴롭힌단 말인가." 즉 이 일화는 최북의 기개를 강조하면서도 그의 재능이 결국 자기 파괴로 이어진 비극을 극대화하는 일화로 덧붙여진 것이라 할 수 있다.

「최칠칠전」과 「최북전」은 이후 최북에 대해 가장 많이 인용되는 글이다. 그러나 이상에서 본 것처럼 상당 부분 '전기'라는 문학 형식에 기반했

그림 5 최북, 「북창에 서늘한 바람 불어올 때(北窓時有凉風至)」(『제가화첩(諸家畵帖)』), 24.2×32.3cm, 18세기, 국립중앙박물관

최북이 심사정, 강세황 등의 문인화가와 함께한 화첩이다. "북창에 서늘한 바람 불 때 한가로이 왕희지의 글씨를 한 두 장 적어보네"라는 조맹부의 시가 오른쪽에 적혀 있다. 글과 그림, 골동품을 가까이하는 그림 속 문인의 모습은 시 속 화자인 동시에 최북 자신을 투영한 것이라는 견해가 있다.

음을 고려해야 할 것이다. 남공철은 본인이 직접 경험한 최북이 세간의 통설과는 반대로 지식과 예술을 겸비한 자라는 점을 강조하기 위해 최북의 기행을 의도적으로 배치했으며, 조희룡은 여항인의 울분과 기개를 극대화하기 위해 상상력을 발휘했을 가능성이 크다. 그러나 후대에는 전기문학의 맥락에서 벗어나면서 이러한 최북의 오만과 기행만이 사실적인 일화처럼 관심을 받게 되었다고 볼 수 있다.

근대기의 최북, 그림보다 기행으로 기억되다

최북, 이야기가 문헌이 되어 사전에 수록되다

최북이 사망한 직후 활발하게 생산된 그의 전기문학은 100년이 지나자 하나의 문헌적 사실이 되어 인명록이나 서화가 사전에 실리게 되었다. 이는 비단 최북에 한정되는 것이 아니라, 당시 백과사전적 정보 수집의 한 경향이라 할 수 있다. 19세기 후반에서 20세기 초에 제작된 유서(類書)들은 대부분 그 이전에 생산된 문헌을 방대하게 수집하여 그대로 인용하거나 손을 보아 편집을 가하는 방식을 취하였다. 이러한 경향은 당시 대표적인 인물 중심의 유서, 즉 유재건(劉在建, 1793~1880)의 『이향견문록(異鄕見聞錄)』, 장지연(張志淵, 1864~1921)의 『일사유사(逸士遺事)』(1916~1922), 오세창의 『근역서화징』에서도 확인할 수 있다.

　유재건의 『이향견문록』은 중인 이하의 인물 308명의 기사를 총 10권에 수록한 방대한 전기집이다.[41] 유재건은 50여 종의 문헌을 인용하였는데, 그중 가장 많이 영향을 받은 문헌은 조희룡의『호산외사』이다.『호산외사』에 수록된 최북과 김홍도를 비롯한 여섯 명의 서화가가 모두『이향견문록』에 포함된 것은 이를 보아도 알 수 있다. 그러나 흥미롭게도 최북을 제외한 다섯 명은『호산외사』의 내용을 그대로 옮긴 데 반해, 최북의 경우만 유일하게『호산외사』가 아닌 남공철의『금릉집』을 인용하였다. 그 이유에 대해서는 정확히 알 수 없다. 아마도 남공철의 높은 필명과 함께 그가 최북과 생전에 교유한 자라는 점이 문헌의 신뢰도를 높이는 데 기여하였을 것이다. 유재건은「최북」항목 아래 어떠한 추가 설명도 없이『금릉집』의「최칠칠전」을 그대로 게재하였다. 이는 이후의 인명록이 어느 정도 수정과 생략을 가하고, 본인의 찬평을 붙인 것과 다른 점이다. 어쩌면 유재건에게는『호산외사』가 아닌『금릉집』을 선택하였다는 점이 이미 하나의 의견 표출이라 할 수 있을 것이다.

장지연의『일사유사』역시 중인 중심의 인물 열전으로서, 같은 성격의『호산외사』와『이향견문록』을 주로 참고하였다. 이전과 달라진 점이 있다면 구성 면에서 그 대상이 사대부나 중인 이하 계층과 여성까지 광범위하게 확장되었다는 것이다.[42] 또한『매일신보』에 연재되었다는(1916. 1. 11~1916. 9. 5) 특징 때문에 국한문 혼용체를 사용하여 쉽고 편하게 서술한 것이 특징이다. 즉 인용 전거를 명시하거나, 한문 문장을 그대로 싣지 않고, 본인의 평론을 중간에 넣어가며 자유롭게 풀어 썼다.「최북」항목에서도 이러한 점을 확인할 수 있다.

장지연의『일사유사』는『금릉집』의「최칠칠전」을 기본으로 하되, 다른 문헌들을 광범위하게 참고하였다. 우선『일사유사』는 지금까지의 문헌

중에 최북의 이름과 호, 출신에 대해 가장 많은 정보를 담고 있는데,[43] 이들을 모두 확인할 수는 없지만, 이가환의 『정헌쇄록』을 비롯한 여러 문헌을 종합적으로 참고하였을 것으로 추측된다.[44] 또한 글의 중간에 '이단전'이나 '남공철'과 같은 인물이 등장하면 독자를 위해 간단한 소개글을 덧붙였다. 『호산외사』의 내용은 '마흔아홉 살에 죽었다'고 하는 최북의 몰년 외에는 인용하지 않았다. 다른 항목에서는 『호산외사』를 적극 인용하면서, 최북에 대해서는 몰년만을 인용한 것은 눈을 찌른 일화에 대한 의구심 때문이 아니었을까 하는 의심이 든다.

『일사유사』는 남공철의 「최칠칠전」을 거의 그대로 인용하면서 중간에 생략하거나 본인의 평을 덧붙였다. 「최칠칠전」의 내용 중 생략된 구절은 '최북이 산수, 영모, 초서에 능했다고 평한 부분(⑧)과 이단전이 최북의 독서와 시의 수준을 칭찬한 부분(⑩)이다. 한편 이야기 중간에 "이 당시에 호생관이라고 하면 그 이름이 전국에 알려져 모르는 사람이 없었는데, 이는 비단 그림을 잘 그려서 그런 것뿐만 아니라, 그 성질이 괴팍해서 괴짜로서도 이름이 났기 때문이다"와 같은 본인의 평을 중간에 게재하기도 하였다. 이처럼 『일사유사』는 남공철이 칭찬한 최북의 회화적 재능과 문사적 풍모는 지우고, '괴짜'로서의 측면을 부각하려고 했음을 알 수 있다.

오세창의 『근역서화징』은 1917년 탈고하여 1928년에 출판되었는데, 『일사유사』와 비슷한 시기에 제작되었다.[45] 『일사유사』가 신문 기고의 자유로운 형식을 취했다면 『근역서화징』은 서화 사료의 보존과 전래를 목적으로 하였기에 문헌을 엄격히 인용하면서 본인의 개입은 최소화하였다.[46] 『금릉집』의 「최칠칠전」만을 중심에 두었던 『이향견문록』이나 『일사유사』

와 달리,『근역서화징』은 이외에도『금릉집』에 수록된 남공철이 최북에게 보낸 짧은 편지글(答崔北)이나 최북의 모작일 것으로 추정되는 중국 화가 조맹부의 말그림에 대한 글(子昻萬馬圖橫軸綃本)도 함께 수록하였다.[47] 이는 그가 원전에서 출발하여 서화가 관련 자료를 샅샅이 초록한 결과이다.『금릉집』의 내용이 가장 많으나, 이외에도『호산외사』의「최북전」,『풍요속선(風謠續選)』에 수록된 최북의 시,『추회(秋懷)』,『고화비고(古畵備考)』의「최북」조 등 최북의 시와 그에 대한 단편적인 사실이 모두 포함되었다.[48]

오세창은 본인의 평을 배제하고, 문헌의 충실한 채록자를 자처하였지만, 그럼에도 일부 생략된 부분을 통해서 그의 편집의도를 살필 수 있다.『금릉집』의「최칠칠전」을 옮기면서 최북과 서평공자와의 바둑내기(⑥), 최직장이라 불린 일화(⑦), 최북의 왜적 방어 주장(⑨)은 생략되었다.『호산외사』의「최북전」의 경우에는 고관에게 이름을 되묻는 일화(ㄴ)와 구룡연에 빠진 일화(ㄷ)가 생략되었다. 이는 다른 일화와 중복되거나, 혹은 최북의 그림을 이해하는 데 불필요한 부분이라고 여겨 삭제한 듯하다. 그러나 왜적 방어에 대한 최북과의 대화는 남공철에게는 그를 다시 보게 된 중요한 계기가 되었다. 그에 비해 최북이 스스로의 눈을 찌른 일화는 그 전에는 외면당하다가 이 책에서 처음 재인용되는 기회를 얻었다. 이러한 편집 과정을 통해 최북의 '깨달음이 있고 쓸모 있는' 면모는 사라지고, '눈을 찌른' 기행만이 부각되었다.

조선의 낭만주의 화가 최북

장지연의『일사유사』와 오세창의『근역서화징』은 서화 관련 문헌을 집대성함으로써 이후 문헌에 해박하지 못한 근대 이론가들도 조선 서화에 대한 글을 집필하는 데 큰 도움을 주었다. 그러나 이러한 문헌자료를 바탕으로 20세기 초에도 지속적으로 의미 있는 연구가 진행되었던 정선·김홍도·김정희 등과 달리 최북은 수필의 소재로 머무는 데 그쳤다. 문헌과 작품에 기초한 근대적인 미술통사 안에서 최북은 이름만 한 줄 언급될 뿐이었다. 세키노 타다시의 『조선미술사』에서 최북은 "산수·화초·영모·괴석·고목을 그렸으며, 묘사법이 창연하여 일가를 이룬 화가"로서 간단히 언급할 뿐이었다.[49] 고유섭의 『조선미술사』에서도 산수화를 잘하는 화가, 혹은 김홍도의 동시대 화가로 이름만 언급하는 정도에 그쳤다.[50]

최북에 대한 접근은 그의 작품에 대한 관심보다 기행에 대한 호기심의 측면이 더 컸다. 1946년 윤희순은 「조선조의 정열화가」라는 글에서 최북을 기인 화가로 정의한다. 조선 전기의 이정(李霆, 1554~1626)과 김명국(金明國, ?~?), 조선 후기의 최북, 임희지(林熙之, 1765~?), 그리고 김홍도를 한데 묶어서 기인 화가의 계보를 만든 것이다.[51] 윤희순은 이들 화가의 기행적인 일화를 소개하였는데, 그중에서 최북의 경우는 구룡연에 빠진 일화와 자신의 눈을 찌른 일화

그림 6 최북, 「메추라기」, 비단에 색, 24.0×18.3cm, 18세기, 고려대학교박물관

가 언급되었다. 기행적 일화는 예전에도 흥미를 자극했지만, 그가 기행에 주목한 이유는 이전과 달랐다. 윤희순은 기행을 천재화가에게서 볼 수 있는 하나의 필연적인 현상으로 파악하였다. 그에 의하면 "정열적인 예술 의욕"은 현실과 갈등을 일으키는데, 이 갈등이 그들을 '기행'으로 치닫게 했다는 것이다. 이들의 '기행'이 의미 있는 이유는 "현실의 모순과 추를 극복하는 미의 세계 건설" 의욕의 발로이기 때문이다. 윤희순은 따라서 그들을 단지 세상을 등진 선비, '일사(逸士)'로 부르지 않고, '미의 투사'로 칭송하였다.[52]

1948년, 비슷한 시기에 미술 비평 수필집을 간행한 김용준 역시 최북을 기행을 일삼은 천재 화가로 다루고 있다.[53] 그는 「최북과 임희지」라는 글에서 최북의 「최칠칠전」과 「최북전」에 수록된 일화를 대부분 자세하게 인용하였다. 그가 『일사유사』와 『근역서화징』을 참고하였기 때문이다.[54] 그는 당시 국립박물관을 방문하여 전시를 관람하거나, 이름난 소장자를 찾아 작품을 실견하였는데, 이 글에서도 자신이 본 최북 작품, 즉 국립박물관 소장의 「화조도」, 손재형(孫在馨) 소장의 「금강산전도」, 함석태 소장의 「금강산선면」 등을 언급하고 있다. 이처럼 그는 문헌을 찾고, 작품을 실견하는 등 성실한 이론가의 태도를 취하였지만, 그가 최북에게 관심을 갖게 된 동기는 다분히 낭만적이었다. 그는 최북과 임희지를 일러 '삶 자체가 예술인 화가'라고 칭하였다.[55]

그는 일찍이 「화가와 괴벽」이란 글에서 화가의 기행에 대해 언급한 바 있다. 그는 이 글에서 무라야마 카이타(村山槐多)라는 요절 화가를 깊이 아끼게 되었는데 이는 그의 전기를 읽던 중에 '모르는 여성에게 갑자기 입을 맞춘 일화'를 읽고 '오로지 미에 도취'한 그의 '탈속성'에 감탄하였기 때문이었다고 말하였다.[56] 김용준은 이러한 화가의 미에 도취한 '솔직하고 순결한 정신'이 예술 창작의 원동력이라 역설하였다.[57]

이처럼 19세기 후반 이후 최북에 대한 저술은 새로운 문헌이나 일화를 추가하는 대신 이전에 생산된 전기를 반복하고 편집하며 재생산하였다. 장지연의 『일사유사』와 오세창의 『근역서화징』은 최북에 관한 자료를 집대성하는 과정에서 최북 당대의 문헌보다는 최북 사후의 전기류를 주로 인용하였다. 그들의 글은 이후 사람들의 관심이 더욱 그의 기행에만 초점이 맞추어지는 결과를 낳았다. 스스로 예술가이기도 하였던 20세기 중반의 이론가들은 최북을 기행 화가의 계보 속에 놓음으로써 낭만적인 화가상을 투사하기도 하였다.

최북, 기록의 빈자리를 상상력으로 메우다

최북에 대한 기록을 통해 최북의 화가상이 어떻게 변해 갔는지 추적해 보았다. 그 결과 그의 기행에 대한 일화가 대부분 그의 사후에 생성되었다는 흥미로운 사실을 확인할 수 있었다. 최북에 대한 당대의 평가는 그와 가깝게 교유했던 여주이씨와 근기 지역의 남인과 소북인 등에 의해 남겨졌다. 이들은 그를 진지한 대화 상대로 여겼으며, 애정 어린 독려를 아끼지 않았다. 말년에 그를 만난 사람들은 그의 궁핍함을 안타깝게 여기기도 하였으나, 그것이 그의 기행이나 주색에 기인한다고 여기지는 않았다. 최북의 그림에 대한 화평은 찬사에 가까웠으며, 주로 그림 자체에 집중하는 경향이 있었다. 또한 '정밀하다'거나 '고아하다'와 같은 평어를 통해서도 볼 수 있듯이 '기이함'과 '일탈'보다는 정제되어 있는 미감에 주목한 것을 알 수 있다.

최북은 사후 전기문학 속에서 기인으로 재탄생하였다. 19세기 전반기에 지어진 남공철의 「최칠칠전」과 조희룡의 「최북전」은 이후 최북에 대해 가장 많이 인용되는 문헌이다. 최북의 생전보다 훨씬 생생한 기행담이 흥미롭게 포진되어 있기 때문이다. 어떻게 사후에 더 많은 정보가 추가될 수 있었을까. 이 두 기록은 당시 유행하던 평민 전기문학의 산물이었다. 고매한 왕공 사대부만이 아니라 특이하고 재능 있는 평민들이 전기문학의 주인공이 된 것이다. 남공철은 최북이 '술꾼', '미친놈'이라는 세간의 통설과는 반대로 지식과 예술을 두루 갖춘 사람임을 강조하였다. 조희룡은 최북을 통해 능력을 인정받지 못하던 중인의 울분과 기개를 보여 주었다. 그들은 이야기의 설득력과 흥미를 극대화하기 위해 최북의 기행에 대해 상상력을 발휘했을 가능성이 크다.

근대기 최북에 대한 기록은 이전 세대의 기록을 반복할 뿐 새로운 사실을 추가하지는 않았다. 그러나 다른 의미에서 최북의 일화는 편집되고 재생산되었다. 20세기 초에 완성된 오세창의 『근역서화징』은 공신력 있는 서화가 사전을 지향하였다. 글쓴이의 개입은 철저히 자제하고 최북에 관한 자료를 최대한 수집하여 수록하였다. 그러나 가장 객관적인 정보의 취합으로 보이는 이 과정에서 본래 문헌이 가지고 있던 특징이 탈색되는 오류를 낳았다. 최북의 생전 편지글이나 사후의 전기문학이 모두 하나의 사실로서 동등한 자격을 얻게 된 것이다.

『근역서화징』은 이후 고전 문헌에 밝지 못한 이론가들도 조선의 서화에 접근할 수 있는 참고서가 되었다. 20세기 중반 화가이자 이론가였던 윤희순과 김용준은 『근역서화징』의 정보를 의심 없이 수용하였다. 다만 그들은 최북의 기행에 대해서 이전과 다른 의미를 부여하였다. 이들에게 기행은 화가가 세상의 모순과 부딪히며 '미'를 추구해 나가는 '처절한 몸부림'이었다. 근대기 화단에서 최북은 조선시대에 태어난 낭만주의 화가였다.

최북은 출신이 분명하지 않고, 그 자신이 남긴 기록도 없다. 이러한 모호함이 오히려 후대인들이 기록의 빈자리를 상상력으로 메우고, 후대인이 생각하는 예술가의 초상을 투영할 수 있는 요소가 되었을 것이다. 기인 화가 최북의 탄생은 이러한 이유로, 그의 죽음과 함께 시작되었다.

표 1 최북 관련 저술

저자	생몰연도	글	책	시기
최북 생전				
李瀷	1681~1763	蘭亭圖歌	星湖文集	1744
		送崔七七之日本		1747
李用休	1708~82	題楓嶽圖	惠寰雜著	
李玄煥	1713~72	送崔七七之日本序	蟾窩雜著	1747
		崔北畵說		
松崎觀海	1725~76	初見筆語	來庭集	1748
金光國	1727~97	雲山村舍圖	-	-
申光洙	1712~75	崔北雪江圖歌	石北詩集	1763
南公轍	1760~1840	答崔北, 趙子昂萬馬圖橫軸絹本	金陵集	

최복 사후				
申光河	1729~96	崔北歌 題丁大夫乞畫金弘道	震澤文集	1786
李奎象	1727~99	畫廚錄: 崔北條	幷世才彦錄	1792~95
李家煥	1742~1801	崔北	貞軒瑣錄	18세기 말
丁範祖	1723~1801	寄金弘道求爲山水虫鳥圖歌	海左集	1794
成海應	1760~1839	題崔北畵後 2	硏經齋全集 續集	18세기 말
南公轍	1760~1840	崔七七傳	金陵集	1815
李學逵	1770~1835	崔七七 杏花鶬鳩圖	洛下生集	19세기 초
朴允默	1771~1849	題毫生館畫本後	存齋集	19세기 초
丁若鏞	1762~1836	釣龍臺 / 餛飩錄	與猶堂全書 補遺	19세기 초
趙熙龍	1789~1866	崔北傳	壺山外史	1844
劉在建	1793~1880	毫生館 崔北에서 재인용	里鄕見聞錄	1862년 이전
張志淵	1864~1921	崔北 林熙之에서 재인용 (壺山外史, 貞軒瑣錄)	逸士遺事	1916
吳世昌	1864~1953	崔北	槿域書畵徵	1917
尹喜淳	1902~47	李朝의 情熱畫家	朝鮮美術史硏究	1946
金瑢俊	1904~67	崔北과 林熙之	近園隨筆	1948

후기

조각가인 아버지는 술을 좋아하셨다. 술을 많이 드시면 흥도 많아지고 화도 많아지셨다. 그래도 다음 날이면 5시에 일어나 수영을 하신 후에는 8시에 작업장으로 어김없이 출근하셨다. 하루도 일정을 흩트리지 않았다. 그에게 예술은 고뇌덩어리이자 생계를 위한 직업에 다름 아니었다.

예술가를 가족으로 둔 나는 대다수의 사람들이 예술가는 일반인과 다를 거라고 생각하는 것이 놀라웠다. 예술에 대한 열정과 자의식 과잉, 그리고 그것이 초래한 갈등과 비참한 말로. 찬사와 비극이 버무려진 예술가에 대한 환상은 반고흐에서 최북까지 동서고금을 막론하고 퍼져 있는 것처럼 보였다.

연구자의 길을 걸은 후 나는 역사 속에서 많은 직업 화가들을 만났다. 조선시대 직업 화가들은 직접 목소리를 내는 법이 거의 없었다. 문장력이 좋지 않아서일까 하는 의구심으로 그들의 신분을 탓해 보기도 한다. 늘 그랬듯 화가들은 글보다 그림이 편했기 때문인지도 모른다. 그들을 대신해 다른 사람들이 말을 보탰다. 이런 말은 참신한 해석을 담을 수도 있으나 오히려 화가를 틀 안에 가두는 경우도 적지 않았다.

그런 글들이 최북에 대한 선입견을 키운다고 생각했다. 그런데 연구를 진행하면서 그들의 글에서 최북이 아닌 그들 자신을 보게 되었다. 신광하의 사회 취약층에 대한 동정, 조희룡의 중인 예술가에 대한 연민, 김용준의 순수미를 향한 투쟁 등등. 그들은 최북을 통해 자신이 보고 싶은 부분을 보았을 뿐이다.

'명화의 발견, 대가의 탄생' 프로젝트를 시작하면서 나는 선입견과 오독을 바로잡고 화가 본연의 모습을 찾을 수 있기를 기대하였다. 그러나 실제로 발견한 것은 새로운 화가상이 아니었다. 화가에게 투영한 한 시대의 바람이었다. 대가들을 다시 살펴볼 수 있는 용기와 공부를 함께하는 재미를 느끼게 해준 동료들에게 새삼 고마움을 전한다.

4. '풍속화가 김홍도'를
욕망하다

김
소
연

* 이 글은 『한국문화연구』 37(이화여자대학교 한국문화연구원, 2019)에 수록된 「'조선 후기 회화'의 연구사: 풍속화의 재발견과 단원(檀園) 김홍도(金弘道)」를 수정·보완한 것이다.

김소연

이화여자대학교 대학원 미술사학과에서 박사학위를 받은 후,
이화여자대학교박물관 학예연구사를 지냈다. 현재 이화여자
대학교 미술사학과 교수로 한국회화사와 한국근대미술사를
지도하고 있으며, 문화재청 문화재 전문위원(근대문화재 분
과)으로 있다. 저서와 논문으로는 『동아시아의 궁중미술』(공
저), 「한국 근대기 미술 유학을 통한 '동양화'의 추구: 채색화단
을 중심으로」「한국 근대 여성의 서화교육과 작가활동 연구」
「해강 김규진 묵죽화와 『해강죽보(海岡竹譜)』 연구」 등이 있
으며, 한국 근대미술 연구에 주력하고 있다.

김홍도는 어떤 화가일까

단원(檀園) 김홍도(金弘道, 1745~?)처럼 대중에게 끊임없이 사랑받는 조선시대 화가가 또 있을까? 미술에 별 관심이 없다 하더라도, 혹 전통 회화에 조예가 없어도 김홍도를 모르는 이는 드물 것이다. 게다가 18세기 서민들이 개울가에서 빨래하고, 땀 흘리며 생업에 최선을 다하는 모습을 천연스럽게 그려낸 친근함으로, 오늘날에는 '국민화가'라고 불러도 어색하지 않을 만큼 우리 곁에 더욱 성큼 다가온 듯싶다. 물론 김홍도는 생전에도 단연 당대를 대표하는 화가로서의 마땅한 지위를 누렸다. 탁월한 그림솜씨를 타고나 젊은 나이에 도화서 화원이 되어 세 차례나 어진을 그렸고, 안기찰방과 연풍현감의 관직을 제수받아 최고의 광영 또한 누렸다. 정조를 가까이서 모시며 총애를 받았고, 재위기 동안 그림에 관한 일을 모두 주관

했다. 김홍도의 그림을 구하는 자가 날마다 무리를 짓고, 살피고 찾는 사람이 많아 잠자고 먹을 시간도 없을 정도였다 하니, 명화가로 평가하는 데 이의가 있을 수 없겠다.

그렇지만 근래 풍속화가의 이미지가 날로 굳어지는 점은 다소 우려되는 부분이다.[1] 풍속화라는 장르에서 조선시대 사람들이 김사능(金士能) 속화(俗畵)라고 이름을 붙여 부를 만큼 핵심적 존재임은 물론이나, 김홍도가 풍속화가인가 하는 질문에는 좀 더 세심한 접근이 필요하다. 실제 과거의 기록과 오늘날 그가 남긴 유산은 김홍도가 풍속화는 물론이고 진경산수(眞景山水), 도석인물화(道釋人物畵), 화조영모화(花鳥翎毛畵)까지 모든 분야에서 최고의 기량을 선보였다는 점을 여실히 보여 준다. 그렇다면 김홍도는 어느 시점에서부터 세속의 삶을 묘사했던 풍속화가로서의 측면이 부각된 것인가?

이와 같은 인식을 출발점 삼아, 이 글은 김홍도에 대한 평가와 더불어 조선 후기 회화의 주요 장르로 부상한 풍속화의 위상 변화를 비롯해 시대적 인식을 이해해 보고자 한다. 조선 후기 회화사가 근대기에 이르러 본격적으로 서술, 재구성되는 가운데 김홍도와 풍속화라는 장르의 관계를 면밀히 관찰해 보는 과정에서 우리는 '풍속화가 김홍도'의 탄생을 목도할 수 있지 않을까 기대해 본다.

못 그리는 그림이 없는 최고의 화가

합리적 분석을 위해서는 김홍도 당대(當代)의 시간으로 거슬러 올라가야한다. 가장 먼저 만나볼 수 있는 기록은 강세황의 「단원기(檀園記)」, 「단원기 우일본(檀園記又一本)」일 것이다. 이른바 '18세기 예원의 총수' 강세황은 어린 시절의 김홍도가 조선 회화의 역사에서 가장 뛰어난 화가로 우뚝 설 때까지 그를 가까이에서 지켜보았다.[2] 그리고 『표암유고(豹菴遺稿)』에 수록된 두 편의 글을 통해 김홍도의 삶을 증언했다.

> 고금의 화가들은 각기 한 가지만 잘하고 여러 가지는 잘하지 못하는데, 김군 사능은 근래 우리나라에서 태어나 어릴 적부터 그림을 공부하여 못하는 것이 없다. 인물·산수·선불(仙佛)·화과(花果)·금충(禽蟲)·어해(魚蟹)에 이르기까지 모두 묘품(妙品)에 들어 옛사람과 비교하더라도 그와 대항할 사람이 거의 없다. 더욱이 신선과 화조를 잘 그려 그것만으로도 한 세대를 울리며 후대에까지 전하기에 충분하다. 우리나라의 인물과 풍속을 모사하는 데 더더욱 뛰어나, 공부하는 선비, 장에 가는 장사꾼과 나그네, 규방과 농부, 누에치는 여자, 이중 가옥과 겹으로 난 문, 거친 산과 들의 나무에 이르기까지 그 형태를 곡진하게 그려서 하나도 어색한 것이 없었으니, 이것은 옛적에도 없던 솜씨다.[3]

강세황은 김홍도가 마흔 줄에 들어서 한창 왕성한 필력을 드러내던 시기에 이와 같은 기록을 남겼으며, 특히 신선과 화조, 인물과 풍속에서 특출한 솜씨를 두루 강조했다. 이후 세대인 19세기 자료로는 조희룡의『호산외사』「김홍도전(金弘道傳)」(1844)을 참고할 수 있는데, 이 글은 차후 김홍도 연구에 가장 빈번하게 활용되는 기초 텍스트로서의 의의가 크다. 김홍도가 정조의 명을 받들어 궁궐 벽에 해상군선(海上群仙)을 그린 일화를 마치 직접 본 듯 생생하게 언급하고 있다. 내시들은 먹물을 받들고 서 있고, 김홍도는 모자와 옷을 걷어붙인 뒤 비바람과 같이 붓을 휘둘러 두어 시간 만에 언덕을 무너뜨릴 것 같은 파도와 터벅터벅 걸어 구름 속으로 들어가는 듯한 신선들로 벽화를 완성했다는 것이다(그림 1). 풍족하지 않았던 시절에 그림값으로 3,000냥을 받아, 2,000냥으로는 매화를 사고, 800전으로는 술을 받아 지인들과 매화꽃을 즐기는 낭만적이고 소탈한 성격의 소유자임을 밝히기도 했다.

"산수, 인물, 화훼, 영모를 그린 것이 묘함에 이르지 않은 것이 없었는데, 신선을 더욱 잘 그렸다"라고 묘사했으며, 김홍도가 아름다운 풍채와 태도에 신선 같은 용모를 지녔다고도 덧붙였다. 그가 신선도를 그린 솜씨를

그림 1 김홍도, 「군선도(국보 제139호)」, 종이에 수묵, 132.8×575.8cm, 1776, 삼성미술관 리움

칭찬하며 "준찰(皴擦)과 구염(句染)과 몸통과 옷의 무늬를 옛사람의 법을 모방하지 않고 스스로 타고난 재주를 사용하여 정신과 이치가 모두 시원하게 발휘되어서 뚜렷하게 사람을 즐겁게 하였으니 예원의 특별한 재주였다"라고 했으며, 김홍도의 특장으로 신선그림을 손꼽았다.[4] 그렇지만 의아하게도 풍속화에 대해서는 일절 논하지 않았다.

근대기에는 오세창의 『근역서화징』(1928)이 주목된다. 한국 서화사 연구의 대표적 사료로 손꼽히는 이 책은 조선시대 『석우망년록(石友忘年錄)』, 『청장관집(靑莊館集)』, 『이계집(耳谿集)』, 『금릉집』, 『호산외사』를 편술해, 김홍도가 궁궐 전각에 「군선도」를 그린 일화를 소개하고, 매화음(梅花飮)을 즐겼던 호방한 인물로 묘사했으나, 역시 풍속화에 대한 언급은 찾아볼 수 없다. 요컨대, 조선시대의 사료와 현전하는 작품에 기초하여, 예외 없이 김홍도는 화조·영모·산수, 때로는 풍속화를 포함해 모든 화목에 능했던 화가였음을 강조하고 있다. 그럼에도 불구하고 김홍도라는 화가의 가치를 드러내는 장르에 대해서는 서술자에 따라 조금씩 미묘한 차이를 보인다.

그렇다면, 일제강점기 조선미술을 통사적으로 서술하기 시작한 일본인들은 김홍도를 어떻게 보았을까?[5] 일본인 관학자들은 미술의 전성기와 쇠퇴기를 구분하고, 불교문화로 인해 찬란했던 고대 문화가 조선시대에 이르러 퇴락하고 말았다는 식민사관에 기초하였으며, 이에 따라 자연스럽게 미술 장르는 서열화되었다. 즉 고분시대 유물 및 도자, 금속과 같은 공예품에 가치를 부여함에 따라, 현전하는 작품이 대개 조선시대에 한정된 회화 장르는 폄훼되며 주요한 관심의 대상이 되지 못했다.

따라서 조선 후기 미술을 평가절하했던바, 김홍도가 미술사 서술에

그림 2 작자 미상, 「투견도」, 종이에 채색, 44.2×98.2cm, 국립중앙박물관

서 차지하는 부분이 크지는 않았다. 이러한 가운데 일제강점기 일본인들이 김홍도의 작품 중 「투견도(鬪犬圖)」를 백미로 꼽곤 했다는 사실은 주목을 끈다(그림 2). 국립중앙박물관에 소장되어 있는 이 작품은 현재는 김홍도가 아닌 작가 미상의 작품으로 분류하고 있지만, 근대기에는 임의로 낙관한 '사능(士能)'으로 인해 김홍도의 작품으로 알려져 있었다. 덩치 큰 맹견이 기둥에 묶여 있는 모습을 그린 이 그림에서는 음영과 입체감을 적극적으로 표현한 탓에 "조선화의 습기(習氣)를 벗은", "구주화풍을 모방"한 작품으로 인식되었고, 재조선 일본인들은 조선조 서양화풍의 유입을 보여준 김홍도의 대표작으로서 입을 모았다.[6] 이러한 평가에 대해서는, 대개로 중국 송·원대와의 영향 관계에 있는 조선 전기 회화에 대해서는 긍정적인

평가를 내렸으나, 조선 중기 이후의 회화는 폄하 혹은 무관심으로 일관했다는 점에서 실마리를 얻을 수 있다. 즉 김홍도라는 화가의 명성은 일제강점기에도 뚜렷했던 탓에, 일본인들은 서구로부터의 영향을 주장함으로써 암흑기로 조망했던 조선 후기 화가에게 특수한 지위를 부여하는 교묘한 선택을 했던 것이다.

근대기 '조선적인 것'의 프로젝트와 김홍도

1920년대에 들어와 전통시대 회화에 대한 조선인의 관심과 연구가 확대되었다. 1919년 3·1운동 이후 민족문화의 관심이 더욱 촉발된 배경과 함께, 일본인의 조선문화 연구에 대응적 성격을 띠며 그 극복의 도구로서 조선 예술의 독자성을 강조하는 방향성을 함의한다.[7] 유교와 당쟁에 침몰당한 시대로 비추어졌던 조선 후기와 그 시대의 회화예술을, 민족문화가 창달한 새로운 전성기로 선양하는 과정에서 풍속화와 진경산수는 침몰한 시대를 구원할 원동력이었고, 따라서 조선 후기 회화는 김홍도와 겸재 정선의 명성에 기댈 수밖에 없었다.

먼저 세종대부터 고종대까지의 조선시대 서화가를 소개하는 「서화계로 관(觀)한 경성」(1924)을 참조할 수 있다.[8] 서술은 간략하나 조선 후기나 말기 화가를 모두 살폈으며, 글 말미에 "겸재(정선) 선생은 우리의 명승강산을 사생하얏고 단원 김홍도 선생은 우리 실생활의 풍속을 묘출하얏다"라고 각별히 첨언하며 화가 정선과 김홍도를 중심으로 조선 후기 회화에 비중을 두었다. 특히 이 글이 수록된 종합지 『개벽(開闢)』이 1920년대 근대기 민족의식 고취에 큰 역할을 담당했음을 고려하지 않을 수 없다. 한 해 뒤, 『개벽』에는 고희동이 「조선의 십삼대 화가」(1925)에서 '우리의 미술 자랑'이라는 제목 아래 역대 열세 명의 화가를 선정했다. 여기에서 "풍경을 사생한 화가로서는 겸재가 비롯이며, 현대의 실제를 사생한 가(家)로는 단원을 비롯"이라 평하고, 조선 후기의 신경향을 높이 샀다.[9]

이처럼 1920년대 화단과 문화계에는 '조선적인 것'에 대한 관심이 촉발되면서, 정선과 김홍도를 선두 삼아 조선 후기 화단에 대한 재평가가 이루어졌다. 뿐만 아니라 최초의 근대적 미술단체인 서화협회는 김홍도의 작품사진을 협회보 전면에 게재하고, 서화협회 전람회에 정선과 김홍도의 작품을 동시에 전시했다.[10] 이러한 움직임은 1930년대 점차 문화계 전체로 확대되고 구체화되었으며, 민족문화 수립과 전통 창조에 대한 사명감과 함께 다양한 문화담론에서 '조선적인 것'이라는 표상체계는 영향력을 발휘하게 되었다.[11] 실제 민족주의 사학자 문일평은 정조조(正祖朝)를 부활의 문운(文運)이 짙은 시기로 정의하고, 정선을 '화종(畫宗)', 김홍도를 '화선(畫仙)'으로 평가했다.[12] "동국산수의 화종 겸재(정선)가 그 빛나는 예술의 생애를 마치자 단원(김홍도)이 고고의 소리를 지르게 된바", 김홍도에 이르러 한층 더 조선의 자아를 꽃피워 조선아(朝鮮我)에 눈뜨게 되었다고도 보았다.[13] 최남선과 문일평 등이 제시한 '조선아', '조선심(朝鮮心)'은 조선 후기 회화사를 서술하는 키워드로 빈번히 사용했음이 관찰되기도 하였다.[14] 이 과정에서 김홍도와 정선은 조선 후기 회화를 선도하는 화가로 부각되었으며, '진경산수', '풍속화'는 '조선정취', '조선적인 것'과 같은 수식어와 함께 조선

미술을 지탱하는 중추 역할을 했다.

특히 화가 김용준은 '진정한 조선을 찾고자' 전통과 조선적인 것에 천착하고 관련 저술을 상당수 남기고 있어 주목된다.[15] 그는 1930년 도쿄미술학교 졸업생 동문전인 동미전(東美展)을 주최하며 정선, 심사정, 김홍도의 작품을 참고품으로 전시함으로써, 계승해야 할 전통으로 제시하기도 했다.[16] 「이조시대의 인물화: 주로 신윤복, 김홍도를 논함」(1939)에서는 김홍도가 모든 장르에 독특한 신경지를 개척함으로써, "이조(李朝) 후기의 일인자라기보다 이조를 통한 일인자"라고 보는 것이 마땅하다고 서술했다.[17]

그러나 1920년대 중반 이후, 1930년대에는 조선 후기 화단에 대한 관심과 함께 김홍도라기보다는 김홍도 풍속화에 가치를 부여하는 언설이 두드러지기 시작했다. 특히 고희동은 고화(古畵)의 임모나 중국으로부터 영향을 받은 화풍에 부정적인 반응을 보이면서, "조선 정취를 찾으려면 단원(김홍도), 혜원(신윤복)의 풍속화를 보아야" 한다며 풍속화에 먼저 주목했다.[18] 즉 풍속화는 진경산수와 더불어 조선 후기 회화의 새로운 경향을 입증하는 수단이었다. 달리 말하면, 풍속화는 조선 후기에 대한 시대적인 관심과 함께 조선적 회화예술의 결과물로 재발견되었으며, '풍속화가 김홍도'의 개념은 이 과정에서 연동되며 형성되었다고 여겨진다.

하나 더 고려할 것은, 미술사학자 고유섭이 김홍도를 어떻게 설명하고 있는지에 대한 점이다. 고유섭은 『조선명인전』에서 김홍도를 "인물사진, 산수, 화조, 영모에 무불응향(無不應向)하였던 대장(大匠)"으로 지목하고 개인적 재능을 높이 샀지만, 김홍도의 풍속화에는 별 관심을 두지 않았다.[19] 이러한 배경에는 조선 후기 미술에 주목하고 이를 긍정적으로 해석했던 고희동이나 김용준과는 달리, 고유섭이 조선 후기를 "창경한 고의를 갖지 못한" 시대로 평가했다는 점을 떠올려볼 수 있다. 즉 고유섭은 활달하면서 화골(畵骨, 데생)에 뛰어난 김홍도의 개인적 위대함을 인정했지만, 조선 후기 미술에 긍정적인 힘을 실어줄 의도는 없었던 것이다. 이에, 김홍도의 풍속화를 굳이 강조할 필요가 없었다고 본다면 너무 무리한 해석일까.

근대적·사실적·혁명적 그림으로서의 풍속화

해방을 맞은 화단에서는 김용준, 윤희순, 김영기가 한국회화사에 관한 단행본을 각각 출간하면서, 미술사의 서술은 양적으로나 질적으로 풍부해졌다. 윤희순은 저서 『조선미술사연구』(1946)에서 진경산수와 풍속화의 개척을 서술하고 "현실생활로 깊이 파고들어 가려는 근대적 정취, 자기발현의 각성"을 볼 수 있다고 했다.[20] 체첩(분본) 고수와 모화주의를 떨쳐야 할 봉건적 잔재로 판단하고, 남화풍의 수묵화는 현실 탐구와는 거리가 멀어 회화의 묘사기능을 쇠퇴케 하였음을 주장한 것인데, 반면 김홍도와 신윤복 같은 화가는 풍속화를 통해 "고전에 대한 혁명적인 창작"을 이루어냈다고 본 것이다.[21]

한편, 풍속화가 사회주의 시각 아래 새로운 가치로 주목받고 있다는 점도 흥미롭다.[22] 월북 이후 평양미술학교에서 교편을 잡았던 미술사가 한상진은 「풍속화의 문제」(1948)에서, 풍속화는 서민층의 일상을 취재하고 생동하는 군상을 그려냄으로써 근대적, 나아가 현대적이며 오늘날 우리의

회화가 지향해야 할 방향과 가깝다는 취지의 글을 발표했다.[23]

　김용준은 동일한 맥락에서 해방 공간의 시기, 그리고 월북 이후에도 각별히 김홍도에 주목하면서 자신의 미술사관을 펼쳐나간 예이다. 김용준은 『조선미술대요(朝鮮美術大要)』(1949)에서 김홍도를 "안견(安堅) 이후로 제일인자", "풍속화의 거장 및 자유주의적인 화가이자 천재작가"라고 보았다.[24] 1950년에는 농잠, 타작, 풀뭇간, 물고기 잡기, 엿장수, 씨름판, 서당 공부 같은 우리 주변의 생활상을 소재로 삼았다는 점을 강조하며 「단원 김홍도」를 집필하고, 월북 이후에는 김홍도를 '사실주의 화가'로 새롭게 정의했다.[25] 김홍도에게 현실 밖의 세계란 상상조차 할 수 없었으며, "인민과 분리하여 단원은 존재할 수 없고 생활할 수 없을 만큼 그는 인민 속으로 파고들어" 갔음을 강조한 것이다.

　또한, 김용준은 기존에 정선을 '조선시대의 중흥을 이룬 화가'로 파악한 바 있으나, 정선의 실경산수는 유생의 냄새가 남아 있는 변화가 적은 취제라고 언설에 변화를 주어, 정선보다 김홍도를 더욱 우위에 두는 데 이르렀다. "근로 인민의 진실한 모습이 약동"하는 풍속화를 높이 산 것인데, 이에 따라 김홍도를 "장차 썩어 넘어질 낡은 봉건사회에서 새로 자라나는 인민들의 커다란 힘"을 드러냄과 동시에, "인민이 비록 갖은 학대와 착취를 당하면서 서러운 처지에 있을지라도 인민의 순직하고 용감한 태도를 존경했으며 인민이야말로 국가의 주인이며 또 반드시 그들에게 복이 돌아올 날이 있으리라고 믿었다"라고 서술했다. 이제 김홍도는 조선미술역사에서 큰 공을 세운 "조선 회화의 혁명적 존재"로, 18세기 사실주의 발전의 핵심적 역할을 담당했다고 평가받게 된 것이다.[26]

상반된 가치, 헛된 그림 신선도

지금까지 조선 후기 화단과 김홍도에 대한 서술이 이루어지면서, 일제강점기 조선정취, 조선아와 같이 '조선적' 면모를 강조한 평어와 풍속화가 연동되고, 풍속화의 근대적·사실적 경향성이 순차적으로 부각된 상황을 살펴보았다. 그리고 해방 이후의 미술사학계에서도 김홍도를 근대적 인간상으로 평가하고, "가장 한국적인 화풍을 풍속화 부분에서 창출"한 기여자로 강조함으로써 그 흐름은 오늘날까지 계승되고 있다.[27]

한편, 여기에서 간과한 것은 김홍도의 신선도라 생각된다. 이 글에서 각별히 주목하는 부분은 '김홍도 풍속화'만큼이나 '김홍도 신선도'에 대한 평가가 다변하다는 점이다. 우선 김홍도와 동시대 인물인 성대중(成大中, 1732~1809)이 김홍도의 신선그림에 대해 기술한 글을 참고하자.

서울에 피씨(皮氏) 성을 가진 자가 장창교 입구에 있는 집을 샀는데, 대추나무가 담장에 기대어 있기에 베어버렸다. 그러자 갑자기 도깨비가 집으로 들어와 들보 위에서 휘파람을 불기도 하고 때로는 공중에서 말소리가 들리기도 했지만 모습은 볼 수가 없었다. 간혹 글을 써서 던지기도 했는데 글자가 언문(諺文)이었고, 부녀자들에게 말을 할 적에 모두 너라고 하였다. 사람들이 혹시라도 "귀신은 남녀도 구별하지 않느냐?" 하고 꾸짖으면, 귀신은 기가 막힌 듯이 웃으면서, "너희는 모두 평민이니 어찌 구별할 것이 있겠냐?" 하였다. 그 집의 옷걸이와 옷상자에 보관된 옷들은 온전한 것이 하나도 없었으니 모두 칼로 찢어놓은 듯하였다. 유독 옷상자

하나만이 온전하였는데, 상자 밑에는 바로 김홍도가 그린 늙은 신선그림이 있었다.[28]

김홍도의 신선그림이 영험한 능력을 지녀 귀신도 물리쳤다고 한 것인데, 발군의 묘사능력에 대한 최고의 찬사임은 물론이다. 앞서 살펴보았듯 『호산외사』는 김홍도가 신선그림에 가장 뛰어났다 평가했고, 『호산외사』를 그대로 인용한 장지연의 『일사유사』 등 일제강점기 언론을 통해서도 김홍도 신선도에 대한 찬상을 수차례 찾아볼 수 있다. 김홍도에 관해 "원래 인물화 중 특히 선인 등의 묘수"라는 의식은 근대 초까지 상당히 보편적이었던 것으로 여겨진다.[29]

풍속화라는 장르에 대한 인식에서는 실상 오늘날과의 온도차가 느껴진다. 조선 후기 심노숭(沈魯崇, 1762~1837)은 "속화란 화가 중에서 가장 아래에 속한다. 그래서 비록 뛰어난 기예를 가졌다 하더라도 모두 그것을 천시한다"라며 풍속화라는 장르 자체를 천하게 보았던 당시의 풍조를 설명했다.[30] 김홍도 풍속화가 겉모습만을 그려 자연의 취미는 전혀 없다는 부정적인 평가를 내린 예를 찾아볼 수도 있어, 김홍도가 오늘날과 같이 풍속화가로서의 절대적인 위상을 지녔다고도 할 수 없다.[31]

그러나 앞서 살펴보았듯 김홍도는 20세기 전반 조선 회화사의 구축 과정에서 조선적·사실적 풍속화라는 소재와 연계되며 부상했다. 이를 고려할 때, 중국 고전으로부터 유래한 비사실적 '신선'이라는 화제는 조선을 대표하는 화가 김홍도에 대한 설명으로 적합하지 않다고 받아들여진 것 같다. 윤희순은 풍속화가 근대적인 것은 "의탁적인 의취(가공의 세계)", 즉 신선화나 관념적 상상의 세계에서 떨어져 나왔기 때문이라 한 바 있으며, 김용준은 김홍도가 "산수를 그리는 데 결코 당의(唐衣)를 입은 인물이거나 중국식 건물이나 중국식 산천을 그리는 법이 없었다"라는 점을 강조했다.[32] 특히 김용준에게 신선도가 부정적인 의미였음은 분명하다. 김용준은 신윤복의 풍속화에 대해서도 상찬했는데, "인물화라면 신선도란 방정식밖에 없고, 모든 산수점경에까지 당의만을 입힐 줄 알았던 당시의 작가"들의 반대항으로 수용된 것이었기 때문이다.[33]

김홍도를 통해 사실주의 정신을 읽어낸 김용준은 월북 이후 소박하고 근면한 근로 인민을 그린 풍속화에 더욱 큰 가치를 부여했다. 동시에 신선도에 관해서는 "김홍도가 묘사한 신선은 비록 옷차림은 다르지만 어느 것이나 항상 현실적 인간으로, 조선사람의 감정으로 묘사되는 것을 특징"으로 지적하며, 비현실적 존재의 현실성이라는 상충되는 언설을 담아내기도 했다.[34]

북한에서 출간된 이여성(李如星)의 『조선미술사개요』(1955)에서도 역시 김홍도의 신선그림에 대한 북한학계의 새로운 접근법을 읽어낼 수 있다. 즉 김홍도의 신선도 제작은 작가 스스로의 의지라기보다는 『호산외사』에 전하는 바와 같이 항상 왕명이거나, 도화서 화원의 책임 과업인 세화(歲畵)로써 그렸을 뿐이라고 해석하며, 풍속도와 신선도에서 모두 명성을 지녔던 모순적 상황의 돌파구를 찾았다.[35]

실제 풍속화가로서의 화명이 높아질수록, 상대적으로 신선도에 능한 김홍도에 대한 서술은 점차 자취를 감췄고, 사회적으로는 도석인물화 자체를 구태의연한 것으로 정의하는 언설이 두드러졌다. 해방 공간에 동양

수묵채색화의 낙후성을 언급한 「신선과 회화」(1948)는 직접적으로는 화가 이용우(李用雨)의 「신선도」에 대한 혹평이었으나, 김홍도의 신선도 또한 이러한 비난을 비껴갈 수는 없었을 것이다.

　이 글은 신선사상을 초현실적 관념의 산물로서 비과학성, 비합리성, 허망한 관념이자 일종의 미신의 대상에 가까운 황당무계한 고대인의 상상일 뿐이라고 폄하했으며, 신선을 화제로 삼은 회화에도 동일하게 적용되었다.[36] 이수형은 「회화예술에 있어서의 대중성 문제」(1949)에서 '헛된 신선도'에 비해 풍속화는 "훨씬 친근감과 박력 있는 생활감"을 가져다주는 그 시대 회화혁명이었음을 주장하기도 했다.[37]

'풍속화가 김홍도'에 대한 시대적 열망

특히 해방 이후, 임모와 상상의 그림에 대한 가치는 점차 풍속화의 민족적 의의와 대치되는 것으로 수용되었다. 조선 후기 회화사의 구축 과정에서 김홍도의 풍속화는 조선적·사실적·근대적, 때로는 혁명적 장르로 재조명되었고, 동시에 중국식·비합리적·비사실적이며 상상의 산물이었던 신선도에 대한 텍스트는 점차 희미해졌다. 실제 『호산외사』와 『근역서화징』에 공통적으로 수록된 김홍도 생애의 두 가지 대표적 에피소드 가운데 김홍도가 궁궐 벽에 붓을 비바람 몰아치듯 휘둘러서 신선 화제(畫題), 즉 해상군선을 그린 일화는 이후 세대의 평전(評傳)에서 그 서술이 약화된 반면, 낭만적 예술가이자 소탈한 품성이 강조된 매화음 고사가 상대적으로 강

그림 3 김홍도, 「무동」
(『단원풍속도첩』),
종이에 엷은색, 27×22.7cm,
국립중앙박물관

조되었음을 알 수 있다. 따라서 조선 후기 회화의 정점에 서 있는 김홍도는
신선도를 그린 화가보다는 풍속화를 개척한 화가로서 조망되었고, 시각적
실체의 절실함은 김홍도 풍속화의 정수라 할 수 있는 『단원풍속도첩(檀園
風俗圖帖)』에서 더욱 구체화되었다(그림 3).

　　『단원풍속도첩』은 일제강점기 조선총독부박물관에서 구입·전시하
면서 그 존재가 널리 알려졌으며, 『조선고적도보(朝鮮古蹟圖譜)』(14권, 1934)
에 수록되기도 했다. 그런데 현재 국립중앙박물관으로 이관되어 소장 중
인 이 화첩이 본디부터 '풍속화첩'이었던 것은 아니다. 박물관에서 1918년
김한준이라는 개인에게 구입 당시 전체 스물일곱 점의 작품이 하나의 화

첩으로 장황되어 있었는데, 풍속 장면 25엽에 여러 신선의 모습을 그린 「군선도(群仙圖)」 2엽으로 구성되었다.[38] 다시 말하자면, 사슴을 대동한 청오자(靑烏子)와 파초선을 든 종리권(鍾離權), 붓과 종이를 든 문창제군을 그린 두 점의 신선그림이 본래 화첩의 앞뒷면을 각각 차지하고, 그 사이에 스물다섯 점의 풍속화가 자리했던 것이다(그림 4, 5).[39] 그러던 중 1957년 미국 전시를 위해 수리·수복 과정을 거치며 원래 화첩을 파첩(破帖)한 뒤, 스물다섯 점의 풍속그림만 사방에 비단 회장을 두르고 새 화첩으로 개장(改裝)했다.[40] 이 과정에서 「군선도」 두 점은 따로이 족자 형식의 별도 작품으로 분리되었다.

두 점의 신선그림은 26.2×47.8cm의 크기로, 풍속도첩 내 대개의 그림 22.5cm보다 가로길이가 두 배 정도 길어 화첩의 두 면을 모두 차지하는 특징을 지닌다. 그렇지만 가장 마지막 순서에 자리한 풍속화 「장터길」 역시 가로 약 45cm의 크기로 「군선도」와 거의 유사한 화폭 형태이나 풍속도첩으로 꾸며졌다는 점으로 보아 탈락된 풍속도첩의 탄생이 작품의 크기 차이가 아닌 신선도와 풍속화라는 회화적 소재와 관련된 것임이 명백하다(그림 6).[41]

1970년에 이르면 이 화첩은 이른바 『단원풍속도첩』이라는 이름을 얻고 보물 제527호로 지정되어, 오랜 시간 동안 김홍도 풍속화의 대명사 역할을 했다.[42] 더욱이 『단원풍속도첩』 영인본의 출판(1972년)과 같은 과정이 반복되면서, 우리에게 스물다섯 점의 풍속화들은 마치 태생부터 한 몸이었던 듯 착각을 불러일으키기에 충분하다.[43] 박물관 및 소장처에서 유물을 파첩·성첩하고, 특히 화목별로 작품을 분리하여 새로이 장황하여,

그림 4 김홍도, 「군선도」, 종이에 엷은색, 26.2×47.8cm, 국립중앙박물관

그림 5 김홍도, 「군선도」, 종이에 엷은색, 26.2×47.8cm, 국립중앙박물관

그림 6 김홍도, 「장터길」(『단원풍속도첩』), 종이에 엷은색, 28×45cm, 국립중앙박물관

분리된 작품으로만 문화재로 지정을 받은 선례는 극히 드물다 여겨진다. 이와 같은 일련의 과정에서 우리는 해방 이후 신선도에 대한 논의, '풍속화가 김홍도'에 대한 시대적 열망의 관계를 떠올려볼 수밖에 없을 것이다.

후기

교실과 교과서의 힘은 대단하다. 학창시절 김홍도 풍속화에서 조선시대 전통놀이와 사회문화를 배우고 성장한 세대에게 『단원풍속도첩』의 권위는 절대적이다. '풍속화가 김홍도'의 지위를 흔드는 것은 찬란한 민족문화에 대한 자칫 불경한 행위로 느껴지니 말이다. 하지만 우리는 오랜 민족적·전통적 프레임 속에서 김홍도 풍속화에 너무 버거운 역할을 부여해 왔다. 이 버거움을 덜어내는 과정이 김홍도 위상에 흠을 가하는 것이 아닌, 화가의 본질에 조금이나마 더 가까이 다가가는 애정 어린 작업임을 밝히고 싶다.

이와 함께 후기를 쓸 수 있는 기회를 빌려, 이 책에 홀로 김홍도와 장승업 두 편의 글을 싣게 된 것에 대한 부담을 털어놓고자 한다. 사연은 이렇다. 대동문화연구원·동아시아학술원에서 발표한 장승업 원고 외에, 흐름이 비슷한 김홍도에 대한 나의 글을 함께 책으로 엮자는 제안을 받았다. 처음에는 책을 구성하는 데 있어 나의 두 편의 글이 누가 되지 않을까 하여, 혹은 나의 무리한 욕심으로 보이지 않을까 하여 주저하였다.

이렇게 김홍도와 장승업 두 편의 원고를 싣게 된 데는, 동료 연구자들의 친절한 권고도 한몫했지만, 최고의 화가 김홍도의 '체면'이 나의 마음을 다잡게 해주었다. 조선시대 최고의 화가들을 되짚어보는 자리에 김홍도가 빠질 수는 없지 않은가. 원고를 가다듬으려 최선을 다했지만 화가의 놀라운 성취에 의미를 재부여하고 선학의 해석에 뜻을 보태기엔 여전히 미진하다. 그러나 한국회화사의 '대가'를 논하는 이 책에 김홍도의 자리를 마련했다는 사실만으로도 나의 마음의 짐을 조금은 내려놓을 수 있게 되었다.

5. 신윤복, 「미인도」의 부상

김
지
혜

김지혜

이화여자대학교 미술사학과에서 박사학위를 받았다. 한국미
술연구소 연구원, 종로구립 고희동 미술자료관 학예사로 근무
했으며, 현재 건국대학교에서 문화예술사와 한국미술사를 강
의하고 있다. 동아시아의 근대 시각 이미지에 관심을 갖고 한
국 근대미술사 연구를 이어가고 있다. 주요 논저로는 「한국 근
대 미인 담론과 이미지」 「미스 조선, 근대기 미인 대회와 미인
이미지」 「근대 광고 이미지에 나타난 주부의 표상」 『모던 경성
의 시각문화와 일상』(공저) 등이 있다.

신윤복의 「미인도」, 대중에 처음 선보이다

1957년 5월 18일 『조선일보』는 흑백사진 한 점과 그에 대한 설명을 실었다(그림 1). 풍성한 가체(加髢)와 몸에 꼭 맞는 짧은 저고리에 부푼 치마를 걸친 사진 속의 여성은 노리개와 옷고름을 매만지며 수줍은 듯 고개를 살짝 비껴 숙이고 있다.

이 그림은 혜원(蕙園) 신윤복(申潤福)의 작품이다. 그는 18세기 후반에 활동한 작가로 알려지고 있는데 도화서의 화원이던 그의 부친의 뒤를 이어 화원이 되었다. 그는 풍속화가로서뿐만 아니라 산수화나 인물화에도 매우 격조 높은 작품을 남기고 있다. 특히 사대부로부터 서민사회에 이르는 우리나라의 특유한 생활정취를 즐겨 묘사했으며 에로틱한 풍정의 표

그림 1 「해외 전시 고미술 지상전」,
『조선일보』, 1957년 5월 18일자

현도 그 독보적인 경지를 가지고 있었다. 이러한 그림이 자칫하면 범하기 쉬운 저속성을 용케 벗어나서 전체적인 품위를 잃지 않았다는 점이 그의 화가적 위치를 돋우어 주었던 것이다. 초상화적인 이 미인도는 이러한 함축이 경주된 가작으로서 염려한 이조여인의 다소 곳한 풍정이 그 담담한 설채와 함께 이조미의 여운을 요요하게 풍겨 주고 있다.

신윤복의 「미인도」가 처음으로 대중에 등장하여 소개되는 순간이다. 당시의 사진인쇄술로는 작품의 세세한 면모까지 담기 어려웠으나, 미인의 자태에서 풍기는 염려(艶麗)한 분위기가 기사와 함께 독자들에게 전달되어 그 이미지를 짐작게 했을 것이다.

「미인도」를 실은 기사 「해외 전시 고미술(古美術) 지상전(紙上展)」은 〈해외 전시 고미술전람회〉(1957. 12~1959. 6), 속칭 〈해외 전시 국보전〉에 출품된 미술품을 소개하는 연재기사였다.[1] 이는 "우리 역조(歷朝) 미술의 정수라고 일컬어오는 제일류의 일품(逸品)"이자 "우리 민족의 정화(精華)"라 할 수 있는 미술품을 선정해 선사시대에서 조선시대까지 한국미술사 전반을 개괄한 전시였다.[2] 첫 국외 전시이기도 했던 〈해외 전시 국보전〉은 일제강점기와 6·25전쟁으로 이지러진 민족과 국가 이미지를 오랜 역사와 아름다운 미술품으로 일신하는 동시에 한국 문화를 전 세계에 소개하고자 했던 국가적 노력의 일환으로 기획되었다. 「미인도」는 바로 이 전시를 통해 일반 대중에 처음으로 공개되었다.

해외 전시를 앞두고 덕수궁미술관에서 열린 〈미국에 전시할 국보전〉 (1957. 5~6)은 국내 관람객을 위한 전시였다. 「미인도」는 한국을 대표하는 미술품과 함께 관람객을 만날 수 있었다. 구름처럼 얹힌 머리카락의 정교함과 당시의 유행을 따랐으나 절제되고 세련된 필선과 담채로 갖추어진 의복, 화면 밖을 바라보는 여인의 은은한 눈길, 수많은 표정을 머금은 입매에 이르기까지. 전시를 통해 관람객들은 신문사진으로는 확인하기 어려운 작가의 섬세한 표현과 붓질을 실견했을 것이다. 흘러내린 허리끈과 반쯤 풀린 옷고름을 매만지는 손길에서 느껴지는 선정적인 분위기는 춘의를 불러일으켰을지도 모른다. 전시는 '현란한 민족예술의 제전'으로 불리며 날짜를 연장할 정도로 인기를 얻었다고 전하나, 정확한 규모나 입장객 수에 대한 기록은 남아 있지 않다.[3]

「미인도」에 대한 기록의 부재

오늘날 한국의 '미인도'를 말한다면 대부분이 신윤복의 「미인도」를 떠올리지 않을까 싶다(그림 2). 조선을 대표하는 명화이자 당대 최고의 미인을 담은 미인도로 대중적인 사랑을 받는 신윤복의 「미인도」. 그러나 이러한 평가는 전술했듯이, 작품이 일반에 공개된 1957년 이후에 만들어지기 시작했다. 그렇다면 「미인도」가 제작된 18세기 후반부터 약 200여 년간의 기

그림 2 신윤복, 「미인도(보물 제1973호)」,
비단에 수묵담채, 114.0×45.5cm,
18세기 말~19세기 초, 간송미술관

록은 왜 전무한 것일까. 현대의 신윤복 「미인도」 부상은 이처럼 기록의 부재로 남겨진 이전 시기의 공백에서부터 추적해야 할 것이다.

우선 화가 신윤복에 대한 평가의 역사는 그 공백을 해명할 기본적인 단서가 된다. 신윤복은 활동 당시에도 행적이 불분명하여 기록이 거의 남아 있지 않기 때문이다. 풍속화의 부상과 함께 "동양화의 조선화와 미술의 생활화를 실현"한 '제일인자'로 조명한 것은 근대기에 이르러서였다.[4]

그의 대표작으로 알려진 「미인도」와 『혜원전신첩(蕙園傳神帖)』은 전형필(全鎣弼, 1906~62)이 1930년대에 구입해 소장한 것으로 알려져 있다. 일본 도미타 상회(富田商會)에서 구입한 『혜원전신첩』은 1936년 오세창이 쓴 발문을 통해 "여러 차례 촬영을 거치고 혹은 지극히 작게 축소되어 담뱃갑에 넣어지기도 한 까닭에 사람마다 모두 얻어서 즐겁게 감상"할 수 있는 그림이었음을 알 수 있다. 또한 일간지에 연재된 화보를 통해 "조선풍속화계의 백미"로 일반에 소개되면서 대중적으로 향유되었다.[5]

그러나 「미인도」는 이로부터 20여 년이 흐른 뒤에야 대중에 처음 선보이게 된다. 소장자인 전형필 또한 작품을 입수한 시기와 경로 등에 대한 아무 정보도 남기지 않았다.[6] 동일 화가, 소장자의 작품임에도 이러한 차이를 보이는 것은 왜일까. 여기에는 바로 '미인도'라는 화목이 가진 시대적 특수성이 작용했을 것으로 보인다. 신윤복이 「미인도」를 제작할 당시의 '미인도'에 대한 인식과 감상은 현재와는 다른 방식으로 이루어졌다. 이와 함께 시대에 따른 미감과 해석의 변화 역시 고려되어야 한다.

이처럼 「미인도」의 부상을 살펴보기 위해서는 작가의 평가와 더불어 '미인도'라는 화목에 대한 시대적 이해가 필요하다. 근대기에 이루어진 신윤복의 재조명과 서술 속에서 「미인도」에 대한 언급을 추적하는 작업은 그 첫 단계가 될 것이다. 또한 조선시대에서 근현대를 거치며 변화되는 '미인도' 감상의 역사를 통해 현대 신윤복 「미인도」의 부상 현상을 고찰해 보고자 한다.

신윤복, 무명의 화가에서 풍속화의 거장으로

신윤복은 오늘날 조선을 대표하는 화가이자 천재화가로 평가받는다. 「미인도」와 풍속화 등 많은 작품이 교과서에 실려 있어 그 이름을 모르는 사람은 없을 테다. 그러나 김용준이 「이조시대의 인물화」에서 "신윤복은 그 전기를 참고할 만한 문헌이 전혀 없고 『근역서화징』에 의하여 겨우 '선풍속화(善風俗畵)'한 넉 자의 간단한 말이 적혀 있을 뿐이다"라고 적었듯이, 이전까지는 거의 알려지지 않은 무명의 화가였다.[7] 다만 이구환(李九煥, 1731~84)이 18세기 후반 저술한 것으로 추정되는 『청구화사(靑丘畵史)』에 신윤복이 일정한 거처 없이 떠돌며 "흡사 방외인(方外人)과 같았고 여항인들과 교류했다"라는 그의 초기 활동에 대한 기록이 남아 있을 뿐이다.[8]

신윤복은 『혜원전신첩』을 비롯한 풍속화들이 주목을 받으며 재조명되기 시작했다.[9] 세키노 타다시는 1932년 『조선미술사』에서 신윤복을 "풍속화에 농염한 화필을 발휘한 사람"으로 평가하며 『혜원전신첩』을 그의 대표작으로 꼽았다.[10] "필치가 요염하고 아름다워 일본의 우키요에(浮世絵)와 비슷한 풍치를 띠고 있다"라는 언술처럼 섬려한 필선과 채색으로 여속(女

俗)을 다룬 신윤복의 풍속화풍은 유녀(遊女)를 그린 우키요에와 유사해 주로 일본인에게 사랑받으며 수장·거래되었던 것으로 보인다.[11]

일본인들이 이국적인 식민지 문화에 대한 관심과 기호와 심미적인 취향에서 신윤복의 풍속화를 선호했던 것과 달리, 윤희순은 신윤복을 "조선을 들여다보고 느끼고 표현"한 민족미술가로 평가하며 그의 작품에서 "조선 민족의 정조와 피"를 느낄 수 있다고 했다.[12] 이러한 평가는 1920년대 촉발된 민족문화운동의 영향으로 식민사관에 맞서 조선문화의 독자성과 우수성을 강조하며 조선 후기 화단을 재평가한 시대적 흐름 속에서 이루어진 것이라 할 수 있다. "조선 정취를 찾으려면 단원, 혜원의 풍속화를 보아야" 한다는 언술처럼 풍속화가 조선적인 화목으로 부상한 가운데, 신윤복은 "필의가 완미(婉媚)하여 다소 염정적(艷情的)인 일면과 해학조를 가미"한 풍속화로 "염려를 극(極)한" 화면을 그린 화가로 평가받았다.[13] 해방 후에는 사회주의적 시각에서 "이조 봉건사회의 가열한 계급투쟁이 빚어낸" 유한계급의 생활 이면을 "공개적으로 또 때로는 비판적으로 폭로"하며 "성찰적 태도로서 현실상을 구체적으로 포착"하고 "계급사회의 썩어가는 특징을 여실히 보여" 준 '혁명적' 화가로 서술하기도 했다.[14]

이처럼 신윤복은 근대를 거치며 '비속한 그림'을 그린 화가에서 조선을 대표하는 화가로 부상했으나 이는 "자유자재로 당시의 사회상을 여실히 묘파(描破)"한 풍속화가로서의 지위였다.[15] "근골(筋骨)의 운동과 의벽(衣襞)의 변화와의 연락(聯絡)을 가장 정확하게 묘사"했으며 그 표정에 있어서도 "소탈하고 아담한 맛"을 가미하는 등 인물 표현에 "득신(得神)의 묘"를 얻었다는 평가 역시 풍속화 속 인물에 대한 것이었다.[16]

「미인도」, 신윤복의 대표작이 되다

근대기를 통해 신윤복의 풍속화가 인기를 얻고 대중화된 것과 달리 「미인도」가 한국회화사 서술에 등장한 것은 1960년대 후반의 일이다. 당시 출간된 미술사 서적을 살펴보면 이전 시기의 평가와 마찬가지로 신윤복을 "이조의 근대정신을 뒷받침으로 그들의 시민적 각성을 그림으로 표현"했으며 "한국인의 생활을 제재로 하여 이조회화 수립에 큰 공헌"한 화가로 평가하고 있으나, 덧붙여 "한국 여성의 미를 화면에 표현"한 화가로 서술한 점은 그전과는 구분된다고 할 수 있다.[17] 최순우도 같은 시기 「조선 회화에 나난 에로티시즘」을 통해 조선시대 "서정적인 여인들의 아름다움을 사회사적인 단면 위에 부각"시킨 신윤복의 화업을 높이 평가했다.[18]

이처럼 신윤복의 화풍에서 '한국 여성의 미'가 부각된 것은 해방 이후 국가주의 민족문화담론과 결부되어 미술 문화재에서 한국의 전통과 한국적 가치를 높이고 재평가하고자 했던 흐름 속에서 이뤄진 것으로, 1960년대 학계에서도 한국의 미와 전통에 대한 성찰이 일어나고 있었다.[19] 신윤복은 전통적인 여성의 고운 자태를 통해 '조선의 미'를 그린 화가로 새롭게 평가받으며 앞으로 그의 작품을 해설하는 주요 키워드가 되었다.

이러한 변화 속에서 이전까지 풍속화에 밀려 주목받지 못했던 신윤복의 「미인도」에 대한 관심 역시 부상했으리라 생각된다. 「미인도」는 1969년 출간된 유복렬의 『한국회화대관(韓國繪畵大觀)』을 통해 마침내 신윤복의 대표작으로 소개되기에 이른다.[20]

신윤복의 작품도판에서 가장 첫 부분에 배치되었다는 점도 그 변화된 위상을 보여 준다. 같은 해 5월 잡지 『아세아(亞細亞)』에 연재된 이동주의 「속화(俗畵)」 역시 도판과 함께 「미인도」를 다루었다. 이동주는 글에서 "옛 그림의 속화 중의 여속 하면 누구나 혜원 신윤복을 꼽는 데 주저하지 않는다"면서 여속의 예로 「미인도」를 꼽았다. 그러나 그 명칭을 「여인도(女人圖)」 혹은 「여인(女人)」으로 적은 점은 특이하다.[21] 이후 1970년의 논고 「한국회화사」와 1975년 출간된 『우리나라의 옛 그림』에서도 이러한 명칭의 혼선을 보이고 있으나, 이를 통해 「미인도」의 이미지가 대중에 소개되고 알려지는 계기가 되었다.[22]

신윤복의 대표작으로 부상한 「미인도」는 1985년 출간된 『한국의 미』 인물화 편의 표지화로 제작될 만큼 한국의 인물화에서 큰 비중을 차지하게 된다.[23] 신윤복 또한 "우리의 아름다운 여성미의 진면목을 완벽하게 표현"해 "전신(傳神)의 개념을 완성"한 "특출한 세련미와 정확한 묘사력으로 조선시대 초상화에서도 손꼽을 만한 걸작"을 그린 인물화가로 자리매김할 수 있었다. 안휘준 역시 1993년 『한국미술사』에서 「미인도」를 풍속화가 아닌 인물화의 범주에서 설명하며 "정확하고 능란한 세부 묘사, 가늘고 유연하고 곡선적인 의습선, 세련된 설채법" 등을 통해 신윤복이 과연 '인물화의 대가'였음을 알게 해준다고 평가했다.[24] 이처럼 「미인도」를 통해 신윤복은 풍속화가에서 인물화가로 재평가되었다.

나아가 신윤복은 1998년 1월의 문화인물로 선정되며 조선 후기 대표적인 화가로서의 명성과 지위를 공고히 인정받았다. 국립중앙박물관의 〈신윤복 특별전〉은 「미인도」와 같은 "빼어난 초상기법의 인물화"와 "어엿한 품격의 산수화, 예리하고 활달한 영모화, 뛰어난 문학적 재능과 유려한 필체"

의 서예작품을 한자리에 전시해 신윤복이 풍속화만 그린 화가가 아니었음을 대중에 알리는 기회가 되었다.[25] 이를 통해 신윤복의 다양한 예술적 면모와 예술세계가 조망되며 그 화경(畵境)을 넓힐 수 있었다.

'미인도' 감상의 역사, 문방의 '미인도'에서 전람회의 '미인화'로

신윤복의 「미인도」는 현재 간송미술관에 소장되어 있다. 작품을 넣은 오동나무 상자 표면에 1936년 오세창이 "신윤복 여인도 일품(申蕙園麗人圖逸品)"이라 제(題)한 묵서가 남아 있어 그 이전에 구입한 것으로 추정된다.[26] 보화각에서 촬영한 「미인도」 사진 또한 1940년대 것으로 정확한 소장시기를 추측하는 데에는 어려움을 준다(그림 3). 물론 그 이전의 기록 또한 전무하다.

　신윤복은 언제 어디서 누구를 어떻게 왜 그린 것인지, 전형필은 이를 언제 어떤 경로로 입수한 것인지, 이는 화가의 행적만큼이나 불분명해 보인다.

> 인군이 경계할 것으로는 여색보다 더한 것이 없다. 내가 도화(圖畵)를 보건대, 명신(名臣)이 곁에 있는 사람은 모두 현군(賢君)이었고 우물(尤物, 미인)이 곁에 있는 사람은 모두 나라를 망친 군주였으니, 어찌 경계하지 않을 수 있겠는가?[27]

이처럼 「미인도」에 대한 기록이 남겨지기 어려웠던 배경에는 신윤복

그림 3 「미인도」를 감상하는 전형필,
1940년경, 간송미술관

의 활동시기부터 이어져 온 '미인도'에 대한 인식과 감상 방식이 영향을 주었을 것으로 생각된다. 신윤복의 「미인도」와 같이 아름다운 용모의 여인을 그린 '미인도'는 조선시대에 즐겨 제작되었으나 그에 대한 평가는 유교적인 관습 속에서 이중적인 면모를 보였다. 앞의 글에서 볼 수 있듯이 「미인도」가 제작된 시기에도 '미인도'는 여색을 경계하기 위한 감계(鑑戒)의 목적으로 제작되었음을 강조함으로써 감상에 정당성을 부여하였다.

이러한 감상 방식은 조선 초 세종이 "여색에 빠져 패망"하기에 이른

명황(明皇)의 "전철(前轍)을 거울 삼아 스스로 경계"하기 위해 "개원(開元) 천보(天寶)의 성패한 사적을 채집하여 그림을 그려 두고 보려 한다"라는 언술에서도 볼 수 있다.[28] 성현(成俔, 1439~1504)의 『허백당집(虛白堂集)』 「제여인도후(題麗人圖後)」에는 성종 12년(1481) 왕이 세화(歲畵) 6폭을 승정원에 하사했는데 성현이 「채녀도(綵女圖)」, 즉 '미인도'를 받고 "임금이 이 그림을 내려준 것은 보고 즐기라는 것이 아니라 성색(聲色)에 오도되지 않도록 경계하는 것"을 위함이라 했다는 기록 또한 이러한 인식을 바탕으로 한다.[29] 유순(柳洵, 1441~1517)이 미인도의 시 끝에 "임금이 스스로 여색을 멀리하여 그림을 펴보고도 오히려 눈살을 한번 찌푸린다"라고 써서 성종을 감동시켰다는 기록 역시 동일한 맥락에서 설명할 수 있다.[30]

이처럼 "여인을 그림으로 그릴 때는 대개 감계하는 뜻"을 담아 "의기(義氣)가 없는 사내를 경계"하기 위한 것으로, '미인도'를 감상하되 여색, 즉 성적 욕망에 몰입하지 않음을 적극적으로 표명함으로써 '미인도'는 유교 사회에서 감상의 대상이 될 수 있었다.[31] 그러나 '미인도'는 일차적으로 미인의 감상이 전제가 된다는 점에서 감계의 시구가 오히려 화폭 속 여성의 관능성을 더욱 강조하는 장치로 작용하기도 했다.[32]

화첩 속 미인의 새하얀 피부와 요염한 자태에 스스로 밤잠을 설칠까 우려해 그림을 접어두었다는 허균(許筠, 1569~1618)의 글과, '미인도'를 보면서 "밤마다 양대(陽臺)에서 운우지정(雲雨之情)을 꿈꾼다"라는 서직수(徐直修, 1735~?)의 시는 욕정의 직접적인 고백이라는 점에서 문인들의 '미인도' 감상의 솔직한 심정을 보여 준다.[33] 이처럼 조선의 문인들에게 "여색을 경계하는 일은 가장 말단의 일"이나 심히 어려운 일이었을 것이다.

"벽에 걸린 미인도를 읊노라"는 주명신(周命新, 18세기 전반 활동)의 시는 당시 '미인도'의 감상이 실내, 그중에서도 문인들의 공간인 문방에서 이루어졌음을 말해 준다.[34] 또한 '미인도'를 "벽에 걸어두고 바라보니 사람들이 서재의 완상품으로는 적합하지 않다고 놀렸다"라는 기록과 문방에 '미인도'를 걸지 말라는 이덕무(李德懋, 1741~93)의 글 역시 '미인도'의 감상 공간이 주로 문방이었음을 보여 준다.[35]

감계의 목적을 부여받음으로써 완상의 대상으로 유통될 수 있었던 '미인도'는 문방이라는 사적인 공간에서 개인적으로 소장되고 감상되며 지인들에게 회람되었다. 이러한 '미인도' 감상 방식은 강희안(姜希顔, 1417~64)과 강희맹(姜希孟, 1424~83)이 '미인도'를 돌려보고 감상시문을 남긴 예와 신익성(申翊聖, 1588~1644)이 소장한 구영(仇英)의 「여협도(女俠圖)」를 함께 감상하고 지은 이식(李植, 1584~1647)과 계곡 장유, 이명한(李明漢, 1595~1645)의 발문과 시를 통해서도 확인할 수 있다.[36]

선인들의 전적을 정리하다가 우연히 발견한 해남 녹우당 소장의 「미인도」의 예에서도 볼 수 있듯이, '미인도'는 사대부가 문인들에 의해 은밀히 감상되고 수장되어 전해지던 완상물이었다. 신윤복의 「미인도」 역시 개인적인 주문을 통해 제작되어 누군가가 문방에 소장하여 감상하였을 것이다.[37] 이처럼 조선 문인들에게 '미인도'는 심히 경계해야 할 대상이었으므로 그 제작이나 유통에 대한 기록 역시 남기기 어려웠을 것으로 추측된다. 신윤복의 「미인도」와 같이 반쯤 풀린 치마끈에 이어 막 옷고름을 푸는 듯한 순간을 그려 춘의를 불러일으키는 춘정도류의 '미인도'에 대한 기록은 이러한 감상 방식 속에서 더욱이 전해지기 어려웠을 것이다. 전형필이 소장한 이후에도 「미인도」가 지인에게만 열람이 허락된 보화각에 진열되어 개인적으로 감상되었던 사실은 이러한 감상태도가 이어진 것으로도 추론해 볼 수 있다.

이처럼 문방에서 완상되던 신윤복의 「미인도」는 1957년의 해외 전시를 통해 세상에 공개되었다. 당시 전시품 선정위원으로 소장자인 전형필이 포함되어 있어 「미인도」를 전시미술품 후보로 올린 것은 그가 아니었을까 생각된다.[38] 그의 소장품 목록이 생전에 정리되거나 공개되지 않았을뿐더러 「미인도」를 수장한 보화각 또한 지인들에게만 개방되었던 개인적인 공간이었기 때문에 이를 감상하고 그 존재 여부를 알 수 있는 사람은 매우 제한적이었을 것이다.

「미인도」의 전시출품은 '미인도' 감상에 대한 전통적 인식의 변화를 보여 준다. 이는 근대기에 조선에 전해진 일본의 '미인화' 양식의 영향을 받은 것으로 볼 수 있다. '미인화'는 미술제도의 성립 과정에서 일본 메이지 시대의 미학적 이슈나 이상적 미의 추구와 결부되어 부각되었던 화목으로, 이를 통해 여성미를 모티프로 한 그림이 공식적인 감상의 대상으로 향유되기 시작했다.[39]

고희동의 「가야금」(1915)과 최우석(崔禹錫, 1899~1964)의 「여름 미인」(1917) 등 미인을 주제로 한 그림들이 제작되고 김은호(金殷鎬, 1892~1979)와 장우성(張遇聖, 1912~2005), 장운상(張雲祥, 1926~82) 등 미인도 화가들이 등장하며, 이들이 그린 아름다운 여성의 자태는 공진회나 전람회와 같은 새로운 전시공간에서 대중에게 공개되었다. 또한 여성의 몸을 성적으로 대상화해 관능성을 강조한 조선시대 춘화와 달리, 이를 통해 인체에 대한 이해와 미를 추구했던 근대 화단의 여성상과 누드화는 미인을 제재로 한 전통 서화의 감상 방식에도 영향을 끼쳤다.

　신윤복의 「미인도」 역시 작품이 일으키는 춘정에서 조선 여성의 아름다움으로 감상의 목적이 전환되면서 공공에 진열·전시될 수 있었다. 이러한 감상 방식의 변화를 통해 신윤복의 「미인도」는 문방의 '미인도'에서 한국미술을 대표하는 미술품으로 발견되어 해외에 전시될 수 있었다.

「미인도」, 한국을 대표하는 미술품으로 해외에 전시되다

신윤복의 「미인도」는 전술했듯이 1957년의 〈해외 전시 국보전〉을 통해 처음 대중에 선보였다.[40] 미국에서 열린 〈해외 전시 국보전〉은 미술품을 통해 세계에 전후 한국을 알리고 문화를 소개하기 위해 기획된 건국 이래 첫 해외 전시였다.[41] 그러나 이러한 외교적 목적 외에도 냉전시대에 자유민주주의를 세계에 선전하고자 했던 미국의 정치적 의도가 다분히 가미된 전시였기 때문에 미국은 전시기획에서부터 주체적인 역할을 담당했다.[42]

　"오랫동안 논의가 되기는 하였으나 아직도 진전을 보지 못하고 있는 '국보 해외 전시회'에 필요한 전시품(고미술품)을 선정하기 위하여 미국 중앙박물관에서 대표 세 명을 근간 한국에 파견"한다는 기사는 전시품 선정에서부터 어려움을 겪었던 당시의 상황을 설명해 준다.[43] "저명한 미 박물관 관계자"로 소개된 메트로폴리탄미술관의 앨런 프리스트(Alan Priest, 1898~1969)와 보스턴미술관의 로버트 페인(Robert Paine)은 전시품 선정 기준으로 "아무리 훌륭한 걸작 미술품이라도 한국의 독특한 맛이 나지 않고 중국적 냄새가 나는 것은 취하지 않는다는 점"을 꼽았다.[44] 이는 당시 미국의 주요 미술관들이 이미 다수의 중국 미술품을 소장·전시하고 있었기 때문으로, 국외에 처음 소개되는 한국의 미술품에 한국만의 '독특한 창조성'이 요구되었던 것은 당연했다. 그러나 당시 이러한 선정방침은 '특이한 점'으로 기사화되며, 중국적 취향의 미술품을 오히려 자랑으로 삼는 사람도 있으나 "문화의 가치는 창조성에 있는 것"이라며 "우리 민족의 독특한 창조성을 발휘한 문화"를 높게 평가하고 보존해야 한다는 반성의 목소리도 나오게 되었다.

정부에서 선정한 400여 점의 고미술품 중 최종적으로 채택된 진열품 190여 점은 "대부분 미국 측의 의견대로 결정"되었다.[45] 국제전시 경험이 거의 전무하다시피한 한국 위원의 의견은 반영되지 않았으며, 다수의 유물을 출품했던 전형필 역시 별다른 의견을 제시하지 않았다고 한다. 당시 선정된 미술품들은 이후의 해외 전시 출품작 결정에도 영향을 끼쳤던 것으로 보이는데, 이는 1960~70년대 기획된 국외 전시 미술품의 7할 이상이 이 전시의 출품 목록과 같았던 것을 통해서도 알 수 있다.[46]

최종 선정된 전시품은 금속공예와 조각, 도자기, 회화 등 "각 해당 분야에 있어서 가장 뛰어난 작품"이자 "우리 국보 중의 국보"로 소개되었다. 서른다섯 점의 회화작품 중에서 「미인도」가 채택된 경위에 대한 자세한 기록은 없으나, 함께 선정되었던 『혜원전신첩』 대신 「미인도」의 사진도판이 전시도록에 실린 것 역시 이례적이라 할 수 있다.[47]

전시를 총괄한 김재원이 여러 전시품 중 신윤복의 「미인도」를 예로

들며 "우리의 회화는 한국적인 정서가 농후하여" "시대가 이씨 조선으로 내려와도 외국에 내어놓아서 손색이 없습니다"라고 했듯이, 「미인도」는 선정 과정에서부터 외국 관람객의 취향에 부합하는 미술품이었을 것이다.[48] 이는 한국의 문화로서 외국에 조선의 여속을 소개하는 역할을 담당했을 것으로 보인다. 이동주의 글에서 볼 수 있듯이, 1960년대 신윤복과 「미인도」에 대한 서술이 여속에 맞춰졌던 점 또한 이러한 영향에 기인한 것으로 여겨진다.[49]

「미인도」에 대한 외국의 관심은 이후 1964년 『조선일보』에 연재된 최순우의 글에서도 볼 수 있다.[50] 그는 「고미술에 나타난 한국의 미녀」에서 「미인도」를 '트레머리의 미인'으로 소개하며 이 작품이 뉴욕에 전시되었을 때 큰 인기를 끌었으며 "금년 뉴욕의 헤어스타일은 바로 이것"이 될지도 모른다고 했던 일화를 함께 소개하기도 했다.[51]

1961년에는 지난 해외전의 성황에 힘입어 〈한국 고미술품 구라파 전시〉(1961. 3~1962. 7)가 추진되었으며 신윤복의 「미인도」역시 전시품에 포함되어 한국의 대표 미술품으로 전시되었다.[52] 감계하고 경계하며 사적으로 완상되던 이전 시기의 미인도 감상 방식을 감안했을 때 「미인도」는 이처럼 국내보다는 해외에서 먼저 공개되고 전시되는 것이 용이했을 것으로 생각된다. 또한 "염려한 이조 여인의 다소곳한 풍정"을 담아 "이조미의 여운을 요요하게" 풍긴다는 1957년 전시도록의 「미인도」해설처럼, 전통적인 여성을 그린 「미인도」는 외국인들에게 이국적인 풍취와 흥미를 불러일으키는 소재였을 것이다.[53]

국내 전시를 통한 「미인도」의 명작화

「미인도」는 1971년에 개인 소장 문화재로 등록된 후 주요 전시에서 공개되었다.[54] 당시는 "전통문화를 계승하고 그 바탕 위에 새로운 민족문화를 창조하여 문화중흥을 이룩"한다는 문예중흥정책의 기조 아래 민족사가 재정리되고 문화재가 정비되며 문화사업의 일환으로 한국미술사를 통괄하는 대규모 전시와 해외 전시가 계획되던 시기였다.[55]

신윤복의 「미인도」를 전시한 1973년의 〈한국미술 이천년전〉(1973. 4~6)은 "건국 이래 최대 규모의 전람회"로써 "이천년 동안의 대표적이고도 뛰어난 미술작품"을 전시해 "민족적인 긍지"를 갖게 하며, 나아가 "새로운 민족문화를 창조"하고 "우리 미술사를 올바르게 정립"하고자 기획된 대규모 전시로, 정권의 이념에 부합하는 것이었다.[56] 이러한 과정에서 앞서 두 차례의 해외 전시를 통해 한국의 대표적 미술품으로 외국에 먼저 소개했던 신윤복의 「미인도」는 국내에서도 한국미술사 서술에 빠질 수 없는 중요 문화재로 자리 잡을 수 있었다.

한국미술사를 개괄한 전시가 큰 관심과 호응을 받으며 한국미술사 전집과 도록도 발간되었다. 김재원은 신윤복이 "그의 재치 있는 붓으로 한국 여성미를 그린 점은 높이 평가되어야 할 것"이라는 짧은 설명을 남긴 데 비해, 최순우는 「미인도」가 "초상화적인 미인도"로 "이 초상에서 풍기는 염려하고도 신선한 풍김"을 보면 신윤복이 "그 수많은 풍속도를 그린 것은 어쩌면 이러한 본격적인 미인도를 그리기 위한 발돋움과도 같은 작업"이었을 것이라 여겨질 정도로 "미인도에는 난숙한 느낌이 넘치고 있다"며 높이 평가했다.[57] 또한 1974년 재판본에는 "조선왕조시대 여성미의 집약"이라는 서술을 추가했는데, 이는 1957년 이래 처음 집필한 「미인도」에 대한 구체적인 기록이자 미술사적 평가라 할 수 있다.

이후 「미인도」는 1976년 일본에서 "한국 문화의 정수"를 전시해 "새 한국상을 발견 또는 재인식"시키는 "새로운 한일 교류의 시발점"으로 기획된 〈한국미술 오천년전〉(1976. 2~7)에 출품되었으며, 이후 국립중앙박물관의 귀국전(1976. 8~9)에서도 전시되었다.[58] 전시를 통해 「미인도」는 관람객에게 큰 주목을 받으며 1978년 우표취미주간 특별우표로 제작되는 등 이미지의 대중화도 이루어졌다. 이러한 「미인도」의 인기와 대중화는 그림 속 여성을 한국의 미인상으로 해석한 대중매체를 통해 증폭되는 양상을 보이기도 한다(그림 4).

1980년대에는 산업화와 근대화가 어느 정도 성숙되어 한국의 전통과 미술문화의 맥락 속에서 문화적 주체성이 강조되고 한국미술사가 본격적으로 연구·저술되기 시작했다.[59] 안휘준은 1980년 『한국회화사』에서 「미인도」를 신윤복의 여성상을 전형적으로 나타낸 작품으로 보며 "단아한 이마, 맑고 고운 눈, 붉고 매혹적인 입술, 약간 비껴선 부드러운 자태 등은 당시의 살아 있는 미인을 직접 대하는 듯한 느낌"을 주는 '최고의 걸작'이라고 평했다.[60] 또한 1984년 도록 『국보』 회화 편에서도 "풍속적 성격을 띤 인물화로서, 이 방면 그림의 최고 걸작"이라 칭했는데, 이러한 「미인도」 평가는 이후 조선 회화사를 서술하는 데 반복적으로 사용되었다.[61] 이후 1980~90년대는 간송미술관의 전시와 다양한 한국미술사 저서의 출간, 신윤복의 문화인물 선정 등 신윤복과 「미인도」가 매체에 자주 언급·소환

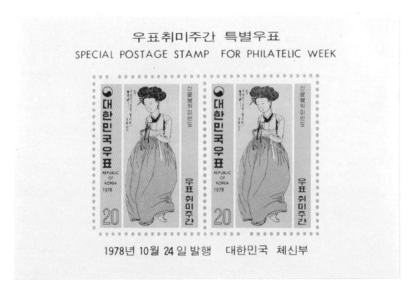

우표취미주간 특별우표
SPECIAL POSTAGE STAMP FOR PHILATELIC WEEK

1978년 10월 24일 발행 대한민국 체신부

그림 4 우표취미주간 특별우표 「미인도」, 1978

된 시기였다. 「미인도」는 간송미술관의 1980년 5월 〈이조시대 도석인물화
전〉에서 처음 전시된 것으로 보인다.[62] "초상화에서도 손꼽을 만한 걸작"이
라는 이태호의 해설에 이어, 강관식은 "진경시대 초상화의 말미를 화려하
게 장식한 걸작"이라고 평가했으며, 이원복 또한 "혜원 여성미의 결정체"이
자 '최고 걸작'으로 찬사를 아끼지 않았다.[63] 이후에도 「미인도」는 "신윤복
의 화가적 기량의 정수가 발휘된 최고의 명품"이자 "한국 미인도의 격조를
최상의 경지에 올려놓은 명작", "조선의 미인도 가운데 최고의 걸작"으로
인정받았다.[64] 최완수 역시 「미인도」를 "조선시대 여인 초상화의 으뜸"으로
꼽았으며, 홍선표도 "탁월한 표현력과 함께 형사적 전신의 진수"를 보여 주
는 "한국회화사의 가장 빛나는 미인화"이자 "관능성이 내포된 청수한 이미

지가 돋보이는 명작"으로 서술하는 등 인물화의 걸작으로서의 지위를 굳히게 되었다.[65]

미인의 신원, 기녀에서 미인으로

최순우는 신윤복의 「미인도」 속 미인이 "어느 풍류남아의 소첩일 수도 있고 또는 장안의 떨치는 명기" 혹은 "지체 있는 어느 선비의 소첩"을 그린 것일지 모른다고 했다.[66] 이처럼 다양한 궁금증을 자아내는 작품 속 인물에 대한 신원은 밝혀지지 않았으나, 대부분의 연구는 "요염한 모습과 교태 섞인 자태"로 보아 사대부가나 여염집 규수가 아니라 신윤복이 자주 접하던 "화류계의 여성", 즉 기녀였을 것으로 추측한다.[67] 또한 화면과 화제에 보이는 염려한 분위기를 통해 신윤복이 "지극히 사모했던 기생" 혹은 "기생 연인을 모델로 그린 것"으로 해석하기도 한다.[68]

　「미인도」가 신윤복의 풍속화에 등장하는 "조선왕조시대 여성미의 집약"이라는 최순우의 해설은 이후에도 "풍속화에 나타낸 미녀들의 여성미를 집약"시킨 성과라는 평가로 계속 이어졌으며, '한국 여성미'를 그렸다는 설명 역시 지속적으로 언급되었다. 나아가 "살아 있는 미인을 직접 대하는 듯한 느낌"이 드는 이 '초상화적인 미인도'가 "당시 실존 미녀를 그린 것" 혹은 "조선 후기의 우리나라 미녀상"을 그린 그림으로 전환된 것은 1980년대 이후의 저서와 매체를 통해서였다.[69] 이는 「미인도」가 조선의 여속에서 '한국 여성의 미'를 그린 인물화로 재해석한 시기에 함께 이루어진 것으로 보인다.

그중에서도 「미인도」 속 여성을 조선 최고의 미인으로 만든 것은 대중매체의 역할이 컸다. 허영환은 『조선일보』의 「지상박물관대학」을 통해 「미인도」를 "최고의 걸작으로 꼽히는 혜원의 대표작"으로 추어올리며, "입이 작고 어깨가 좁은 조선 후기의 우리나라 미녀상을 보여 준다"라고 평가했다.[70] "가냘픈 어깨, 고운 얼굴선, 다소곳한 콧날에 작은 입, 가느다란 실눈썹과 고운 눈매"의 「미인도」는 점차 '조선 후기 미인상', 흔히 말하는 '전통적인 한국의 미인상'으로 부상했다.[71] 『조선일보』는 「한국 미인을 찾아서」라는 기획기사에서 역시 한국인이 선호한 미인형은 "조선시대 화가 혜원 신윤복의 「미인도」에 잘 집약되어 있다"며 "눈, 코, 입이 작고, 전체적으로 다소곳한 분위기를 풍기는 것"을 미인의 조건으로 꼽기도 했다.[72]

「미인도」 속 여성의 '미인화'는 1998년의 〈신윤복 특별전〉을 통해 더욱 공고해졌다. "우리나라 미인도 중 최고의 명품으로 꼽히는" 신윤복의 「미인도」를 통해 "조선 후기 미인의 조건을 엿볼 수 있다"라는 언술은 조선의 대표 미인으로 부상한 「미인도」 속 여성의 지위를 가늠하게 한다.[73] 이처럼 조선의 미인을 그린 초상이라는 해석은 1980년대에 등장하며 1990년대 대중매체를 통해 형성된 것으로, 이후 관련 저서에서 수용하면서 대중화되었다.

나아가 신윤복의 「미인도」는 2002년 월드컵 당시 세계에 우리의 전통미를 알릴 문화사업으로 기획된 〈조선시대 풍속화전〉에서 '한국 전통 미인의 전형'을 보여 주는 미술품으로 전시되었다.[74] 한국의 "회화사상 최고의 미녀"로 꼽힌다는 도판 설명을 통해 관람객들은 이 작품에서 한국 미인의 조건을 헤아렸을 것이다. 이처럼 문화가 후기 산업사회에서 최고의 고부가가치 상품이자 육성되어야 할 자원으로 재평가받으면서, '전통'과 '미인'의 기표가 결합된 신윤복의 「미인도」는 이에 가장 잘 부합되는 문화 상품으로 대중적인 인기를 얻으며 소비되기에 이른다.

조선 미인도의 전형이 되다

신윤복의 「미인도」 외에도 아름다운 여성을 그린 미인도는 즐겨 그려졌으나, 조선의 미인도 감상 방식 속에서 대부분이 작자 미상으로 그 유래를 알 수 없는 작품들이 많다. 신윤복처럼 작품에 서명을 남긴 경우는 극히 드물어 이를 "자기 작업에 대한 소신을 확고히 밝힌 작가의식의 표출"이자 "견실한 근대정신의 발로"로 해석하기도 한다.[75]

　　신윤복의 「미인도」는 현전하는 미인도 중에서도 가장 이른 시기에 제작된 것으로, 그 발견 역시 다른 '미인도'보다 빨랐던 것으로 보인다. 1977년 동방화랑의 전시를 통해 처음 소개된 온양민속박물관 소장 「미인도」의 경우 신윤복의 「미인도」와 유사해 '미인도'로 명명했다고 전하며(그림 5), 오구라컬렉션의 일부로 1981년 일본 도쿄국립박물관에 기증한 「미인도」 역시 신윤복의 「미인도」와 비슷한 화풍 때문에 신윤복의 작품으로 알려지기도 했다(그림 6).[76] 온양민속박물관의 「미인도」에 묵서된 "무술년(戊戌年) 송수거사(松水居士)"를 1838년으로 보고, 도쿄국립박물관 「미인도」의 화제 속 을유년(乙酉年)을 1825년으로 추정하는 것 역시 신윤복의 활동시기를 기

그림 5 「미인도」, 종이에 채색, 121.5×65.5cm,
온양민속박물관

그림 6 「미인도」, 종이에 채색, 114.2×56.5cm,
일본 도쿄국립박물관

그림 7 「미인도」, 종이에 채색, 117×49cm,
해남 녹우당

준으로 동시대를 기년으로 잡았기 때문이다.[77]

해남 녹우당 「미인도」의 경우 1982년 발견 당시 윤두서의 작품으로 알려져 신윤복의 「미인도」보다 앞선 시기의 작품으로 여겨지기도 했다(그림 7). 그러나 화풍이나 복식 양식 등을 근거로 추정했을 때 신윤복이 활동한 이후에 제작된 것으로 알려졌다.[78] 이 작품은 1989년 도난당해 일본에 밀매될 뻔했으나, 이로 인해 이 사건이 대서특필되면서 신윤복의 「미인도」도 함께 매체에 소환되어 회자되기도 했다.

또한 헝가리 부다페스트 페렌츠 홉 동아시아박물관(Ferenc Hopp Museum of Asiatic Arts, Budapest) 소장의 「미인도」 역시 신윤복의 「미인도」와 비슷한 의장을 갖춘 무배경의 단독 여인 입상으로, 이러한 형식의 미인도가 19세기를 거쳐 조선 말까지 지속적으로 그려지며 유통되었음을 알 수 있다. 이는 1900년 파리 만국박람회 한국관 전시에 진열되었던 작품으로 신윤복의 「미인도」와 마찬가지로 해외에 조선의 풍속을 소개하는 역할을 담당했을 것이다.

신윤복의 「미인도」에서 보이는 탐스러운 가체와 삼회장저고리에 풍성한 치마를 갖춘 무배경의 여성 전신상은 조선 후기 미인도의 양식이 되었으며, 이후 제작된 미인도를 평가하는 기준이 되었다. 도쿄국립박물관의 「미인도」가 "신윤복의 「미인도」에 비하면" 인물 표현의 섬세한 세련미가 크게 뒤지며 "신윤복 그림에서의" 은밀한 교태가 이 작품에서는 너무 적극적으로 드러나 있다는 평가와, "신윤복의 예와 마찬가지로" 기녀로 보이는 여성을 그린 해남 녹우당의 「미인도」는 "신윤복의 「미인도」와 비교할 때" 가체가 과장되게 커졌으며 저고리의 길이 또한 짧아졌다는 해설에서 볼 수

있듯이, 미인도류는 모두 신윤복의 작품을 기준으로 평가되고 있다.[79]

이처럼 신윤복의 「미인도」는 다른 미인도의 평가뿐만 아니라 작품의 명칭을 결정하고 제작시기를 추정하는 기준작으로 통용되는 등 조선 후기 미인도 장르를 대표하는 작품으로 다뤄져왔다. 이는 비단 신윤복 「미인도」의 발견시기가 다른 미인도에 비해 빨랐기 때문만은 아닐 것이다. 제작연대는 물론 작가의 활동시기도 명확히 알려지지 않은 신윤복의 「미인도」가 조선 후기 미인도의 전형으로 평가받는 것은, 시대적 문화담론을 거치며 부여된 명작으로서의 지위와 대중적 인기에 기인한 것이라 할 수 있다.

명작의 명작화, 신윤복 「미인도」의 대중성

신윤복 「미인도」의 부상을 논하면서 2008년의 TV 드라마 「바람의 화원」이 불러온 '신윤복 신드롬'을 언급하지 않을 수 없다. 당시 신드롬으로 부를 수밖에 없는 문화현상으로 신윤복은 물론 「미인도」와 그의 작품도 큰 관심을 받으며, 이를 전시한 간송미술관에 수많은 관람객이 몰리기도 했다.

신윤복 열풍을 일으켰던 소설과 드라마, 영화의 공통된 내용은 신윤복이 여성이었다는 파격적인 설정과 「미인도」가 신윤복 자신의 자화상으로 그가 실은 조선 절세의 미인이었다는 가설이라 할 수 있다(그림 8). 이러한 설정은 신윤복 「미인도」의 명작화와 그림 속 여성의 미인화 과정을 통해 구축된 인식이 바탕이 된 것이라 할 수 있다. 현재까지도 실제로 많은 사람들이 신윤복의 성별과 「미인도」의 신원에 의문을 가지고 있을 정도로 대중문화의 파급력은 학계가 역사왜곡을 우려할 만큼 컸다. 그러나 이러한 대중적 관심 속에서 신윤복과 「미인도」는 여러 매체 속에서 다양한 이야기를 양산했으며, 결과적으로 명작으로서 「미인도」의 지위를 더욱 공고히 하는 계기가 되었다.

오늘날 신윤복의 「미인도」는 섬세한 묘사력을 바탕으로 유려한 필선과 담채의 조화를 통해 완성된 세련된 인물화일 뿐 아니라, 초상화가 추구하고자 했던 전신의 개념을 가장 잘 구현한 '미인도'로 인정받고 있다. 신윤복에 대한 평가가 기록도 없이 '비속한 그림'으로 도화서에서 쫓겨난 화가에서 근대기 풍속화목의 재평가와 함께 조선을 대표하는 화가로 거듭나고, 유한계급의 향락적 생활상을 그린 민족미술가에서 여성의 아름다움을 통해 한국의 미를 그린 인물화의 대가이자 산수·영모·서예 등에서 다양한 예술적 면모를 가진 조선 최고의 화가로 화경을 넓히며 변화했듯이, 「미인도」 역시 각 시대의 사회적·정치적 관점에 따른 시대적 맥락 속에서 재발견되고 재해석되어 왔음을 알 수 있다.

그림 8 영화 「미인도」 포스터, 2008

'미인도'는 감계할 목적으

로 문인들이 은밀히 감상하며 수장하고 전한 완상물이었다. 근대기를 거치며 미인이 일으키는 춘정에서 조선 여성의 아름다움으로 감상의 목적이 전환되면서 공공에 진열·전시될 수 있었다. 이러한 감상 방식의 변화를 통해 신윤복의 「미인도」는 문방의 '미인도'에서 한국미술을 대표하는 미술품으로 재발견되었다.

1957년 공개된 이래 신윤복의 「미인도」는 한국미 담론 속에서 전통적인 한국 여성의 아름다움을 담은 작품으로 평가되었고, 국가 주도로 이뤄진 국내외의 대규모 전시와 한국미술사 저서 및 대중매체를 통해 다양한 방식으로 명작화되어 왔다. 또한 그 과정에서 대중적인 인기를 얻으며 한국 전통 미인의 표상이자 한국을 대표하는 문화상품으로 국내외에 소비되었다. 그 해설 역시 춘정 혹은 조선의 여속을 그린 그림에서 인물화의 걸작으로, 나아가 한국 미인도의 진수로 평가받기에 이른다. 이러한 평가와 대중성을 담보로 신윤복의 「미인도」는 현대에 발견되고 재평가되며 한국 미인도의 전형으로 부상할 수 있었다.

신윤복의 「미인도」는 1957년 〈해외 전시 국보전〉으로 처음 소개되었으나 사실 이 작품은 현재 국보가 아니다. 보물로 지정된 것도 2018년 2월의 일로 인기와 유명세에 비해 늦었다는 평가가 많았다. 그러나 신윤복의 「미인도」는 등장에서부터 현재에 이르기까지 60여 년간 드라마틱한 위상의 변화를 보여 주며, 이미 우리에게는 '한국의 전통미'를 담은 '우리 국보 중의 국보'이자 '한국회화사의 가장 빛나는 미인화'로 각인되어 있다.

후기

신윤복의 「미인도」만큼 우리에게 사랑받는 조선시대 그림은 많지 않다. 그런데 이렇게 친숙한 작품이 일반에 공개되고 알려진 지 60여 년밖에 되지 않았다는 사실이 실로 놀라울 따름이다. 아무리 찾아보아도 1957년 이전의 이 작품에 대한 기록은 발견하지 못했다.

신윤복의 「미인도」는 한국의 미인도를 말할 때 대부분이 가장 먼저 떠올리는 그림, 한국의 미인을 이야기할 때 전통적인 미인상으로 빠지지 않고 등장하는 이미지로, 10여 년 전 '신윤복 신드롬'의 중심에 있었다. 「미인도」가 여성 화가 신윤복의 자화상이라는 TV 드라마와 영화의 설정은 신윤복에 대한 불분명한 기록에 기대어 가히 폭발적이라 할 수 있는 인기와 함께 다양한 서사를 만들어냈다. 그 이전이나 이후에도 조선시대 화가와 그 작품에 대한 관심이 그만큼 높았던 적이 있었을까 싶다. 당시 「미인도」의 실물을 보기 위해 간송미술관에 수많은 인파가 몰렸다. 나도 그 속에 있었다. 2시간 반을 기다려 겨우 「미인도」 앞에 섰을 때는 이미 지친 상태였지만 섬세한 필선에 담긴 여인의 오묘한 표정과 염려한 자태를 바라보며 그래도 전시에 오길 잘했다고 생각했다.

이 글은, 신윤복 「미인도」의 공개에서부터 오늘날 대중적인 인기와 명화의 지위에 오르기까지의 과정을 정리한 것이다. 「미인도」 작품 한 점에 대한 관련 사료를 통하여, 신윤복 「미인도」의 부상을 추적하는 과정에서 시대적 가치관과 미감의 변화도 함께 다루어보고자 했다. 또한 1957년 이전까지 이 작품이 공개되기 어려웠던 이유를 화가 신윤복에 대한 평가의 변화와 '미인도'라는 화제가 가진 특수성 속에서 살펴보고자 했다.

이 논의를 끌어낼 수 있을 만큼 많은 성과를 남긴 선학들의 업적에, 이 글은 전적으로 기대고 있다. 이미 많은 연구자들의 훌륭한 선행연구가 넘쳐나는 상황이기에, 이들을 순차적으로 정리해 관점의 변화를 파악하는 것은 의미 있는 작업이었다. 혹시 신윤복 「미인도」의 연구사에서 놓친 부분이 있을지 염려되지만 다음의 관련 논문목록과 참고문헌을 통해 보완될 수 있으리라 기대한다.

덧붙이자면, 신윤복의 「미인도」는 나를 미술사의 길로 이끌어준 작품 중 하나이다. 또한 미인 이미지에 대한 공부를 이어갈 수 있게 해준 의미 있는 작품이기도 하다. 신윤복의 「미인도」에 대해 다시금 공부할 수 있는 기회를 주신 회화 연구 모임과 논문의 방향을 잡는 데 많은 조언을 해주신 여러 선생님들께 깊은 감사의 마음을 전한다.

6. 누가 김정희를
만들었는가

김정희 명성 형성의 역사

김
수
진

김수진
서울대학교 고고미술사학과에서 박사학위를 받았다. 서울대,
충남대, 서울시립대, 덕성여대 등에서 강의했으며, 미국 하버
드옌칭연구소(Harvard-Yenching Institute), 보스턴미술관
(Museum of Fine Arts, Boston), 한국학중앙연구원에서
연구를 해왔다. 현재 성균관대학교 동아시아학술원 초빙교수
로 외국인 학생들에게 동아시아의 문화와 예술을 가르치고 있
다. 저서에『한국학, 그림을 그리다』(공저)와『역사와 사상이
담긴 조선시대 인물화』(공저) 등이 있다. 현재 '해외의 민화컬
렉션'을『월간 민화』에 연재 중이다.

김정희에 대한 세간의 평가

김정희(金正喜, 1786~1856)는 위대한 예술가이자 학자이다. 그가 죽기 몇 달 전의 모습을 묘사한 기록이 세상에 전한다. 글쓴 이는 상유현(尙有鉉, 1844~1923)으로 그가 열세 살 때 김정희를 만났던 기억을 글로 남겼다. 다음은 상유현이 쓴 「추사방현기(秋史訪見記)」의 일부이다.

> 한 해 겨울 제주도에 큰 눈이 내려 한라산이 온통 백옥을 이루었다. 귀양 객들이 서로 의논하여 요새 달빛이 좋으니 오늘 밤 함께 한라산에 올라 절정에는 이르지 못하더라도 석조(石槽)를 보고 돌아옴이 어떤가 하였다. …… 붓과 종이를 불에 쪼이고 말려서야 간신히 한 자를 이룰 뿐 글자가 얼어서 더는 글씨를 만들 수 없었기에 모두 붓을 던지고 더 쓰지 않

기로 하였다. 이때 김정희가 일어나 '내가 이를 시험하리다' 하고 붓을 적셔 종이에 임한, 즉 붓은 얼지 않고 글자도 얼지 않아 완연히 평상시와 같아 드디어 여러 시(詩)를 마치고 돌아왔다. 이는 신(神)이 아니면 못했을 것이다. …… (김정희의 겸자인) 아무개가 (김정희의) 서련(書聯) 한 점을 얻어 침실에 걸어놓았다. 하룻저녁 그 방에 들어갔는데 촛불을 켜지 않았는데도 방이 밝아서 그 이유를 찾아보니 대련(對聯) 위에서 무지개와 같은 빛이 나와 방을 비추는 것을 보았다. …… 숙주(叔主, 김정희)는 (대련을) 가져오게 해서 그 위에 먹으로 덧칠하시고 도로 주시며 다시 빛나지 않을 것이라 하셨는데 실제로 다시 빛나지 않았다고 하였다. 참으로 이런 일이 있었는지 여쭈니 완당(阮堂, 김정희의 호)이 미소하며 그것이 사실인지 아닌지 대답하지 않으셨다. …… 이런 얘기를 듣고 보니 공(公)은 과연 신필(神筆)이다.[1]

이 글에서 상유현은 김정희가 글씨를 쓰면 추운 겨울에도 그 먹이 얼지 않았으며 방 안에 걸어둔 김정희의 글씨는 깜깜한 밤에도 빛이 났다는 일화를 전하였다. 이러한 증언이 사실일 리 없으나 당대에 세인들이 품었던 김정희에 대한 숭모의 정도를 보여 준다. 각각의 일화는 "신이 아니면 못했을 것이다"와 "공은 과연 신필이다"라는 수사로 마무리되었다.

'작가(作家)'에서 '대가(大家)'가 되기까지

이 글은 한 사람의 '작가'가 어떻게 '대가'가 되는가를 추적한 성과이다. 작가가 예술세계를 구축하면서 대가의 지위를 부여받기까지 가장 중요한 것은 작가 자신의 창조적 역량일 것이다. 그러나 그 창조적 역량은 누군가에 의해 발견되고 가치를 평가받아야 공신력을 확보할 수 있다. 따라서 작가의 창작 활동과는 또 다른 차원에서 작가의 명성을 구축하는 데에는 여타의 요인이 작동하게 마련이다. 자기 작품을 객관화하여 설명하는 데에 익숙하지 않은 작가를 대신해 의미를 부여할 비평가, 작가가 작업에 매진할 수 있도록 현실적인 지원을 해줄 후원자, 전시를 통해 작품을 대중에게 알리는 기획자 등은 작가의 명성과 위상을 높이는 대표적인 조력자이다. 이글에서는 김정희가 '위대한 예술가'가 되는 역사를 조명함으로써 한 작가가 어떻게 대가가 되는가에 대해 고민해 보고자 한다. 특히 김정희가 생전에 예술가로서 무엇을 하였으며 사후에 누가 왜 김정희를 추숭했는지를 살피고자 한다.[2]

이를 위해서 김정희의 작품을 구한 이들은 누구였으며, 김정희가 작품을 그려준 이들은 누구였는지를 살피는 것이 중요하다. 따라서 우선 김정희의 작품을 구한 이들의 유형을 검토해 보고자 한다. '추사체'가 완성된 시기로 평가되는 제주도 유배 시절 말기에 누가 김정희의 작품을 받았는지를 추적하는 한편 김정희의 후원자로 나서게 된 헌종(憲宗, 재위 1834~49)의 역할에 주목할 것이다. 아울러 김정희가 자신의 제자로 인정한 허련(許鍊, 1809~92)의 활동을 분석하고 김정희 사후에 개최된 전시의 이력을 추적하고자 한다. 마지막으로 최근 미술경매시장에서 김정희가 차지하는 위상에 대해 논의하고자 한다. 이를 통해 '완당바람'과 '추사학파'라는 틀로 김정희를 평가해 온 계보에 대해서도 파악할 수 있을 것이다.[3] 이는 김정희 스스로가 자신의 이미지를 어떻게 구현하고자 했는지, 또한 그것을 후대에 누가 계승하였는지, 현대에 김정희에 대한 평가가 어떻게 이루어졌는지를 검토하는 작업이 될 것이다.

김정희에게 작품을 구한 이들은 누구였나

전통시대에 서화의 교환은 식자층의 교유(交遊)에 중요한 매개가 되었다. 서화의 교환은 선물을 주고받는 행위이자 지적 교감이기도 했으며 때로 금전을 대신한 경제적 대가가 되기도 했다. 특히 김정희에게 서화의 교환은 그가 유지한 인적 관계망에서 매우 중요한 역할을 하였다.[4] 김정희가 작품을 준 대상은 크게 네 유형으로 나뉜다.

첫 번째 유형은 권돈인(權敦仁, 1783~1859), 이하응(李昰應, 1820~98), 심희순(沈熙淳, 1819~64), 김병학(金炳學, 1821~79)과 같은 권문세가 출신의 인사들, 두 번째 유형은 초의(草衣, 1786~1866)를 위시한 승려군, 세 번째 유형은 이상적(李尙迪, 1804~65), 김석준(金奭準, 1831~1915)과 같은 재력 있는 중인층, 네 번째 유형은 유명훈(劉命勳, 1850~60년대 활동), 오규일(吳圭一, 1840~50년대 활동), 달준(達俊, 1850년대 활동)과 같은 측근으로 김정희의 수발을 들던 이들이다. 이들에게 준 작품은 대개 일정 수준 이상의 형식을

그림 1 김정희, 「호고연경(好古研經)」,
종이에 묵서, 각 129.7×29.5cm, 간송문화재단

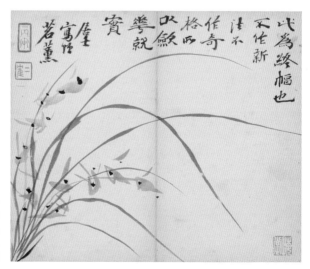

그림 2 김정희,
「염화취실도(斂華就實圖)」
(『난맹첩』 제12엽),
종이에 수묵, 22.8×27.0cm,
간송문화재단

갖추었다. 그러나 김정희가 이를 여기(餘技)의 차원에서 제작한 것인지 작심하고 수응작(酬應作)으로 만든 것인지를 분간하기란 쉽지 않다. 여기서 수응작이란 김정희가 청탁이나 현물을 대가로 제작한 작품을 말한다.[5] 다만 중국에서 수입한 고가의 화전지(花箋紙)나 냉금지(冷金紙)를 사용해 수신인을 기입하고 대자(大字)의 예서로 대구(對句)를 쓴 대련은 특별한 주문을 받아 제작했을 가능성이 높은 '작품'이라 할 수 있다(그림 1).

김정희 유배기의 서화 수응과 중인 거간(居間)

이 글에서 주목하고자 하는 바는 김정희의 수작으로 평가받는 「세한도(歲寒圖)」, 「불이선란(不二禪蘭)」, 『난맹첩(蘭盟帖)』과 같은 회화 작품이 유독 세 번째와 네 번째 유형인 중인 출신 인사들에게 주어졌다는 점이다(그림 2).[6] 이러한 작품을 받았던 이상적·오규일·유명훈·김석준 등은 김정희와 가깝게 지내면서 그에게 신간 서적을 구해 주고 김정희의 작품을 장황(粧績)하고 전각을 대는 등의 수발을 들던 이들이다. 그렇다면 과연 이들은 김정희에게 어떤 존재였을까? 김정희가 이들에게 작품을 준 이유를 어떻게 해석할 수 있을까? 이를 밝히기 위해서는 김정희의 작화 및 수응 방식에 주목할 필요가 있다.

열 개의 대련은 좋은 벼루가 생겨 하인을 세워 놓고 쾌히 붓을 휘둘렀네.
늙은 사람으로서 쉽게 할 수 없는 것인데 그대의 청이기 때문이 아닌가 생각하네. 다른 이들은 이처럼 늙은이가 수응하는 것이 어렵지 않다 여길 것이니 역시 웃을 만한 일이네. …… 소첩(小帖)과 소축(小軸)은 천천히 생각해 보겠네. 석농(石農)의 부탁이 이같이 끝이 없으니 능히 할 수 있겠는가. 다만 그대의 얼굴을 보아 한번 시험은 하겠네만 과연 어찌될지 모르겠네.7

요구한 모든 글씨와 난화(蘭畫)는 소망에 맞추고 싶지만 종이라곤 한 조각도 없으니 혹시 서너 본의 가전(佳箋)을 얻으면 마땅히 힘써 병든 팔을 시험해 보겠네. 두꺼운 백로지 같은 것도 좋으나 반드시 숙지(熟紙)라야만 쓸 수 있네. 난화는 여기 온 뒤로 절필했지만 청해 온 뜻을 어찌 저버리겠는가.8

이 두 글은 김정희가 각각 김석준과 오규일에게 보낸 편지의 일부이다. 이를 통해 김정희가 제주도 유배 생활 중에도 대련, 축(軸), 첩(帖)을 막론하고 '끝없는 수응'으로 바빴던 상황을 그려볼 수 있다. 첫 번째 편지에서는 김정희가 김석준이 부탁한 열 개의 대련을 한번에 제작하면서 이를 '늙은이의 수응'이라고 표현한 것이 눈에 띈다. 두 번째 편지는 김정희가 절필의 결심을 꺾으면서까지 오규일이 부탁한 난초 그림을 그려냈음을 보여준다. 이외에도 김정희가 김석준에게 '상자 가득' 작품을 만들어주었는데 후에 김석준이 금방 다시 서화 청탁을 했다는 기록도 보인다.9 대체 왜 김석준과 오규일 같은 중인이 김정희에게 이렇게 많은 작품을 요구했을까? 이를 설명하기 위해서는 19세기 서화의 유통시스템에 대한 검토가 필요하다.

전기(田琦, 1825~54)는 김정희와도 친분이 있던 중인이었다. 약방을 운영하며 서화가로 활동하기도 했던 전기가 남긴 서간은 당시 서화의 매매 방식을 설명해 준다. 전기의 서간을 모은 『두당척소(杜堂尺素)』에는 전기가 '중인 부호'로 보이는 수신인에게 서화를 팔거나 중개하기 위해 쓴 간찰이 남아 있다. 족자 그림(幀) 8개를 40냥(緡)에서 24냥으로 흥정했다는 언급이나 「설제축(雪霽軸)」의 가격이 15냥이었다는 언급은 이 시기 서화 가격의 추이와 거래 방식을 보여 준다. 특히 "마침 족자를 팔러온 사람이 있는데 대부분 권돈인의 글씨로 경탄을 금치 않을 수 없습니다. 들여놓으시길 권합니다"라는 구절은 김정희 작품의 유통을 이해하는 데 단서가 된다.[10] 전기는 권돈인보다 몇 년 앞서 사망했는데 이를 고려하면 당시에 삼정승을 지낸 권돈인의 작품이 중인 거간에 의해 자유로이 거래된 정황을 알 수 있다.[11] 이들 거간은 단순히 서화의 매매를 흥정하고 수수료를 받는 것 외에도 기본적으로 작품의 감정과 감식을 동반하는 전문가 역할을 했을 것이다. 김석준과 오규일이 김정희의 서화를 다량 구매한 까닭도 그들이 적극적인 '거간' 역할을 하면서 김정희의 서화를 유통시켰을 가능성에서 찾을 수 있다.[12] 앞서 소개한 상유현의 글에는 김정희의 작품이 중국과 일본에서도 인기가 있어 첩 하나가 100여 원(圓)에 거래되었다는 내용도 포함되어 있다.[13] 이는 국내뿐 아니라 중국과 일본에서도 김정희의 작품을 찾는 이가 있어 그의 작품에 상당한 가격이 형성되어 있었음을 시사한다. 김정희가 권돈인에게 보낸 편지에서 "그 사람이 내 졸서(拙書)를 좋아하니 차(茶)와 맞바꾸는 방도도 있을 것입니다"라고 했던 것은 김정희 스스로 자기 작품의 경제적 가치를 인식하고 있었음을 의미한다.[14] 또한 "모씨가 시중에서 내 졸서를 구입했단 얘기를 들었다"면서 그 작품이 부족한데 어쩌다 '장사꾼(市兒)'에게 들어갔는지 모르겠다고 탄식하는 대목도 있다. 이는 김정희 스스로 자기 작품이 시장에서 유통되는 상황에 대해 인지하고 있었음을 보여 준다.[15]

제주 유배지에서 김정희는 권돈인에게 먹고사는 게 걱정이라는 내용의 편지를 부치는 한편 동생 김상희(金相喜, 1794~1861)에게는 "별도의 경비가 드는 것에 상관없이 보고 싶은 것을 가져다 볼 것"이라고 했다.[16] 친구에게 경제적 처지를 푸념한 것과는 별개로 김정희는 자신이 보고 싶은 수입 화적(畵籍)을 본가에서부터 제주에까지 가져다 볼 만한 여유가 있었다. 이외에도 김정희가 서화의 대가로 약재, 제수용품, 골동품, 양지(羊脂) 같은 고가의 현물을 후원받았음이 『완당전집』 여기저기에 보인다.[17] 특히 유배지에서 제주 목사에게서 매달 경제적인 지원을 받았다는 사실도 주목할 만하다. 김정희는 제주 목사에게 글씨를 써주기도 했는데 이와 관련해두 사람이 의견을 조율한 기록이 남아 있다.[18] 김정희는 유배지에서 그 어느 때보다 왕성하게 작품 활동을 했고 이는 자기보다 서른 살 이상 아래였던 김병학(金炳學, 1821~79), 심이순, 이하응 같은 서울의 세도가들에게도 전해졌다. 사실상 서화 수응은 고도(孤島) 제주에 갇혀 있던 김정희에게 유일하게 열려 있던 양명(揚名)의 창구였다. 이것이 경제적으로나 정치적으로 김정희에게 크나큰 기회였음은 충분히 짐작할 수 있다. 김정희에게 중인 거간은 자신을 대신해 판로를 개척하고 세도가와의 연을 연결해 준참으로 고마운 존재였을 테다.

김정희 작품의 유전(流傳)과 해배(解配)

별도로 보여 준 내용은 일일이 살폈네. 죄는 하늘에 사무치고 과실은 산처럼 높이 쌓인 죄인이 어찌 오늘날 이런 일을 만날 수 있겠는가. 다만 감격의 눈물이 얼굴에 흐를 뿐 언어나 문자로 표현할 수 없네. 더구나 나의 졸렬한 글씨를 생각하시어 종이까지 내려 보내시니 용광(龍光)을 입은 곳에 대해신산(大海神山)이 모두 진동을 하네. …… 왕령(王靈)이 이른 곳에 15~16일간 공력을 들여 편액 셋과 권축 셋을 써놓았네. …… 이 또한 오규일에게 별도로 언급해 주게.[19]

김정희는 1840년 9월부터 1848년 12월까지 8년 3개월간 제주에서 유배 생활을 했다. 이 시기에 김정희는 왕실로부터 글씨를 올리라는 명을 받았다. 위의 글은 김정희가 아우 김상희에게 보낸 서간의 일부로 유배 중인 김정희가 오규일을 통해 작품을 왕실에 올려 보낸 사실을 알려 준다. 이외에도 헌종은 1847년과 1849년에 각각 허련을 통해 김정희의 작품을 구했다. 어떻게 위리안치(圍籬安置)에 처해 있던 죄인이 왕실의 작품 구청을 받을 수 있었을까? 왕실에서 보낸 종이가 죄인에게 전해진 사실은 어떤 의미였을까? 진도 출신의 무명화가 허련은 어떤 배경으로 왕실에 입시하게 되었을까? 이 모든 일련의 사건을 이해하기 위해서 제주 유배기에 김정희를 후원했던 신관호(申觀浩, 1810~84)의 역할에 주목하고자 한다.

외도(畏塗)요 궁도(窮塗)인 이곳까지 세속의 투식을 탈피하여 고의(古意)

를 숭상하시는 영감이 아니라면 어떻게 바다 건너까지 사람을 보내 위문해 주시는 것이 이같이 진지하고 정중할 수 있겠습니까. …… 내려주신 물품은 (영감의) 특별하신 생각에서 나온 것임을 잘 알고 있으니 참 감사합니다. …… 허치(許癡, 허련)는 아직도 그곳에 있습니까. 그는 매우 좋은 사람입니다. 그의 화법(畫法)은 종래 우리나라 사람들의 고루한 기습을 떨쳐버렸으니 압록강 동쪽에는 이만한 작품이 없을 것입니다. 그가 다행히 주리(珠履, 권문세가의 문객)의 끝에 의탁하여 후한 비호를 입고 있으니 영감이 아니면 어떻게 그 사람을 알아주시겠습니까. 그 또한 제자리를 얻은 것입니다. …… 제가 붓을 쓸 때는 강유(剛柔)를 따지지 않고 있는 대로 (붓을) 사용하므로 특별히 한 가지만 쓰지는 않습니다. 이에 조그만 붓 한 자루를 보냅니다. …… 이 붓의 제작에 의거하여 붓을 만드시어 영감께서도 쓰시고 저에게도 보내 주시기 바랍니다. 큼직한 액필(額筆)은 다음번에 즉시 도모하는 것이 어떻겠습니까.[20]

신관호는 1843년 전라우수사로 부임한 이래 김정희가 제주를 떠나는 날까지 꾸준히 김정희를 후원했다. 신관호는 무관으로서 헌종 연간에 왕의 신임을 받아 요직을 거쳤다. 그러나 철종이 즉위한 직후이자 김정희가 유배에서 풀려난 지 7개월 만인 1849년 7월 신관호 본인이 유배 생활을 시작했다. 이후 신관호는 김정희가 죽고 난 이듬해인 1858년이 되어서야 자유의 몸이 되었다. 이러한 상황상 신관호가 김정희를 후원한 시기는 1843년부터 1849년 사이로 좁혀진다.[21] 위의 편지는 이 시기에 김정희가 신관호에게 붓의 제작을 부탁하고 작품을 수용한 사실을 보여 준다.

1844년 김정희는 신관호에게 허련을 소개해 주었다. 이를 계기로 허련은 신관호의 집에서 2년가량 문객(門客) 생활을 할 수 있었다. 아마 이 기간에도 허련은 김정희에 대한 보필을 멈추지 않았을 것이다. 1846년 1월 허련은 신관호와 함께 상경했고 서울에 있던 영의정 권돈인의 집에서 문객 생활을 이어갔다. 이 시기 허련은 처음 헌종을 알현하고 헌종으로부터 김정희의 서화를 구해 올 것을 명받았다. 허련은 어명을 따르기 위해 1847년 봄 제주도로 향했다. 김정희가 초의에게 보낸 서간에는 "허련의 시달림을 받아 병(屛)과 첩(帖)을 바구니 가득 만들었다. 이는 허련이 그림빚(畵債)을 나에게 대신 갚게 한 것(代償)"이라 묘사하였다.[22] 이러한 언급은 제주를 방문했던 허련이 김정희의 작품을 서울에 다량 유통한 장본인임을 알려 준다. 1848년 8월 말 허련은 신관호에게서 다시금 김정희의 글씨를 구해 오라는 어명을 전달받았다. 이때부터 허련은 1849년 5월 29일까지 10여 차례 헌종을 만났고 그로부터 몇 달 후인 1848년 12월 김정희는 유배에서 풀려났다.[23] 김정희의 애제자로 인정받은 허련은 신관호와 권돈인의 집에 기거했던 4년간 제주의 김정희를 세 차례나 방문했다. 이 과정에서 허련, 신관호, 권돈인 세 사람의 조력이 탱자 울타리 안에 갇혀 있던 죄인의 글씨를 헌종의 거처인 낙선재(樂善齋)까지 전달한 것이다. 이는 외로운 섬에서 홀로 궁극의 예술세계를 추구하던 이의 간절함이 서울의 지존(至尊)에 가닿은 것이라고밖에 설명할 수 없다.

김정희에게 유배기가 가지는 중요한 의미 중 하나는 '추사체'가 제주 시절에 완성되었다는 세간의 인식과 관련한다. 이러한 믿음은 김정희보다 한 세대 아래라 할 만한 박규수(朴珪壽, 1807~77)의 논평에서 시작했다.

완옹의 글씨는 젊어서부터 노년에 이르기까지 그 서법이 여러 차례 변하였다. 젊은 시절에는 오로지 동현재(董玄宰, 동기창)의 글씨에 전심하였고, 중세(中歲)에는 담계(覃溪, 옹방강)와 종유하며 힘을 다해 그의 글씨를 본받았기에 필획이 짙고 굵어 골기(骨氣)가 적은 흠이 있었다. 얼마 뒤에는 소식과 미불을 거쳐 이북해(李北海)의 글씨로 바뀌면서 더욱 웅혼하고 굳세어져 마침내 솔경(率更, 구양순)의 진수를 얻게 되었다. 만년에 바다를 건너갔다가 돌아온 이후에는 더 이상 추종하는 데 얽매임 없이 여러 대가의 장점을 모아 스스로 자신만의 서법을 완성하여 정신과 기운의 발현이 바다나 조수(潮水)와 같았으니, 단지 문장가들만 그러할 뿐이 아니었다.[24]

이 글에서 박규수는 김정희가 젊은 시절 온갖 대가의 글씨를 섭렵한 후 제주도에서 자기만의 예술세계를 완성한 것이라 평했다. 절대 고독의 8년 동안 추사체가 완성되었다는 것이다. 이 설은 추사체를 설명하는 수사로서 이병도·이동주·유홍준에 의해 계승되었다.[25] 이 과정에서 신관호는 사제의 도리를 다한 인물로, 허련은 목숨을 걸고 바다를 건넌 미담으로 회자되었다. 김정희는 제주도에 갇혀 있으면서도 주변에 허련을 칭찬하며 그의 작품을 구하라는 추천을 아끼지 않았다. 김정희가 제주 유배 시절 '오진사(吳進士)'에게 허련의 작품을 구하도록 추천한 서간이 남아 있다. 오진사가 누구인지는 알려지지 않았다.[26] 신관호는 김정희에게서 상당량의 작품을 얻었고 허련과 함께 2년간 묵연(墨緣)을 즐겼다.[27] 김정희가 신관호에게 보낸 편지에는 더 많은 양의 작품을 수응하지 못한 것을 '용서해 달라

(恕存爲望)'는 표현이 나온다. 이는 그간 '사제지간'으로만 평가되어 온 김정희와 신관호의 사이가 작가와 후원자의 관계에 있었음을 시사한다.[28] 제주 유배 시절 허련은 김정희를 통해 화명을 얻었고 김정희는 신관호·권돈인·허련의 도움으로 중앙과 연결된 끈을 놓지 않을 수 있었다. 무엇보다 왕실의 후원이 작가의 명성을 높이는 계기이자 예단에서의 파급력을 높이는 기회였으리라는 점은 부인하기 어렵다.

김정희 초상과 소동파(蘇東坡) 이미지

조선시대 문인들의 초상화는 보통 관복본(官服本)과 야복본(野服本)으로 만들어졌다. 전자는 조선 전기의 공신상 제작 전통이 계승된 것이며 후자는 17세기 이후 보다 자유로운 형식의 초상화를 사적 차원에서 제작한 풍조와 결부된다. 그런데 19세기에 김정희와 그 주변 인물들 사이에서는 야복본 계열 중에서도 자유로운 형식의 감상용 초상화인 소조(小照)를 제작하는 풍조가 유행했다. 이 유형은 그림의 대상이 되는 인물에 대한 사적인 친분이나 존경을 강조하는 맥락에서 제작되었다. 김정희의 초상도 공적 성격을 가진 본 외에 사적 차원에서 제작된 유형이 전한다. 이는 김정희 스스로가 주문한 것이 아니라 그를 숭앙하는 이들이 만든 것이었다. 이 유형은 크게 김정희가 삿갓을 쓰고 나막신을 신은 입극상(笠屐像)과 삿갓에 도롱이 차림을 한 사립상(簑笠像) 계열로 나눌 수 있다(그림 3, 4).[29] 그런데 입극상 도상은 사실상 동파 소식이 중국 하이난다오(海南島)에 유배되었을

阮堂先生海天一笠像

許小痴筆

그림 3 허련, 「완당선생해천일립상」,
종이에 채색, 79.3×38.7cm, 아모레퍼시픽미술관

그림 4 허련, 『완당탁묵』표지,
25.7×31.2cm, 국립중앙박물관

그림 5 허련, 「동파입극도」,
종이에 엷은색, 22.0×100.0cm,
간송문화재단

그림 6 중봉당(中峰堂) 혜호(慧皓),
「소동파입극도」, 종이에 엷은색,
142.3×46.5cm, 국립중앙박물관

때의 모습을 그린 소동파입극상(蘇東坡笠屐像)의 도상을 그대로 차용한 것이다(그림 5, 6).

소동파입극상은 본래 청나라에서 소식의 문예에 경도되어 그의 초상화를 고증하고 임모하던 문사들 사이에 유행했다.[30] 청나라 문사들은 소동파입극상을 소동파를 기리는 제사인 동파제(東坡祭)나 배파회(拜坡會)에 걸고 제사를 지냈다. 그런데 마침 이러한 풍조가 김정희와 교분을 나누었던 청나라의 금석학 대가 담계(覃溪) 옹방강(翁方綱, 1733~1818)이 주도하면서 자연스럽게 소동파입극상도 김정희를 포함하여 연행(燕行) 경험이 있는 이들에 의해 조선에 유입되었다.[31] 이 과정에서 중국본 소동파입극상을 조선에서 다시 임모한 경우도 생겨났다. 또한 남공철과 벽오사(碧梧社) 출신의 중인들이 청나라 문사들처럼 소동파상과 소동파입극상을 걸어놓고 동파제를 지내기도 했다.[32] 조희룡은 소동파입극상을 펼쳐놓고 동파의 생일을 기념했으며 소동파상을 모사하여 자기 자리에 걸어두기도 했다.[33]

김정희 또한 소동파상을 소장하고 있었으며 남들에게 선물도 했다. 김정희는 제주 유배 시절에 소동파입극상을 보고 "어찌하여 바다 하늘 아래 한 삿갓 쓴 이(김정희)가 문득 원우 연간의 죄인(소식)과 흡사한가(胡爲乎 海天一笠 忽似元祐罪人)"라는 기록을 남긴 바 있으며 자신의 거처에 소동파상을 걸어두고 호신부(護身符)로 여겼다. 이는 김정희가 자신의 처지를 하이난다오에 유배된 소동파에게 투영한 정황을 보여 준다.[34] 이러한 맥락에서 김정희는 자신의 후원자였던 심희순에게도 입극상을 선물한 것으로 보인다.[35] 김정희의 이러한 자기 인식과 이미지 메이킹은 상당히 성공적이었던 것으로 보인다. 김정희의 만사(輓詞)를 쓴 조희룡은 "어찌하여 삿갓에 나막신 차림으로 비바람 맞으며 바다 밖의 문자를 증명했는가(胡爲乎笠屐風雨證海外文字)"라는 말로 김정희를 추모했다.[36] 이러한 표현은 김정희를 소동파의 반열로 끌어올리는 최상의 찬사였을 것이다. 허련은 김정희의 초상을 걸어두고 그 앞에 술잔을 올려 제례를 지냈다.[37] 이는 소동파상을 동파제나 배파회에 사용했던 것과 마찬가지로 김정희상을 실제 제의에 활용했음을 보여 준다.[38] 『철종실록(哲宗實錄)』 「김정희 졸기(拙技)」에는 "세상에서 김정희를 송나라의 소식에게 견주기도 했다(世或比之於有宋之蘇軾)"라는 논평이 나온다. 이는 자기 자신이 소동파에 비견되기를 바랐던 김정희의 소망이 성공적으로 실현되었음을 시사한다.[39] 허련은 소동파의 얼굴을 김정희로 바꾼 「완당선생해천일립상(阮堂先生海天一笠像)」을 제작하여 스승을 추숭하였다(그림 3).

김정희 사후 허련의 추숭 활동

허련은 김정희 사후에 전국을 주유하며 지방 관리들의 문객 노릇을 하였다. 『소치실록』에 의하면 허련은 1877년 자신의 서화를 팔아 여비를 충당하고 각공(刻工)을 고용하여 김정희의 서본 세 권을 판각했다.[40] 지금까지 김정희의 유묵을 탁본한 것은 10편 정도 알려져 있다. 이는 당시 일반 대중 사이에 퍼져 있던 김정희의 위상과 대중적 인기를 짐작게 한다.[41] 현재 국립중앙박물관에 소장되어 있는 『완당탁묵(阮堂拓墨)』이 『소치실록』에서 언급한 탁본과 일치하는지는 알 수 없다. 그러나 『완당탁묵』에는 허련이 김정희 탁본을 제작한 배경을 밝힌 부분이 있어 흥미롭다(그림 4).

> 먼 지역까지 돌아다녀 보았는데 선생님께서 남기신 글씨가 사람들에게
> 유행되고 있었다. 선생님의 글씨를 나무에 새기고 인쇄하여 널리 퍼뜨리
> 면 전문가와 대중이 함께 감상할 수 있지 않을까. 일반적으로 글씨를 익
> 히려는 서예가들 역시 모각본을 통해서라도 원래의 모습이나 정신을 추
> 구할 수 있다. 이것은 비록 탑본(搨本)이지만 당나라 때 임서(臨書)한 진
> 나라의 서첩(書帖)보다 못한 진적들과 동일하게 거론해서는 안 된다. 대
> 가들의 눈에는 어떨지 모르겠다.
>
> 1877년 9월 9일 문생(門生) 소치 삼가 적음.[42]

위의 글은『완당탁묵』마지막 쪽의 일부이다(그림 4). 허련은 이 글에
서 자신을 김정희의 '문생'이라 적고 이 탁본이 많은 이들에게 '선생의 진
적'을 보게 해줄 것이라 강조했다. 비록 모각본일지라도 김정희 작품의 요
체를 담고 있는 만큼 진적 못지않은 가치가 있다는 것이다.『완당탁묵』표
지에는 김정희가 삿갓을 쓴 사립상이 실려 있으며 김정희가 스스로를 "어
찌하여 바다 하늘 아래 한 삿갓 쓴 이(김정희)가 문득 원우 연간의 죄인
(소식)과 흡사한가"라고 칭한 글이 인용되어 있다. 김정희의 탁묵은 인기리
에 유통되면서 여러 차례 판각되었다. 탁묵은 지방 구석구석의 촌로(村老)
로 하여금 '조선의 소동파' 김정희의 유묵을 소장한다는 기쁨을 주었을 것
이다.[43]

허련은 왕실의 후원을 받아 세간에 이름을 알린 후에도 '김정희 문생'

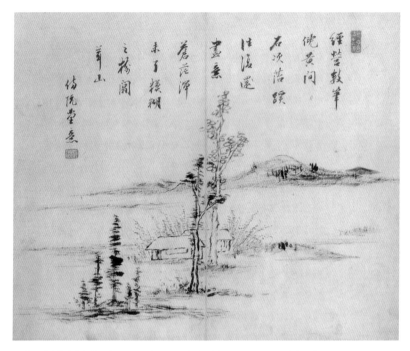

그림 7 허련, 「방완당산수화(倣阮堂山水畵)」, 종이에 수묵, 31.0×37.0cm, 개인 소장

으로서의 위치를 포기하지 않았다. 허련이 1868년에 제작한 『호로첩(葫蘆帖)』을 비롯해 다른 작품 중에도 김정희의 작품을 방(倣)한 작례가 여러 점 전한다(그림 7). 조선시대에 중국 작가가 아닌 우리나라 작가의 작품을 방작(倣作)한 경우가 상당히 드물다는 점에서 예외적인 작례라 할 수 있다.[44] 이는 '방 김정희'류의 작품을 제작하고 김정희 문생으로서의 대외적 이미지를 유지하는 것이 허련이 화단에서 자신의 지위를 유지하는 데에 도움이 되었음을 시사한다. 허련의 자손들로서 호남화단을 이끈 허형(許瀅, 1861~1938), 허백련(許百鍊, 1891~1977), 허건(許楗, 1908~87), 허림(許林,

1917~42), 허문(許文, 1941~), 허진(許塡, 1962~)과 같은 작가들의 명성 또한 김정희의 계보를 이은 정통 호남화단이 점하는 특권과 무관하지 않을 것 이다.[45]

김정희 전시의 역사

김정희 신화를 만든 또 하나의 요인은 헌종, 권돈인, 신관호, 허련, 김석준, 오규일과 같은 인물의 역할뿐 아니라 김정희 사후 일반 대중의 애호와 지 지를 꼽을 수 있다. 김정희에 대한 대중적 인기는 전시 및 경매시장에서의 성공을 통해 충분히 알 수 있다. 김정희와 관련한 첫 번째 전시는 1932년 10월 미쓰코시(三越) 백화점에서 열린 〈완당 김정희 선생 유묵·유품 전람 회〉이다. 이 전람회에는 오세창, 전형필, 장택상(張澤相, 1893~1969), 이한복 (李漢福, 1897~1940), 박영철(朴榮喆, 1879~1939), 김용진(金容鎭, 1878~1968), 손재형, 후지즈카 치카시, 아유가이 후사노스키(鮎貝房之進, 1864~1946), 이 나바 이와키치(稻葉岩吉, 1876~1940) 등이 소장품 여든세 점을 출품하였다. 이 소장가들은 당대 최고의 감식안을 갖추고 명품을 수장한 거물들로 유 명하다. 이후에 개최된 김정희 관련 전시는 1956년 11월 진단학회가 주최 하여 국립박물관에서 개최된 〈완당 김정희 선생 백주기추념유작전람회〉이 다(그림 8). 당시는 한국전쟁 직후로 문화계의 상황이 썩 좋지 않았음에도 불구하고 전형필과 손재형을 중심으로 한 소장가들이 총 100점의 김정희 유묵을 출품했다.[46]

阮堂金正喜先生百周忌追念遺作展覽會

國立博物館 震檀學會

四申十二月

三佛金元龍先生寄贈圖書

그림 8 『완당 김정희 선생 백주기추념유작전람회』
(국립박물관·진단학회 발행), 1956

그다음으로는 1986년에 김정희 탄신 200주년을 기념하여 간송미술관과 고미술협회가 주도하여 개최한 〈추사 탄생 이백주년 기념전〉이 괄목할 만한 전시였다.[47] 21세기에 들어서는 2002년에 학고재에서 기획한 〈완당과 완당바람: 추사 김정희와 그의 친구들〉과 2006년에 국립중앙박물관에서 기획한 〈추사 김정희: 학예 일치의 경지〉 전시가 기념비적이라 할 만하다. 지난 100년 동안 여러 기관에서 꾸준하게 개최된 김정희 관련 전시는 종종 진위(眞僞) 논란이 있기는 했지만 대중적으로는 대부분 흥행에 성공했다. 이 과정에서 김정희 작품은 꾸준하게 발굴되었다.

김정희 시장의 형성

김정희의 명성을 증명하는 또 하나의 요소는 '김정희 시장'의 규모이다. 미술경매가 시작된 1930년대부터 지금까지 김정희가 고미술계에서 점하는 위상은 상당하다. 특히 김정희는 높은 누적 낙찰액과 많은 거래량을 동시에 보여 준 보기 드문 작가라 할 수 있다. 한 연구에 따르면 일제강점기였던 1936~43년 사이 경매에 나온 조선시대의 서예 작품은 총 121점이었다.[48] 표 1은 이 자료를 바탕으로 작가별로 경매에 출품된 작품 수량의 순위를 매긴 것이다. 총 121점 중 김정희의 작품은 쉰여덟 점으로 전체의 약 48퍼센트를 차지했다. 이 중 형식을 갖춘 대련은 열일곱 점, 편액이 열 점, 축이 열 점, 선면이 한 점, 병풍이 한 점이고, 나머지 열아홉 점은 첩과 서간 형태이다.[49]

이 자료를 조선 후기로 국한할 경우 1936~43년 사이 경매에 출품된 서예 작품은 총 여든한 점이 된다. 따라서 김정희의 작품 쉰여덟 점은 전체 거래량의 72퍼센트를 차지한다. 이러한 과점 현상은 무엇보다 김정희 작품이 다른 서예가들의 작품에 비해 월등히 많이 남아 있기 때문이다. 업계 전문가들은 통상 한 작가의 작품이 최소 300점 이상 되어야 그 작가의 시장이 형성된 것으로 본다. 그런 점에서 김정희만큼 시장이 형성된 전통시

표 1 1936~43년 서예 분야 작가별 경매 출품작 순위

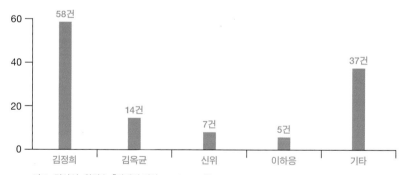

자료: 김상엽·황정수, 『경매된 서화』, 422~505쪽.

대 작가도 드물다고 할 수 있다. 사실상 김정희의 고미술시장 지배 현상은 현재까지도 꾸준하게 진행 중이다. 우리 미술계에서는 1990년대 후반부터 대부분의 경매회사들이 작품의 거래내역과 낙찰가격을 공개하고 있다. 따라서 이를 분석하면 김정희 작품 시장의 고유한 특징을 추출할 수 있다.[50] 선행연구 중에는 1996~2003년 사이의 경매 낙찰 자료를 공개한 '한국미술품경매'와 '서울옥션'의 서예 분야 경매 결과를 분석한 성과가 있다. 이 연구에 따르면 1996년부터 2003년까지 서예 분야에서 거래 수량 및 낙찰 총액이 가장 높은 기록을 보인 작가는 김정희였다. 한국미술품경매에서는 1996년 3월부터 2003년 7월까지 총 24회에 걸쳐 153점의 서예 작품이 출품되었다. 이 중 김정희의 작품은 열네 점으로 총 출품작의 9퍼센트를 차지한다. 서울옥션에서는 1998년 10월부터 2003년 7월까지 총 76회의 경매를 통해 서예 작품이 총 249점이 출품되었다. 이 중 김정희의 작품은 마흔 점으로 총 출품작의 16퍼센트에 해당한다. 김정희는 두 경매에서 모두 가장 많은 작품을 출품한 작가이자 가장 높은 낙찰총액을 기록한 작가였다.[51]

이러한 경향은 최근의 경매 동향에서도 크게 다르지 않다. 표 2와 표 3은 2015년 7월부터 2020년 6월까지 최근 5년간 고미술 분야에서 작가별 작품의 낙찰총액과 거래건수를 1위부터 10위까지 정리한 자료이다.[52] 조사 대상으로 삼은 작가는 1870년대 이전에 태어난 전통시대 서화가로 국한하였다. 표 2에 따르면, 최근 5년간 고미술 경매 분야에서 가장 높은 누적 낙찰액을 차지한 작가는 김홍도이며 그다음이 김정희이다. 그러나 사실상 두 사람의 낙찰총액에는 큰 차이가 없다. 표 3에 정리한 작가별 작

품의 낙찰건수를 보면 1위는 280건을 기록한 허련이고 2위는 263건의 김
정희이다. 두 사람의 낙찰건수는 큰 차이가 없으나 낙찰건수 대비 낙찰액
수를 고려하면 김정희의 낙찰총액이 허련에 비해 세 배 정도 높다. 이를 통
해 김정희가 고미술시장에서 차지하는 높은 위상을 실감할 수 있다.

표 2 최근 5년간의 고미술경매에서의 작가별 누적 낙찰총액

순위	작가	낙찰총액(원)	낙찰건수
1	김홍도(1745~?)	3,369,500,000	26
2	김정희(1786~1856)	3,257,740,000	263
3	정선(1676~1759)	2,211,500,000	29
4	심사정(1707~69)	1,385,200,000	48
5	채용신(1850~1941)	1,265,716,000	21
6	허련(1809~92)	1,172,130,000	280
7	강세황(1713~91)	1,135,100,000	57
8	정약용(1762~1836)	952,400,000	22
9	이하응(1820~98)	858,400,000	106
10	이인문(1745~1821)	814,800,000	16

자료: 케이아트프라이스(http://artprice.newsis.com), 2015. 7. 1~2020. 6. 30.

표 3 최근 5년간의 고미술경매에서의 작가별 누적 낙찰건수

순위	작가	낙찰건수	낙찰총액(원)
1	허련(1809~92)	280	1,172,130,000
2	김정희(1786~1856)	263	3,257,740,000
3	오세창(1864~1953)	260	573,970,000

4	김규진(1868~1933)	251	352,360,000
5	김응원(1855~1921)	250	294,720,000
6	양기훈(1843~1919)	146	425,560,000
7	정학교(1832~1914)	112	502,610,000
8	이하응(1820~98)	106	858,400,000
	안중식(1861~1919)	106	443,050,000
10	신위(1769~1847)	73	434,150,000

자료: 케이아트프라이스(http://artprice.newsis.com), 2015. 7. 1~2020. 6. 30.

그런데 실상 김정희의 작품으로 유통되는 대상에는 '작품'으로서 제대로 된 형식을 갖춘 대련이나 편액만 있는 것이 아니다. 대중은 김정희 글씨의 편린이라도 '추사체'로서 손에 넣기를 원하기 때문에 문맥이 통하지 않는 서간의 쪼가리도 작품으로 거래된다. 또한 편액 자체가 아니라 그것을 탁본한 것도 거래 대상이 된다. 김정희 작품은 처음부터 '작품'으로 기획된 것에서부터 일상적인 글씨에 이르기까지 모든 것이 사고 팔린다. 또한 김정희의 서화시장은 수십만 원대의 소품에서부터 억대를 호가하는 대작까지 다양한 가격대를 형성하고 있는 것도 하나의 특징이다. 요컨대 '추사체'에 대한 높은 수요가 본래 '작품'이 아니었던 것까지도 '작품'의 반열에 오르게 한 것이다. 이로 인해 상대적으로 수집의 문턱이 낮은 것도 김정희 작품 시장의 특징 중 하나라고 할 수 있다. 물론 작품의 가격이나 거래량이 작가와 작품의 수준을 담보한다고 할 수는 없다. 그럼에도 불구하고 이러한 유통 및 거래 양태가 김정희의 인기를 반영하는 동시에 김정희의 명성을 만드는 기제로 작동한다는 점은 부인하기 어렵다.

대가의 탄생과 신화화

이 글은 작가의 명성을 형성하는 데에 있어 작가의 창조적 역량 외에 다른 어떤 동인이 작동하였는가를 살피고자 쓰였다. 이 과정에서 김정희가 예술가로 평가받는 데에 '추사체'의 역할이 중요했다는 점에 주목하여 '추사체'가 형성된 역사를 함께 살피고자 했다. 그런데 사실상 '추사체'는 김정희 생전에 사용된 것이 아닌 후대에 붙여진 용어이다. 또한 '추사체'란 예서나 행서와 같이 특정한 서체를 지칭하는 것이 아니라 대련에 쓴 대자나 간찰에 쓴 잔글씨를 모두 포괄하며 '김정희의 글씨'를 가리켜왔다. 김정희 서체의 괴이한 매력을 가장 잘 보이는 것이 예서이긴 하지만 '추사체'가 예서만 의미하는 것은 아니라는 말이다. 아울러 이 글은 필획이나 서체에 대한 미학적 요소를 분석하거나 김정희가 자신의 예술세계를 완성하기 위해 어떤 노력을 기울였는지를 밝히고자 한 것이 아니다. 대신 김정희라는 작가를 만든 거간의 역할, 중개인을 통한 작품의 유통 방식, 작가 자신의 이미지 메이킹, 제자의 추숭 활동, 전시·경매·연구의 역사를 종합적으로 살펴봄으로써 '대가'가 탄생하고 '신화화'되는 일련의 과정을 분석하고자 했다. 이 글이 김정희론에 대한 하나의 흥미로운 시각을 제시하는 동시에 예술가 김정희에 대한 균형 잡힌 평가에 기여할 수 있기를 바란다.

후기

한국 서화사를 공부하는 사람에게 김정희는 차마 오를 엄두조차 나지 않는 태산준령(泰山峻嶺)과 같은 존재이다. 김정희는 조선에서 고증학과 금석학의 수준을 일신시킨 대학자이자 서화 분야에서 일가를 이룬 대가였다. 아울러 조선 작품뿐 아니라 중국과 일본 작품에도 두루 감평을 남기며 당대 예단을 호령한 비평가이자 이론가이기도 했다. 김정희론을 쓰는 것은 둘째치고 김정희의 궤적을 따라가는 것조차 어려운 일이었다. 그런 점에서 김정희 공부에만 수십 년을 매달린 선학들을 떠올리자니, 김정희론을 쓰는 것이 자신이 없었다. 그럼에도 불구하고 김정희의 작가상을 만들어보고자 한 까닭은 어떤 식으로든 김정희에 대한 상(像)을 정리하지 않고는 이 분야의 공부를 계속할 수 없겠다는 생각에서였다.

김정희가 남긴 글을 따라가다 보면 예술가로서의 김정희뿐 아니라 인간 김정희에 대한 사적인 감정이 생기는 순간이 생기곤 했다. 재능 있는 조희룡을 하대하고 입안의 혀처럼 굴었던 허련을 추어올리는 대목, 평양 기생과의 연분이 들통나자 부인에게 오해라고 변명하는 대목, 유배지 제주도에서조차도 반찬 투정을 하며 뭍에서부터 반찬 심부름을 시키며 음식이 쉬었다는 둥 투덜대는 대목에서는 탄식이 절로 나왔다. 한편 김정희가 자신의 작품을 받아 가는 이들과 꾸준한 후원을 보이는 이들에게 자신의 예술관을 피력하면서 설득하고 가르치는 대목에서는 절절한 예술가적 실존을 느꼈다. 김정희가 큰 산이었던 것만큼이나 그의 작가상을 만드는 일은 흥미로운 도전이자 값진 여정이었음을 고백하며, 이 글이 독자들이 하나의 김정희상을 그리는 데 작은 기여가 되었으면 하는 바람뿐이다.

7. 오원 장승업,
흥행에 이르는 길

김
소
연

* 이 글은 『대동문화연구』 109(성균관대학교 대동문화연구원, 2020)에 수록된 「오원 장승업−작가적 위상 정립과 평가의 궤적」을 수정·보완한 것이다.

김소연

이화여자대학교대학원 미술사학과에서 박사학위를 받은 후,
이화여자대학교박물관 학예연구사를 지냈다. 현재 이화여자
대학교 미술사학과 교수로 한국회화사와 한국근대미술사를
지도하고 있으며, 문화재청 문화재 전문위원(근대문화재 분
과)으로 있다. 저서와 논문으로는 『동아시아의 궁중미술』(공
저) 「한국 근대기 미술 유학을 통한 '동양화'의 추구: 채색화단
을 중심으로」 「한국 근대 여성의 서화교육과 작가활동 연구」
「해강 김규진 묵죽화와 『해강죽보(海岡竹譜)』 연구」 등이 있
으며, 한국 근대미술 연구에 주력하고 있다.

뜬구름 같은 삶의 흔적을 더듬다

오원(吾園) 장승업(張承業, 1843~97)은 산수, 화조, 영모, 인물, 기명절지(器皿折枝)까지 모든 장르의 그림에 뛰어났던 조선 말기의 대표적 화가이다. 정식으로 그림을 배운 적이 없으며, 전통시대 서화창작의 필수적 요소였던 문자를 읽고 씀에 자유롭지 않았음에도 큰 명성을 얻었기에 천재화가라고 불릴 수 있었다. 특히 오늘날 그의 화맥(畵脈)이 안중식(安中植, 1861~1919), 조석진(趙錫晋, 1853~1920)에게로 이어짐에 따라, 한국 근대화단의 시발점으로 보기도 한다.

그러나 실상 장승업이라는 화가에 관해서 명확히 밝힐 수 있는 부분은 그리 많지 않다. 부모를 여의고 한양으로 상경하여, 역관 이응헌(李應憲, 1838~?)의 집에 더부살이하며 어깨너머로 그림을 배웠다고 한다. 이후에는 변원규(卞元圭), 오세창과 역관가문의 후원 아래 성장하여, "사방에서 그림을 청하는 이가 줄을 이었고, 거마(車馬)가 골목을 메웠다"라고 할 정도로 시정의 큰 인기를 얻었다. 고종(高宗, 재위 1863~1907)대에 왕실병풍을 그리기 위해 궁에 출입하기도 하고, 여흥민씨 가문의 민영환(閔泳煥, 1861~1905)이 고종에게 자신이 장승업과 잘 아는 사이라고 아뢸 정도였으며, 윤덕영(尹德榮, 1873~1940)의 호사로운 집에도 장승업 그림이 붙어 있었다 한다.[1] 동시대 화가들로는 수표정에 있는 화원 장준량(張駿良, 1820~70)에게 그림 재료들을 사러 드나들었던 점, 작품에 남긴 여러 제발을 통해 안중식과의 직접적인 교류가 있었음을 알 수 있다. 김가진(金嘉鎭, 1846~1922), 황현(黃玹, 1855~1910), 오세창, 최남선(崔南善, 1890~1957), 정인보(鄭寅普, 1893~1950), 이병직(李秉直, 1896~1973) 등이 작품을 배관(拜觀)하거나 소장하는 등, 각계각층 인사들이 장승업의 작품을 애호했음을 알 수 있다.

출생과 어린 시절에 대한 정보도 자세하지 않아 그의 본관에 의거해 황해도, 혹은 경기도 광주 출신으로 추정할 수밖에 없다. 술을 좋아하고, 여색을 밝혔다고도 하지만 결혼생활을 한 것은 아니었으며 따라서 자녀도 없었다. 현재 삼청동과 성북동 등 그가 거주하였다는 지역이 몇 군데 알려져 있을 뿐인데, 실제로는 언제 세상을 떠났는지도 확실히 알 수 없다. 1897년에 사망했다고 후대의 기록에는 전하고 있지만, 신선이 되어 갔다거나 논두렁을 베고 죽었다고도 할 만큼 화가 장승업의 뜬구름 같은 삶에는 의문점으로 가득하다.

뿐만 아니라, 장승업은 조선시대 회화를 대표한다는 세칭 삼원삼재(三園三齋) 중 한 명이자, 조선조 3대 거장 혹은 4대 거장으로 손꼽히기도

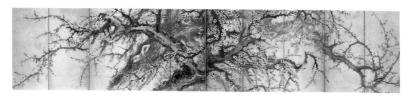

그림 1 장승업, 「홍백매도」, 종이에 엷은색, 90×433.5cm, 19세기 후반, 삼성미술관 리움

한다.[2] 그럼에도 불구하고, 장승업의 작품 중 국보 보물급의 지정문화재가 한 점도 없다는 점은 이치가 닿지 않는다. 「호취도」(삼성미술관 리움), 「홍백매도」(삼성미술관 리움), 「기명절지도」(국립중앙박물관), 「삼인문년도」(국립중앙박물관) 등 모든 장르에 걸친 다채로운 작품세계 가운데 대표작 혹은 기준작을 제시하는 데 있어서도 연구자들의 판단은 엇갈린다(그림 1).

장승업이라는 대가(大家)의 명성은 존재하되, 그의 작품이 명작으로서는 모호한 위치에 있다면 그 간극과 불균형을 어떻게 설명할 수 있을까? 이 글은 이와 같은 소소한 질문에서 시작되었다.

장승업 신화의 서막을 열다

오늘날 장승업 생애를 명확히 이해하고 재구성하지 못하는 데에는 19세기 후반, 즉 몰년으로 추정되는 1897년까지 장승업이 활동하던 당대의 기록이 전혀 없다시피 한 사실과 밀접한 관련이 있다.[3] 이후 1910년대 근대적 학문의 영역에서 일본인들에 의해 한국회화사가 통사적으로 서술되었을 때에도, 장승업은 그 대상이 되지 못했다.[4] 조선시대 자체나, 조선시대에 발달한 회화의 연구 비중이 크지 않았음은 물론, 특히 식민사관과 연동되어 조선 후기 이후의 화단을 평가절하했다는 점에서 원인을 찾을 수 있다.[5] 따라서 1910년 조선고서간행회에서 출간한 『조선미술대관(朝鮮美術大觀)』, 1911년 스기하라 사다키치(杉原定吉)의 『조선국보대관(朝鮮國寶大觀)』에서도 장승업은 기술되지 않았다. 다만 일종의 서화인명사전의 성격을 띠었던 요시다 에이자부로(吉田英三郎)의 『조선서화가열전(朝鮮書畫家列傳)』(1915)에서는 장승업이 단독 항목으로 등장하였으나, 아호(雅號)와 함께 "그림을 잘 그리고 연대경력이 상세하지 않다" 정도로만 소개되어 일본인들에게 장승업에 대한 정보가 충분하지 않았거나 혹은 상대적으로 큰 관심을 끌지 못했음을 알 수 있다.

이러한 가운데, 화가 장승업을 최초로 증언한 이는 장지연이었다. 그가 조선시대 중인을 비롯해 하층민들의 활약상을 모은 열전(列傳)으로 1922년 『일사유사』를 저술한 것은, 조선조의 신분차별을 망국에 이르는 폐습으로 보고 비판적인 입장에 있었기 때문이다.[6] 장지연은 장승업이 무반가문 출신으로 수표교 이응헌의 집에서 밥을 얻어먹고 지내며 처음 그림을 접하게 되었음을 밝혔고, 특히 왕실을 위한 어병(御屛) 십수 첩을 그리는 과정에서 술을 마시느라 임무를 채 마치지 못한 일화를 공들여 설명했다.[7]

실제 이 글은 1922년 『일사유사』가 출간되기 이전, 1916년 1월 30일 『매일신보(每日新報)』 「송재만필(松齋漫筆)」란에 먼저 수록되었다.[8] 따라서 본래 장승업 조(條)는 「송재만필」의 32번째 기사이며, 숭양산인(嵩陽山人) 장지연이 서술의 대상으로 삼았던 화가 중에서 첫 번째 순서로 입전(入傳)

되었다는 점이 주목된다.[9] 『매일신보』 「송재만필」은 6년 뒤 출간된 단행본 『일사유사』와 국한문 혼용체의 동일한 내용이 확인되는데, 다만 글 첫머리에 장승업의 본관을 기술함에 있어 차이점이 발견되어 주의를 기울일 필요가 있다. 그동안 『일사유사』에서 장승업의 본관을 '상원인(上元人)', 『근역서화징』에서는 '대원인(大元人)'으로 밝혔으나, 실상 오늘날 상원장씨(上元張氏), 혹은 대원장씨(大元張氏)가 존재하지 않기 때문에 학계에서는 장승업의 본관과 출신 지역에 대해 무성한 추측이 난무하다. 김용준은 중국에서 기원한 성씨로 추측해 덕수장씨(德水張氏)로 보기도 하고, 대원이라고 하는 황해도 안악의 지명에 근거해 장승업의 출신지를 황해도로 보기도 했다.[10]

그런데 장지연 생전의 기록이자, 원본이라 할 수 있는 『매일신보』에서는 장승업을 '인동인(仁同人)'이라고 기술하였다. 인동장씨(仁同張氏)는 27개의 분파를 가진 거대 가문으로, 계통이 다소 복잡하여 분적한 집안에서도 인동을 그대로 본관으로 쓰기도 하고, 환적한 예를 찾아볼 수도 있다. 따라서 장승업에 대해서는 과거 상원 혹은 대원이라고 하는 본관을 썼지만 20세기 전반에 이르면 인동장씨의 범주에서 이해되었던 가문 출신이라 보는 것이 타당할 듯싶다.[11] 더욱이 장지연 역시 인동장씨라는 점을 고려할 때, 장승업의 본관을 잘못 기록했을 가능성은 높지 않아 보인다. 장승업이 인동인이라는 1916년 기록에 의거하면, 조선 후기 화원과 역관들을 다수 배출한 중인 가문과 그 뿌리가 같다는 것이며, 인동장씨 가문의 대표적 화원 장한량(張漢良)과의 왕래는 물론, 역관들에게 의탁하고 후원을 받은 배경을 좀 더 쉽게 설명할 수 있겠다.[12]

곧 이은 1917년에는 최남선이 「예술과 근면」에서 예술론을 설파하면서, 장승업을 품격론의 대표적 예로 거론하고 있어 흥미롭다.[13] 이 글에서는 예술가에게 품격과 인격은 매우 중요하며 명리에 연연하거나 재욕에 탐식하지 말아야 함을 논했다. 이 과정에서 「송재만필: 일사유사」에서 기술한, 즉 황실에 어병을 그려 바치지 못했던 일화에 대해, 장승업이 왕과 부호를 구별하지 않았다는 점을 품격 있는 행동으로 추켜세운 것이다. 그림을 그려 받은 돈을 주가(酒家)에 맡겨두고 돈을 얼마나 썼는지, 남았는지 셈하지도 않았으니, 돈의 유혹에도 넘치는 작품을 피하고 권위의 억압에도 깨끗한 정조를 지켰다고 주장했다.

훗날에도 최남선은 장승업을 신운(神韻)을 서리게 하는 솜씨, 명언하기 어려운 묘(妙)를 지닌 거성(巨星)으로 평가하며, 조선 중기 조속(趙涑, 1595~1668), 정선, 김홍도와 함께 장승업에 의해 조선의 독특한 화법(畵法)이 성립되었다고 보았다.[14] 최남선은 장승업의 작품을 직접 소장하기도 했으며, 안중식의 제자 이용우를 '근세(近世) 오원(吾園)'이라고 불러 장승업을 환기해 냈을 만큼 장승업을 높이 평가했다. 이 점에 대해서는 최남선이 약재무역상 등을 통해 부를 축적한 중인 집안 출신이라는 점, 오세창과도 친밀한 관계에 있었다는 배경 또한 고려해 볼 수 있겠다.[15]

이처럼 장승업은 먼저 청국 역관들의 후원을 입어 폭넓은 작품세계로 입지를 굳혔으나, 생전의 관련 기록은 그 흔적을 거의 찾아볼 수 없으며 사후에야 『일사유사』처럼 하층민의 삶을 입전한 기록을 통해 화가로서 알려지게 되었다. 곧이어 최남선과 같은 대표적 중인 가문 출신 지식인의 지지를 받아, 후일 연구의 기초가 되는 1차 사료들이 작성되면서 장승업이라는 화가를 이해하는 큰 틀이 만들어졌다. 그리고 이제, 장승업을 논하는 데 있어 빼놓을 수 없는 존재로 해주오씨(海州吳氏) 가문과 오세창을 살펴보아야 할 것이다.

근대기 최고 감식안 오세창과의 인연

장승업과는 역관 오경연(吳慶然, 1841~76)이 먼저 인연이 있었는데, 그 역시 역관이었던 오경석(吳慶錫, 1831~79)의 아우이자, 오세창의 숙부이다. 즉 유명 역관들을 대대로 배출해 온 대표적 중인 가문이자, 19세기 예술계 최대의 후원자 해주오씨 집안이다. 장승업은 40대에 접어들면서 오경연의 집에 드나들었고, 이때 중국 명가(名家)의 서화를 접해 특히 기명절지에 흥미를 가지게 되었다.[16]

그 뒤를 이어 오세창은 그 누구보다 더 장승업과 교유가 깊은 주요한 후원자였다. 장승업은 인장을 곧잘 잃어버렸고, 오세창이 그의 도장을 새겨준 것이 한두 번이 아니었다고 한다.[17] 이처럼 친밀한 관계였던 오세창이 『근역서화징』에서 장승업을 상세히 서술하지 않은 것은 오늘날 연구자 입장에서 보면 안타깝기 이를 데 없다. 그렇지만 짧고 간결한 문장 가운데 눈여겨볼 만한 부분이 있다. 그림에 능(能)하지 못한 것이 없어 모든 화목(畵目)에 빼어났다는 평가를 내린 점이다. 수응(酬應)할 때는 즉석에서 절지와 기명을 많이 그려주었으며, 정치하게 그린 산수와 인물화는 더욱 보배로 여길 만하다고 장르별로 작품의 용도와 가치를 제시한 의의도 크다.

오세창은 교유관계가 넓어, 장승업의 제자로도 알려진 안중식과도 친분이 깊었다.[18] 안중식의 사망 이후에는 이도영(李道榮, 1884~1933)이 오세창과 긴밀한 관계를 맺었다.[19] 이도영은 안중식·조석진을 계승한 제자 중 최연장자로서, 스승의 타계 이후 이른바 동양화 1세대 작가인 이상범·노수현 등이 이도영에게 나아가 서화수업을 지속했다는 점에서 익히 그 계보를 파악할 수 있다.

「오원선생휘호도(吾園先生揮毫圖)」(1929)는 이도영이 장승업을 소재로 삼은 작품이다(그림 2). 이 그림은 안중식의 제자 이도영이 장승업을 역사 인물로 대상화하여 숭앙하고 자신의 계보를 굳건히 하는 의미로 해석된다. 그렇지만, 이도영이 그린 비슷한 포치의 작품 「완당선생제시도(阮堂先生題詩圖)」를 참고할 때, 이와 같은 이해를 비판적으로 점검해 볼 필요가 있다.[20] 김정희가 단정한 자세로 글 쓰는 모습을 묘사한 「완당선생제시도」는 이도영이 오세창에게 그려 올렸다. 오세창의 부친 오경석과 김정희의 관계를 생각해 볼 때 그 의미는 더욱 확장될 것인데, 「오원선생휘호도」와 「완당선생제시도」는 동일한 서체의 일곱 자 화제(畫題), 매화 화분과 인물로 구성된 실내풍경 등 상당한 유사성이 감지된다.[21]

더하여 「오원선생휘호도」는 오세창의 『근역서화징』의 서술에 완벽하게 의거하고 있다는 점이 특징적이다. "가는 곳마다 술상을 차려놓고 그림을 그려 달라고 하면 당장 옷을 벗고 책상다리하고 앉아 절지와 기명을 많이 그려주었다"라는 표현은 이 그림에서 완벽하게 시각화되었다. 현재 「오원선생휘호도」는 유복렬의 『한국회화대관』에 소개된 이후의 소재가 불분명하여 제발(題跋)을 완벽하게 판독할 수 없다는 한계에도 불구하고, 타인

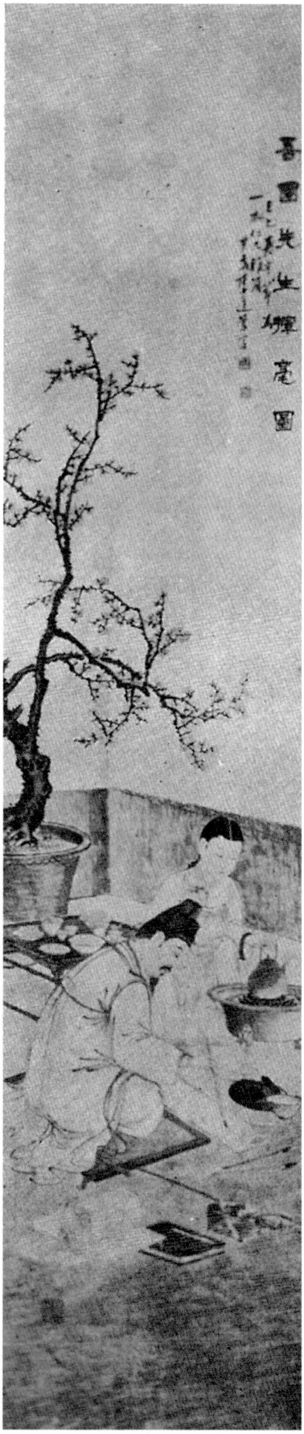

그림 2 이도영, 「오원선생휘호도」, 1929, 소재 미상

에게 그려 증정한 작품이라는 점만큼은 확인 가능하다.[22] 그러므로, 이 그림의 내용은 정황상 공급자의 입장이라 할 수 있는 이도영과 장승업의 관계보다는, 작품의 수요자와 장승업의 관계 아래에서 해석의 개연성이 높을 것이다.[23]

장승업-안중식-조석진 등 '동양화 1세대'를 포함한 근대화가들로 이어지는 계보와 선양의식은 오늘날 장승업의 명성을 떠받들어 온 중요한 원인으로 지적되어 왔다. 물론 안중식이 장승업의 작품에 남긴 글을 참고할 때, 장승업과 안중식의 관계는 오늘날의 스승과 제자 간의 관계는 아니더라도 사사의 의미가 충분하다. 그렇지만 근대기 안중식의 직계 제자들이 조선시대의 화원계보를 계승하는 장승업-안중식 계보가 성립하는 데 주도적인 입장을 견지한 것은 아니었으며, 적어도 해방 이전까지는 그 흔적을 찾아보기 어렵다. 1938년 화가 구본웅(具本雄, 1906~53)이 장승업의 뒤를 이은 작가로 안중식·이도영·지운영·이한복 등을 거론했지만, 안중식의 무릎제자인 이상범은 같은 해(1938년) 인터뷰에서 안중식의 스승은 누구였는지에 대해 질문을 받았고, 이에 "오원 장승업 씨였다 합디다"라는 단명한 대답만을 했을 뿐이었다.[24]

김용준의 장승업론: 예술가의 애주와 기행은 무죄

김용준은 이후 세대, 장승업의 가장 열렬한 추종자였다. 김용준과 친밀하게 교유하고, 『문장』을 통해 조선적 회화의 창출에 대해 의견을 나눴던 이태준(李泰俊, 1904~?)이 시기적으로는 먼저 장승업을 조선 후기 최고의 화가 김홍도와 같은 반열에 올려놓았다. 「단원과 오원의 후예로서의 서양화보담 동양화」에서 조선화의 부흥을 위해, 다름 아닌 조선 사람이 단원(김홍도)이나 오원(장승업)을 계승해야 한다며, 조선 회화의 모범으로서 장승업을 거론했다.[25]

김용준 역시 1939년 『문장』에 「오원일사(吾園軼事)」를 발표하면서, 장승업에 대해 한층 구체적인 찬사를 담아냈다.[26] 장승업의 「기명절지도 10폭병」을 대하고 나서 그의 패기, 치밀한 사실력 등 "오원화(吾園畵)의 일격에 고꾸러지고" 말았다고 소감을 전하기도 했다(그림 3).[27] 실제 이 시기를 즈음해 서양화가 김용준은 유화에서 수묵화로 전향하고, 전통미술에 큰 관심을 두었던 터였다.[28]

1949년에 출간된 김용준의 『조선미술대요』는 조선 미술사의 흐름에 장승업을 정식으로 자리매김시켜 놓았다. 장승업을 "국초(國初)의 안견, 후기 초두(初頭)의 김홍도와 아울러 3대 거장으로 우열을 다툴 만한 천재"로 명명하고, "혜성과 같이 빛난 존재로 그 두각은 구름을 뚫고 솟아오르는 달과도 같았다"라고 했으며, 장승업 이후에는 화단이 활기를 잃었다고 보았다.[29]

그러나 무엇보다도 김용준의 장승업에 대한 평가는 이전 시대의 서술과 여러 가지 면에서 차이점을 보이고 있음에 주목해야 한다. 먼저 김용준은 장승업의 화격(畵格)을 고매하다고 인식했다. 이는 김용준이 저술한 「시와 화」(1948)에서 단초를 찾을 수 있는데, 반드시 글을 많이 읽으라는 것이 아니며, 글씨를 알지 못하더라도 먼저 가슴속 고상한 품성이 필요함을 주

그림 3 장승업, 「기명절지도 10폭병」, 종이에 채색, 195.6×431.8cm, 1894, 메트로폴리탄미술관

장했다.[30] 이 품성이 문자향(文字香)이요 서권기(書卷氣)이며, 장승업의 그림은 여기에서 나왔다고 본 것이다.[31] 게다가 김용준에게 장승업은 화보만을 베낀 남화가 아닌 '사실적' 화풍을 추구한 화가로 비추어졌기에 더욱 특별한 의미를 지녔다. 장승업의 기명절지에서는 "해부해 놓은 고기의 무섭게 치밀한 사실력"에 충격을 받았다고 했으며, 그가 흔히 화단 앞에 앉아서 목단이나 작약 등을 열심히 사생하고 있었다는 이야기를 자주 들었다는 것이다.[32]

두 번째는 장승업의 기행(奇行)에 대한 시각이다. 김용준은 「오원일사」를 발표할 즈음, 이미 「화가와 기벽」에서 예술가의 기행에 대한 포용의 범주를 너그러이 넓혀놓은 바 있다.[33] 곧 이은 11월의 「한묵여담」은 '애주제가(愛酒諸家)'라는 소제목 아래, 화가들의 애주벽(愛酒癖)은 옛사람과 오늘날의 사람이 한결같음을 얘기했다. 애주와 함께 방만함, 세상일에 등한한 것을 예술가의 특성으로 꼽았으며, 이러한 기질이 없고서는 흔히 그 작품이 또한 자유롭고 대담하게 방일(放逸)한 기개를 갖추기 어려운 것이라고 했다.[34] 즉 김용준은 일반인의 기준에 닿지 않는 장승업의 기이한 행동과 무책임했던 삶의 모습에 대해, 대개의 관찰자들과는 달리 '예술가'의 측면에서 감싸안았던 것이다.[35]

인민적 격앙의 시대가 낳은 반항정신을 읽다

월북 이후 김용준의 장승업에 대한 이해는 그 결을 달리한다. 장승업이 세력에 아부하지 않고 자유분방한 행동을 하는 것을 사회적 모순에서 오는 반항정신으로 인식했다. "장승업의 돌연적 출현은 인민적 격앙의 시대가 낳은 필연적 출현이며, 예술가로서의 자유로운 권리이자 특징으로 보았던 기벽(奇癖)은 이제 사회제도의 계급적 대립과 그 모순이 심각해지는 데에서 오는 사회적 현상이며, 예술가들은 예민한 감정을 지녔기 때문에 갈등이 기벽으로 드러났다"라고 했다.[36]

장승업이 고종에게 진상할 병풍을 미처 완성하지 못한 사건에 다시 주목해 볼 수도 있다. 『일사유사』에 처음 소개되었을 때만 하더라도 술을 좋아하여 책임감을 다하지 못했던 부분이 강조되어, 이는 세상일에 얽매이지 않는 장승업의 자유로운 성정을 설명하는 대표적인 일화였다. 그러나 근대기 장승업을 선양했던 최남선과 이태준을 거쳐 김용준에 이르면 새로운 레토릭으로 자리 잡게 된다.[37] 특히 1946년에는 이를 '예술가다운 성질' 때문에, 즉 "고종 황제께서 명령하셨어도 끝내 그림을 그려드리지 않았다"라고 서술했으며, 1955년 북한에서 발행한 글에서는 "고종이 요구한 병풍도 수응하지 않았다"고 보아 능동적·주체적 의식의 발현으로 간주했다.[38]

그렇지만, 장승업이 일본인 자객이 명성황후를 분살한 데 격분하여 한평생 진고개로는 발걸음을 들여놓지 않았다는 일화는, 월북 이후에 처음 등장했다는 점에서 유의할 필요가 있다. 「오원일사」는 물론, 해방 이후 발간된 『조선미술대요』에도 언급되지 않았으나, 1955년 「조선화의 표현형식과 그 취제 내용에 대하여」에서 처음 살펴볼 수 있기 때문이다. "오원(장승업)이 왕가에 충심이 있었다는 것이 아니요, 그가 진실로 조국을 사랑하고 외적을 미워한 마음에서 나온 것"이라 했는데, 반일 감정을 드러내면서도 동시에 전제왕정을 거부하는 사회주의 체제적 시선이 반영되고 있다는 점도 흥미롭다.

1955년 이여성의 『조선미술사개요』에서도 장승업이 "침략자에 대한 불타는 증오심" 때문에 일본인 거주지 진고개를 단 한번도 밟지 않았다고 동일하게 언급한바, 오늘날에도 인용되고 있는 장승업과 진고개에 대한 일화는 북한학계가 장승업을 전통에서 조선화의 수립 과정으로 소환해 내는 노정(路程)의 비약적 해석이라 여겨진다.[39] 장승업이 역관, 화원들이 주로 활동하던 청계천 부근을 주무대로 활용했다는 점, 관수동 작은댁 집에 오고간 기록을 보아 일본인이나 일본인 거주지역과는 생활영역이 겹치지 않았거나, 혹은 왕래할 필요가 없었을 가능성은 물론 크다. 더욱이 명성황후가 시해된 해가 을미년 1895년이므로, 장승업의 몰년(沒年)까지는 2년이라는 짧은 시간밖에 남지 않아 '한평생'이라는 표현은 적합하지 않으며, 말년에 일본인 기자였던 우미우라 아츠야(海浦篤彌, 1869~1924)와 매일 만날 정도로 가깝게 지냈다는 이야기와도 상충하기에 재고해야 할 부분이라고 생각한다.[40]

중국 냄새 나는 그림에 대한 시선

해방 이후에도 박용구의 「풍류명인야화」(1959), 안춘근의 「오원의 예술과 자유」(1963), 정규의 「백지 앞의 유형수 장승업」(1965), 김영주의 「한국근대 인물백인」(1970) 등의 글에서 장승업의 생애는 꾸준히 재구성되었다. 대개로는 해방 이전의 자료들을 재인용하여 반복되었으며, 이외에는 장승업의 소실이 박성녀라는 기생이었다거나, 김은호의 말을 빌려 야주개 지전(紙廛)의 환쟁이였다고 하고, 유숙(劉淑, 1827~73) 스승설이 반세기도 훨씬 넘은 시점에 새롭게 등장했다.[41] 박노수는 이상범, 노수현과의 대담을 통해 장승업에 대한 일화들을 설명하고, 광주의 분원리·금사리에 도자기 그림을 그려 먹고살았다고도 덧붙였다.[42]

1969년에는 유복렬이 『한국회화대관』에서 장승업의 작품을 열여덟 점이나 싣고, 그동안 구술에 기반하여 생애사에만 치우쳐 있던 장승업을 각별히 조망했다. 1975년에 이르면, 간송미술관에서 장승업의 첫 단독전시회 〈오원(吾園)〉전을 개최하여 대가(大家)의 명성을 구체화했다.[43] 간송미술관은 장승업 작품의 최대 소장처라 할 수 있는데, 장승업의 대표적 후원자 오세창이 오늘날 전형필의 간송컬렉션의 구성에 큰 영향을 끼쳤다는 점은 결코 우연이라 할 수 없겠다.[44]

〈오원〉전에서는 「미산이곡도(眉山梨谷圖)」가 전시되었다. 이 작품은 전형필이 고고미술동인회에서 「이곡산장도(梨谷山莊圖)」로 발표한 바 있는 산수화이며, 1930년대 중반에 얻게 된 이 작품에 대해 장승업 작품으로서는 아주 드물게 만난 실경이라 소개했다(그림 4).[45] 전형필은 장승업이 진경산수나 풍속화를 그리지 않은 것을 섭섭하다고 했는데, 여기에서 조선시대 회화에 대한 1960, 1970년대 평가기준이 여실히 드러난다. 즉 우리 산천의 풍경과 풍습을 그린 진경산수 및 풍속화에 대한 가치가 더욱 강조되고, 이러한 시대적 분위기에 따라 장승업의 작품에서 실경 혹은 진경을 찾는 시도가 이루어졌던 것이다.

그림 4 장승업, 「미산이곡도」, 종이에 채색, 63×126.5cm, 19세기 후반, 간송미술관

특히 진경산수에 대한 대응항처럼 중국취가 거론되면서 장승업의 작품은 종종 평가절하되곤 했다. 조선 회화에 탁월한 식견을 보였던 이동주역시 「한국회화사」(1970)와 『한국회화소사』(1972)에서 장승업의 작품 가운데 사경산수(寫景山水), 풍속화가 전무하다는 사실을 드러내 지적했다. 중국 취미에 젖은 권력집안들의 요구에 의해 그렸던 산수화는 전통산수의 테두리 안에 안주하여, 정선과 김홍도와는 구별되는, 즉 옛 취미와 옛 전통에 빛난 과거를 의미한다고 판단했다.[46] 이 과정에서 19세기 화단을 쇠퇴기로 보았지만, 장승업의 노안도와 기명절지에 가치를 두기도 했다.

이경성과 이구열은 한국 근대미술 연구에 적극적인 행보를 이어가는 가운데, 장승업을 "중국의 눈으로 본 자연이나 대상을 아무 비판도 없이 화보나 작품을 통하여 모방"하고, 기량은 뛰어났으나 "중국화풍의 추종"으로 일관했다고 비판적으로 평론했다.[47] 이경성은 장승업의 시대를 "조선조가 마지막 숨결을 조용하게 거두는 환경"으로 이해하고, 장승업을 안견, 김홍도와 더불어 3대 거장으로 꼽은 것은 과대포장이라고 지적했다. 반면, 이에 대한 대안으로서 '기명절지도'의 근대성을 제시하며, 김용준과는 다른 시선으로 기명절지의 의의를 찾았다.[48]

이와 같이 장승업 작품에 대한 평가는 많은 변화를 거쳐왔다. 오세창을 필두로 초기의 기록들은 장승업의 기명절지는 수응용 화목에 불과함을 밝혔으며, 정교하게 묘사한 산수와 인물에 상대적으로 높은 가치를 부여했다(그림 5). 하지만 해방 이후에는 점차 정선과 김홍도의 '조선적' 화풍에 비견되면서, 장승업의 산수는 모화적, 전통회귀적이며 기교적인 것으로 받아들여지게 된다. 산수화와 인물화에 대한 평가가 뒤처질수록 오히려 '영모도'나 '기명절지도'에서 장승업의 가치가 재발견되고 있다는 점은 흥미로우나, 주로 주문에 수응해 즉흥적으로 제작되었던 '기명절지도'에 대한 오늘날 학계와 시장의 평가는 모호한 상태에 머물러 있다.

그림 5 장승업, 「방황자구산수도(倣黃子久山水圖)」, 비단에 엷은색, 151.2×31cm, 19세기 후반, 삼성미술관 리움

대가와 명작의 상관관계

예술적 기질이 충만한 천재화가로서의 신화를 반복하여 생산하는 가운데, 오세창의 안목으로 컬렉션의 기반을 다졌던 간송미술관에서는 장승업 특별전을 수차례 개최했다. 간송미술관 기획전, 문화관광부 '이달의 문화인물' 선정, 무엇보다도 임권택 감독의 영화 「취화선(醉畵仙)」(2002)의 대흥행으로 장승업에 대한 인지도는 높아졌지만, 대중은 장승업에게서 세속과는 분리된 자유로운 예술가로서의 모습만을 소비했다.[49]

중국 화보를 바탕으로 재현해 낸 정교한 작품들은 의미를 잃었고, 몇몇 예를 제외하고 나면 즉흥성, 현장성이 강조된 수응용 그림만으로는 조선조 3대 화가의 명성이 버겁게 느껴진다. 작품의 평가를 초월한 대가(大家)의 화명(畵名)은 오늘날 장승업 연구의 딜레마이다. 이에 점차 장승업은 안중식·조석진 화풍과의 연관관계 아래 전통시대와 근대기를 잇는 존재로서의 가치가 부각되고 있는 듯하다. 이와 같은 경향성은 1970년대 이후 근대미술사의 서술에서 꾸준히 관찰되었으며, 따라서 자유로운 성정으로 제자를 꾸준히 길러내지 못했을 것으로 여겨지는 장승업이 신개념 '오원화파'의 비조(鼻祖)로 자리매김하기에 이른다.[50]

화맥과 화파, 조선 왕조 회화의 마무리와 근대의 첫머리로서의 역할이 아닌, 오늘날 장승업이라는 화가에 대한 미술사적 연구는 실상 큰 진전을 보지 못하고 있다. 자제(自題) 및 낙관의 표기가 드물어 화풍의 양식적·시대적 변화를 지적해 내기도 쉽지 않다. 이 경우에는 작가의 생애사(生涯史)가 작품연구에 있어서도 지대한 영향을 끼치고 있는데, 술을 좋아하는 장승업의 성정, 이로 인해 작품을 채 마무리짓지 못할 때도 있었다는 구술, 글을 알지 못하여 낙관을 하지 않거나 대리낙관을 했다고 알려져 있는 점 등은 태작(駄作)에 대한 변명이 되기 때문이다. 여기에 진위문제가 계속 제기되고 있다는 점도 간과할 수 없다.[51]

그리고 대중에게 각인된 장승업이라는 대가의 모습과 명작의 괴리, 중국풍의 정교한 산수화 혹은 호방한 '기명절지도'로 대표되는 화풍과 위상의 문제 등을 떠올릴 때, 안타깝게도 장승업에 대한 숙제는 여전히 우리에게 남아 있다.

후기

장승업의 대표작이 무엇일까 스스로 질문을 던져보았다. 순간 「홍백매도」가 떠올랐다. 붉은 매화와 흰 매화가 한 가지에서 꽃망울을 틔우고, 채색이 닿지 않은 수묵의 꽃송이까지 군데군데 더해진 매화나무는 예술가의 창조물이다. 집게다리 세 개짜리 게를 그려놓고 남들과 똑같이 그려 뭐하겠나 했다는 장승업에게 충분한 세계일 것이다. 거칠면서 포근하고, 성글면서 오밀조밀한 이 그림 앞에서 나는 황홀한 환상과 은은한 봄날의 향기를 맡곤 했다. 예술가의 흔적을 찾아 주위를 맴도는 것만 같은 연구자의 숙명에, 때로 한계를 느끼지만, 이렇게 놀라운 작품들을 통해 화가의 이야기에 귀를 기울이노라면, 예술 주변에 서 있는 것만으로도 감사하지 않을 수 없다.

장승업은 수많은 이들에게 사랑을 받았지만, 그의 살아생전 아무도 그에 대한 기록을 제대로 남기지 않았고, 장승업은 글을 몰랐기에 자기 자신을 변호하지 못했다. 장승업의 성정으로 보자면, 훗날 자신의 모습이 어떻게 비춰질지 염려하지 않았을 것 같지만 말이다. 그래서 더욱 장승업과 그를 기록했던 선학들의 발자취를 짚어보았던 지난 1년은 연구자로서 말과 글의 무게를 체감하는 의미 있는 시간이었다.

재미있는 기억은, 연구 내내 줄곧 영화 속 장승업 역의 배우가 머릿속 내 글의 시나리오를 연기하고 있는 걸 깨달았을 때이다. 독자들도 이 글을 읽으면서 나와 같은 경험을 하지 않았는지 궁금해진다. 부끄러운 이 글을 통해, 술병을 들고 지붕에 올라앉은 장승업의 이미지가 그의 모든 것은 아님을, 한번쯤 되새겨주기를 소망한다. 무엇보다도 이 글을 마무리하면서, 최고의 화가들과의 신나는 여정을 함께한 동료 연구자들에게 깊은 감사를 전한다.

8. 조선 후기 서화시장을 통해 본
명작(名作)의 탄생과 위작(僞作)의 유통

서
윤
정

서윤정

서울대학교 고고미술사학과에서 미술사를 전공했으며, 미국 캘리포니아주립대학교(UCLA)에서 조선시대 궁중회화를 주제로 박사학위를 취득, 동대학교 및 베를린 자유대학에서 동아시아의 시각문화와 미술사를 가르쳤다. 현재 명지대학교 인문대학 미술사학과 조교수로 있으며, 조선 후기 궁중회화와 동아시아 관점에서 본 한국회화와 물질문화에 관해 연구를 하고 있다. 최근 논문으로는 「조선 후기 외교 선물로 전해진 청과 서양의 예술과 물질문화: 정조대 후기 사행을 중심으로」(2019)와 "A New Way of Seeing: Commercial Paintings and Prints from China and European Painting Techniques in Late Chosön Court Painting"(2019)이 있으며, 공저로 A Companion to Korean Art(2020) 등이 있다. 현재 한국학중앙연구원의 지원으로 "The Art of Diplomacy: Material Culture and the Practice of Gift Exchanges in East Asia" 프로젝트를 진행 중이다.

명작과 위작의 탄생

명작(名作)의 정의와 작품에 대한 평가는 시대에 따라 달라지고, 명작을 탄생시키고 그 명성을 유지하는 데에는 여러 가지 사회문화적 이유와 경제적 가치를 비롯한 물질적·심미적·철학적 기준이 복잡하게 작용한다.[1] 명작은 어떻게 정의할 수 있으며, 위작은 누구에 의해서 어떻게 제작될까? 이 글은 미술사에서 끊임없이 제기되어 온 명작의 조건과 의미, 위작의 제작과 유통에 관련된 사회문화적 현상을 서화애호 풍조와 수장, 감식활동이 활발했던 조선 후기 18세기의 서화시장을 통해 살펴보고자 한다. 명작은 그림의 우열을 가리고 화가의 우위를 평가하는 동양 특유의 화론(畵論)의 전통과 그 맥을 같이하고 있으며, 가짜그림, 이른바 위작의 등장은 미술품의 소장과 미술시장을 전제로 한다. 중국에서는 2세기 무렵부터 글씨가 감상의 대상이 되었고, 4~5세기 무렵에는 글씨를 모사하고 복제할 수 있는 전문적인 방법이 개발되기도 하였다.[2] 서화의 경우 위작의 제작은 16세기 말 명대(明代)에 이르러 쑤저우를 중심으로 하는 강남지방의 경제력을 바탕으로 급부상한 상인계층이 골동서화 수집에 몰두하면서 이에 대한 수요와 함께 급증하였다. 옛것을 귀하게 여기고 숭상하는 취향으로 인해 당대의 미술품보다 고대의 예술품을 소장하려는 강한 열망과 유명 작가의 명화와 고전을 소유하려는 고객들의 과시욕은 이전과는 비교할 수 없이 고서화에 대한 폭발적인 수요를 불러일으켰다. 그러나 상인계층의 경제적인 구매력과는 별도로, 그들이 가지고 있는 고서화에 대한 지식이나 골동품에 대한 감식안은 미천하여 값어치 없는 위작에 많은 재화를 탕진하곤 하였다.

이러한 명말 고동서화(古董書畫) 수집 및 감상의 풍조는 18세기 조선시대의 사회 분위기와 매우 흡사하다. 18세기 전반에는 이하곤(李夏坤, 1677~1724), 신정하(申靖夏, 1680~1715), 남유용(南有容, 1698~1773), 김광수를 비롯한 노론계 경화사족(京華士族)과 소론의 일부 인사들이 이를 주도하였는데, 이러한 열기는 경기 지역의 남인과 소북계 문인들 사이에서도 찾아볼 수 있다. 또한 이 무렵에는 연행사절단을 통해 들어온 중국의 고동서화가 조선에 다수 유입되었고, 18세기 후반에는 윤동섬(尹東暹, 1710~95), 홍양호(洪良浩, 1724~1802), 박지원(朴趾源, 1737~1805), 이서구(李書九, 1754~1825), 유만주, 남공철 등이 대수장가이자 서화 감평가로서 활발한 저술활동을 하였다. 18세기 후반에 이르게 되면 경화사족뿐만 아니라 서얼 출신 문인들에게도 서화골동 취미가 확산되면서, 서상수(徐常修, 1735~

93)나 성대중과 같은 지식인들 사이에서도 서화애호벽이 널리 퍼졌다. 18세기 후반 최대 서화 수장가 김광국은 의관 출신이었고, 김홍도의 후원자였던 김한태(金漢泰)는 역관 출신의 거상이었다. 기술직 중인과 상인층으로 확산된 고동서화 수집과 감상의 풍조는 진정한 '감상가(鑑賞家)'와는 구별되는 물건을 수집하는 데만 열을 올리는 '호사가(好事家)'를 배출하며 사회 문제가 될 정도였다. 18세기 말에는 이러한 풍조가 지방의 향리와 이름 없는 여항의 소년에게까지 퍼졌을 정도로, 전국적으로 유행하여 호사 취미의 필수적인 요소가 되었다.[3]

명작, 그림을 평하고 내력을 논하다

명작, 혹은 좋은 작품은 어떤 기준으로 판단할 수 있을까? 그 기준은 시대와 장소에 따라 변하기 마련이지만, 화가와 작품을 평가하는 화론서와 품평론에 사용된 특정한 용어들을 통해 그 대략을 추정해 볼 수 있다. '명작'이라는 단어가 등장하는 이른 시기의 중국 화론서로는 동진의 화가이자 서화 이론가인 고개지(顧愷之, 345?~406)가 저술한 『위진승류화찬(魏晉勝流畫贊)』이 있는데, 이 비평서에서 고개지는 21폭의 회화작품을 평가하였다. 그에 의하면 좋은 작품에는 마땅히 생동하는 기운과 자연스러움, 필력과 뛰어난 기골, 인물의 구성과 배치, 기세, 교묘하고 공교로움, 자연스러운 뜻의 표현 등이 드러나야만 한다고 하였다.[4] 고개지는 특히 진(晉)나라 화가인 위협(衛協, 265~316)의 「북풍시도(北風詩圖)」가 교묘하고 정밀하여 정

성을 들인 명작이라고 평가하였다.[5]

평가를 의미하는 '품(品)'자를 사용하여 그림을 평한 최초의 화론서로는 중국 남제의 화가 사혁(謝赫)의 『고화품록(古畵品錄)』을 들 수 있다. 그 서문인 「고화품록서(古畵品錄序)」에서 사혁은 그림의 여섯 가지 법인 기운생동(氣韻生動), 골법용필(骨法用筆), 응물상형(應物象形), 수류부채(隨類賦彩), 경영위치(經營位置), 전이모사(傳移模寫)에 대해 설명하고, 이 육법을 모두 잘 갖춘 자는 드물고, 오직 송나라 화가 육탐미(陸探微, ?~485?)와 진나라 화가 위협만이 고루 갖추었다고 평하였다. 실제로 사혁이 일품(一品)으로 평가한 육탐미와 조불흥(曹不興), 위협, 장묵(張墨), 순욱(荀勗)에 대한 서술을 살펴보면, "사물의 이치를 궁구하고 타고난 본성을 다해 천리에 이른다", "육법을 두루 갖추어 뛰어나다", "풍모와 정세가 신묘한 경지에 달하다"라고 표현한 후 이러한 화가의 작품만이 일품에 꼽을 만하다고 하였다.[6] 사혁은 신운기력(神韻氣力), 신운(神氣), 생기(生氣) 등을 꾸준히 강조하며 이들 요소가 작품 속에 잘 표현되어야 훌륭한 작품이라 할 수 있다고 주장하였다. 『고화품록』이 삼국시대에서 제(齊)와 양대(梁代)까지의 화가 스물일곱 명을 이와 같은 기준으로 제1품부터 제6품까지 구분했다면, 당대 주경현(朱景玄)은 『당조명화록(唐朝名畵錄)』에서 당나라 시대 화가 124명에 대해 품평하면서 신(神)·묘(妙)·능(能)의 3품을 적용하고, 각 품에 다시 상·중·하를 두어 전체를 9등급으로 나누어 평가하였다. 그는 신·묘·능 품의 기준으로 평가할 수 없는 화가에 대해서는 일품(逸品)이라는 별도의 기준을 제시했는데, 송대 황휴복(黃休復)의 경우 『익주명화록(益州名畵錄)』에서 신품 위에 일품을 놓아 4품을 형성하기도 하였다. 당대 장언원(張

彦遠)도 『역대명화기(歷代名畫記)』에서 상고시대부터 당대에 이르기까지의 화가 372명의 전기와 품등을 논하였다. 그는 상품의 상을 최고의 경지인 자연(自然)이라고 하고 상품의 중을 신(神), 상품의 하를 묘(妙), 중품의 상은 정(精), 중품의 중은 근세(謹細)라고 하는 삼품구급론을 전개하였다.[7] 이들 화론서에서 높이 평가되는 작가 또는 작품을 서술할 때에는 공통적으로 전신(傳神), 기운생동(氣韻生動), 신운(神韻), 천인합일(天人合一) 등의 개념이 반복적으로 등장한다. 전신 혹은 신사(神似)는 고개지의 '이형사신론(以形寫神論)' 즉 형체를 제대로 묘사함으로써 그 정신을 표출할 수 있다는 예술론에서 출발한 것으로, 묘사 대상에 내재된 정신의 본질과 그 속성을 드러내는 것이 작품의 핵심적인 요소임을 강조한다. 또한 기운생동은 대상이 가지고 있는 생명, 즉 본질을 생생하게 그려내는 것으로, 원대의 학자 도종의(陶宗儀)가 『철경록(輟耕錄)』에서 정의한 바와 같이 "공교함으로 꾀할 수 없는 천부적인 자질에서 나오는" 것으로 신품을 이루기 위한 조건인 것이다.[8] 그러나 이러한 형이상학적인 개념은 서화가들과 그들의 작품을 신비화하는 데 일조하지만, 실상 이 추상적인 용어들이 실질적으로 서화를 감정할 때에는 적용되지 않는다.[9]

사혁과 장언원의 품등론은 조선 후기 화론서에도 자주 인용되며 조선시대 작품 평가의 중요한 기준이 되었다. 신흠(申欽, 1566~1628)이 화원화가 나옹(懶翁) 이정(李楨, 1578~1607)에게 보낸 편지에서 그림에는 절품(絶品)과 묘품과 신품이 있는데, 절품과 묘품은 사람의 공정이 극에 달하면 도달할 수 있으나, 신품은 천지의 조화를 이루어야만 가능한 최상의 경지라고 언급하였다.[10] 조선 후기 실학자인 서유구(徐有榘, 1764~1845)는 원대의 화가 황공망의 「부춘산거도(富春山居圖)」를 신품이라고 평하고, 남공철은 중국 오대의 화가 서희(徐熙)가 신품, 황전(黃筌)이 묘품, 황거채(黃居寀)가 그다음이라고 평가하였다.[11] 이러한 품평론은 개별적인 작품에 대한 평가라기보다는, 작품을 형성하는 바탕인 작가의 인격과 정신적 측면, 필묵의 운용, 화면에 투사된 인격과 정신의 깊이를 작품의 품격과 결부시키는 전통적인 동양의 회화관에 바탕을 둔 것이기 때문에 서양에서 말하는 개별적인 작품에 대한 비평이라기보다, 작가의 인격과 작가의 전반적인 역량에 대한 평가를 나타내는 경우가 많다. 그러나 일반적으로 신품이라고 평가되는 작가의 작품은 시장에서 높은 가격을 형성하는 경우가 많았다. 명말 후이저우(徽州) 상인이었던 오기정(吳其貞)의 『서화기(書畫記)』에 실린 작품 중 가장 높은 가격의 회화는 북송대 화가인 이공린(李公麟, 1049~1106)이 비단에 그린 「연사도(蓮社圖)」로 당시 은 1,000냥을 호가하였는데, 이 작품에 대해 "고대에도 오늘날에도 없는 제일의 신품"이라고 평가하였다.[12] 이는 서성(書聖)이라고 일컬어지는 동진의 왕희지가 쓴 『황정경(黃庭經)』과 당나라 승려 회소(懷素, 725~785)의 『자서첩(自敍帖)』의 가격과 맞먹는 고가였다.

위작은 누가 어떻게 만들까

가짜, 거짓이라는 뜻의 '안(贗)'과 '위(僞)' 자는 진짜가 아닌 가짜라는 의미로 자주 사용되는 한자어로, 미술에서 진작이 아닌 작품을 일컬을 때 빈번하게 사용된다. '안(贋)'은 위조한 책(贋本), 위조된 물품(贋品), 위조된 글씨(贋筆) 등 주로 예술과 관련된 단어에 사용되는 경우가 많고, '위(偽)'는 가짜 작품(偽作), 가짜 책(偽書), 위조화폐(偽幣), 정통을 이어받지 못한 왕조(偽朝) 등에서 볼 수 있듯, 보다 폭넓은 의미로 다양하게 사용된다. '안(贋)'과 '위(偽)' 모두 원본이 아닌 가짜의 의미를 내포하고 있으나 전자의 경우 진짜가 아닌 상태의 의미를 강조한 반면, 후자의 경우 위법적이고 기만적인 행위나 물건의 배후의 숨겨진 불순한 의도, 혹은 그 상황을 지칭하는 경우가 많다. 이 두 가지 용어가 윤리적인 가치판단이 개입된 데 비해, 모(摹), 임(臨), 방(倣), 조(造)는 역시 모두 '진짜'가 아니라는 의미도 있지만, 동아시아의 전통적인 학습과 창작의 일환으로서의 '모사'라는 보다 중립적인 의미로 사용되었다.[13] '모(摹)'는 대상 작품 위에 종이를 얹고 투사하여 베끼는 것으로, 거의 원작과 동일한 형태의 복제품을 만들 수 있는 방식이다. '임(臨)'은 원작을 마주 보고 자유롭게 손으로 그 형태를 흉내 내어 옮기는 것으로 원작을 바탕으로 모사가의 필치를 융합시킬 수 있는 방법이다. '방(倣)'은 서화가의 풍격을 따라 그리는 사람이 자유롭게 그려내는 방식으로 서화가의 필치를 재해석하는 과정이 동반된다. '조(造)'는 서화가의 화풍을 채택하여 이를 바탕으로 새로운 작품을 창안해 내는 것으로, 이 과정에서 제작하는 사람의 시대양식이 반영되기 마련이다.[14] 모(摹), 임(臨), 방(倣), 조(造) 등의 방식을 통해 모사된 복제품은 본래 위조를 목적으로 제작되지는 않았으나, 나중에 다른 불순한 의도에 의해 위작으로 둔갑하는 경우가 종종 생기게 된다. 이 경우 보통 더 유명한 화가의 이름이나 서명을 대신 써넣거나(改款), 하나의 작품을 나눠서 여러 개로 만들거나(一分

爲二), 원작에 가짜 제발을 더하는(眞畵假跋) 등의 방법이 예로부터 종종 사용되었다.[15]

이와는 달리 처음부터 가짜를 목적으로 위작을 제작하는 경우도 있는데, 소주편(蘇州片), 하남조(河南造), 장사화(長沙貨) 등 특정 지역의 전문 공방에서 직업 화가들에 의해 만들어지는 경우가 여기에 해당한다. 처음부터 위조를 의도한 경우 어떤 그림이 대상이 되며 어떻게 작품이 제작이 되는 것일까? 위조의 모델이 되는 작품은 물론 당시 서화시장에서 수요가 높았던 고대의 유명한 화가의 명작들이었다. 그러나 실상 화론서에서 상찬되던 당·송대 이전의 명화는 극히 드물었고 따라서 이러한 그림은 높은 가격으로 팔렸고 이 때문에 위조의 대상이 되었다. 17세기 초반의 중국의 서화 감평가였던 고복(顧復)은 대진(戴進, 1388~1462)과 여기(呂紀, 1429~1505), 임량(林良, 1424?~1500?)과 같은 명대 화원화가의 작품이 당시에 이미 서화시장에서 보기 어려웠는데, 이는 사람들이 속여서 비싼 값에 팔기 위해 명대 화원의 관서와 인장을 지우고 송대 사람의 것으로 바꾸었기 때문이었다.[16] 또 청대 중기가 되면 전문적으로 송·원대 회화를 위조하는 공방이 쑤저우에 등장하며 그들은 보다 정교한 기술을 사용하여 위작을 제조하는데, 이러한 위작의 범람은 수장가, 감평가, 서화가 모두에게 상당한 부담이 되었다. 결국, 위조를 방지하기 위해 청초의 수장가 고사기(高士奇, 1644~1703)는 자신의 서화 수장품 목록인 『강촌소하록(江村銷夏錄)』에서 작품의 비단과 종이의 치수, 인장의 수까지 세세히 기록했으나, 위조자들은 이 기록에 맞추어 비단과 종이를 마련하고 인장을 제작하여 더욱 정교하게 작품을 위조하였다.[17] 정확한 기록의 존재는 작품의 진위를 가리는

데 중요한 역할을 하지만, 동시에 위조자에게 위조의 기준이 되는 명작의 정보를 제공하기도 한다. 이와 같이 기록을 바탕으로 작품을 위조하는 경우, 위조자들은 진품을 보지 못했기 때문에 작품을 자신이 상상하는 대로 자유롭게 그렸고, 이로 인해 원본과 상당히 동떨어진 결과물을 만들어 냈지만 서화의 잠재적인 소비자 역시 진품을 볼 수 있는 기회가 없었던 것은 마찬가지였기 때문에 크게 문제가 되지는 않았다.

화보와 화론서: 명작의 교과서, 위작의 지침서

다양한 종류의 화보와 화론서는 진작을 볼 수 없는 다수의 수장가와 서화 고객에게 체계적인 감정의 기준과 고서화와 명화에 대한 간접적인 감상의 기회를 제공하며 서화에 대한 객관적이고 실증적인 정보를 주는 한편, 위조가에게도 동일한 정보를 주어 보다 그럴듯한 위작을 만들 수 있는 근거를 제공한다. 또한 인쇄물로 출판되어 대량으로 유포되는 화보와 화론서, 수장가의 서화 소장품 목록 등은 그 자체로 진위와 명작, 대가를 분별하는 지식의 전범으로서 권위를 갖게 된다. 이는 명말 송강 출신의 문인 장태계(張泰階)의 『보회록(寶繪錄)』(1633)의 예를 통해서도 알 수 있다. 이 책은 장태계가 소장한 아흔여 명의 대가가 그린 200여 점의 작품에 대한 자세한 기록을 담고 있는데, 오나라의 조불흥부터 전자건(展子虔), 당대 염립본(閻立本, 601~673), 왕유(王維, 699~759), 이소도(李昭道, 675~758), 남당의 거연(巨然, ?~?), 원대의 전선(錢選, ?~?)과 황공망 등의 작품이 망라되어 있다.

그러나 이 책은 장태계가 위조한 것으로, 저자는 한발 더 나아가 이 기록에 의거하여 작품을 위조하여 경제적 이득을 취하기까지 하였다. 흥미로운 점은 장태계의 『보회록』은 18세기부터 청대 학자들에 의해 위조된 책으로 판명되었음에도 불구하고, 중국미술사의 권위 있는 책으로 전해져 대다수의 위조자들이 여기에 수록된 제발을 참조하여 작품을 위조하였다는 점이다.[18] 장태계의 예를 통해 볼 수 있듯이, 책으로 인쇄된 서화록류의 기록은 서화시장에서 큰 권위를 지니게 되며, 이를 통해 명화나 대가의 명성과 작품이 후대에 전해지게 되었다. 결국 이러한 과정에서 정보매체를 독점하고 정보를 형성하고 지식을 생산·유통하는 주체는 주로 서화에 관한 지식을 갖춘 문인들이었다. 이들에 의한 명작 혹은 명화의 기준이 다양한 형태로 진작 위에 쓰인 제화시, 화론서나 수장목록의 인쇄본, 이를 바탕으로 제작한 위작 등이 확대·재생산되었다.

이외에도 대필이나 잘못된 전칭으로 인해 위작의 문제가 불거지기도 했는데, 제자나 후손이 대필을 하는 경우에는 문제가 조금 복잡해진다. 명대의 문인화가였던 심주(沈周, 1427~1509)와 문징명(文徵明, 1470~1559), 당인(唐寅, 1470~1524), 동기창 등은 대필화가를 고용하거나 종종 제자들에게 작품을 제작하도록 한 뒤 자신이 서명하여 밀려드는 주문에 응대했다고 전해지고,[19] 정선이 간혹 아들에게 그림을 대신 그리게 하였다거나 이광사(李匡師, 1705~77)가 간혹 자신과 글씨를 흡사하게 쓰는 제자에게 대신하게 하고 자신의 인장을 찍기도 하였다는 기록에서 대필이 명말과 조선 후기 문인 사이에서 종종 벌어지고 있었음을 알 수 있다.[20]

조선 후기 서화 감식론의 선구자들

조선 후기에는 완물상지를 경계하는 사회 분위기에서 서서히 벗어나 서화 수집에 대한 긍정적인 분위기가 나타나며, 방대한 서화를 수집하고 정리하는 등 적극적으로 수집과 비평 활동을 하며 전문적인 감식안을 갖춘 서화 수장가가 등장하였다. 이들에게 서화 수장과 감상은 아취 있는 생활의 일부로 인식되었고, 중국에서 유입되는 서화 관계 저서와 서화 관련 내용이 수록된 백과사전식 저록류의 탐독을 통해 보다 전문적인 서화의 수장과 감상에 대한 지식을 쌓고 이를 바탕으로 방대한 저술과 감평 활동을 하였다.[21] 윤두서의 『공재선생묵적(恭齋先生墨蹟)』은 조선 후기 문인들이 중국 화론서를 통해 서화 수장과 감상에 대한 정보를 체계적으로 수집하고 정리하기 시작했음을 보여 주는 귀중한 사례이다. 현재 국립중앙박물관에 소장된 이 자료는 명나라 전여성(田汝成, 1503~77)이 지은 『서호유람지여(西湖遊覽志餘)』와 원대 화가 황공망의 『사산수결(寫山水訣)』, 왕역(王繹)의 『사상비담(寫像秘談)』, 명대 고염(高濂)의 『준생팔전(遵生八牋)』의 「연한청상전(燕閒淸賞牋)」 중의 내용을 발췌하여 필사한 것이다.[22] 이 가운데 「연한청상전」은 한가한 삶을 사는 데 필요한 풍류를 위한 고동서화 및 문방기구의 수집과 감상에 관한 상세한 정보를 서술한 명대 고동서화에 관한 핵심문헌으로, 당시 문인들의 골동품 수집과 감식 활동의 공구서(工具書)와 같은 역할을 하였다. 「연한청상전」에는 고동서화의 진위와 감정, 비단을 판별하는 방법, 그림의 수장과 감상 및 보관 방법 등 고동서화의 수집과 감상, 감식에 관한 실용적인 지식을 총망라하는 지침서로, 이 문헌은 이후 서유구의 「이운지(怡雲志)」에도 폭넓게 인용되어 조선 후기 감식론 형성에 큰 영향을 끼쳤다.

조선 후기 최초의 예술품 소장가이자 감상학의 선구자라고 할 수 있는 인물인 김광수는 남의 집에 소장된 것이면 중국 것이나 우리나라 것이나 할 것 없이 그의 눈을 거치지 않은 것이 거의 없을 정도로 많은 물건을 보았고, 그 경험을 토대로 물건의 출처와 속됨과 우아함을 능히 분별할 수 있었기 때문에 작품을 반도 펼쳐보기 전에 진품인지 가짜인지 즉시 판단할 수 있을 정도로 감식안이 뛰어났기 때문에 그가 소장한 작품 모두 뛰어났다고 한다.[23] 이 기록에서는 김광수가 어떤 방식으로 진위 여부를 판단하는지에 대해서는 구체적으로 기술하고 있지 않으나, 그가 많은 서화를 수장하고 감상하면서 경험적으로 축적한 지식과 안목으로 진위 여부를 판단한 것으로 보인다. 조선 후기 의관이자 서화수집가로 자신이 수집한 서화로 『석농화원』을 꾸민 김광국의 경우 그림을 볼 때 '신(神)'으로 하고 '형(形)'으로 하지 않는다고 하였는데, 이는 형사(形似)보다는 전신(傳神)을 중시하는 전통적인 서화 감상관에서 기인한 것이다.[24] 김광수와 김광국의 감식 방법이 추상적으로 기술된 데 비해 이하곤은 주희(朱熹)의 서첩을 감정할 때 종이의 질을 통해 작품의 진위를 검증하는 실증적인 방법을 적용하였다. 이하곤은 주희의 글씨가 쓰인 종이색이 오래되지 않고 매우 얇고 조악하여 송나라의 종이가 아니기 때문에 가짜임을 의심할 여지가 없다고 판단했다. 조선 사람들이 주희를 경모하여 그 글씨를 아끼는 마음이 큰데 이를 이용하여 중국인들이 모본을 많이 만들어 비싼 값에 팔았는데, 당시 이하곤이 이러한 위작을 많이 보았다고 기술하고 있다.[25]

18세기 후반에는 보다 본격적으로 서화 수장과 감식에 관한 저술이 등장하였다. 박지원의 「필세설(筆洗說)」과 남공철의 「서화발미(書畵跋尾)」, 서유구의 「유예지(遊藝志)」와 「이운지」, 성해응(成海應, 1760~1839)의 「서화잡지(書畵雜誌)」 등은 조선과 중국의 역대 서화와 명화에 대한 제나 발, 서화, 골동품의 진위와 감식에 관한 문제를 다룬 글이다. 이 글들은 사혁의 『고화품록』, 장언원의 『역대명화기』, 형호(荊浩)의 『산수부(山水賦)』, 곽약허(郭若虛)의 『도화견문지(圖畵見聞誌)』, 미불의 『화사(畵史)』, 조희곡(趙希鵠)의 『동천청록집(洞天靑祿集)』, 주밀(周密, 1232~1308)의 『계신잡지(癸辛雜識)』, 탕후(湯垕)의 『화감(畵鑑)』을 비롯하여, 명대 모일상(茅一相)의 『회묘(繪妙)』, 고염의 『준생팔전』, 막시룡(莫是龍, 1539~87)의 『화설(畵說)』, 강소서(姜紹書)의 『운석재필담(韻石齋筆談)』, 유체인(劉體仁, 1618~77)의 『칠송당식소록(七頌堂識小錄)』, 청대 방훈(芳薰)의 『산정거화론(山靜居畵論)』, 공현(龔賢, 1618~89)의 『화결(畵訣)』 등 중국 서화사의 주요한 이론서와 골동품 감상학의 중요한 서적들이 방대하게 인용되어 당시 중국의 화론과 감상학에 대한 지식이 폭넓게 조선에 유입되었음을 알 수 있다.[26] 특히 명말청초에 간행된 서화골동에 관한 전문서적들은 체계화된 비평의 토대를 마련해 주었다. 이를 바탕으로 이 시기에는 작품의 진위, 제작연대, 재료, 제작기법, 소장 방법과 보관법, 예술사적 가치와 관련된 담론 등 다양한 영역에 걸친 객관적이며 실증적인 태도를 바탕으로 한 예술 감상학과 비평학이 성립되었다.[27]

서유구의 『임원경제지』: 조선 후기 서화 감식론의 새로운 지평

서유구의 『임원경제지(林園經濟志)』, 「이운지」 권6은 조선시대 감상학의 성립과 경향을 가장 잘 보여 주는 중요한 자료이다.[28] 명화를 논하는 장인 '그림감상(論賞鑑)'에서 장언원의 『역대명화기』와 미불의 『화사』를 인용하며 호사가와 감상자의 차이를 언급하며 안목의 중요성을 강조한다. '그림을 보는 법(看畵法)'에서는 인물화, 화훼, 영모, 산수, 옥우 등의 그림을 감상하는 방법을 조희곡의 『동천청록집』을 인용하며 설명하고 있다. 중국의 화론서인 고염의 『준생팔전』, 모일상의 『회묘』, 탕후의 『화감』을 발췌하며 형사(形似)보다 신기생동(神氣生動)이 중요하며 그림을 볼 때 먼저 기운을 보고, 다음으로 필의, 골법, 위치, 채색을 본 뒤에 형태의 유사함을 살펴야 한다고 기술하고 있다. '옛 그림에 사용된 비단(論古畵絹)'에서는 허베이와 강남 지방의 비단, 옛날 비단과 위조된 비단, 당대의 비단과 송대의 비단을 구분하는 방법을 『동천청록집』, 『화사』, 『회묘』를 인용하여 설명하였다. '그림을 수집할 때 고려할 등급(收蓄品第)' 조에서는 시대에 따른 화목의 애호 변화를 보여 준다. 원대 탕후의 『화감』을 인용한 부분에서 그림을 수집할 때는 도교나 불교를 소재로 한 그림을 최고이며 그다음이 인물화·산수화·말그림 순이라고 하지만, 『준생팔전』에서는 가장 가격이 높은 그림이 산수화이며 인물화가 그다음, 화조화·대나무·돌그림이 그다음이며, 달리는 짐승, 벌레, 물고기를 그린 그림이 그 아래라고 설명하고 있다. 또한 『준생팔전』에서는 그림을 수집할 때 비단과 종이의 본바탕이 깨끗한 것이 상품이고, 아무리 명화라고 해도 망가져 여기저기 꿰매고 새로 칠해 보수했

다면 수집 기준에 들지 못하는 하품(下品)이라고 하여, 새로운 수집의 기준을 제시하였다.[29]

　이러한 중국 서적의 수입과 이를 발췌하여 인용한 서적의 출판은 조선에서의 중국 명화와 골동품에 대한 열기를 고조시켰다. 그러나 중국에서 수입되는 대부분의 골동품과 서화가 가짜라는 점이 문제가 되면서, 감별·감식의 문제가 중요한 화두로 등장하게 되었다. 서유구가 '송원대 이후의 그림족자(宋元以後畫幀)'의 안(案)에서 밝힌 것처럼 "세상에 전하는 염립본, 오도현, 왕유, 이사훈(李思訓, 651~716) 등의 필적은 대개 모두 위조품이며 따라서 송원시대부터 현존하는 진적을 채록하여 호사가들이 그림의 이름을 살펴서 사도록 하고자" 중국 그림에 대한 정보를 제공하기 위해 『임원경제지』의 미술 관련 자료를 수록했다는 서술은 당시 이러한 세태를 반영한다.[30] 당시 감식가들은 작품 자체의 요소와 보조적인 요소를 종합적으로 고찰하여 실증적으로 고증하였다. 해당 화가의 필치나 표현적인 필묵법의 분석, 양식적인 계보의 정확성을 분석하고, 작품에 동반되는 각종 제발과 작품의 내력을 알려 주는 역대 소장가와 감상가의 수장인, 그림에 대한 기록이 담긴 저록, 사용된 종이와 비단의 상태와 제작기법, 장황방식 등을 종합적으로 검토하여 감정하는데, 이는 현대에도 통용되는 감정 방식이다.[31] 서유구와 남공철의 경우, 그림 감정에 있어 인장과 관지의 유무를 중요하게 여겼는데, 서유구는 이인문(李寅文)의 산수화를 감평하면서 이인문의 도장과 관지인 '고송유수관도인(古松流水館道人)'을 확인하였고, 남공철은 미불과 조맹부, 오위(吳偉), 문장(文長)의 작품을 감정할 때도 인장이 있음을 확인하고 진적이라고 평가하였다.[32]

그림을 감평하고 진위를 감별하는 데 중요한 역할을 한 사람들은 다수의 작품을 소장하고, 서화 작품에 대한 이론을 정리하고 기록한 문인과 중인 계층의 수장가뿐만 아니라 그림을 직접 그리고 제작에 참여하여 예술에 대한 지식을 갖춘 화가들이었다. 그들은 자신의 후원자를 대신해 그림의 진위를 감정해 주기도 하고, 그림 매매에 중개인 역할을 하기도 하였다. 남유용의 기록에 의하면, 이병연은 옛 그림을 얻으면 반드시 정선에게 물어보고 그가 좋다고 한 연후에야 소장했다고 한다. 덕분에 이병연은 그림을 모르지만 좋은 그림을 가장 많이 소장하고 있었다고 한다.[33] 이용휴는 세상에 안견의 가짜그림이 많지만 허필에게서 얻은 그림은 진작이라고 믿고 있어, 그의 안목을 상당히 높이 평가하였다.[34]

조선시대에 만들어진 위작

김안로(金安老, 1481~1537)는 『용천담적기(龍泉談寂記)』에서 "곽희(郭熙), 이공린, 소식 등의 진필이 많이 전해지고 있으나, 그중에는 진본(眞本)과 안본(贋本)과 모본(模本)이 섞여 있어 분별되지 않는 것이 많다"라고 기록하고 있다.[35] 이 기록을 통해 조선 초기에 북송대의 진품이 조선에 전해지고 있다는 사실과 당시에 모본과 안본을 구별하여 인식하고 있다는 점을 알 수 있다. 안평대군의 서화수장목록에 곽희의 작품이 상당수 포함되어 있었던 점을 상기하면 당시 조선에 북송대 진작이 있었을 가능성을 상정할 수 있지만 그 확률은 극히 미미했을 것이며, 대부분은 안작과 모사본이었을 것으로 추정된다. 모본은 학습과 창작을 위한 방법으로 제작되었으며, 안본은 의도적으로 제작된 위작으로 당시 곽희, 이공린, 소식의 작품이 위작으로 제작되어 많이 유통될 정도로 인기가 높았다.[36] 중국의 고화뿐만 아니라 조선의 대가들의 작품들도 위조되어 유통되었는데, 조선 초의 대표적인 화가인 안견, 신사임당(申師任堂)이나 조선 후기 윤두서, 정선 등의 작품이 많이 위조되었다.

신사임당의 경우 18세기 후반에 이미 가짜그림이 많이 전해지고 있었다. 이에 대해 신사임당의 7대손인 이선해(李善海)는 간혹 신사임당의 딸인 매창(梅窓) 이부인(李夫人)의 그림이 신사임당의 그림으로 잘못 알려진 경우가 많다고 하였다.[37] 노론들이 득세하면서 이이(李珥, 1536~84)와 신사임당에 대한 숭모가 높아지고 신사임당의 작품에 대한 수요가 많아짐에 따라 18세기 중후반부터 적지 않은 수의 위작이 제작되었는데, 이들 중에는 매창 이부인의 작품도 섞여 있었던 모양이다. 윤두서의 경우 작품이 중인에 의해 위조되어 작품 위에 그의 호(恭齋)의 인장이 찍혀서 팔렸는데, 속아서 사는 사람이 많았다는 기록이 남태응(南泰膺, 1687~1740)의 『청죽만록(聽竹漫錄)』에 실려 있다. 윤두서의 진적으로 세상에 돌아다니는 것은 사대부보다 중인의 집에 더 많았고 특히, 수표교에 사는 최씨 성을 가진 한 중인이 많이 소장하고 있었다고 한다.[38] 이러한 기록으로 미루어 보아 윤두서의 작품이 중인, 즉 서화 매매를 전문으로 하는 집단에 의해 위조되어 판매되었던 정황을 미루어 짐작할 수 있다.

한편, 남공철은 최북이 위조한 조맹부의 『만마도 횡축초본(萬馬圖 橫軸綃本)』에 대해 다음과 같은 기록을 남겼다.

아침에 남쪽거리에서 돌아와 들으니 부재중에 다녀갔다고 해서 서운했소. 머슴들이 그러는데 최북이 찾아왔을 때 이미 몹시 취해 있었다고 하며, 방에 들어가 책상 위의 책들을 함부로 당겨서 가득 흐트러뜨리고, 이내 심한 소리를 내며 토하려고 해서 사람들이 부축하자 그쳤다고 합디다. 그렇게 취한 상태로 돌아갔으니 길 위에서 넘어져 다치지나 않았는지 걱정되었소. 두고 간 조맹부의『만마도 두루마리(萬馬軸)』는 정말 명품입니다. 이단전이 말하기를 "비단이 아직 생생한 채로 있으니 이것은 필시 최북이 자기가 그려놓고 일부러 조자앙(趙子昻)이라는 낙관을 찍어서 남을 속이려고 하는 것"이라 했지만, 비록 최생이 그렸다고 하더라도 그림이 이처럼 좋다면 조자앙의 작품이라 해도 해로울 것이 없으니, 마땅히 진짜인지 가짜인지 논할 필요는 없소. 그런데 이것을 남에게 얻은 것이라 하니, 이것은 모두 자네가 평소 술을 좋아한 인연 때문인 것 같소. 한번 크게 웃을 일이오. 마침 술 한통이 생겼으니 다시 한 번 들러주시오.[39]

이 기록에서 최북이 말그림을 그린 후, 조맹부의 인장을 찍어 남공철에게 가져왔는데, 남공철은 이 작품이 최북이 그린 위작임을 알지만, 그림이 뛰어나니 굳이 그 진위 여부를 가릴 것이 없다는 너그러운 입장을 취하고 있다. 이와 유사하게 조선 후기의 대표적인 서화 수장가였던 김광국은 송 황제 휘종(徽宗, 1082~1135)의 그림에 대해 "직접 본 것이 수십 폭에 달하는데, 모두 '선화(宣和)'라는 작은 도장과 '천하일인(天下一人)'이라는 화압(花押)이 있었으니 어찌 모두 진적이겠는가? 그러나 그림이 아름다우니, 가짜인들 무슨 상관이랴"라고 말하며, 남태응이 최북의 위작에 대해 취한 태도와 유사한 반응을 보이고 있다.[40] 조선 후기의 대표적인 서화 수장가로서 남다른 감식안과 서화에 대한 해박한 지식을 가지고 있었던 남태응이나 김광국은 당대에 제작되어 시중에 유통되던 위작에 대해 충분히 인지하고 있었고, 이들을 명확하게 감별해 냈다. 그렇지만 작품이 뛰어나다면 진위 여부에 대해서는 비교적 관대한 태도를 취한 것으로 보인다.[41]

　　이러한 위작에 대한 너그러운 태도는 대필에 대한 반응에서도 비슷하게 나타난다. 정선의 경우 아들의 대필화로 밀려드는 그림의 수요를 감당했다고 하는데, 권섭(權燮, 1671~1759)은 정선의 그림을 특히 좋아하여 그의 작품을 많이 소장하였다.[42] 그가 소장한 정선의 작품에는 위작과 태작도 다소 섞여 있었지만 모두 버리지 않고 기꺼이 함께 즐기겠다고 하였다.[43] 또한 권섭의 손자인 권신응이 정선의 금수와 어해도 그림을 모방하여 그렸는데, 권섭이 정선 화첩을 꾸미면서 화첩 끝에 그 그림을 붙였더니 진위를 가리기 어려울 정도로 감쪽같았다고 한다.[44] 물론 권섭이 작품을 위조해서 경제적인 이득을 취하려는 목적은 아니었겠지만, 당시 위작이나 대필에 대해 문인들이 상대적으로 덜 비판적인 자세를 취하고 있음을 알수 있다. 명대 문인화가였던 심주나 문징명이 자신의 작품을 위조한 사람들이 찾아와서 인장이나 제발을 요구하면 위조한 작품인 것을 알면서도 주저하지 않고 제발을 남겼다는 일화에서도 알 수 있듯, 위작에 대해 오늘날과 같은 엄격한 도덕적 잣대를 적용하지는 않은 듯하다.[45] 이러한 배경에는 위작임을 알아보지 못하는 감식안을 갖추지 못한 '호사가'나 '속된무리(俗輩)'의 식견이 문제이지, 위조자나 그것을 용인한 원작자의 도덕적양심의 문제는 아니라는 사회적인 분위기가 형성되었기 때문이었다.[46]

조선에 전해진 중국의 가짜그림

한편 중국에서 제작된 위작도 조선에 많이 유입되어 유통되었다. 그중 쑤 저우를 중심으로 강남지역에서 상업적인 목적으로 제작된 소주편은 베이 징의 서화시장과 황실로까지 널리 확산되어, 황제의 소장품에까지도 포함 되었다.[47] 이러한 중국산 위작은 연행을 통해 조선에도 유입되어 조선의 서 화시장을 어지럽혔다. 우리나라에 유입되는 서적의 대부분은 건양의 방각 본이고 서화는 금창(金閶, 오늘날의 쑤저우)의 위조품뿐이라는 박지원의 기 록이나[48] 연행길에 구입한 그림의 태반이 가짜라는 조구명(趙龜命)의 한 탄이 과장은 아닐 것이다.[49] 조선의 문인들은 연행사들이 머무는 숙소로 찾아오는 수재(秀才)나 호인들이 가져오는 서화를 구매하거나[50] 또는 유리 창의 서화 가게에서도 중국의 고서화를 구할 수 있었는데, 그곳에서 구할 수 있는 그림들은 모두 수준 이하의 작품들로 대개 위작이 많이 섞여 있었 다고 한다.[51] 이처럼 당시 중국에서 유통되는 고서화는 대부분 위작이었 고, 연행을 통해 조선으로 유입되는 중국 회화도 가짜그림이 많았다. 연행 은 중국의 서화와 골동품 구득의 주요 통로였는데, 이는 당시 베이징을 다 녀온 종친들이 다수의 중국의 고서화를 수집한 정황을 통해서도 알 수 있 다. 낙창군(洛昌君) 이당(李橖, ?~1761)은 네 차례에 걸쳐 청나라를 왕래하 며 중국 황실의 선본과 서적을 구해 진상하고, 고화를 구입하여 수장하였 는데, 그의 수장품에는 염립본, 오도자, 소식, 조맹부, 문징명, 동기창 등 중 국 역대 서화가의 작품 수십 폭이 포함되어 있었다.[52] 그러나 염립본이나 오도자의 작품과 같은 송대 이전의 고화의 진작이 18세기에 시중에 돌아다닐 가능성은 거의 희박하며 이러한 상황을 당시 수장가들도 충분히 알고 있었다. 가령 이하곤은 자신이 남송대 화가 마원(馬遠, 1160?~1225)의 작품을 많이 보았는데 태반이 가짜였다고 기술하였고, 유만주도 자신의 일기 『흠영(欽英)』에서 심주의 가짜그림이 떠돈다고 서술하고 있다.[53] 이외에 조선에 전해진 중국의 그림 가운데 오도자·이공린·서희·염립본 등과 같이 당대 이전 화가의 고서화는 거의 위작이었던 것으로 보이며 남공철과 같이 높은 감식안을 지닌 수장가들은 이를 명확하게 인식하고 있었다.[54]

명대 회화 가운데 구영의 작품이 특히 조선에 많이 전해졌는데, 이는 당시 소주편 제작자들이 구영의 화풍을 바탕으로 많은 위조 작품을 제작하여 명말과 청대에 구영의 위작이 시중에 많이 나돌던 상황과 관련이 있다. 명대 후기 절강 가흥의 유명한 수장가였던 항원변(項元汴, 1525~90)의 손자인 항성표(項聲表)는 세상에 있는 구영의 작품 중 열의 아홉이 가짜그림이었다고 할 정도로 당시 구영의 위작이 많이 제작되었음을 알 수 있다.[55] 특히 구영의 안작 가운데 청명절의 북송 수도 개봉의 성대한 도시 풍경을 그린 「청명상하도(淸明上河圖)」가 가장 많은 수를 차지하고 있는데, 현재 대만국립고궁박물원에 소장된 구영의 관지가 있는 작품(그림 1) 역시 대표적인 소주편으로 구영의 화풍을 따라 그린 후대의 위작으로 알려져 있다. 구영의 「청명상하도」에 관한 기록은 18세기 조선 문인의 문집에도 종종 등장하는데, 조영석이 감상했다는 이동산(李童山) 소장의 「청명상하도」나 박지원이 본 서상수 소장의 「청명상하도」, 홍대용(洪大容, 1731~83) 소장의 「청명상하도」 등의 기록은 당시 조선에 얼마나 많은 구영의 「청명상하도」가 전해지고 있었는지를 짐작게 한다. 특히 박지원은 자신이 본 구

그림 1 전(傳) 구영, 「청명상하도」, 비단에 채색, 횡권,
34.8×804.2cm, 대만국립고궁박물원

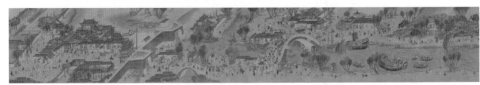

그림 2 김홍도, 「서원아집도」(6폭 병풍), 비단에 채색, 각 122.7×47.9cm, 1778, 국립중앙박물관

그림 3 작자 미상, 「독락원도」,
비단에 채색, 축, 105.5×60.3cm,
국립중앙박물관

영의 「청명상하도」가 여덟 점이나 되며, 사람들이 모두 진품이라고 하나 그 중에는 중국의 강남사람들이 교묘하게 위조하여 우리나라 사람들에게 팔 아넘긴 가짜그림이 섞여 있다고 지적하고 있다. 그는 구영의 작품에 대해서 "털끝만큼이나 섬세하게" 그린 작품으로 "아무리 세심한 사람이 열 번 이상 완상했더라도 매양 다시 그림을 펼쳐보면 문득 빠뜨린 것을 다시 보게" 될 정도의 '묘품'에 속하는 작품이지만, "오래 완상해서는 안 되는 것"이라고 경계하고 있다.

이외에도 강세황이 보았다고 전하는 김홍도의 「서원아집도(西園雅集圖)」에 대한 기록이나,[56] 1683년 연행을 간 김석주(金錫冑, 1633~84)가 구해 온 북송대 문인 사마광(司馬光, 1019~86)의 정원을 그린 「독락원장자(獨樂園障子)」에 관한 기록[57]이나, 이현직(李顯直)이 소장한 명대 문인 왕세정(王世貞,

그림 4 구영, 「죽림칠현도」, 금전지(金箋紙)에 채색, 선면(扇面), 17.9×55.2cm, 1550~52년경, 샌프란시스코아시아미술관

1526~90)의 제시가 적혀 있는 「죽림칠현도(竹林七賢圖)」[58] 등은 17세기 말부터 상당수 구영의 작품이 조선에 유입된 정황을 말해 주지만, 이미 중국에서 구영의 작품이 200냥을 호가하는 고가로 거래되었고, 구영의 다양한 작품이 소주편으로 제작되어 유통되었던 점을 상기하면, 조선에 전해진 이들 작품이 모두 진작이었을 가능성은 높지 않다.[59] 서유구도 조선에 전해진 구영의 「이죽도(移竹圖)」를 보았는데, 공필의 채색화로 정교함이 넘치는 그림이었다고 한다. 그러나 그는 방훈의 『산정거화론』에서 언급한 구영의 「왕헌이죽(王獻移竹)」이 당인과 심주화풍의 간결하고 쓸쓸함이 있는 작품이라는 기록과 자신이 본 구영의 작품이 일치하지 않는다는 점을 들어 이 작품이 후세의 위작이라고 판단하였다.[60]

명작과 위작의 관계

감식가들은 훌륭한 그림들은 항상 저명한 화가들이 그렸다고 생각하는 경향이 있고, 이러한 이유로 인해 대가들의 화풍을 추종한 군소 작가들이 그린 뛰어난 작품은 대가의 그림으로 알려지는 경우가 많다. 앞서 언급한 개관, 즉 이름이 덜 알려진 화가의 서명 부분을 자른 후 그 자리에 대가의 서명을 붙이는 위조 방식이 성행하게 된 이유에는 이러한 배경이 있다.[61] 이 밖에도 수많은 위작의 제작 방법을 살펴보면 위작과 명작의 좀 더 복잡한 관계가 드러난다. 청대 쑤저우의 왕월헌(王月軒)이 고사기의 『강촌소하록』에 실려 있는 원대 고극공(高克恭, 1248~1310)의 「춘운효애도(春雲曉靄圖)」

의 두루마리그림을 평호(平湖)의 고씨(高氏)에게서 금 400냥과 맞바꾸고 이를 둘로 잘라 모사하게 하였다. 두 폭을 베끼고 백급(白芨)을 물에 끓여 그림 위에 덧씌워 윤과 광을 더하고, 원본에서 잘라낸 표구의 비단으로 장황하고, 왕시민(王時敏, 1592~1680)과 고사기의 감장인과 제첨을 잘라 위작에 붙여 각각 금 800냥과 금 500냥을 받고 팔고 원본은 자신이 소장하였다고 한다.[62] 여기에서 주목할 만한 부분은 청대 사오싱(紹興) 지방의 저명한 서화 수장가이자 감정가로 정평이 난 고사기의 서화록에 명화로 기록된 고극공의 작품을 위작의 대상으로 선택한 점이다. 앞서의 언급처럼 고사기는 위조를 방지하기 위해 작품에 관한 자세한 기록을 남기고자 『강촌소하록』을 저술했지만, 이 책은 결국 위조자들에게 좋은 위작의 소재와 정보를 제공해 준 셈이다. 또한 이 책에 수록된 작품들은 고사기의 안목에 의해 명작으로서의 권위를 부여받은 작품으로 인정되어 시장에서도 고가의 가격에 매매되었다. 명대에 심덕부(沈德符, 1578~1642)의 『만력야획편(萬曆野獲編)』에는 그림에서 화가의 이름과 인장이 차지하는 역할이 얼마나 중요한지를 엿볼 수 있는 일화가 실려 있다. 골동서화점을 운영하는 친구가 절벽과 물이 흐르는 높은 누각과 전각을 배경으로 옷을 거의 걸치지 않은 아름다운 여인이 여러 명의 여인에게 둘러싸여 시중을 받고 있는 대폭의 그림을 자신에게 가져와 보여 주었다. 그런데 친구는 그 작품에는 관지가 없어서 곤란해 하며, 누구의 이름을 써넣어야 할지를 묻자 심덕부는 이 작품이 「양비화청사욕도(楊妃華淸賜浴圖)」이며 그림 위에 당대 화가 이사훈의 이름을 써넣으라고 조언하였다. 본래 그림 가격은 1냥에 불과했지만, 이사훈의 관서가 기입되자 랴오청(聊城)의 관리인 주료수(朱蓼水)가

100냥에 구입했다고 한다.[63] 이처럼 저명한 화가의 이름과 인장이 작품의 가치와 시장가격을 결정하는 데 핵심적인 역할을 하게 되자, 이를 바탕으로 위작을 제작하게 되었다.

화가의 명성과 그의 대표작은 서화 수장가 혹은 감식가들의 저술을 통해 권위를 얻고 널리 알려지게 되었는데, 이때 통용되는 방식 중에 하나가 화가가 특정한 화제와 결합되어 명작의 이미지를 구축하는 것이다. 가령 조맹부는 말그림으로, 이공린은 백묘화(白描畵)로, 주방(周肪)은 사녀화(仕女畵)로 작가와 그들의 장기인 주제가 결합되어, 각 화제에 따라 화가의 이름이 붙여지게 되는 것이다. 문진형(文震亨, 1585~1645)은 『장물지(長物志)』에서 이러한 세태를 다음과 같이 비판하였다. "오늘날 사람들은 서명이 없는 그림을 보면 높은 가격을 좇아, 즉시 화제에 따라 (화가의) 이름을 기입한다. 소를 보면 대숭(戴嵩)의 작품이라고 하고, 말을 보면 한간(韓幹)의 것이라고 하니 우스운 일이다."[64] 우리나라에서도 최북이 말그림을 그리고 조맹부의 이름을 써넣은 것이 우연은 아닐 것이다.

이외에도 위작이 제작될 때에는 화가의 명작으로 꼽히는 대표작의 양식을 강조하거나 과장하여 그 독특한 특징을 더욱 두드러지게 표현하는 경향이 있는데, 이는 결국 작가의 화풍을 명작의 고정된 이미지로 각인하는 역할을 한다. 결국 위작은 명작을 바탕으로 제작되지만, 제작된 위작은 명작의 이미지를 고정화하고 강화하여 확대재생산하는 역할을 한다. 명작이 예술에 대한 하나의 규범으로 존재하며 미술의 역사를 구축하는 기능을 한다면, 위작은 작품의 제작과 소비를 둘러싼 다양한 계층의 갈등과 협상의 결과를 반영한 것으로 "허구화된 역사" 혹은 날조된 기억이다.[65]

우리는 때때로 위조된 작품을 통해 과거의 역사를 재구성하기도 하며, 사라진 대가의 손길을 찾아보려고 시도하기도 한다.

위작, 상상과 가정(假定)의 역사

조선 후기 기록을 통해 본 서화 소장의 실태에서 한 가지 발견할 수 있는 사실은 중국 서화가 조선 서화에 비해 압도적으로 많은 기록을 차지하고 있다는 점이다. 중국 서화에 대한 높은 관심과 그 기록에 비해 조선의 회화작품에 대한 기록은 상대적으로 적은 편이다. 이는 18세기 고동서화 취미가 정조가 지적한 바대로 당풍(唐風)의 유행과 함께 시작되고, 그 이론이 중국 서적을 통해 확립되어 가는 과정에서 생긴 자연스러운 현상에서 기인한 것인지, 중국을 통해 수입된 막대한 물량의 중국제 위작의 범람으로 인해 시장에 중국 서화가 늘어난 탓인지, 단순히 기록상의 불균형 문제인지는 후속연구가 필요한 실정이다.[66] 다만 조선 후기 서화시장에서 유통되었던 위작은 중국 화론서에서 자주 언급된 대가들의 작품들이었고, 조선 작품의 경우 안견, 신사임당, 윤두서, 정선과 같이 당대부터 높은 명성을 얻어 고가로 거래된 화가들의 작품이 주를 이루었다.

위작은 그 존재 자체만으로 대중의 합리적인 가치판단을 흐리게 하여 미술품의 올바른 감상을 방해하고, 훌륭한 미술품을 만들려는 예술가의 창작 의지를 훼손하며, 도덕적 문제뿐만 아니라 법적인 문제까지도 야기할 수 있다. 그러나 우리가 전근대 동아시아 사회에서 '위작'의 개념을 논의할 때에는 근대 서구의 도덕적 가치판단이 개입된 '위작'의 개념에서 벗어나 동아시아의 서화 제작 관습과 서화 감상의 관점에서 살펴볼 필요가 있다. 북송대 서화가 미불은 종요(鍾繇)의 『황정경(黃庭經)』을 발견하였으나 이것이 당나라 때 제작된 모본임을 알고, 비록 진작이 아니지만 그 미적 가치를 인정하며 이를 '위호물(僞好物)'이라고 칭하였다.[67] 오늘날 우리는 명청대에 제작된 당송대 회화의 위작과 모사본을 수없이 만나게 된다. 이러한 작품들은 때때로 미학적으로 원작과 거의 차이가 없을 정도로 훌륭하며, 우리는 종종 이 작품들을 통해 유실된 과거의 명작의 모습을 추정하고 미술의 역사를 복원하려 시도한다.

위작의 개입을 통해 재구성된 미술의 역사는 과거를 투영했다는 점에서 회고적이며, 실재하는 특정한 역사적 시점이 아닌 그럴듯한 과거에 바탕을 두고 있다는 점에서 허구적이다. 한편, 위작은 역사적인 시간성을 반영하는데, 여기에는 두 가지 시간 축이 작동한다. 하나는 원작이 제작되었다고 믿어지는 과거의 시점과, 다른 하나는 실제 위작이 제작된 당시의 시점이다. 전자는 미술사적 고전이나 명화, 대가의 흔적을 모방하며, 후자는 미술사의 역사학(historiography)이자 예술에 대한 당대의 가치 평가를 반영한다. 위작은 결국 서화시장의 작동원리에 의해 제작되기 때문에, 아무리 원작에 가깝게 모사된 것이라 할지라도 당대의 미적 취향, 즉 잠재적 고객의 취향을 반영할 수밖에 없는데 이는 결국 그 시대성을 보여 주는 역사자료로서의 가치를 지니게 된다. 종합하면, 위작은 역사에 개입하고 특정한 역사적 시점을 반영하며, "과거에 일어났을 법한 일(what if history-writing)"이나 "대안적 현재(alternative present)"를 기술한다는 점에서 역사

소설이나 과학 소설과 유사하다고 볼 수 있다.[68] 요컨대 위작은 특정 화가, 화풍, 서화의 계보와 역사, 당대에 정의된 명작에 대한 이해를 바탕으로 제작되었기 때문에 예술의 가치와 평가, 그 역사성 대한 연구의 기초가 될 수 있다. 우리가 진작 혹은 위작이라는 기존의 이분법적 평가에서 벗어나 사회문화적 현상으로서의 위작, 위작과 명작의 상호 관계성에 주목한다면, 위작에 대한 연구는 사라진 명작의 원형과 잊혀질 과거의 모습을 복원하고 미술사 서술의 다양성과 역동성을 불러일으키는 데 기여할 수 있을 것이다.

후기

네덜란드 화가 요하네스 페르메이르(Johannes Vermeer)의 「진주 귀고리를 한 소녀」는 그의 대표작으로, 문학작품의 모티프로, 영화의 소재로 오늘날까지 가장 많이 회자되는 대표적인 명화이다. 한 판 메이헤렌(Han van Meegeren)은 페르메이르의 위작을 제작하여 당대 많은 미술품 전문가와 감정가들의 눈을 속여 작품을 거액으로 팔아넘겼다. 이후 나치의 공군사령관 헤르만 괴링(Hermann Göing)에게 위조한 페이메이르의 작품을 판매한 것이 들통나, 반역죄로 중형에 처해질 위기에 빠지자 자신이 작품을 위조했다는 사실을 고백하고 이를 증명하기 위해 재판 중에 「사원에 간 어린 그리스도」를 위조해 그려냈다.

20세기 위작에 대해 이야기할 때마다 빠지지 않고 등장하는 이 유명한 일화는 명작과 대가, 위조자와 위조품, 미술시장과 미술 전문가와 수장가 등을 둘러싼 사회적·문화적·정치적 가치와 미술품에 대한 평가, 시장원리와 욕망에 의해 작동되는 미술품의 수집과 위작의 제작 현상을 드라마틱하게 보여 준다. 그동안 우리는 페이메이르의 「진주 귀고리를 한 소녀」가 얼마나 예술적으로 훌륭한지, 천재적 예술가의 재능이 작품에 얼마나 투영되었는지, 명작이 후대의 감상자와 예술가들에게 어떠한 영감을 주었는지에 집중했고, 한 판 메이헤렌의 위작은 20세기 미술계를 뒤흔든 스캔들 정도로 치부해 버렸다. 나는 페이메이르의 「진주 귀고리를 한 소녀」가 얼마나 훌륭한 작품인지를 서술하는 데에서 한걸음 더 나아가, 한 판 메이헤렌이 왜 위작을 만들게 되었고, 그가 어떤 작품을 위작의 대상으로 삼았는지, 어떻게 17세기의 캔버스와 안료를 흉내 내기 위해 노력했는지, 전문가들은 왜 위작을 가려내지 못했는지, 그의 작품들이 얼마에 누구에게 팔렸는지에 대해 질문을 하고 싶었다.

이 글에서 나는 18세기 조선으로 무대를 옮겨, 명작과 대가의 이름을 빌려 붓을 들고 작품을 그렸던 수많은 무명화가의 이야기를 그럴듯한 가정과 현재적 상상력을 더해 새로운 역사적 내러티브를 제안해 보고자 했다. 예술의 창작성, 원본에 대한 가치와 본질, 미술품의 진위 감정의 중요성은 아무리 강조해도 지나치지 않다. 다만 미술사가 천재적 예술가의 전기적 기술에서 벗어나 명작을 위한 명예의 전당에서 걸어나와, 현재와 과거, 미래의 다양한 요구와 관점에 유연하게 대처한다면 보다 다채로운 이야기를 풀어낼 수 있을 것이라 기대한다.

1. 정선, 명성(名聲)의 부상과 근거

1__문화유산(heritage)으로의 선별 및 입법화(立法化) 과정에서 '현재'의 특정 국가나 그룹의 정치적 요구 방향이 개입한다는 점을 문제시한 논의로는 이현경, 「불편문화유산의 개념 및 역할에 대한 고찰」, 『역사·사회·문화도시연구』 20, 도시사학회, 2018, 163~92쪽.

2__근대기 이래 오늘에 이르는 '국사(國史)'의 개념, 이에 수반했던 '국사형(國史形) 미술사(美術史)'의 개념에 대하여는, 임지현·이성시, 『국사의 신화를 넘어서』, 휴머니스트, 2004, 15~53쪽; 홍선표, 「국사형 미술사의 영욕(榮辱)」, 『美術史論壇』 33, 한국미술연구소, 2011, 7~12쪽 참조.

3__고연희, 『조선 후기 산수기행예술 연구』, 일지사, 2001; 고연희, 「조선 후기 산수기행문예에 나타나는 '奇'의 추구」, 『한국한문학연구』 49, 한국한문학회, 2012, 69~99쪽 참조. "逐境摸奇"는 金昌翕, 『三淵集拾遺』, 「題海山錄後(1710)」, 韓國文集叢刊 167, 1996, 116쪽 참조. 이해조(李海朝)의 금강산기행집에 대하여 칭송하기를, "경치

를 쫓으며 기이함을 찾아 묘사한 것을 자세히 보노라니 하나하나 이를 잘 개진하였는데, 정양사에서 지은 것이 더욱 멋지군요. 어렵고도 어려움이라고 이를 만하네요(細閱其逐境摸奇, 各有發揮, 而正陽之作尤偉, 又可謂難之難矣)"라고 하였다.

4__박은순, 『공재 윤두서: 조선 후기 선비 그림의 선구자』, 돌베개, 2010; 차미애, 『공재 윤두서 일가의 회화』, 사회평론, 2014; 오연주, 「朝鮮後期 文人들의 鄭敾 繪畫에 대한 畫評 硏究」, 명지대 석사학위논문, 2010 참조.

5__姜世晃, 「遊金剛山記」, 『豹菴遺稿』 卷4, "近世鄭謙齋沈玄齋, 素以工畫名, 各有所畫. 鄭則以其平生所熟習之筆法, 恣意揮灑, 毋論石勢峯形, 一例以裂麻皴法亂寫, 其於寫眞, 恐不足與論也. 沈則差勝於鄭, 而亦無高郞之識恢廓之見)"의 예가 있다. 이 글은 김창협, 김창흡, 그 문인들, 화가 정선을 묶어서 비난한 글이었다. 고연희, 『조선 후기 산수기행예술 연구』, 일지사, 2001, 278~81쪽 참조. 강세황이 정선을 칭송한 경우는 이 글의 주 23, 24, 25 등의 제발문을 예로 볼 수 있다. 통상적으로 그림 위의 제발은 대개 좋게 써주는 관습적 전통

이 있다는 점을 고려한다면, 강세황의 이 글이 그의 입장을 선명하게 보여 준다고 해석할 수 있다. 진경산수화에 대한 강세황의 입장을 정리한 연구로 변영섭, 「강세황론」, 『美術史論壇』 창간호, 한국미술연구소, 1995, 235~55쪽; 이경화, 「강세황 연구」, 서울대 박사학위논문, 2016, 230~40쪽의 '진경에 대한 인식과 실경으로서의 「피금정도」' 참조.

6__金光國, 「倣東玄宰山水圖」, 『石農畫苑』. "謙玄之畫, 世有甲乙之論, 余嘗以我東文章家論之, 謙翁似谿谷, 玄齋似簡易. 今得玄齋臨董玄宰帖, 有問謙玄之高下者, 聊擧曾所私論者對之, 問者黙然良久曰, 如君言玄齋勝矣. 相與鼓掌大噱 遂以其問答 題于帖左." 유홍준·김채식, 『김광국의 석농화원』, 눌와, 2015, 284쪽. 정선과 심사정의 평가에 대한 역사적 논의는 全寅汶, 「沈師正(1707~1769) 繪畫研究」, 이화여대 박사학위논문, 2019 참조.

7__金祖淳, 『楓皐集』 卷16, 「題謙齋畫帖」. "與玄齋沈師正並名, 世謂謙玄, 而亦謂雅致不及沈. 但沈師雲林石田諸家體格, 不離影響之中, 謙翁毫髮皆自得, 而筆墨兩化, 非深於天機者, 蓋不能至此, 中古以來, 當推東國第一名家. 然沈亦才思絶羣, 政謙翁勍敵也."

8__申緯, 『警修堂全藁』 冊7, 「次韻篠齋夏日山居雜詠」, 韓國文集叢刊 291, 민족문화추진회, 2002, 153쪽. "홍엽상서 강표암(강세황)께서는 유학적 기운이 승하여 끝내 정겸재(정선)를 압도하셨다(紅葉尙書姜豹庵世晃儒氣勝, 終然壓倒鄭謙齋㲼)." 고연희, 『조선 후기 산수기행예술 연구』, 일지사, 2001, 284~85쪽 참조.

9__오세창이 1917년 '槿域書畫史'로 필사본을 완성하고 1928년 활자본 '槿域書畫徵'으로 출간한 책으로 『근역서화징』에서의 정선 기록의 특성에 대하여는 이기현, 「근역서화징의 기록학적 연구」, 서울대 석사학위논문, 2019 참조.

10__고희동, 「朝鮮의 十三大畫家」, 『개벽』 61, 1925, 23쪽; 홍선표, 「고희동의 신미술운동과 창

작세계」, 『美術史論壇』 38, 한국미술연구소, 2014, 155~84쪽 참조.

11__이는 오늘날의 학자들이 근대 이전의 글에서 '사생'이란 단어를 오독하는 문제로 이어졌다. 이에 대하여는 고연희, 「申緯의 繪畫觀과 19세기 회화」, 『동아시아문화연구』 37, 한양대학교 동아시아문화연구소, 2003, 163~82쪽에서 지적한 바 있고, 일본 근대의 '사생(寫生)'에 대한 본격적 논의는 황빛나, 「'진경'의 古와 今, 근대기 사생과 진경 개념을 둘러싼 혼성과 변용」, 『美術史論壇』 48, 한국미술연구소, 2019, 113~34쪽이 상세하다.

12__關野貞, 沈雨晟 옮김, 『朝鮮美術史』(1932 초판), 東文選, 2003, 313~39쪽.

13__高裕燮, 「仁王霽色圖-鄭謙齋小考」(1940 초판), 『又玄 高裕燮 全集 2, 朝鮮美術史』 下, 悅話堂, 2007, 294쪽.

14__尹喜淳, 『朝鮮美術史研究-民族美術에 對한 斷想』, 서울新聞社版, 1946. "謙齋 鄭歆은 眞景山水(朝鮮風景寫生)를 개척한 비조 …… 華體의 粉本을 一蹴하고 鄕土의 자연 속으로 뛰어들어갔다는 것은 놀라운 天稟 …… 玄齋는 이 길에서 逆行……."

15__李東洲, 「謙齋一派의 眞景山水」, 『月刊亞細亞』 1967년 4월; 李東洲, 『韓國繪畫小史』, 서문당, 1972.

16__박은순, 「眞景山水畫 연구에 대한 비판적 검토-眞景文化, 眞景時代論을 중심으로」, 『韓國思想史學』 28, 한국사상사학회, 2007, 7~59쪽; 겸재정선기념관 편, 『겸재정선』, 겸재정선기념관, 2009 참조.

17__崔完秀, 『謙齋 鄭歆 眞景山水畫』, 범우사, 1993.

18__실학과 진경산수화를 연관된 문화현상으로 설명하는 경우가 적지 않았다. 그러나 이는 근거를 제시하지 않는 추정의 설명이었기에, 여기에서 논하지 않는다.

19__최완수·오주석, 『진경시대』, 돌베개, 1998; 최완수, 『겸재 정선』 1, 2, 3, 현암사, 2009.

20__ 에도시대 및 근대기에 걸쳐 일본에서 '신케이(眞景)'가 그림 제목에 널리 사용되었던 상황 및 한국 근대기 회화사에서 진경의 용어가 부상한 점의 관련 가능성에 대하여 고연희, 『조선시대 산수화』, 돌베개, 2007; 황빛나, 「'진경'의 古와 今, 근대기 사생과 진경 개념을 둘러싼 혼성과 변용」, 『美術史論壇』48, 한국미술연구소, 2019 참조. 다만 '진경'의 근거로 오세창이 제시한 것은 강세황의 글이었기에, 여기서는 일본과의 관련성 여부를 본격적 논의 대상으로 삼지 않는다.

21__ 강세황의 '진경'이 실경을 의미함은 변영섭, 「진경산수화의 대가 鄭敾」, 『美術史論壇』5, 한국미술연구소, 1997, 139~64쪽 참조

22__ 다만, '진(眞)'의 반대어는 가(假) 혹은 환(幻)이고 '실(實)'의 반대어는 허(虛)라는 점에서 이들 용어에 대한 면밀한 비교는 상당한 논의를 수반할 수 있다. 여기서는 강세황이 말하는 진경이 실제경치를 의미했고 이 당시 사진경(寫眞景)과 사실경(寫實景)의 용례를 비교하여 실제적 의미 차이가 거의 없었음을 확인하는 것으로 그친다.

23__ 오세창 편저, 『槿域書畫徵』, 1928, 鄭敾 조, 『謙齋畫帖』에 쓴 강세황의 글.

24__ 강세황, 「불염재주인진적첩(不染齋主人眞蹟帖)」(삼성미술관 리움 소장)의 정선 작 「한양전경도」 위의 발문이다.

25__ 강세황, 심사정의 「경구팔경(京口八景)」(개인 소장) 위에 적혀 있는 제화시이다.

26__ 강세황, 강희언, 「인왕산도(仁王山圖)」(개인 소장) 위의 적혀 있는 발문이다.

27__ 姜世晃, 「扈駕遊禁苑記」, 『豹菴遺稿』卷4, 韓國文集叢刊 80, 민족문화추진회, 2009, 376쪽.

28__ 『芥子園畫傳 初集』第一冊, 「序」, "人愛眞山水與畫山水無異也."

29__ 金昌協, 『農巖集』卷25, 「谷雲九曲圖跋」, 韓國文集叢刊 161, 민족문화추진회, 1996, 199쪽, "世旣好圖畫, 固曰逼眞, …… 則此先生之在山也, 角巾藜杖, 相羊九曲之中, 便是畫境界. 其出山也,

閉戶隱几, 指點粉墨之間, 便是眞九曲. 其眞與畫, 又何分焉. 觀此卷者, 宜先了此公案."

30__ 趙龜命, 『東谿集』卷6, 「題畫帖」, 韓國文集叢刊 215, 민족문화추진회, 1998, 126쪽, "責眞山水以似畫, 責畫山水以似眞. 似眞貴自然, 似畫尙奇巧. 是則天之自然固爲法在人, 而人之奇巧亦有勝於天也 …… 今秋, 欲入華陽洞未果, 而天廼以此卷餉其卧游, 八幅幻境界, 未必讓一區眞境界也. 如有曰奚論多少, 則當對曰奚辨眞幻."

31__ 李東洲, 「韓國繪畫小史」, 瑞文堂, 1972, 169~70쪽. 정선에게 와서 '별안간' '동국진경(東國眞景)'의 걸작이 나타났음을 칭송하였다. 고려시대의 '진경산수(眞景山水)'도 아울러 언급하였다.

32__ 安輝濬, 『韓國繪畫史』, 一志社, 1980; 안휘준, 「겸재 정선(1676~1759)과 그의 진경산수화, 어떻게 볼 것인가」, 『역사학보』 214, 역사학회 2012, 1~30쪽.

33__ 변영섭, 「진경산수화의 대가 鄭敾」, 『美術史論壇』5, 한국미술연구소, 1997; 박은순, 「眞景山水畫 연구에 대한 비판적 검토-眞景文化, 眞景時代論을 중심으로」, 『韓國思想史學』28, 한국사상사학회, 2007; 한정희, 「동아시아 회화 교류사: 한·중·일 고분벽화에서 실경산수화까지」, 사회평론, 2013 참조. 학술논문 검색창에서 '진경산수화'와 '실경산수화'를 각각 검색해 보면, 대개 정선을 포함하지 않는 시대, 특히 근현대는 대개 '실경산수화'로 사용하는 추세를 읽을 수 있다.

34__ 崔完秀, 「謙齋眞景山水畫考」, 『澗松文華』 29, 韓國民族美術研究所, 1981, 39~60쪽.

35__ 유봉학, 「北學思想의 形成과 그 性格」, 『韓國史論』 8, 1982, 235쪽 주 135 참조; 유봉학, 「18~19세기 燕巖一派 北學思想 硏究」, 서울대 박사학위논문, 1992; 鄭玉子, 「槎川 李秉淵의 詩세계」, 『韓國史學論叢』, 지식산업사, 1987; 정옥자, 『조선 후기 역사의 이해』, 일지사, 1993 참조.

36__ 홍선표, 「진경산수는 조선중화주의의 소산인가」, 『가나아트』 7, 8월호, 1994, 52~55쪽; 홍선표, 「조선시대 회화사 연구의 최근 동향」, 『한국사

론』 24, 국사편찬위원회, 1994, 401~25쪽 참조.

37__한정희, 「조선 후기 회화에 미친 중국의 영향」, 『美術史學硏究』 48, 한국미술사학회, 1995, 67~96쪽; 한정희, 「17-18세기 동아시아에서 실경산수화의 성행과 그 의미」, 『美術史學硏究』 237, 미술사학연구회, 2003, 133~63쪽 참조.

38__고연희, 「鄭敾의 眞景山水畵와 明淸代 山水版畫」, 『美術史論壇』 9, 한국미술연구소, 1999, 137~62쪽; 고연희, 『조선 후기 산수기행예술 연구』, 일지사, 2001 참조.

39__박은순, 「眞景山水畵 연구에 대한 비판적 검토-眞景文化, 眞景時代論을 중심으로」, 『韓國思想史學』 28, 한국사상사학회, 2007.

40__안휘준, 「겸재 정선(1676~1759)과 그의 진경산수화, 어떻게 볼 것인가」, 『역사학보』 214, 역사학회, 2012 참조.

41__金昌協, 『農巖集』 卷22, 「贈黃敬之欽赴燕京」, 韓國文集叢刊 161, 민족문화추진회, 1996, 156쪽. "天地之間, 陽無可盡之理, 故雖純陰之月, 而實未嘗無陽. …… 今天下復爲左衽久矣. 我東僻在一隅, 獨不改衣冠禮樂之舊, 遂儼然以小中華自居, 而視古赤縣神州, 堯舜三王之所治, 孔孟程朱之所敎之地與民, 槩以爲湩酪腥羶之聚而無復有文獻之可徵, 則過矣. 天下之大, 豈顧無豪傑之士, 自任以斯道如向金許數子者耶. 然而東使之往者, 歲結轍於燕路而卒未聞有一人焉, 何也. 豈其人多在南方而遠莫能聞耶. 抑今之天下又不及元時而然耶. …… 若其文史書籍自燕來者, 余見之多矣. 其中亦頗有近時人士所爲序引題評, 往往識精語確辭致淵博, 類非吾東方宿學老師所能及. 此不過場屋間學究秀才耳而猶如此, 況於山林講道之士乎. 惜乎. 吾不得聞其名而讀其書也. 公行試爲我博訪, 幸而有得焉, 則尙可以見中原文獻之遺而開先之兆. ……"(이에 대하여, 고연희, 『조선 후기 산수기행예술 연구』, 일지사, 2001에서 논한 바 있다).

42__徐宗泰, 『晩靜堂集』 卷4, 「途中記事」, 韓國文集叢刊 163, 민족문화추진회, 1996, 74쪽. "東服驚人眼, 猶能識小華."; 『晩靜堂集』 4, 「奉別黃參判敬之欽以副使赴燕」, "到底山河增涕淚, 時日月照乾坤." 고연희, 「18세기 초 서종태의 연행체험-그의 역사관과 문예관을 중심으로」, 『동방학』 11, 한서대학교 동양고전연구소, 2005, 135~61쪽 참조.

43__金昌翕, 『三淵集』 卷13, 「將向北關 與養兒同宿于新里 臨別口占」, 韓國文集叢刊 165, 민족문화추진회, 1996, 264쪽. "내가 태어날 때 (아들이라고) 화살 걸어두었건만, 중국은 밟아보지도 못하고 늙었구나. 우리나라는 실로 조그만 탄알 같으니, 나막신 끌고 돌아다니길 세 차례나 하여도 뜻에 흡족치 않아. 매양 생각하길 백두산 꼭대기에 올라, 중국 북녘의 거대한 풍수를 굽어보겠노라고 하여도, 백 년 동안 매달린 박의 신세니 어찌하리. 남아로 태어난 뜻이 부끄럽도다(我生之初設弧矢, 未踏中原今老矣. 靑丘眞如一彈丸, 屐遍三陲意未已. 每思騰身白山頂, 俯視冀州大風水. 百年匏繫可奈何, 男兒初志亦堪恥)"가 한 예이다.

44__하영휘, 「유중교(1821~93)의 춘추대의, 위정척사, 중화, 소중화」, 배항섭·박소현 편, 『근대전환기 동아시아 전통 지식인의 대응과 새로운 사상의 형성』, 성균관대학교출판부, 2016, 105~30쪽 참조.

45__崔完秀, 「謙齋 鄭敾」, 국립중앙박물관 편, 『謙齋 鄭敾』, 국립중앙박물관, 1992, 104쪽; 崔完秀, 『謙齋 鄭敾 眞景山水畵』, 汎友社, 1993, 319~20쪽.

46__장진성, 「愛情의 誤謬: 鄭敾에 대한 평가와 서술의 문제」, 『美術史論壇』 33, 한국미술연구소, 2011, 47~73쪽; 안휘준, 「겸재 정선(1676~1759)과 그의 진경산수화, 어떻게 볼 것인가」, 『역사학보』 214, 역사학회, 2012 참조.

47__崔完秀, 『謙齋 鄭敾 眞景山水畵』, 汎友社, 1993, 319쪽 참조.

48__이 화첩은 일제강점기 친일파 송병준이 소장하고 있었는데, 아궁이의 불쏘시개로 들어가기 직전 골동품 거간 장형수의 눈에 띄어 간송미술관으

로 옮겨져 왔다고 한다. 崔完秀, 『謙齋 鄭敾 眞景山水畵』, 汎友社, 1993, 320쪽 참조.

49__1712년 작 『해악전신첩』의 실상에 대한 상세한 최근의 논의로는 이경화, 「정선의 《해악전신첩》 재고-1712년의 금강산행과 금강산도 제작」, 겸재정선미술관 개관10주년 학술심포지움(2019. 5. 10) 발표문 참조.

50__간송미술관 소장 『해악전신첩』(1747)은 외부인의 열람 조사가 불가하다. 나는 최근에 보물로 지정되어 작성된 심사자들의 조사보고서를 통하여 이 작품의 구성 양상을 소상하게 알 수 있었다.

51__최완수, 『겸재 정선』 3, 현암사, 2009, 12~15쪽 참조.

52__'秩宗(질종)'이란, 순임금 때 삼례, 즉 천신(天神), 지기(地祇), 인귀(人鬼)를 섬기는 예를 맡은 벼슬이다. 『서경(書經)』, 「순전(舜典)」 참조.

53__『맹자』, 「진심(盡心)」 하. "충실하여 광휘가 있는 이를 대인이라고 하고, 대인으로서 자취 없는 화(化)의 경지에 들면 성인이라고 하고, 성인으로서 알 수 없는 것을 신이라 한다(充實而有光輝之謂大 大而化之之謂聖, 聖而不可知之之謂神)."

54__『맹자』, 「공손축(公孫丑)」 상. "자공(子貢)이 이르기를 '배움에 싫증내지 않으면 지혜로움이요, 가르침에 게으르지 않음은 어짊이라, 어질고 지혜로우시니 공자님은 이미 성인이시다(子貢曰, 學不厭, 智也, 教不倦, 仁也. 仁且智, 夫子既聖矣)."

55__『맹자』, 「공손축」 상. "유약(有若)이 이르기를, '어찌 단지 사람만 그러하겠는가? 달리는 짐승 중에 기린, 나는 새 중에 봉황, 언덕 중에 태산, 도랑 중에 하해가 같은 유이고, 백성 중에 성인의 위치도 이와 같다. 같은 종류 중에서 빼어나고 같은 무리 중에서 빼어났으나, 사람이 있은 이래로 공자보다 더 훌륭한 분은 계시지 않았다'고 하였다(有若曰, 豈惟民哉. 麒麟之於走獸, 鳳凰之於飛鳥, 泰山之於丘垤, 河海之於行潦類也. 聖人之於民亦類也. 出於其類, 拔乎其萃, 自生民以來, 未有盛於孔子)."

56__『서경』, 「주서(周書)」, '군진(君陳)'. "범인은 아직 성인을 보지 못하면 보지 못할 줄로 여기다가, 이미 성인을 보면 성인을 따르지 않으니 너는 경계하라(凡人未見聖, 若不克見, 既見聖, 亦不克由聖, 爾其戒哉)."

57__『맹자』, 「공손축」 상. "재아(宰我)와 자공과 유약은 지혜가 충분히 성인(聖人)을 알아 적어도 자기들이 좋아하는 사람에게 아첨하는 데에는 이르지 않았을 것이다(宰我子貢有若, 智足以知聖人, 汚不至阿其所好)."

58__『논어』, 「자장(子張)」. "자공이 이르기를, '궁장에 비유하자면 나의 담장은 어깨 높이라 나의 살림을 엿볼 수 있지만, 부자의 담장은 몇 길이라 문을 통해 들어가 보지 못하면 종묘의 아름다움과 백관의 성대함을 알 수 없다'고 하였다(子貢曰, 譬之宮牆, 賜之牆也及肩, 窺見室家之好, 夫子之牆數仞, 不得其門而入, 不見宗廟之美, 百官之富. 得其門者或寡矣, 夫子之云, 不亦宜乎)."

59__이 글의 탈초 및 해석에 도움을 주신 선생님들, 갈정 권재흥 선생님 외 김동준, 이창숙, 이종묵, 이경화 선생님에게 감사드린다.

60__조선시대 문헌에서 예를 들면, 金熙周, 『葛川集』 卷6, 「紹修書院影幀改摹日記序」, 한국문집총간속집 105, 민족문화추진회, 2010, 377쪽 참조. "향당편 일편은 즉 공자의 문인들이 성인을 그려낸 글이다(鄉黨一篇, 即孔氏門人畫聖人之書)."
洪直弼, 『冷泉遺稿』 卷7, 「祭文」, 한국문집총간속집 109, 민족문화추진회, 2010, 467쪽. "비유하자면 향당편 일편은 성인을 모사하여 그리기를 터럭도 차이 나지 않게 하였던 것 같다(譬如鄉黨一篇, 模畫聖人無毫髮差乖)."
兪漢雋, 『自著』 卷21, 「答豐墅李公敏輔書」, 韓國文集叢刊 249, 민족문화추진회, 2000, 347쪽. "옛사람이 말하기를 향당편이 논어 중에서 가장 좋지 않다고 하는데 성인을 그려내기 어려움 때문이 어찌 아니겠는가(古人云, 鄉黨篇在論語中却不甚好, 豈非以畫聖人難歟)."
郭鍾錫, 『俛宇集』 卷149, 「南冥曺先生墓誌銘」, 韓國文集叢刊 344, 민족문화추진회 2004, 151

쪽. "극도선생이 학문을 진전시키고 덕을 이루는 실상과 나고 듦과 행동거지의 절조가 '향당편'이 성인을 그린 듯함이 있었다(南冥書先生墓誌銘, 極道先生進學成德之實, 出處動止之節, 有若鄕黨之畫聖人)."

이외에, 正祖, 『弘齋全書』 卷124, 韓國文集叢刊 265, 민족문화추진회, 2001, 559쪽. "소위 향당편이 성인을 그린 것이 이것이다(所謂鄕黨畫聖人者, 此也)."

正祖, 『弘齋全書』 卷122, 韓國文集叢刊 265, 민족문화추진회, 2001, 507쪽. "향당편이 성인을 그리는 필법(鄕黨畫聖人之筆法)."

61__權尙夏, 『寒水齋集』 卷17, 「答朴德載振河」, 韓國文集叢刊 150, 민족문화추진회, 1995, 164쪽; 權尙夏, 『寒水齋集』 卷21, 「朴德載振河耕熟齋題額跋」, 韓國文集叢刊 150, 민족문화추진회, 1995, 86쪽 참조.

62__변관식, 「나의 회고록」, 『화랑』 1974년, 여름호; 김병종, 「화첩기행 38, 겸재 정선과 금강산」, 『조선일보』, 1998년 11월 29일자 참조.

---

2. 시서화 삼절에서 예원의 총수로

1__안휘준, 『한국회화사 연구』, 시공사, 2000, 771~72쪽.

2__申緯, 『警修堂全藁』 7冊, 「次韻篠齋夏日山居雜詠」, "屛間水墨不工畫, 英正年來漸入佳, 紅葉尙書姜豹庵世晃儒氣勝, 終然壓倒鄭謙齋歟."

3__정선의 평가에 관한 역사적 고찰은 장진성, 「愛情의 誤謬: 鄭歚에 대한 평가와 서술의 문제」, 『美術史論壇』 33, 2011, 47~73쪽; 고연희, 「겸재(謙齋) 정선(鄭歚), 그 명성(名聲)의 근거 검토」, 『대동문화연구』 109, 2020, 7~32쪽 참조.

4__丁若鏞, 『茶山詩文集』 14卷, 「題家藏畫帖」.

5__강세황, 「표옹자지」, 『표암유고』, 한국정신문화연구원, 1979, 463쪽. "姓姜氏, 貫晉州, 名世晃, 字光之, 考大提學文安公諱鋧, 祖雪峯文貞公諱

柏年, 曾祖竹窓僉知中樞諱籒, 麗朝殷烈公諱民瞻之後. …… 翁以奕世軒冕, 命與時乖, 落拓至老, 退處鄕村, 與野老爭席, 晩更掃迹京塵, 不接人面."

6__강세황과 여주이씨 성호가의 문인들과의 교유에 대하여는 정은진, 「『聲皐酬唱錄』을 통해 본 豹菴 姜世晃과 星湖家의 교유 양상」, 『동양한문학연구』 22, 2006, 337~74쪽 참조.

7__강세황, 「표옹자지」, 『표암유고』, 한국정신문화연구원, 1979, 469쪽. "末世多忮心, 恐人或有以賤技小之者, 勿復言善畫事." 이규상은 강세황의 절필에 대해 다른 사정을 전하고 있다. 그에 의하면 강세황은 영조대에 어용을 모사한 후 노년까지 절필했다고 한다. 이규상이 전하는 내용의 진위나 근거는 판단하기 어렵다. 이규상, 민족문학사연구소 한문분과 옮김, 『18세기 조선 인물지: 幷世才彦錄』, 창작과비평사, 1997, 147쪽.

8__강빈이 지은 행장은 강세황, 「표옹자지」, 『표암유고』, 한국정신문화연구원, 1979, 494쪽. "人心多忮, 易有以賤技小之者, 勿復言善畫事. 向來徐命膺言, '此人有此技,' 予之不答有意也." 강세황, 김종진·변영섭·정은진·조송식 옮김, 『표암유고』, 지식산업사, 2010, 664~65쪽 참조.

9__『承政院日記』 1211冊, 英祖 38年 10月 27日. "命膺曰, 儒生姜世晃, 故判書姜鋧之子也, 世稱詩書畫三絕, 又有許佖, 依天使時白衣從事官權韠故事, 帶去則好矣. 上曰, 更爲訪問, 可也."

10__삼절의 기원과 역사적 의미에 대하여는 마이클 설리번, 문정희 옮김, 『최상의 중국 예술 시·서·화 삼절』, 한국미술연구소, 2015, 1~100쪽 참조.

11__이규상, 민족문학사연구소 한문분과 옮김, 『18세기 조선 인물지: 幷世才彦錄』, 창작과비평사, 1997, 144~51쪽.

12__강세황, 「표옹자지」, 『표암유고』, 한국정신문화연구원, 1979, 466쪽. "好繪事, 時或弄筆, 淋漓高雅, 脫去俗蹊. 山水, 大有王黃鶴黃大癡法, 墨蘭竹, 尤淸勁絕塵. 世無有深識者, 亦不自以爲能事, 聊以遣興適意而已. 或爲求者所嬲, 心甚厭苦,

亦未嘗峻却, 惟漫應之, 不欲拂人意. 書法二王, 雜以米趙, 頗造深妙, 旁及篆隷, 自得古意, 每興至, 臨古法書數行, 以寄其蕭散淸遠之趣."

13__『송도기행첩』은 개성 유수인 오수채(吳遂采, 1692~1759)의 요청으로, 「지락와도」는 정택조(鄭宅祚, 1702~71)의 요청으로, 그리고 「복천오부인초상」은 예조판서를 지낸 이익정(李益炡, 1699~1782)의 어머니 오씨 부인을 위하여 제작되었다. 안산 시절 강세황의 회화 수응과 사회적 네트워크의 관계에 대하여는 이경화, 「강세황 연구」, 서울대학교 박사학위논문, 2016, 48~100쪽 참조.

14__이 절은 「강세황의 묵죽화와 회화 酬應」의 일부를 수정·보완했다. 이경화, 「강세황의 묵죽화와 회화 酬應」, 『한국실학연구』 38, 2019, 247~84쪽.

15__유기의 초명은 유원(劉瑗)이며 광옥은 자이다. 그는 대대로 역관을 배출해 온 역관가문 출신으로, 1771년에 역과에 급제했다.

16__일반적으로 대나무를 그릴 때 죽간(竹竿)은 전서(篆書)로, 가지는 초서(草書)로, 잎은 해서(楷書)로, 마디는 예서(隸書)의 원리를 활용하여야 좋은 그림이라고 믿었다. 王槪, 『完譯 介子園畫傳』 竹譜, 서림출판사, 1992, 489쪽.

17__간송미술관에 소장된 「청록죽」은 본래 김광국이 자신의 소장품을 엮은 화첩인 『석농화원』 3권에 수록되어 있었다. 「청록죽」의 화기는 다음과 같다. "從來寫竹, 皆以墨不以彩, 故有墨君之稱. 今石農求寫片幅, 必欲用靑綠, 果何意也? 窘於寸幅, 不能揮筆作千尋之勢, 是尤可恨. 甲辰暮春豹翁題."

18__김광국, 유홍준·김채식 옮김, 『석농화원』, 눌와, 2015, 152~53, 327, 373쪽.

19__"世之求余畫者多矣. 或山水, 或花卉草蟲, 或樓閣器物, 雖隨求而應, 强半倦困漫筆耳." 예술의 전당, 『豹菴 姜世晃: 푸른 솔은 늙지 않는다』, 2003, 205, 355쪽 참조.

20__강세황이 그림을 시작한 시기는 분명하지 않다. 강세황은 「산향재기(山響齋記)」에서 유우지질

(幽憂之疾)로 고통받던 시기에 이를 극복하기 위하여 그림과 음악에 마음을 기울였다고 한다. 이 내용을 따르면 그가 '산향재(山響齋)'라는 당호를 사용한 20대 중반에는 이미 그림에 입문했을 것으로 추정된다. 이경화, 「강세황 연구」, 서울대학교 박사학위논문, 2016, 42~47쪽 참조.

21__이규상, 민족문화사연구소 한문분과 옮김, 『18세기 조선 인물지: 幷世才彦錄』, 창작과비평사, 1997, 139쪽.

22__이규상, 민족문화사연구소 한문분과 옮김, 『18세기 조선 인물지: 幷世才彦錄』, 창작과비평사, 1997, 145쪽.

23__정선의 수응화에 관한 논의는 장진성, 「정선과 수응화」, 『항산 안휘준 교수 정년퇴임기념논문집 간행위원회 편, 『미술사의 정립과 확산 1: 한국 및 동양의 회화』, 사회평론, 2006, 264~89쪽.

24__1790년 8월 신말주(申末舟, 1429~1503)의 후손인 신상렴(申尙濂)이라는 인물이 강세황을 찾아와 선조의 유혼인 『십로도상첩』을 새로 그려주길 요청했다. 강세황은 "금년 80세가 가까워 눈이 어둡고 손이 떨려 참으로 붓을 들기 어렵다"라는 사정을 밝히고 이 그림을 직접 이모하지는 않았다. 대신에 작은 산수화 한 폭을 덧붙였다. 화첩의 이모는 김홍도에 의해 진행되었다. 『십로도상첩』의 자세한 제작 경위는 조지윤, 「〈十老圖卷〉과 〈十老圖像帖〉」, 『삼성미술관 Leeum 연구논문집』 3, 2007, 31~53쪽 참조.

25__강세황, 「표옹자지」, 『표암유고』, 한국정신문화연구원, 1979, 330쪽. "余粗解寫墨竹, 而於山水則素所未能也, 滄海翁惟恐余畫竹, 而只令畫山水, 此殆責闒人以髯也. …… 後之覽者, 必不知求之者之爲, 乃責强其所不能者之過. 余不欲愛焉."

26__국립중앙박물관 편, 『표암 강세황』, 국립중앙박물관, 2013, 218쪽.

27__강세황, 김종진·변영섭·정은진·조송식 옮김, 『표암유고』, 지식산업사, 2010, 668~69쪽.

28__丁若鏞, 『茶山詩文集』 卷1, 「春日澹齋雜詩」, "豹翁山閣接溪園, 求畫人來若市門. 蘭竹一揮酬

熟客, 靜時方許寫桃源."

29__丁若鏞, 『茶山詩文集』 14卷, 「題家藏畫帖」. 정약용의 「題家藏畫帖(제가장화첩, 집에 소장된 화첩에 제함)」에는 그가 보았던 「도원도」 병풍에 관한 기록이 포함되었다. 강세황이 어느 권신의 요청으로 8폭 병풍의 「도원도」를 그렸는데, 닭과 개까지 모두 갖추어졌고 털까지 셀 수 있을 정도로 정밀한 그림이었다.

30__丁若鏞, 『與猶堂全書』 文集 14卷, 「跋神宗皇帝墨竹圖障子」. "近世姜豹菴畫竹, 止畫一二枝, 分个各三四枝而已, 此只是竹畫, 安足謂畫竹哉."

31__姜世晃, 「畫竹八幅入刻又書八絶句幷開板」, 강세황, 「표옹자지」, 『표암유고』, 한국정신문화연구원, 1979, 178~80쪽. "乞畫人人紛若狂, 須臾掃盡數千張, 刊成老子閒無事, 袖手看人摸揚忙. …… 人皆求畫細兼繁, 性懶那堪眼且昏, 作竹數枝猶不耐, 刊傳要免應酬煩." 강세황, 김종진·변영섭·정은진·조송식 옮김, 『표암유고』, 지식산업사, 2010, 240~43쪽. 강세황에게 묵죽을 배웠던 신위 역시 훗날 자신의 묵죽과 글씨를 판각한 사례가 있다. 신위가 묵죽을 판각할 때 강세황을 전거로 삼았을 것이라 추정된다.

32__다양한 요청으로 제작된 심주의 수응화를 분석한 이 글에서 스서우첸(石守謙)은 수응은 폄하의 의미가 아니며 오히려 화가가 감상자와의 관계가 어떻게 영위되는가를 드러낸다고 했다. 화가는 요청에 응하면서 동시에 수응을 통하여 자신의 자아를 드러내는 방식을 취할 수 있다고 했는데, 이런 방식은 강세황의 수응화에도 동일하게 관찰된다. 石守謙, 「沈周的酬應畫及其觀衆」, 『從風格到畫: 反思中國美術史』, 臺灣: 石頭出版社, 227~42頁.

33__장진성, 「정선의 그림 수요 대응 및 작화 방식」, 『동악미술사학』 11, 동악미술사학회, 2010, 221~36쪽.

34__趙榮祏, 『觀我齋稿』 卷3, 「丘壑帖跋」. "豈嶺東嶺南山形故同歟, 抑元伯倦於筆硯, 而故爲是便捷耶."

35__이규상, 민족문학사연구소 한문분과 옮김, 『18세기 조선 인물지: 幷世才彦錄』, 창작과비평사, 1997, 37~45쪽.

36__"時世之儒, 尊瞻正依, 望之便知其人, 日高士者, 任天眞渾世俗, 懷玉而樗散者也." 전희진, 「李奎象의 『幷世才彦錄』에 대한 硏究」, 성균관대학교 한문학과 석사학위논문, 2000, 30~32쪽.

37__문일평, 「화종 정선」, 「화선 김홍도」, 『藝術의 聖職: 역사를 빛낸 우리 예술가들』, 열화당, 2001, 321~28쪽; 김용준, 「겸현(謙玄) 이재(二齋)와 삼재설(三齋說)에 대하여: 조선시대 회화의 중흥조(中興祖)」, 「18세기 선진적 사실주의 화가 단원 김홍도: 그의 탄생 195주년을 맞이하면서」, 「단원 김홍도의 창작 활동에 관한 약간한 고찰」, 『근원 김용준 전집 3: 조선시대 회화와 화가들』, 열화당, 2001, 61~172쪽.

38__일제의 식민사관은 조선의 역사를 부정적으로 인식했으며 이와 더불어 민족주의 사관에 의해서도 망국을 초래한 조선의 유교 문화가 부정당했다. 이러한 사상계의 영향 아래 민족의 영광스러운 과거를 보여 주는 고구려 고분벽화에 관심이 집중되었으며 조선 회화는 부당할 정도로 관심을 받지 못했다. 유교사상을 근간으로 하는 문인화가의 회화에서는 이런 경향이 더욱 극단적으로 나타났음을 유추할 수 있다. 일제강점기 미술사 연구 경향에 관해서는 홍선표, 「韓國繪畫史 연구 80년」, 『朝鮮時代繪畫史論』, 문예출판사, 1999, 16~50쪽 참조.

39__金永基, 『朝鮮美術史』, 金龍圖書株式會社, 1948, 176~80쪽; 조선총독부 편, 『朝鮮古蹟圖譜』 14, 朝鮮總督府, 1935, 2038~39쪽.

40__藤塚鄰·藤塚明直 엮음, 윤철규·이충구·김규선 옮김, 『秋史 金正喜 硏究: 淸朝文化 東傳의 硏究』, 과천문화원, 2009, 89~126쪽.

41__민길홍, 「18세기 화단에서 표암 강세황의 위상」, 『표암 강세황: 조선 후기 문인화가의 표상』, 한국미술사학회, 2013, 285~320쪽.

42__이동주, 『한국회화소사』, 학고재, 1996, 173쪽.

43__조규희, 「민길홍에 대한 질의」, 『표암 강세

황: 조선 후기 문인화가의 표상」, 한국미술사학회, 2013, 318쪽.

44__「문호개방을 위한 시련」, 『동아일보』, 1962년 10월 2일자; 李東洲, 『韓國繪畵小史』, 서문당, 1972, 185쪽; 李東洲, 『韓國繪畵小史』, 범우사, 1996, 147쪽.

45__변영섭, 『표암 강세황 회화 연구』 개정판, 사회평론, 2016, 16쪽. 이 글에서는 논의의 시점을 1970년대까지로 한정했다. 1980년대 이후에 등장하는 강세황 연구와 그에 대한 인식의 변화에 대한 상세한 내용은 추후에 별도로 논의하고자 한다.

---

3. 최북, 기인 화가의 탄생

1__최북의 생몰년에 대해서는 홍선표, 「崔北의 生涯와 意識世界」, 『미술사연구』 5, 미술사연구회, 1991, 12쪽 주 3에서 이가환의 『정헌쇄록』의 기록을 토대로 1712년생으로 정한 바 있다. 원문은 주 32 참조. 몰년은 조희룡의 『호산외사』에 그가 마흔아홉 살에 죽었다는 기록을 따르면 1760년이 된다(주 35). 그러나 그 이후에도 최북의 활동이 감지되는데, 1763년경 신광수가 최북에게 그림을 요청한 점(주 17), 1766년에 강세황 등이 아회도를 요청한 점(주 18), 1765년의 기년작 「송음관폭도(松陰觀瀑圖)」(국립중앙박물관 소장)가 존재하는 점 등이 그 증거이다. 김광국의 화평(주 24), 남공철과의 교유(주 31)를 고려해도 최북은 일흔 이후 사망했음을 추정할 수 있다. 유홍준은 신광하의 기록을 토대로 최북이 1786년에 죽었다는 견해를 제기한 바 있다(주 28). 이 글에서는 이들이 세보(世譜), 행장(行狀), 방목(榜目) 등의 객관적인 기록이 아니라 대부분 사후에 편찬된 것임을 고려하여 몰년을 미상으로 남기고자 한다.

2__최북에 대한 연구를 출간 순으로 나열하면 다음과 같다. 李興雨, 「奇行의 畵家 崔北」, 『空間』 143, 1975년 5월; 유홍준, 「호생관 최북」, 『역사비평』 16, 역사비평사, 1991, 384~404쪽; 홍선표, 「崔北의 生涯와 意識世界」, 『미술사연구』 5, 1991, 11~30쪽; 박은순, 「호생관 최북의 산수화」, 『미술사연구』 5, 1991, 31~73쪽; 정은진, 「『蟾窩雜著』와 崔北의 새로운 모습」, 『문헌과 해석』 16, 태학사, 2001, 249~60쪽; 변혜원, 「毫生館 崔北의 生涯와 繪畵世界 硏究」, 고려대학교 석사학위논문, 2007; 『호생관 최북』, 국립전주박물관, 2012, 수록 원고-이원복, 「호생관 최북의 畵境」, 박은순, 「朝鮮後期 山水畵와 毫生館 崔北의 詩意圖」, 권혜은, 「최북의 화조영모화」.

3__최북에 대한 통찰력 있는 인문 대중서는 다음과 같다. 이들은 처음 공개하는 자료도 많이 수록하고 있어 학술적으로도 가치가 크다. 유홍준, 『화인열전』, 역사비평사, 2001, 127~65쪽; 안대회, 『조선의 프로페셔널』, 휴머니스트, 2007, 101~40쪽; 안대회, 『벽광나치오』, 휴머니스트, 2011, 57~95쪽에 재수록.

4__박희병, 「조선 후기 예술가의 문학적 초상-예인전의 연구-」, 『대동문화연구』 24, 1990, 87~148쪽. 박희병은 이러한 18세기의 새로운 인물상을 '방외인'으로 규정하며 "중세 해체기의 한 예술적 징후"로 해석하였다. 안대회는 이들을 한 가지 일에 몰두한 '벽(癖)'과 '치(痴)'의 전형으로 보았으며, 자신의 분야에 전문성을 드러낸 '조선의 프로페셔널'이라 불렀다. 안대회, 『조선의 프로페셔널』, 휴머니스트, 2007, 8~10쪽.

5__여주이씨 일가는 안산의 문인 집단에 큰 영향을 끼쳤으며 최북도 이 영향력 안에서 강세황, 허필을 비롯한 서화가들과 교유했다. 최북의 안산 문인들과의 교유에 대해서는 박지현, 「연객 허필 회화 연구」, 서울대 석사학위논문, 2004, 45~54쪽; 변혜원, 「毫生館 崔北의 生涯와 繪畵世界 硏究」, 고려대학교 석사학위논문, 2007, 22~39쪽; 권혜은, 「최북의 화조영모화」, 『호생관 최북』, 국립전주박물관, 2012, 140~47쪽.

6__이는, 제10차 통신사행으로 1747년 11월 28일부터 1748년 윤7월 13일까지 이어졌다. 최북의 통신사 수행화원으로의 임무에 대해서는 변혜원, 「毫

生館 崔北의 生涯와 繪畫世界 硏究」, 고려대학교 석사학위논문, 2007, 64~69쪽 참조.

7__ 신장문학에 대해서는 다음 참조. 박종훈, 「金勉柱 관련『燕行贐章』에 보이는 명·청 인식」,『한국문학과 예술』30, 숭실대학교 한국문학과예술연구소, 2019, 39~71쪽; 한태문, 「조선 후기 通信使의 贐章 연구-「遜窩府君日本使行時贐章」을 중심으로」,『語文研究』73, 어문연구학회, 2012, 283~308쪽.

8__ 李瀷,『星湖集』卷5,「送崔七七之日本 三首」. 앞의 두 수는 다음과 같다.

오두산의 산 빛은 아스라이 창공에 이어졌고
고래 죽자 지부산에 길이 처음 통하였네.
동쪽에 성교가 젖어든 것은 언제부터인고
하늘은 응당 한 줄기 순풍을 빌려주리라.
구군의 산천을 두루 많이 유람하리니
가슴속에 담아 올 것 과연 어떠할꼬
지난날 서복이 신선 찾아 갔던 땅에
다시금 성초 좇아 말 타고 지나가리라.

鼇頭山色邈連空
鯨死之罘路始通
聲敎東漸問何世
天心會借一帆風
九郡山川歷覽多
胷中包括果如何
當年徐福求仙地
又逐星軺按轡過.

9__ 부상은 동해의 해가 돋는 곳에 있다는 신성한 나무로, 부상국은 14세기 이래 중국과 고려에서 일본을 가리키는 말로 사용되었다. 김태도,「扶桑에 관한 일고찰」,『日本文化學報』31, 한국일본문화학회, 2006, 233~65쪽.

10__ 李玄煥,『蟾窩雜著』,「送崔七七之日本序」; 정은진, 「『蟾窩雜著』와 최북의 새로운 모습」,『문헌과 해석』16, 태학사, 2001, 249~60쪽.

11__ 홍선표,「조선 후기 통신사 수행화원의 회화

활동」,『美術史論壇』6, 한국미술연구소, 1998; 서윤정, 「1764년 통신사의 회화활동과 그 교류」, 서울대 석사학위논문, 2005.

12__ 이는 이현환이 '군자는 사물에 뜻을 잠시 기탁할 수는 있으나 뜻을 머물게 해서는 안 된다(君子可以寓意於物 不可留意於物)'라는 소식의 화론을 적용하였기 때문이다. 완물상지, 즉 '그림에 빠져 뜻을 잃어버린다'라는 문인화론에 입각해 일본들이 국사를 망각하기를 바라는 것이다.

13__ 李玄煥,『蟾窩雜著』,「崔北畫說」. "七七以善畫鳴于世. 人有持屛簇以請者. 七七始喜之, 奮袂如風, 須臾而成, 其應若流. 粤在戊辰之歲, 以畫被選入日本. 倭人以寶貨, 求其畫甚衆, 及其歸也, 格益奇而名著. 四方之人, 來請畫者, 足相躡於其門. 王公貴人, 甚或使之以畫師. 七七終厭之, 人有以執素來者, 輒受而置之, 盈篋軸而積箱篋, 或有經歲, 而不肯下筆者夥矣. 普文與可善畫竹, 人持縑而來者殆無數, 與可厭之, 投諸地. 而罵曰, 吾將以爲韈. 七七山水花卉 與與可竹, 並將而專其名. 其厭之之意, 亦欲韈其嫌矣. 故嘗曰, 人之癖於畫者, 雖有道德文章, 卒蒙畫師之恥. 每語人亟以畫爲戒. 而余觀夫時或解衣槃簿, 縱筆揮霍, 旁若無人. 要其大旨, 皆倣古法而出新意也. 余日, 子之畫不幾於猩猩嗜酒, 且嘗且飮者乎. 子瞻日, 詩之杜, 文之韓, 書至於魯公, 畫至於道子, 古今之變, 天下之能事畢矣. 余以子之畫, 亦謂之能事畢矣. 子其勿慳也. 几物之可喜而悅人者, 莫畫若也. 故桓玄之走舸, 王涯之複壁, 皆以害其國, 而其身. 古人之癖, 未易以創解者, 類如是矣. 窈想夫造化翁賦奇才於子, 而人寶子畫, 如明月之珠, 夜光之璧, 斯寶也, 其可易乎. 他日子之化也. 得之家又寶藏之. 子其勿慳也. 七七日, 惟畫適吾意而已. 世之知畫者鮮矣. 誠如子之言, 雖百世之下, 觀此畫者, 可以想其人. 吾欲以俟後之知音也. 遂畫翎毛圖八帖以遺余. 余因謂之崔白毛, 遂爲之說, 乃己巳之秋九日也." 원문과 번역은『호생관 최북』, 국립전주박물관, 2012, 156~57쪽 참조.

14__ 申光洙,『石北集』卷6,「崔北雪江圖歌」. 이

시가 수록된『여강록(驪江錄)』하편(下篇)은 1760~63년경의 시를 모았다. 홍선표는 이 시가 신광수가 1763년 초 서울에 잠시 머물렀을 때 지은 것으로 추정하였다. 홍선표,「崔北의 生涯와 意識世界」,『미술사연구』5, 미술사연구회, 1991, 16쪽.

15__ 강세황·허필·백상영·엄경응이 주축이 된 모임은 '사노회(四老會)'라는 이름으로 매 계절마다 모이기로 하였다. 박지현,「연객 허필 서화 연구」, 서울대 석사학위논문, 2004, 18쪽; 이경화,「표암 강세황 회화 연구」, 서울대 박사학위논문, 2016, 33~34쪽. 姜世晃,『豹菴集』卷3,「丙戌十月望日. 會于傲軒各賦」, 柳最鎭,『樵山雜著』, "……崔北圖雅集. 豹菴書詩篇." 오세창,『근역서화징』, 시공사, 1998, 724쪽,「최북」, 742쪽에서 재인용.

16__ 강세황과 허필, 최북의 만남은『와유첩』이라는 합벽첩을 통해서도 증명되는데, 이 화첩은 정란의 수중에서 신광수에게 넘어갔다. 신광수는 허필, 강세황과 가까웠으며, 따라서 안산에서 최북의 교유도 잘 알고 있었을 것이다.『와유록』에 대해서는『호생관 최북』, 국립전주박물관, 2012, 167쪽.

17__ 이기현,『석북 신광수의 문학연구』, 보고사, 1996; 신장섭,「석북 신광수의 증시를 통한 교유층과 인간애의 고찰」,『江原人文論叢』14, 강원대학교 인문과학연구소, 2005, 45~73쪽; 이기현,「석북 신광수의〈금마별가〉연구」,『韓國漢文學研究』17, 한국한문학회, 1994, 123~53쪽.

18__ 李瀷,『星湖集』卷4,「蘭亭圖歌」.

19__ 李用休,『惠寰雜著』,「題楓嶽圖」, "殷七七非時開花. 崔七七不土起山. 皆以頃刻. 異哉. 生左海不見楓嶽. 如過泗州不謁大聖. 昔人云. 某山是造化幼少時所作. 故草草. 余謂此山. 乃其老成手熟後. 又別出新意刱造者. 不然. 天下何無一山與之彷彿也."

20__ 정은진,「혜환 이용휴의 서화비평 연구」,『한문학보』7, 우리한문학회, 2002, 167~200쪽.

21__ 그림은 변혜원,「毫生館 崔北의 生涯와 繪畵世界 研究」, 고려대학교 석사학위논문, 2007, 176

쪽, 그림 88. 최북,「松下草屋圖」,『불염재진적첩』, 종이에 색, 30.3×24.0cm, 삼성미술관 리움.

22__ 정란은 북방의 산을 유람하고 다닌 당대의 기인으로 이름이 나 있었다. 최북은 정란이 백두산, 금강산을 유람한 그림을 그에게 그려주었다. 中國賓,『太乙菴集』卷5,「題鄭滄海白頭山圖後」.『와유첩』은 최북, 강세황, 허필의 작품이 함께 장첩된 화첩으로 처음에는 정란의 소유였으나 후에 신광수에게 이전되었다. 이원복,『호생관 최북』, 2012, 167쪽.

23__ 김경,「朝鮮後期 散文에서의 奇- 李用休 散文을 중심으로」,『민족문화연구』58, 고려대학교 민족문화연구원, 2013, 307~36쪽. 김경은 이 논문에서 '奇'의 개념을 이해하기 위해 그 반대의 성격을 가진 단어로서 正, 雅, 淸, 平, 明白을 들었다.

24__ 박은순,「호생관 최북의 산수화」,『미술사연구』5, 1991, 57~59쪽; 이원복,「호생관 최북의 화경-회화사적 위상과 특징」,『호생관 최북』, 2012, 124~33쪽. 박은순은 최북의 그림이 노년기에 들어 "간일하고 즉흥적이며 호방한" 화풍으로 크게 변모하였다고 하였다. 이원복은 시대적 구분은 두지 않고 크게 두 계열로 나누었다.

25__ 申光河,『震澤文集』卷7,「崔北歌」. 이 글이 실려 있는『진택문집(震澤文集)』제7권은 1784년에서 1787년 사이의 시들을 모은 것이다. 문집에 글이 시간 순으로 실려 있음을 비추어볼 때, 이 글은 대략 1786년경에 지어진 것으로 보인다. 이 글이 최북이 죽은 직후 애도하며 지었다는 것을 근거로 유홍준은 최북의 몰년을 1786년으로 보았다. 유홍준,「조선 후기 문인들의 서화비평」,『19세기 문인들의 서화』, 열화당, 1988, 64쪽.

26__ 兪晩柱,『欽英』3책, 1780년 12월 24일조. "畵者崔北有少婦. 善畵美人. 人多見之云"(안대회,『벽광나치오』, 휴머니스트, 2011, 95쪽에서 재인용).

27__ 南公轍,『金陵集』卷13,「崔七七傳」. "崔北七七者. 世不知其族系貫縣. 破名爲字. 行于時. 工畵眇一目. 嘗帶靉靆半. 臨帖摹本. 嗜酒喜出

28__南公轍,『金陵集』卷10,「答崔北」.

29__이가환, 민족문학사연구소 한문분과 옮김, 「이가환의『정헌쇄록(貞軒瑣錄)』」,『민족문학사연구』31, 민족문학사학회, 2006, 381~440쪽. "최북은 자가 칠칠이다. 초명은 식(埴)이고, 자는 성기(聖器)이며, 경주최씨이다. 숙종 임금 임진년에 계사(計士) 최상여(崔尙餘)의 아들로 태어났다. 화폭에는 성재(星齋), 거기재(居其齋), 삼기재(三奇齋), 좌은(坐隱) 등의 호를 썼는데 호생관(毫生館)이라 쓴 것이 특히 많다."

30__『晉書』卷29,「阮籍傳」. 위(魏)나라 은자, 완적은 휘파람을 잘 불었다. 한번은 소문산에 은거하는 스승 손등(孫登)을 찾아갔으나 대답을 듣지 못하였는데 산을 내려오면서 그의 휘파람 소리를 듣고 손등의 뜻을 이해하였다고 전한다.

31__南公轍,『金陵集』卷13,「崔七七傳」. "世以七七爲酒客爲畵史. 甚者目以狂生. 其實言時有妙悟實用者類此. 李佃言七七好讀西廂記, 水滸傳諸書. 爲詩亦奇古可諷. 而秘不出云. 七七死於京師旅邸. 不記其年壽幾何."

32__남공철은 광증과 오만으로 비춰질 수 있는 최북의 풍모에 다른 미학을 부여한다. 그의 말이 "묘한 깨달음(妙悟)"을 준다거나, 그의 시가 "감춰져 있으며(秘而不出)" "기이하고 고풍스럽다(奇古)"라는 표현은 앞서 최북의 화평에서 본 '아취 있고(雅)', '맑은(淸)' 것과는 반대에 서 있다. 그러나 그 나름대로 '기이하고(奇)' '오묘하여(妙)' '신비한(秘)' 특질로서 의미가 있다.

33__趙熙龍,『壺山外史』,「崔北傳」.

34__최북의 생몰년에 대해서는 이 글 주 1(290쪽) 참조.

35__박희병,『조선 후기 傳의 소설적 성향 연구』, 성균관대학교 대동문화연구원, 1993, 86~125쪽.

36__박희병,『조선 후기 傳의 소설적 성향 연구』, 성균관대학교 대동문화연구원, 1993, 87~109쪽; 안대회,「『추재기이』의 인간 발견과 인생 해석」,『韓國學論集』38, 한양대학교 한국학연구소, 2004, 7~34쪽.

37__박희병,「異人說話와 神仙傳: 說話·野譚·小說과 傳 장르의 관련 양상의 해명을 위해 (1)/(2)」,『韓國學報』14(4)/15(2), 1988/1989, 25~53, 90~97쪽. 조희룡은 신선을 동경하고 있지는 않다. 그러나 신선과 같은 특출한 인물이 사대부 계급만이 아니라 여항인에도 있음을 통해 여항인의 자존의식을 표현하려는 데 의의가 있다.

38__조희룡, 실시학사 고전문학연구회 번역,「김억전·임희지전」,『호산외기』, 한길아트, 1998, 65쪽.

39__최북의 몰년에 대한 논의는 이 글 주 1(290쪽) 참조.

40__『호산외사』속 예인들은 대다수가 사회적 인정을 얻지 못하고, 쓸쓸한 죽음을 맞는 것으로 묘사되는데, 여기에 대한 조희룡의 찬평은 비통한 마음을 표하고 있다. 박희병,「중인층 전기 작가로서의 호산 조희룡-『호산외기』의 분석」,『韓國古典人物傳硏究』, 한길사, 1992, 438~65쪽; 이선옥,「19세기 여항 문인화가 조희룡 예술의 근대성」,『감성연구』12, 전남대학교 호남학연구원, 2016; 이선옥,「붓 끝에 쏟아낸 울분-여항문인화가 조희룡의 삶과 예술」,『한국인물사연구』19, 한국인물사연구회, 2013, 179~219쪽.

41__『이향견문록』에 대해서는 이지양,「『里鄕見聞錄』을 통해 본 兼山 劉在健의 意識」,『成均語文硏究』30(1), 성균관대학교 국어국문학회, 1995, 141~62쪽; 정병호,「〈里鄕見聞錄〉을 통해 본 朝鮮時代 閭巷人의 形象」,『東方漢文學』12, 동방한문학회, 1996, 231~51쪽; 권기석,「『里鄕見聞錄』수록 인물의 사회계층적 위상과 신분 관념」,『朝鮮時代史學報』72, 조선시대사학회, 2015, 269~338쪽.

42__안영훈,「『逸士遺事』의『壺山外記』·『里鄕見聞錄』수용 양상」,『語文硏究』35(4), 한국어문교육연구회, 2007, 337~59쪽; 조지형,「〈逸士遺事〉의 편찬 의식과 인물 수록 양상」,『東洋古典硏究』70, 동양고전학회, 2018, 495~524쪽.

43__『일사유사』가『금릉집』을 인용한 것은『이향

견문록』의 영향으로 보인다. 『일사유사』는 총 214명 중 72명이 『이향견문록』의 내용을 참고하였다.

44__張志淵, 『逸士遺事』, 「崔北」. "최북은 조선 영조 때의 화가로서 초명은 식(埴)이며 자는 성기(聖器), 유용(有用), 칠칠(七七)이라고 하였는데, 칠칠은 이름의 북(北) 자를 두 쪽으로 가른 것이라 한다. 호는 성재(星齋), 기암(箕庵), 거기재(居其齋), 호생관(毫生館) 등 여러 가지를 썼다. 본관은 무주인데 그의 집안 계통은 아는 사람이 없다." 대부분은 이가환의 『정헌쇄록』에 포함된 내용이고, "유용"은 이광사의 '화제'에 보인다. 본관이 '무주'라는 사실은 조병유가 1898년 편찬한 무주 읍지인 『적성지(赤城誌)』에 보이는데 이를 『근역서화징』에서도 그대로 인용하였다. 그의 호 '기암'은 그 전거를 찾기가 어렵다.

45__오세창, 동양고전학회 번역, 『근역서화징』, 「최북」, 시공사, 1998, 741~46쪽. 홍선표, 「『근역서화사』의 편찬과 『근역서화징』의 출판」, 『인물미술사학』 4, 인물미술사학회, 2008, 291~308쪽.

46__『근역서화징』에서 최북의 이름과 출신, 생몰년을 적은 첫 구절은 『일사유사』를 그대로 인용하였던 것으로 보이나 사실이라고 받아들여 별도의 전거는 적지 않았다.

47__南公轍, 『金陵集』, 卷10, 「答崔北」; 卷22 「趙子昂萬馬圖橫軸絹本」. 오세창, 『근역서화징』, 시공사, 1998, 742쪽.

48__에도시대 말기의 가노파(狩野派) 화가인 아사오카 오키사다(朝岡興禎)의 『고화비고』에는 조선 화가에 대한 전기, 「조선서화전(朝鮮書畵傳)」이 수록되었다. 박은순, 「19세기 「朝鮮書畵傳」을 통해 본 韓日 繪畵交流」, 『미술사학연구』 273, 한국미술사학회, 2012, 133~62쪽; 홍선표, 「日本에 있는 朝鮮 繪畵의 전래 및 존재 유형과 사례」, 『동악미술사학』 14, 동악미술사학회, 2013, 13~27쪽.

49__關野貞, 『朝鮮美術史』, 朝鮮史學會, 1932, 329~31쪽. "최북(호생관)은 산수, 화초, 영모, 괴석, 고목을 그렸으며, 묘사법이 창연하여 일가를

이루었다." 영정조의 화가로 소개하고 있으며, 가장 유명한 사람으로 겸재, 관아재, 현재를 두고 그 외의 인물로 윤덕희, 강세황, 변상벽 등을 함께 언급하였다.

50__고유섭, 「조선의 회화」, 「김홍도」, 『조선미술사 각론편』, 열화당, 2007.

51__윤희순, 「조선조의 정열화가」, 『조선미술사연구-민족미술에 대한 단상』, 서울신문사, 1946. 윤희순의 미술비평에 대해서는 최열, 「윤희순의 민족주의 미술론」, 『한국근현대미술사학』 7, 한국근현대미술사학회, 1999, 104~18쪽; 최정주, 「1930~1940년대 윤희순의 미술비평」, 『한국근현대미술사학회』 10, 한국근현대미술사학회, 2002, 33~62쪽.

52__윤희순, 「조선조의 정열화가」, 『조선미술사연구-민족미술에 대한 단상』, 서울신문사, 1946, 145, 156쪽. 문일평 역시 정선의 동시대 산수화가로 최북을 간단히 언급하였는데, 그를 '기인 화가 최북'이라 부르고 있다. 문일평, 「東國山水 畵宗인 정선」, 『문일평 전집』(『예술의 성직』, 열화당, 2001, 62쪽에서 재수록).

53__김용준, 「조선조의 산수화가」, 『근원수필』, 1948(『근원 김용준 전집 1: 새근원수필』, 열화당, 2001, 213쪽에 재수록. '요사한 천재 화가 최북').

54__김용준, 「최북과 임희지」, 『근원수필』, 1948(『근원 김용준 전집 1: 새 근원수필』, 열화당, 2001, 229~37; 238~48쪽에서 재인용). 이 두 문헌을 통틀어 생략된 부분은 『호산외사』에서 최북이 고관의 이름을 묻는 부분(ⓛ)인데 이는 본 수필에서도 생략된 것으로 미루어 김용준이 『금릉집』과 『호산외사』의 원전 대신 『일사유사』와 『근역서화징』을 참조하였음을 알 수 있다. 한편 김용준은 『근역서화징』에 수록된 신광수의 시 「최북설강도가」도 저자에 대한 출전 없이 그대로 실었다.

55__김용준은 생활을 통해 예술을 찾는 자보다 삶 자체가 예술이 되는 자가 가장 예술적이고, 높은 향기를 지닌다고 하였다. 김용준, 「최북과 임희지」, 229쪽.

56__ 김용준, 「화가와 괴벽」, 『조광』 1936년 8월 (『근원 김용준 전집 1: 새 근원수필』, 열화당, 2001, 140~42쪽에 재수록).

57__ 화가의 기행에 대한 김용준의 낭만주의적인 시각은 월북 이후의 글에서는 일대 변화를 겪게 되었다. 김용준은 1955년 조선시대 회화의 특징을 역사적으로 서술한 논문에서 기행에 대해 다음과 같은 언급을 남겼다. "기행 일화가 예술가의 한 통벽인 것처럼 알려진 과거의 해석과 다르다. 예민한 감정을 가진 예술가를 통하여 나타나는 이러한 기벽들은 사회제도의 계급적 대립과 그 모순이 심각해지는 데서 오는 하나의 사회적 현상일 것이다." 김용준, 「조선의 표현형식과 그 취제 내용에 대하여」, 『역사과학』 1955년 2호(『근원 김용준 전집 3: 조선시대 회화 화가들』, 열화당, 2001에 재수록).

4. '풍속화가 김홍도'를 욕망하다

1__ 이 같은 현상은 실제 학령기 아동을 위한 교육과정을 살펴볼 때 더욱 심각하게 드러난다. 미술교과서에서 다루고 있는 조선시대 화가들의 작품을 조사한 연구에 의하면, 가장 많은 작품이 수록된 이는 김홍도이며, 대상 작품은 예외 없이 모두 풍속화였다. 이는 제4차 교육과정(1981~87) 이후 2011년까지의 통계에 의한 것이다. 고관희, 「한국 초등 미술 교과서의 감상작품 분석: 1946~2011년 시기의 교육과정 변천을 중심으로」, 명지대학교 박사학위논문, 2015, 128쪽; 김소연, 「미술사 서적 대중화의 명(明)과 암(暗)-어린이를 위한 한국미술사 서술을 중심으로」, 『미술사학보』 47, 미술사학연구회, 2016, 141쪽. 한편, 장진성 교수는 최근 출간된 『단원 김홍도: 대중적 오해와 역사적 진실』에서 대중적 인식 속에 한국적 풍속화의 대가로만 남아 있는 김홍도에 대해 지적하고, 오히려 병풍화의 대가로 보아야 함을 주장하여 이 글과 유사한 지향점을 공유하고 있다. 장진성, 『단원 김홍도: 대중적 오해와 역사적 진실』, 사회평론아카데미,

2020 참조.

2__김홍도의 학습기를 언급하고 있는 유일한 자료로 『표암유고』의 김홍도에 대한 서술은 가장 정확한 근거를 지닐 것이다. 그럼에도 불구하고, 『표암유고』는 19세기 및 20세기 전반, 김홍도에 대해 언급한 저작물에서 그 내용이 반영되지 않고 있다. 이는 필사본으로서 집안에 가장(家藏)되었던 탓에 후대에 널리 알려지지는 못했던 것으로 여겨진다. 『표암유고』 6권 3책은 1979년 한국정신문화연구원에서 영인·간행했다. 「단원기」, 「단원기 우일본」에 대해서는 변영섭, 「스승과 제자, 강세황이 쓴 김홍도 전기: 「단원기」·「단원기 우일본」」, 『미술사학연구』 275·276, 2012 참조; 이경화, 「우리 시대의 그림 풍속화: 강세황의 비평활동과 김홍도의 행려풍속도」, 『미술사와 시각문화』 15, 사회평론, 2015.

3__ "古今畫家. 各擅一能. 未能兼工. 金君士能生於東方近時. 自幼治繪事. 無所不能. 至於人物山水. 仙佛花果. 禽蟲魚蟹. 皆入妙品. 比之於古人. 殆無可與稱抗者. 尤長於神仙花鳥. 已足鳴一世而傳後代. 尤善於摸寫我東人物風俗. 至若儒士之攻業. 商賈之趨市. 行旅閭閻. 農夫蠶女. 重房複戶. 荒山野水. 曲盡物態. 形容不爽. 此則古未嘗有也." 강세황, 김종진·변영섭·정은진·조송식 옮김, 「단원기」, 『표암유고』, 지식산업사, 2010, 364쪽.

4__ 趙熙龍, 「金弘道傳」, 『壺山外史』(『호산외사·이향견문록』, 삼성미술문화재단, 1980에 재수록).

5__ 근대기에 이르러, 조선미술사는 식민지 문화 전반에 대한 일본인들의 관심과 함께 타자화되어 근대적 학문 연구의 대상으로 서술되었다. 관련 연구로 홍선표, 「한국회화사 연구의 근대적 태동」, 『시각문화의 전통과 해석』, 예경, 2007 참조.

6__ 『朝鮮美術大觀』, 조선고서간행회, 1910, 6쪽; 『朝鮮國寶大觀』, 일한서방, 1911, 43쪽; 『이왕가박물관 사진첩』 상권, 이왕직박물관, 1918, 183~84쪽.

7__ 류시현, 「1920년대 초반 조선 지식인의 '조선미술' 규정과 서술-잡지 『동명』을 중심으로」, 『역

사학연구』73, 호남사학회, 2019 참조.

8＿ 급우생, 「서화계로 관한 경성」, 『개벽』48, 1924년 6월, 89~91쪽.

9＿ 『개벽』과 『별건곤』에 동일한 원고가 수록되었다. 고희동, 「朝鮮의 十三大畫家」, 『개벽』, 1925년 7월; 고희동, 「세계적으로 자랑할 조선의 십삼대 화가」, 『별건곤』12·13, 1928년 5월.

10＿ 「신간소개-서화협회회보」, 『매일신보』, 1922년 3월 20일자.

11＿ 김병구, 「고전부흥의 기획과 '조선적인 것'의 형성」, 『'조선적인 것'의 형성과 근대문화담론』, 소명출판, 2007, 13쪽; 조규태, 「1930년대 한글신문의 조선문화 운동론」, 『한국민족운동사연구』 61, 한국민족운동사학회, 2009, 218쪽.

12＿ 본문에는 문운(文運)이 방농(方濃)하다고 표기되었다. 문일평, 「이조 화가지」, 『조선일보』, 1937년 11월 25일자~12월 10일자(「화선 김홍도」, 『우리 문화예술론의 선구자들: 예술의 성직』, 열화당, 2001에 재수록), 325~28쪽.

13＿ '고고의 소리를 지르다'라는 의미는 세상에 태어남을 이른다. 문일평, 「화선 김홍도와 당시 화풍」, 『호암전집』2, 조선일보사 출판부, 1939(민속원, 1982에 재수록), 94~96쪽.

14＿ 겸재(정선)에서부터 열린 화풍이 단원(김홍도)에 이르러서는 일층 더 조선아에 눈뜨게 되었다. 김일곤, 「단원 김홍도: 조선의 역대 화가」, 『매일신보』, 1937년 3월 16일자.

15＿ 김용준은 '진정한 조선을 찾고자'라는 동미전 취지를 밝힌 바 있다. 김용준, 「동미전을 개최하면서, 상·하」, 『동아일보』, 1930년 4월 12~13일자 (『근원 김용준 전집』5에 재수록), 211~14쪽.

16＿ 김용준, 「동미전을 개최하면서, 하」, 『동아일보』, 1930년 4월 13일자.

17＿ 신윤복을 현실을 그려냈다는 점에서 혁명적 정신이 풍부한 작가라고도 덧붙이며 조선 후기 회화의 의의를 찾기도 했다. 김용준, 「이조시대의 인물화: 주로 신윤복, 김홍도를 논함」, 『문장』1(1), 1939년 2월, 157~62쪽. 이태준에게서도 유사한 언설이 발견된다. 서양화가들에게 동양화로의 전향을 권고하고 있음은 이즈음부터 동양화를 그렸던 김용준을 의식한 터이며, "단원(김홍도)이나 오원(장승업)의 의발을 받아 나아갈 사람은 동양인이요, 동양에서도 조선 사람이라야" 함을 주장하며, 김홍도와 장승업을 정통의 계보에 올려 세우기도 했다. 이태준, 「단원과 오원의 후예로서 서양화 보담 동양화」, 『조선일보』, 1937년 10월 20일자; 이태준, 『무서록』, 박문서관, 1941. 이외에 동양주의 미술론에 대해서는 박진숙, 「동양주의 미술론과 이태준 문학」, 『한국현대문학연구』16, 한국현대문학연구, 2004 참조. 한편, 『문장』은 '조선학'에 기반해 문학 차원에서 조선적인 것의 표상체계를 형성해 나간 주도적 매체로서, 김용준을 필두로 하여 조선 후기 화단을 감상 영역으로 맞아들이는 데 역할을 담당했음을 살펴볼 수 있겠다. 조현일, 「『문장』파 이후의 문학에 나타난 '조선적인 것'」, 『'조선적인 것'의 형성과 근대문화담론』, 소명출판, 2007, 96쪽.

18＿ 구본웅은 조선화라고 할 만한 조선의 독특한 그림이 있느냐는 질문을 했고, 고희동은 "조선 사람이 그린 그림이라면 조선 기분이 있는 것이 자연스러운 일이나, 모두 중국의 영향을 받아 독특하고 창조적인 것이 없다"라고 답했다. 고희동, 「화단쌍곡선-풍속화와 조선정취」, 『조선일보』, 1937년 7월 20일자.

19＿ 고유섭, 「김홍도」, 『조선명인전』2권, 조선일보사, 1939(『우현 고유섭 전집 2: 조선미술사』하, 열화당, 2007, 299~310쪽에 재수록).

20＿ 다만, 자아의 표현으로 고유한 정취를 개발할 수 있는 시기였으나 시대적인 갈등요인으로 충분히 발휘하지는 못했다는 의견을 피력했다. 윤희순, 『조선미술사연구: 민족미술에 관한 단상』, 서울신문사, 1946.

21＿ 윤희순, 『조선미술사연구: 민족미술에 관한 단상』, 서울신문사, 1946, 205, 210, 267~68쪽.

22＿ 관련 논의가 최근 학술대회에서 발표되어 참고할 수 있다. 김미정, 「1950~60년대 북한의 미

술사학자가 본 조선시대 회화사: 정선과 김홍도를 중심으로」,『통일시대의 미술과 미술사』, 미술사학대회 자료집, 한국미술사학회, 2019.

23__ 한상진,「풍속화의 문제」,『새한민보』 2(9), 통권 29호, 1948년 4월, 24쪽.

24__ 김용준,『조선미술대요』, 을유문화사, 1949 (『근원 김용준 전집 5: 조선미술대요』, 열화당, 2001에 재수록).

25__ 김용준,「18세기 선진적 사실주의 화가 단원 김홍도: 그의 탄생 195주년을 맞이하면서」,『역사과학』 4호, 1955(『근원 김용준 전집 3: 조선시대 회화와 화가들』, 열화당, 2001에 재수록).

26__ 김용준,「조선화의 표현형식과 그 취제 내용에 대하여」,『역사과학』 1955년 2호(『근원 김용준 전집 3: 조선시대 회화와 화가들』, 열화당, 2001에 재수록), 196쪽; 안홍기 편집, 김용준 글,「김홍도」,『우리나라 명인들의 이야기』, 조선로동당출판사, 1956(『근대서지』 17, 근대서지학회, 2018에 재수록), 93~98쪽; 김용준,「단원 김홍도의 창작 활동에 관한 약간한 고찰」,『문화유산』 1960년 6호(『근원 김용준 전집 3: 조선시대 회화와 화가들』, 열화당, 2001에 재수록), 153쪽.

27__ 최순우,「김홍도-풍속과 세태의 증인」,『한국의 인간상』, 청구문화사, 1965; 김원룡,『한국미술사』, 범문사, 1968; 김원룡·안휘준,『(신판) 한국미술사』, 서울대학교 출판부, 1993.

28__ "都下皮姓者, 賈第長昌橋口, 棄倚於墻, 伐焉. 魅蓋宅之遷動, 或嘯於梁, 或語於空, 但不見形耳. 或投其書, 字則諺也. 與婦女語, 皆爾汝之, 人或呵之曰, 鬼不別男女耶. 魅啞然笑曰, 若凡氓也, 寧足別也. 其家衣裳橢懸笥儲, 無一完者, 並若刀殘, 獨一篋完, 篋底, 乃有金弘道老仙畫也." 밑줄은 글쓴이. 성대중, 김종태·김용기·박지영 옮김,『(국역) 청성잡기(靑城雜記)』, 민족문화추진회, 2006.

29__ 「조선 고미술 연총」,『매일신보』, 1915년 10월 7일자. 한편 일본인 관학자 세키노 타다시마저도『조선미술사』에서 김홍도가 "가장 즐겨 그린 것은 신선도이며, 풍속화도 그렸다"라고 신선도를 더욱 강조하는 듯한 면모를 보였다. 세키노 타다시, 심우성 옮김,『조선미술사』, 동문선, 2003(1932, 2003에 재수록), 335쪽.

30__ "俗畫, 畫家之下流. 是以, 雖絶藝, 而人皆賤之, 然而苟造乎妙, 山水與俗物, 奚擇哉!" 沈魯崇,『孝田散稿』 卷6,「西行詩敍」, 정은진,「표암 강세황의 일상으로의 시선과 문예적 실천」,『태동고전연구소』 33, 2014, 12, 24~25쪽에서 재인용.

31__ 심노숭의 글「효전산고(孝田散稿)」,「서행시서(西行詩敍)」를 참고할 수 있다. 오주석,『단원 김홍도』, 솔출판사, 2015, 254~56쪽. "변상벽의 고양이 그림과 김홍도의 속화는 꼭 닮게 그리지 않은 것이 없으나, 오로지 물건의 겉모습만을 그려서 자연의 취미는 전혀 없으니, 마땅히 그림이라 해야 하고 사진(寫)이라고는 할 수 없다." 오세창, 동양고전학회 옮김,「43. 변상벽」,『(국역) 근역서화징』, 한국미술연구소, 2001, 690~91쪽. 이 글은 오세창이 심재(沈鋅, 1722~84)의『송천필담(松泉筆譚)』에서 발췌한 것이다.

32__ 윤희순,『조선미술사연구』, 열화당, 2001 (1946, 1994에 재수록), 119쪽; 김용준,「단원 김홍도: 이조 화계의 거성」,『신천지』, 1950년 1~2월 (『근원 김용준 전집 3: 조선시대 회화와 화가들』, 열화당, 2001에 재수록), 98쪽.

33__ 김용준,「이조시대의 인물화: 주로 신윤복, 김홍도를 논함」,『문장』 1(1), 1939년 2월, 159쪽.

34__ 김용준,「단원 김홍도의 창작 활동에 관한 약간한 고찰」,『문화유산』, 1960년 6호(『근원 김용준 전집 3: 조선시대 회화와 화가들』, 열화당, 2001에 재수록), 161쪽.

35__ 이여성,『조선미술사개요』, 국립출판사, 1955(한국문화사, 1999에 재수록), 206쪽.

36__ 염원,「신선과 회화」,『새한민보』 2(11), 통권 28호, 1948년 5월(최열,『한국근현대미술사학』, 청년사, 2010에서 재인용, 21~22쪽).

37__ 이수형,「회화예술에 있어서의 대중성 문제」,『신천지』 4(3), 1949년 3월.

38__ 천주현, 「광학적 조사로 본《단원풍속화첩》」, 『동원학술논문집』 13, 국립중앙박물관, 2012, 163쪽.

39__ 이원복(도판 설명), 『단원 김홍도-탄신 250 주년기념 특별전』, 삼성문화재단, 1995, 279쪽. 한편, 「자리짜기」처럼 기존에 낱장의 편화(片畵) 상태를 오래 유지하다 붙여 놓은 그림도 있다. 강관식, 「『단원풍속도첩』의 작가 비정과 의미 해석의 양식사적 재검토」, 『미술사학』 39, 미술사학연구회, 2012, 191쪽.

40__ 강관식, 「『단원풍속도첩』의 작가 비정과 의미 해석의 양식사적 재검토」, 『미술사학』 39, 미술사학연구회, 2012, 199쪽.

41__ 전시상의 편의를 위해 현재 『단원풍속도첩』은 자주 전시되는 열네 점은 낱장의 편화(片畵)로 만들었고, 나머지 열한 점은 1957년 개장했던 상태 그대로 보관하고 있다. 강관식, 「『단원풍속도첩』의 작가 비정과 의미 해석의 양식사적 재검토」, 『미술사학』 39, 미술사학연구회, 2012, 202쪽. 한편, 강관식은 『단원풍속도첩』의 풍속화는 물론, 본래 한 화첩에 있었던 「군선도」 역시 김홍도의 진작(眞作)이 아닌 것으로 판단하고 있다.

42__ 1970년을 전후한 박정희 정권에서 특히 민족 개념과 주체성을 중요시한 문화정책 기조를 참고해 볼 수도 있을 것이다. 오명석, 「1960~70년대의 문화정책과 민족문화담론」, 『비교문화연구』 4, 서울대학교 비교문화연구소, 1998년 12월.

43__ 1972년의 영인본은 도서 표지나 책날개 등 상당 부분의 영인 표기로 미루어볼 때, 외국인 대상의 판매를 염두에 둔 것으로도 생각된다. 수록 도판은 원본과 동일한 크기로 제작되었으며, 책의 뒤표지에는 '지정문화재 보물 제527호 모조품'이라고 별도로 표기했다. 본문의 첫 장 「해제」에서 다음과 같은 서술을 살펴볼 수 있다. "본 도첩은 현재 국립박물관 소장본으로서 보물 제527호 지정문화재인 원본을 문화재관리국과 국립박물관의 적극적인 지원 협조를 얻어 처음으로 출간되는 뜻 깊은 영인복각본이다." 『단원풍속도첩』 전 25폭, 탐구당, 1972.

5. 신윤복, 「미인도」의 부상

1__ 국내 전시명은 〈해외 전시 고미술전람회〉, 해외 전시명은 〈한국 고대문화전(Masterpieces of Korean Art)〉이었으나 당시 일간지에는 일반적으로 〈해외 전시 국보전〉이라 소개되었고 현재 국립중앙박물관 사이트와 관련 도서에서도 〈미국에 전시할 국보전〉 혹은 〈한국미술명품전〉으로 혼용되고 있다. 전시는 1957년 12월부터 1959년 6월까지 워싱턴을 비롯해 뉴욕·보스턴·시애틀·샌프란시스코 등 미국 8개 도시에서 열렸다. 한국박물관 100년사 편찬위원회 편, 『한국 박물관 100년사』 본문편, 국립중앙박물관, 2009, 289, 893쪽 참조. 정무정, 「1950년대 미국에 소개된 한국미술」, 『한국근대미술사학』 14, 한국근대미술사학회, 2005, 15~24쪽 참조. 또한 이 전시를 통해 『혜원전신첩』을 비롯한 신윤복의 「미인도」가 명성을 얻게 되었다는 연구는 송희경, 「1950년대 전통화단의 '인물화'」, 『한국문화연구』 28, 이화여대 한국문화연구원, 2015, 152~55쪽 참조.

2__ 「海外展示 古美術展覽會 開催에 際하여」, 『조선일보』, 1957년 5월 12일자; 「國寶 이야기」, 『동아일보』, 1957년 5월 20일자.

3__ 「絢爛한 民族藝術의 祭典: 海外展示 國寶展에 붙여」, 『경향신문』, 1957년 5월 21일자; 「海外展示 國寶展 延期」, 『경향신문』, 1957년 5월 31일자.

4__ 윤희순, 「朝鮮 美術界의 當面問題」, 『신동아』, 1932년 6월, 41쪽.

5__ 신선영, 「일제강점기 신윤복 풍속화의 浮上과 재평가」, 『미술사학연구』 301, 한국미술사학회, 2019, 71쪽. 『혜원전신첩』의 담뱃갑 이미지는 김소연, 「풍속화의 근대적 전개: 고전의 복제와 복고적 재현」, 『서강인문논총』 49, 서강대 인문과학연구소, 2017, 107쪽 참조. 『혜원전신첩』의 신문 화

보는 「中央畵譜」, 『朝鮮中央日報』, 1935년 11월 14~17일자, 12월 4일자 참조.

6__ 이충렬은 『간송 전형필』(2010)에서 1930년대에 김용진(金容鎭, 1878~1968)이 안동김씨 가문과 대원군 가문에서 전해 내려오던 수장품을 전형필에게 양도하며 「미인도」를 함께 전한 것으로 기술했으나 정확한 사실관계는 확인할 수 없으며 이전의 소장기록 역시 전무하다. 다만 "김용진 선생의 뛰어난 컬렉션이 고스란히 간송께로 이양되었으며, …… 평생에 아끼던 회화 수집을 간송에게 내맡기시면서 내가 죽기 전에는 이 사실을 세상에 밝히지 말아달라고 당부하셨다"라는 최순우의 글을 통해 김용진의 양도 기록이 전형필의 갑작스러운 죽음으로 남겨지지 못했을 가능성도 추측해 볼 수 있다. 최순우, 「續 澗松故事」, 『보성』, 1963(『최순우 전집』 4, 학고재, 1992, 313쪽에 재수록).

7__ "자(字)는 입부(笠父)요, 호(號)는 혜원이니 고령인(高靈人)이라 첨사한평(僉使漢枰)의 자(子)니 화원(畵員)이요 관(官)은 첨사(僉使)라. 선풍속하다." 김용준, 「이조시대의 인물화: 주로 신윤복, 김홍도를 논함」, 『문장』, 1939년 2월(『근원 김용준 전집 1: 새 근원수필』, 열화당, 2001, 216쪽에 「조선시대의 인물화」로 재수록); 오세창, 동양고전학회 옮김, 『국역 근역서화징』 하, 시공사, 1998, 795쪽.

8__ 이원복, 「蕙園 申潤福의 畵境」, 『미술사연구』 11, 미술사연구회, 1997, 99쪽에서 재인용. 신윤복은 현재까지 정확한 생몰년을 알 수 없으며 활동 시기가 19세기 초인 것만이 밝혀졌다. 신윤복은 『근역서화징』에서 김석신(金碩臣, 1758~?) 앞에 기록되면서 1758년 이전인 영조대 인물로 서술되었으며, 김용준은 신윤복의 생년을 1758년으로 적기도 했다. 그 영향으로 현재까지도 신윤복의 생몰년이 1758년으로 잘못 인용되는 예가 적지 않다. 신선영, 「일제강점기 신윤복 풍속화의 浮上과 재평가」, 『미술사학연구』 301, 한국미술사학회, 2019, 69~70쪽.

9__ 신윤복의 근대기 재평가에 대한 연구로는 신선영, 「일제강점기 신윤복 풍속화의 浮上과 재평가」, 『미술사학연구』 301, 한국미술사학회, 2019; 김소연, 「풍속화의 근대적 전개: 고전의 복제와 복고적 재현」, 『서강인문논총』 49, 서강대 인문과학연구소, 2017; 홍선표, 「화류계의 여항화가 신윤복」, 『조선 회화』, 한국미술연구소, 2014 참조.

10__ 세키노 타다시, 심우성 옮김, 『조선미술사』, 동문선, 2003, 335쪽.

11__ 홍선표, 「화류계의 여항화가 신윤복」, 『조선 회화』, 한국미술연구소, 2014, 315쪽. 이는 이왕가박물관이 구입한 『여속도첩(女俗圖帖)』과 풍속화에서부터 전형필이 입수한 『혜원전신첩』에 이르기까지 그 소장자가 대부분 일본인이었다는 점을 통해서도 알 수 있다. 한편 신윤복이 실제로 우키요에를 접하고 그에 영향을 받았을 가능성이 추측되기도 한다. 신선영, 「일제강점기 신윤복 풍속화의 浮上과 재평가」, 『미술사학연구』 301, 한국미술사학회, 2019, 79~80쪽.

12__ 윤희순, 「朝鮮 美術界의 當面問題」, 『신동아』, 1932년 6월, 41쪽.

13__ 고희동, 「화단쌍곡선: 풍속화와 조선정취」, 『조선일보』, 1937년 7월 20일자; 김용준, 「겸현 이재와 삼재설에 대하여: 조선시대 회화의 중흥조」, 『신천지』, 1950년 6월(『근원 김용준 전집 3: 조선시대 회화와 화가들』, 열화당, 2001, 63쪽에 재수록).

14__ 윤희순, 『조선미술사연구』, 서울신문사, 1946(범우사, 1995, 108~09쪽에 재수록); 윤희순, 「단원과 혜원」, 『조선 회화사연구』, 동문선, 2001, 267~68쪽; 김용준, 「18세기 선진적 사실주의 화가 단원 김홍도: 그의 탄생 195주년을 맞이하면서」, 『역사과학』, 1955년(『근원 김용준 전집 3: 조선시대 회화와 화가들』, 열화당, 2001, 129~48쪽에 재수록); 이여성, 『조선미술사개요』, 한국문화사, 1999, 207쪽.

15__ 문일평, 『湖岩全集 2: 朝鮮文化藝術』, 朝光社, 1939(『湖岩全集 2』, 一成堂, 1948, 95쪽에 재수록).

16__김용준, 「이조시대의 인물화: 주로 신윤복, 김
홍도를 논함」, 『문장』, 1939년 2월(『근원 김용준
전집 1: 새 근원수필』, 열화당, 2001, 223쪽에 재
수록).

17__이경성, 『韓國美術史』, 문화교육출판사,
1962, 61~63쪽; 김원용, 『韓國美術史』, 汎文社,
1968, 352쪽.

18__최순우, 「조선 회화에 나타난 에로티시즘」,
『공간』, 1968년 3월(『최순우 전집』 3, 학고재,
1992, 142쪽에 재수록).

19__오명석, 「1960~70년대의 문화정책과 민족
문화담론」, 『비교문학연구』 4, 서울대 비교문화연
구소, 1998, 122~23쪽; 정수진, 「최순우의 미술
관 연구」, 명지대 석사학위논문, 2017, 35~46쪽.

20__유복렬, 『韓國繪畵大觀』, 문교원, 1969,
578~79쪽.

21__이동주, 「俗畵」, 『亞細亞』, 1969년 5월,
195~197쪽. 도판 역시 「여인도」로 표기되었다.

22__이동주, 「韓國繪畵史」, 『民族文化研究』, 고
려대 민족문화연구원, 1970. 이 논고를 바탕으로
1972년 출판된 『韓國繪畵小史』와 1982년의 증
보판에도 「미인도」는 '여인'으로 표기되었다. 함께
실린 다른 도판들도 일반적으로 통용되던 명칭과
다르게 표기된 점을 감안할 때, 이는 저자의 개인
적인 작명이었을 것으로 추측된다.

23__『韓國의 美 20: 人物畵』, 중앙일보사, 1985.

24__김원용·안휘준, 『韓國美術史』, 서울대 출판
부, 1993, 303쪽.

25__앞서 1997년에는 신윤복 작품 속 낙관을 통해
본명을 밝혀낸 이원복의 연구를 통해 그동안 주목받
지 않았던 신윤복의 산수화와 서예에 대한 재조명도
이루어졌다. 이원복, 「蕙園 申潤福의 畵境」, 『미술
사연구』 11, 미술사연구회, 1997 참조. 「조선 후기
풍속화에서 산수·인물화·서예까지 蕙園의 감춰
진 예술혼 재조명」, 『경향신문』, 1998년 1월 12일
자; 「신윤복 명품 한자리에」, 『동아일보』, 1998년
1월 26일자.

26__이원복, 「蕙園 申潤福의 畵境」, 『미술사연구』

11, 미술사연구회, 1997, 109쪽.

27__『英祖實錄』 卷101, 英祖 39年(1763) 5月 6
日條.

28__『世宗實錄』 卷93, 世宗 23年(1441) 9月 29
日條.

29__成俔, 『虛白堂集』 卷8, 「題麗人圖後」.

30__李肯翊, 『燃藜室記述』 卷6; 고연희, 「미인도
의 감상코드」, 『대동문화연구』 58, 성균관대 동아
시아학술원, 2007, 311~12쪽.

31__李植, 『澤堂集』 卷9, 「仇十洲女俠圖跋」; 강
명관, 『그림으로 읽는 조선 여성의 역사』, 휴머니스
트, 2012, 77쪽.

32__宋時烈, 「尤菴械子孫訓」; 국사편찬위원회,
『몸으로 본 한국여성사』, 경인문화사, 2011, 151쪽.

33__許筠, 『惺所覆瓿藁』 卷13, 「題李澄畵帖後」;
徐直修, 「十友軒集抄」, 「美人圖拈韻 含嬌含態雲
爲雨 夜夜陽臺夢幾思」; 고연희, 「미인도의 감상코
드」, 『대동문화연구』 58, 성균관대 동아시아학술
원, 2007, 322, 329쪽.

34__周命新, 『玉振齋詩稿』, 「金友房中長掛美人
圖 求詩於余 遂呼一律」; 고연희, 「미인도의 감상
코드」, 『대동문화연구』 58, 성균관대 동아시아학
술원, 2007, 325~26쪽.

35__李德懋, 『靑莊館全書』 卷27·28·29, 「士小
節」 5; 고연희, 「미인도의 감상코드」, 『대동문화연
구』 58, 성균관대 동아시아학술원, 2007,
305~06쪽.

36__張維, 『谿谷集』 卷3, 「仇十洲女俠圖跋」; 姜
淮伯·姜碩德·姜希顔, 『晉山世稿』 卷3, 「景醇用
松雪齋麗人圖詩韻寄之步韻答之」; 임미현, 「조선
후기 미인도 연구」, 숙명여대 박사학위논문, 2018,
91~92, 104~05쪽.

37__이상좌(李上佐)가 기녀 상림춘(上林春)의
요청으로 산수인물도를 제작한 예와 신한평(申漢
枰, 1726~?)이 김광국의 부탁으로 「미녀도」를 그
린 예 등을 통해 신윤복의 「미인도」도 역시 주문에
의해 그려진 작품으로 짐작된다. 신미사행(1811)
의 사자관이었던 피종정(皮宗鼎)이 일본에 선물로

가져간 신윤복의 「기마절류도(騎馬折柳圖)」와 「서원아집도」, 「당현종상마도(唐玄宗賞馬圖)」 등을 통해 신윤복도 다른 화원화가들처럼 주문에 의해 그림을 제작했음을 알 수 있다. 임미현, 「조선 후기 미인도 연구」, 숙명여대 박사학위논문, 2018, 121~22쪽; 신선영, 「일제강점기 신윤복 풍속화의 浮上과 재평가」, 『미술사학연구』 301, 한국미술사학회, 2019, 78쪽.

38__ 전시품 선정위원으로는 전형필 외에 앨런 프리스트와 로버트 페인, 손재형, 고희동, 국립박물관 관장 김재원, 조선일보 주필 홍종인, 배렴이 포함되었다.

39__ 홍선표, 『한국 근대미술사』, 시공아트, 2009, 145쪽. 근대 '미인화'의 형성은 문부 행정 속에서 확립된 '미술' 개념의 형성과 '일본화'의 정립 과정에서 이루어진 것으로, 1881년 도쿄제국대학에 심미학 과목이 개설되는 등 미의 가치가 일본에서 이른 시기부터 학제화·제도화되었듯이, '미인화'는 이를 실천하는 미술 양식으로서 언론과 대중의 주목 속에서 전개되었다. 하마나카 신지, 「일본 미인화의 탄생, 그리고 환영」, 『미술사학보』 25, 미술사학연구회, 2005, 213~14쪽.

40__ '국보 해외 반출'과 '국보 해외 전시'는 전시 중인 1952년부터 문화재 보호와 한국 문화를 해외에 알리고자 하는 차원에서 논의되었으나 거센 찬반 여론 속에서 1955년에 이르러서야 추진될 수 있었다. 「國寶海外搬出에 與論沸騰」, 『동아일보』, 1952년 11월 3일자; 「國寶 海外展示同意 政府서 再要請」, 『조선일보』, 1953년 7월 16일자; 「國寶를 海外에 搬出말라」, 『동아일보』, 1954년 12월 4일자; 「문화재 해외 전시 동의안을 상정」, 『조선일보』, 1955년 4월 21일자; 「七個項條件附로 通過 文化財海外展示案」, 『동아일보』, 1955년 4월 26일자.

41__ 최근 최초의 한국미술품 국외 전시가 1946년 3월 파리 체르누스키박물관에서 열린 기록이 발견된 바 있다. 〈한국미술전(Exposition D'art Coreen)〉으로 알려진 이 전시는 박물관에서 자체

적으로 한국의 유물을 모아 개최한 것으로, 한국의 문화를 "심오하게 독창적인 성격"이라고 평가하기도 했다. 「광복 직후 佛서 서구 첫 '한국展' 열렸다」, 『세계일보』, 2019년 8월 14일자.

42__ 정무정, 「1950년대 미국에 소개된 한국미술」, 『한국근현대미술사학』 14, 한국근현대미술사학회, 2005, 10~15쪽.

43__ 「美代表 곧 來韓 展示할 우리 古美術品 選定에」, 『동아일보』, 1956년 8월 30일자. 내한한 앨런 프리스트와 로버트 페인 외에도 전시를 처음부터 계획하고 조직했던 호놀룰루미술관의 로버트 그리핑이 선정위원으로 포함되어 있었으나 무산되었다. 김재원, 『景福宮夜話』, 탐구당, 1991, 109~12쪽 참조.

44__「餘滴」, 『경향신문』, 1956년 10월 12일자.

45__「一九○點 選定 海外展示할 文化財」, 『동아일보』, 1956년 10월 7일자; 김재원, 『景福宮夜話』, 탐구당, 1991, 116쪽 참조.

46__ 김재원, 『景福宮夜話』, 탐구당, 1991, 116쪽 참조.

47__「有終의 美 거두도록 國寶海外展示 첫 날 맞아」, 『동아일보』, 1957년 12월 14일자.

48__「뉴욕통신 우리 국보 전시: 우리 문화재 해외 전시」, 『조선일보』, 1958년 2월 28일자. 한편 1959년 9월 미국 전시를 마친 국보전의 해외 문화재 환국보고전시회를 가질 예정이라고 했으나 실제로 열렸는지에 대한 기록은 찾아볼 수 없다. 「博物館無料公開 文化財愛護期間에」, 『동아일보』, 1959년 9월 10일자.

49__ 1965년에는 「한국의 여속」 연재기사 중 '장신구'를 다룬 기사 이미지로 '미인도'가 게재되기도 했다. 「韓國의 女俗」, 『경향신문』, 1965년 4월 3일자.

50__「古美術에 나타난 韓國의 美女: 트레머리의 美人」, 『조선일보』, 1964년 2월 6일자.

51__ 뉴욕 전시와 때를 같이해 메트로폴리탄미술관에서 멀지 않은 매디슨 가의 월드하우스갤러리에서 현대 한국 화가들의 작품을 전시한 〈현대한국회

화전〉(1958. 2~3)이 열리기도 했다. 이는 미국에서 처음 기획된 한국인 화가들의 전시로, 한국미술의 전통과 현대의 역동적 관계를 함께 보여 주려 한 의도로 보인다. 전시를 준비하며 작품 선정을 담당한 조지아대학의 엘렌 프세티가 내한해 현역 작가들의 회화와 조각 100여 점을 골랐는데, 선정된 작품으로는 김기창과 박래현, 이응노 등의 작품이 있었다. 송희경, 「1950년대 전통 화단의 '인물화'」, 『한국문화연구』 28, 이화여대 한국문화연구원, 2015, 154쪽; 정무정, 「1950년대 미국에 소개된 한국미술」, 『한국근현대미술사학』 14, 한국근현대미술사학회, 2005, 25~26쪽; 김재원, 『景福宮 夜話』, 탐구당, 1991, 130쪽 참조.

52__ 「구라파 전시 한국 고미술품 목록」, 『미술자료』 2, 1960년 12월. 1962년 11월에는 국립박물관에서 해외 전시품의 국내 전시도 이루어졌다. 「잡보」, 『미술자료』 6, 1962년 12월.

53__ 古美術品海外展示委員會 刊, 『海外展示 古美術展覽會』, 세계일보사, 1957, 89쪽. 「미인도」에 대한 도판 설명은 같은 시기 게재된 『조선일보』의 기사와 거의 동일하다.

54__ 전형필은 생전에 소장품에 대한 기록을 남기지 않았다. 그의 사망으로 수집품 목록과 입수경로 등에 따른 정보들을 알 수 없게 됨에 따라 최순우와 황수영, 김원룡, 진홍섭이 고 전형필 소장품 목록 작성위원으로 지명되어 수장품 정리작업을 수행했다. 「밝혀질 澗松의 所藏美術品 專門家들로 目錄作成委 構成」, 『경향신문』, 1962년 11월 22일자. 1968년에는 전형필 수장의 전적 목록이 정리되어 『간송문고한적목록(澗松文庫漢籍目錄)』으로 출간되었으며, 서화 및 미술품 목록은 1970년경 정리·분류 작업을 마쳐 1971년 가을 간송미술관의 개관전을 통해 공개되었다. 「30주년 간송미술관 산증인 최완수 연구실장」, 『조선일보』, 1996년 6월 5일자.

55__ 이영도, 「기록을 통해서 본 70년대 문예중흥 5개년 계획」, 『기록인』 7, 2009년 여름, 82~87쪽.

56__ 「韓國美術 二千年展」, 『동아일보』, 1973년

4월 16일자; 「스케치 二千年展 결산」, 『동아일보』, 1973년 6월 20일자.

57__ 김재원, 『韓國繪畫』, 탐구당, 1973, 67쪽; 최순우, 『韓國美術全集 12: 繪畫』, 동화출판공사, 1973, 156~57쪽.

58__ 「韓國文化의 精粹, 전시 앞두고 마지막 準備作業 韓國美術5千年展」, 『동아일보』, 1976년 2월 17일자; 「새 韓國像 밝힐 契機 韓國美術5千年展 出品文化財學術講演」, 『동아일보』, 1976년 2월 18일자; 「새로운 韓日交流의 始發點 韓國美術 五千年展의 意義」, 『동아일보』, 1976년 7월 24일자. 〈한국미술 오천년전〉은 이후 미국(1979. 5~1981. 6)과 유럽(1984. 2~1985. 1) 순회전시로 이어졌다.

59__ 송도영, 「1980년대 한국 문화운동과 민족·민중적 문화양식의 탐색」, 『비교문학연구』 4, 서울대 비교문화연구소, 1998, 154~61쪽.

60__ 안휘준, 『韓國繪畫史』, 일지사, 1980, 280~82쪽.

61__ 안휘준 편, 『國寶 10: 繪畫』, 예경, 1984, 161쪽. "풍속적인 성격을 띤 인물화로서 이 방면 그림의 최고 걸작"이라는 「미인도」의 평가는 이후 장경희, 강경숙, 강민기 외, 『한국 미술문화의 이해』, 예경, 1994 등 다양한 저서에서도 그대로 서술되었다.

62__ 「미인도」는 간송미술관의 1980년 5월 〈이조시대 도석인물화전〉에서 처음 전시된 것으로 보인다. 1982년 10월 〈간송20주기〉와 1991년 10월의 〈간송30주기 추모전〉, 1995년 10월의 〈진경시대 인물화전〉 등에 출품되었다.

63__ 이태호, 「도판 해설」, 『한국의 미 20: 인물화』, 중앙일보사, 1985, 219~20쪽; 강관식, 「眞景時代 肖像畫 樣式의 基盤」, 『간송문화』 50, 한국민족미술연구소, 1996, 119~20쪽; 이원복, 「혜원 신윤복의 서화」, 『간송문화』 59, 한국민족미술연구소, 2000, 102~03쪽.

64__ 진홍섭·강경숙·변영섭·이완우, 『한국미술사』, 문예출판사, 2004, 660쪽; 이원복, 『한국미

의 재발견 6: 회화』, 솔출판사, 2005, 226쪽.

65__ 최완수, 「작품 해설」, 『간송문화』 81, 2011, 한국민족미술연구소, 166~67쪽; 홍선표, 「화용월태의 표상: 한국 미인화의 신체 이미지」, 『한국문화연구』 6, 이화여대 한국문화연구원, 2004, 58쪽.

66__ 최순우, 『韓國美術全集 12: 繪畵』, 동화출판공사, 1973, 156~57쪽.

67__ 김원용·안휘준, 『韓國美術史』, 서울대 출판부, 1993, 303쪽. 이태호는 「미인도」 속 주인공의 신분에 대해 삼회장저고리를 입고 있어 사대부 여인으로 해석하기도 했다. 이태호, 「조선 후기 풍속화에 그려진 女俗과 여성의 미의식」, 『한국고전여성문학연구』 13, 한국고전여성문학회, 2006, 64쪽.

68__ 오주석, 『오주석의 한국의 미 특강』, 솔, 2003, 205쪽; 홍선표, 「화용월태의 표상: 한국 미인화의 신체 이미지」, 『한국문화연구』 6, 이화여대 한국문화연구원, 2004, 58쪽.

69__ 안휘준, 『韓國繪畵史』, 일지사, 1980, 280~82쪽.

70__ 허영환, 「지상박물관대학: 미인도」, 『조선일보』, 1982년 4월 4일자.

71__ 「문화유산 돋보기 답사: 옛 그림으로 본 미인관」, 『동아일보』, 1998년 1월 22일자; 「신윤복 명품 한자리에」, 『동아일보』, 1998년 1월 26일자.

72__ 「한국 미인을 찾아서」, 『조선일보』, 1997년 1월 29일자.

73__ 「혜원 미인도 등 50점 공개 국박, 3월 1일까지 신윤복전 개최」, 『조선일보』, 1998년 1월 16일자.

74__ 「한국의 멋 알릴 문화사업」, 『조선일보』, 2002년 2월 20일자; 「조선시대 풍속화전」, 『조선일보』, 2002년 3월 14일자.

75__ 이태호, 「도판 해설」, 『한국의 미 20: 인물화』, 중앙일보사, 1985, 219~20쪽.

76__ 박영민, 「조선시대의 미인도와 여성 초상화 독해를 위한 제언」, 『한문학논집』 42, 근역한문학회, 2015, 47쪽.

77__ '송수거사'는 이인문(李寅文, 1745~1821)

으로 해석되기도 하나 관인이 없고 화풍이 달라 그의 작품이라 확언할 수 없다.

78__ 「국내 最古 美人圖 발견」, 『동아일보』, 1982년 4월 1일자.

79__ 이태호, 「도판 해설」, 『한국의 미 20: 인물화』, 중앙일보사, 1985, 219~21쪽.

---

6. 누가 김정희를 만들었는가

1__ "一年冬, 島中大雪, 漢挐全山, 便成白玉. 謫客等, 相與議曰, 近日月色甚好, 今夜共上漢挐, 雖未至絶頂, 觀石槽而回, 何如. …… 燎筆焙紙艱作一字, 則字凍落墨, 更無墨迹, 遂皆閣筆不書. 元春始起, 曰吾亦試之, 乃濡毫臨紙, 筆不凍, 而字不氷, 宛如平常, 遂了諸詩而歸. 此非神則莫能也. …… 某也得聯一對懸於渠之寢室. 一夕入其室, 則不燭而室明, 尋其明故, 自懸聯上發光如虹, 照于房中. …… 叔主命持來, 以墨加筆其上而賜曰不復光矣, 其後無光云. 眞有是否, 阮堂微笑, 而不答其有無. …… 聞此諸說則, 公果神筆也." 尙有鉉, 金約瑟 譯解, 「秋史訪見記」, 『圖書』, 을유문화사, 1966, 원문은 34~35쪽, 국역은 39~41쪽.

2__ 2006년 10월 2일 국립중앙박물관 「추사 김정희 학예 일치의 경지」 전시 개관 축사를 맡았던 유홍준 당시 문화재청장은 1974년 박정희 대통령이 박종홍 교수와 이동주 교수에게 조선시대 최고의 학자와 예술가를 추천하게 했는데, 이때 추천된 이가 각각 이황과 김정희였다고 밝히면서 이를 계기로 안동 도산서원과 예산 김정희 생가에 대한 국가적 차원의 정비·복원 사업이 진행되었다고 언급하였다. 김정희 고택은 1976년 1월 8일 충청남도 유형문화재 제43호로 지정되면서 정화사업을 통해 보수되었다.

3__ '완당바람'이라는 용어는 이동주가 1969년에 발표한 「완당바람」(『아세아』 6월호, 월간아세아사, 1969)에서 처음 사용된 이래 이동주, 『우리나라의 옛 그림』(박영사, 1975)에 재수록되었다. 이

후 이 개념은 유홍준, 『완당평전』 1~3(학고재, 2002)과 동산방·학고재에서 주관했던 전시 〈완당과 완당바람〉(2002)으로 계승되었다. 유홍준은 『완당평전』 1권의 제목을 '일세를 풍미하는 완당바람'이라고 명명하고 2권 705쪽에서 이 용어를 계승한 김정희→오경석→오세창→이동주→(유홍준)으로 이어지는 계보를 언급한 바 있다. '추사학파'라는 개념은 최고의 김정희 컬렉션을 자랑하는 간송미술관의 최완수가 제기했다. 최완수는 '추사서파(秋史書派)' 혹은 '추사일파(秋史一派)'라는 이름으로 19세기의 광범위한 인맥을 추사의 제자로 포함시켰다. 최완수, 「추사 일파의 글씨와 그림」, 『澗松文華』 60, 한국민족미술연구소, 2001, 85~114쪽.

4___김정희가 3~4일 동안 쓴 병풍과 대련을 수습해 보니 크고 작은 양목(洋木)이 수백 척이 되고 지판(紙版)의 편액서(扁額書)도 마찬가지였다는 데에 대한 원문은 金正喜, 『阮堂全集』 卷三, 「與權彝齋敦仁, 二十一」, 民族文化推進會 編, 影印標點 韓國文集叢刊 301, 민족문화추진회, 2003, 60~61쪽. 국역은 민족문화추진회 편, 임정기 편역, 『(고전국역총서 243) 국역 완당전집』 1, 솔출판사, 1995, 254쪽.

5___ '수응화'와 '수응'의 정의에 대한 논의는 장진성, 「정선과 수응화」, 『미술사의 정립과 확산』 1, 사회평론, 2006, 268~72쪽. 본 글에서는 작품의 수준에 대한 논의는 차치해 두고 김정희가 청탁받았거나 현물의 선물에 사례하기 위해 제작한 작품을 '수응화'로 보고자 한다. 김정희와 그의 주변에서 사용한 '수응화'와 '수응'의 용례를 소개하면 다음과 같다. 조희룡은 "이제부터라도 졸필(拙筆)을 감추는 한 방법으로 삼고자 하면서도 아직도 응수(應酬)함을 마지못해 하고 있습니다"라고 하여 '응수'라는 용어를 썼다. 趙熙龍, 『又峰尺牘』 三, 趙熙龍, 實是學舍 古典文學硏究會 역주, 『趙熙龍全集: 壽鏡齋海外赤牘 外』 5, 한길아트, 1999, 117~18쪽. 김정희는 "이는 잠깐 사이 만들어 응수(應酬)하는 것과는 다릅니다. 일을 도모하기 위해

서는 …… 지체하지 않을 수 없으니 사정을 헤아려 주십시오"라고 했다. 원문은 金正喜, 『阮堂全集』 卷四, 「與金穎樵炳學, 一」, 影印標點 韓國文集叢刊 301, 민족문화추진회, 2003, 75쪽. 국역은 민족문화추진회 편, 신호열 편역, 『(고전국역총서 244) 국역 완당전집』 2, 솔출판사, 1988, 13쪽. 김정희는 "다른 이들은 이처럼 늙은이가 수응(酬應)하는 것이 어렵지 않다 여길 것이니 역시 웃을 만한 일이네"라고 한 경우도 있다. 원문은 金正喜, 『阮堂全集』 卷四, 「與金君奭準, 三」, 民族文化推進會 編, 影印標點 韓國文集叢刊 301, 민족문화추진회, 2003, 92쪽. 국역은 민족문화추진회 편, 『(고전국역총서 244) 국역 완당전집』 2, 솔출판사, 1988, 106~07쪽. 이러한 용례를 종합하면 '수응'은 청탁받은 작품을 단시간 내에 제작하는 방식으로 부정적인 뉘앙스를 담고 있다.

6___김정희는 「세한도」를 역관 이상적에게, 「불이선란」은 전각사 오규일에게, 「난맹첩」은 장황사 유명훈에게 주었다. 김정희가 겸자(傔者)에게 많은 작품을 주었다는 기록은 尙有鉉, 金約瑟 譯解, 「秋史訪見記」, 『圖書』, 을유문화사, 1966, 40쪽 참조. 19세기 가인(家人) 및 겸인의 직능과 성격에 대해서는 유봉학, 「傔人(겸인)-胥吏(서리) 출신의 李潤善(이윤선)」, 『조선 후기 학계와 지식인』, 신구문화사, 1998, 203~34쪽 참조. 전각가로서의 오규일에 대해서는 유홍준, 『완당평전』 2, 학고재, 2002, 447쪽; 유홍준, 『추사 김정희』, 창비, 2018, 324~46쪽 참조. 유명훈에 대해서는 박철상, 「추사 김정희의 장황사 유명훈」, 『추사 김정희 학예 일치의 경지』, 국립중앙박물관, 2006, 359~72쪽 참조.

7___ "十聯適有硯緣, 對仾夬揮. 老者事無以如是忽易, 是以君之故耶. 吾亦不自料人之見也. 以此爲老者酬應不難, 亦可笑也. …… 小帖小軸, 徐當圖之. 石農轉囑, 如此漫汗, 其能就耶. 第當爲君面一試之, 未知果如何也." 원문은 金正喜, 『阮堂全集』 卷四, 「與金君奭準, 三」, 民族文化推進會 編, 影印標點 韓國文集叢刊 301, 민족문화추진회,

2003, 92쪽. 국역은 민족문화추진회 편, 신호열 편역, 『(고전국역총서 244) 국역 완당전집』 2, 솔 출판사, 1988, 106~07쪽을 바탕으로 일부 수정 하였음을 일러둔다.

8__"所求諸書蘭畵, 竊欲奉副, 無一片紙, 或得數 三本佳箋, 當勉試病腕. 如厚白露紙甚好, 必熟紙 然後可以書過矣. 蘭畵來此後絶不爲之, 然來意何 可孤也." 원문은 金正喜, 『阮堂全集』 卷四, 「與吳 閣監圭一, 一」, 影印標點 韓國文集叢刊 301, 민 족문화추진회, 2003, 95쪽. 국역은 민족문화추 진회 편, 신호열 편역, 『(고전국역총서 244) 국역 완당전집』 2, 솔출판사, 1988, 120~21쪽을 바탕 으로 일부 수정하였다.

9__김석준이 서화를 청탁한 것과 관련한 기록은 金正喜, 『阮堂全集』 卷七, 「書示金君奭準」, 民族 文化推進會 編, 影印標點 韓國文集叢刊 301, 민 족문화추진회, 2003, 137~38쪽. 국역은 민족문화 추진회 편, 신호열 편역, 『(고전국역총서 244) 국역 완당전집』 2, 솔출판사, 1988, 329~33쪽 참조.

10__임창순, 「解題 《杜堂尺素》」, 『서지학보』 3, 1990, 170쪽.

11__임창순은 전기가 자신을 소제(小弟)로 칭한 것과 서화 구득을 권하는 내용이 많은 것으로 보아 수신인이 전기보다 10세가량 연상인 중인 부호일 것이라고 추정했다. 임창순, 「解題 《杜堂尺素》」, 『서지학보』 3, 1990, 168~69쪽.

12__김석준이 김정희의 거간 역할을 한 데에 주목 한 선행연구는 Sunglim Kim, "Kim Chŏng-hŭi (1786~1856) and Sehando: The Evolution of a Late Chosŏn Korean Masterpiece", *Archives of Asian Art* 56, 2006, pp. 37~38. 김 정희가 유배로 인해 재산을 몰수당한 후 재정적 어 려움을 겪으면서 작품을 판매했을 것이라는 논의 는 Sunglim Kim, *Flowering Plums and Curio Cabinets: The Culture of Objects in Late Chosŏn Korean Art*, Seattle: University of Washington Press, 2018, pp. 124~25.

13__원문은 尙有鉉, 金約瑟 譯解, 「秋史訪見記」,

『圖書』, 을유문화사, 1966, 33쪽. 당시 서화시장 에서 거래된 작품의 종류나 가격을 알 수 있는 사료 는 많지 않을 뿐 아니라 일반적인 물가의 척도를 파 악하기도 쉽지 않아 19세기 서화의 경제적 가치를 판단하기란 쉽지 않다. 다만 이전 시기보다 화폐 사용에 대한 기록이 증가하는 것은 분명하다. 몇 가지 관련 자료를 소개하면 19세기 2/4분기 중간 층의 월소득은 평균 10냥 정도였다. 이에 대해서는 안병욱, 「조선시대 향회와 민란」, 서울대학교 국사 학과 박사학위논문, 2000, 94~100쪽 참조. 서리 직은 보통 1,200~1,900냥 사이에서 거래되었다. 이에 대해서는 유봉학, 「傔人(겸인)-胥吏(서리) 출신의 李潤善(이윤선)」, 『조선 후기 학계와 지식 인』, 신구문화사, 1998, 213~15쪽 참조. 허련은 헌종으로부터 재화 300金(秩)을 받았으며 헌종 에게 바쳤던 화첩을 현재의 안국동과 가회동 부근 인 안현에서 발견하여 다시 1,000냥에 사들였다. 이에 대해서는 허련, 김영호 편역, 『小癡實錄』, 서 문당, 1976, 145~46쪽 참조. 조희룡은 기생과 산대를 불러 마포와 서강 지역에서 서호 놀이를 하 는 데에 3만 전(錢)을 썼다고 기록했다. 趙熙龍, 『又峰尺牘』 三十六, 趙熙龍, 實是學舍 古典文學 硏究會 譯註, 『趙熙龍 全集: 壽鏡齋海外赤牘 外』 5, 한길아트, 1999, 144쪽.

14__김정희는 한 고승이 심산(深山)에서 재배한 차를 구하기가 쉽지 않자 권돈인에게 자기 글씨와 차를 바꾸자고 이야기했다. 원문은 金正喜, 『阮堂 全集』 卷三, 「與權彝齋敦仁, 十七」, 民族文化推進 會 編, 影印標點 韓國文集叢刊 301, 민족문화추 진회, 2003, 58~59쪽. 국역은 민족문화추진회 편, 임정기 편역, 『(고전국역총서 243) 국역 완당 전집』 1, 솔출판사, 1995, 239쪽 참조.

15__원문은 金正喜, 『阮堂全集』 卷9, 「問某從市 中得拙書流落者購藏之不覺噴飯如蜂走寫以志媿 略敍書道又以勉之」, 民族文化推進會 編, 影印標 點 韓國文集叢刊 301, 민족문화추진회, 2003, 159쪽. 국역은 민족문화추진회 편, 신호열 편역, 『(고전국역총서 245) 국역 완당전집』 3, 솔출판

사, 1986, 15쪽.

16__ 권돈인에게 쓴 편지 원문은 金正喜, 『阮堂全集』卷三, 「與權彝齋敦仁, 二十六」, 民族文化推進會 編, 影印標點 韓國文集叢刊 301, 민족문화추진회, 2003, 63~64쪽. 국역은 민족문화추진회 편, 임정기 편역, 『(고전국역총서 243) 국역 완당전집』1, 솔출판사, 1995, 271~72쪽 참조. 아우 상희에게 쓴 편지 원문은 金正喜, 『阮堂全集』卷二, 「與舍季金相喜, 六」, 民族文化推進會 編, 影印標點 韓國文集叢刊 301, 민족문화추진회, 2003, 38쪽 참조. 국역은 민족문화추진회 편, 신호열 편역, 『(고전국역총서 244) 국역 완당전집』2, 솔출판사, 1988, 144쪽 참조.

17__ 김정희의 후원자에 대한 포괄적인 연구는 유홍준, 「추사 김정희의 예술과 그의 패트런」, 『완당과 완당바람』, 동산방·학고재, 2002, 119~37쪽. 전통시대 중국 화가가 그림값을 대신하여 다른 물건과 교환한 사례에 대해서는 제임스 케일, 장진성 옮김, 『화가의 일상: 전통시대 중국의 예술가들은 어떻게 생활하고 작업했는가』, 사회평론, 2019, 142~52쪽 참조.

18__ 제주 목사 장인식(張寅植)은 '월례(月例)', '월혜(月惠)'라는 이름으로 매달 김정희를 후원했다. 김정희가 장인식이 청탁한 현판을 써주면서 그 내용을 바꾸는 것이 어떤지를 묻기도 했는데 이것이 후원에 대한 사례였을 가능성을 생각해 볼 수 있다. 김정희가 장인식에게 보낸 글의 원문은 金正喜, 『阮堂全集』卷四, 「與張兵使寅植, 一~二十」, 民族文化推進會 編, 影印標點 韓國文集叢刊 301, 민족문화추진회, 2003, 81~85쪽. 국역은 민족문화추진회 편, 신호열 편역, 『(고전국역총서 244) 국역 완당전집』2, 솔출판사, 1988, 48~68쪽 참조.

19__ "另示一一細悉. 罪通有頂, 釁積如山之無狀累蹤, 何以得此於今日也. 只有感淚被面而已, 有非語言文字所得說到者也. 況又拙書之特紆宸眷, 至於紙本之下來, 龍光所被, 大海神山, 無不震動. …… 王靈攸曁, 費得十五六日工力, 廑得寫就扁三卷三. …… 亦以此狀, 另及於吳圭一爲好." 원문은 金正喜, 『阮堂全集』卷二, 「與舍季金相喜, 六」, 民族文化推進會 編, 影印標點 韓國文集叢刊 301, 민족문화추진회, 2003, 38~39쪽. 국역은 민족문화추진회 편, 신호열 편역, 『(고전국역총서 244) 국역 완당전집』2, 솔출판사, 1988, 144~45쪽을 토대로 일부 수정하였다.

20__ "畏塗窮塗, 非令之擺去俗日, 出以古誼, 何能涉海欸存, 如是之摯重也. …… 惠貺多儀, 認自另念中來, 何等感翹萬千. …… 許痴尙在那中耶. 其人甚佳. 畵法破除東人陋習, 鴨水以東, 無以作矣. 幸託珠履之末, 深蒙厚庇, 非令何以見知此人, 渠亦得其所矣. …… 所用筆枝, 無論剛柔, 隨有用之, 別無專嗜. 玆一枝小毫送覽. …… 幸須依此多製自用, 亦以若干枝派及是望. 苲頭際此卽圖如何." 원문은 金正喜, 『阮堂全集』卷二, 「與申威堂觀浩, 一」, 民族文化推進會 編, 影印標點 韓國文集叢刊 301, 민족문화추진회, 2003, 46~47쪽. 국역은 민족문화추진회 편, 임정기 편역, 『(고전국역총서 243) 국역 완당전집』1, 솔출판사, 1995, 183~86쪽을 토대로 일부 수정하였다.

21__ 『완당전집』에 남아 있는 김정희가 신관호에게 보낸 편지 세 통은 모두 제주 유배 시절에 작성된 것이다. 다만 김정희가 생전에 몇 차례 자신의 글을 소각한 바 있으며 『완당전집』에 속하지 않은 김정희의 친필 서한이 지속적으로 발견되고 있다는 점에서 『완당전집』에 남아 있는 것은 김정희가 신관호에게 보낸 간찰의 전부가 아닐 가능성이 매우 높다.

22__ 원문은 金正喜, 『阮堂全集』卷五, 「與草衣, 二十七」, 民族文化推進會 編, 影印標點 韓國文集叢刊 301, 민족문화추진회, 2003, 106쪽. 국역은 민족문화추진회 편, 신호열 편역, 『(고전국역총서 244) 국역 완당전집』2, 솔출판사, 1988, 185쪽 참조.

23__ 현종이 김정희의 작품을 애호한 것에 대해서는 유홍준, 「헌종의 문예 취미와 서화 컬렉션」, 『조선 왕실의 인장』, 국립고궁박물관, 2006, 209~

10, 214~15쪽 참조.

24__"阮翁書自少至老, 其法屢變. 少時專意董玄宰, 中歲從覃溪遊, 極力效其書, 有濃厚少骨之嫌. 旣而從蘇米變李北海, 益蒼蔚勁健, 遂得率更神髓. 晚年渡海還後, 無復拘牽步趣, 集衆家長, 自成一法, 神來氣來, 如海似潮, 不但文章家爲然." 朴珪壽, 『瓛齋集』 卷十一, 「題兪堯仙所藏秋史遺墨」, 원문은 朴珪壽, 李聖敏 校點 『瓛齋集』, 成均館大學校出版部, 2018, 244~45쪽. 국역은 이성민, 한국고전번역원 DB, 2016.

25__추사체가 제주도 유배 시절에 완성되었을 것이라는 설은 박규수 이후 이병도가 쓴 글에서 발견된다. 李丙燾, 「秋史先生略傳」, 『완당 김정희 선생 백주기 추념유작전람회』, 국립박물관·진단학회, 1956, 35쪽. 이후 이동주로 계승되면서 정론화되었으며 이는 다시 유홍준에 의해 강화되었다. 이동주, 『우리나라의 옛 그림』, 학고재, 1995, 322쪽; 유홍준, 『완당과 완당바람』, 동산방·학고재, 2002, 466쪽; 유홍준, 『추사 김정희』, 창비, 2018, 344~50쪽 참조. 그러나 추사체가 제주 유배 시절에 완성되었다는 설에 대해서는 이견이 분분하다. 문화재청의 김현권은 박규수의 글이 김정희의 해서 및 행서에 국한할 수 있으며 예서에 기반한 추사체는 이미 1820년대부터 보인다는 점을 강조했다. 케이옥션의 김영복 또한 추사체는 이미 김정희가 40대였던 1820년대부터 어느 정도 완성 단계에 이르렀다는 의견을 제시했다. 나도 이들의 의견에 동의한다.

26__김정희가 제주 유배 시절 '오진사'에게 허련의 작품을 구하도록 추천한 서간이 남아 있다. 오진사가 누구인지는 알려지지 않았다. 이를 확인할 수 있는 원문은 金正喜, 『阮堂全集』 卷四, 「與吳進士, 七」, 民族文化推進會 編, 影印標點 韓國文集叢刊 301, 민족문화추진회, 2003, 86쪽. 국역은 민족문화추진회 편, 신호열 편역, 『(고전국역총서 244) 국역 완당전집』 2, 솔출판사, 1988, 75~76쪽 참조.

27__『소치실록』에 의하면 허련은 1844~46년 사이에 신관호의 문객으로 있었다. 규장각에 소장된 신관호의 문집 초본인 『신대장군집(申大將軍集)』(규장각 청구기호: 古3428 339 v.1-22)에는 이를 증명하는 시문이 다수 남아 있다. 예를 들어 『신대장군집 목록(申大將軍集目錄)』(古3428 339 v.22)에는 「제소치소상팔경도(題小痴瀟湘八景圖)」, 「기허군소치(寄許君小癡)」 등의 글이 남아 있다. 신관호의 문집은 완결본이 출간되지 못하였으며 현재 규장각에 전하는 본은 총 22본의 필사본 및 초고를 모아놓은 것이다.

28__김정희가 답례와 수응을 다하지 못한 데에 대해 용서를 구하는 내용의 원문은 金正喜, 『阮堂全集』 卷二, 「與申威堂觀浩, 三」, 民族文化推進會 編, 影印標點 韓國文集叢刊 301, 민족문화추진회, 2003, 47~48쪽. 국역은 민족문화추진회 편, 임정기 편역, 『(고전국역총서 243) 국역 완당전집』 1, 솔출판사, 1995, 190~93쪽 참조. 신관호를 추사의 제자로 논의한 연구는 유홍준, 『완당과 완당바람』, 동산방·학고재, 2002, 1, 387~91쪽과 최완수, 「추사 일파의 글씨와 그림」, 『澗松文華』 60, 한국민족미술연구소, 2001, 100~02쪽 참조.

29__후대에 제작된 김정희 사립도는 허련의 작품을 임모한 안중식과 고희동의 작품이 있다. 안중식 본은 『간송문화』 24권에 실려 있다. 고희동 본은 2006년 가을 간송미술관 정기 전시에 출품되었으나 도록에는 실려 있지 않다.

30__김울림, 「翁方綱의 金石考證學과 東蘇坡像」, 『美術史論壇』 18, 한국미술연구소, 2004, 90~95쪽. Michele Matteini, "The Aesthetics of Scholarship Weng Fanggang and the Cult of Su Shi in Late-Eighteenth-Century Beijing", Archives of Asian Art 69, 2019, pp. 115~17.

31__소식의 진영이 김정희와 신위에 의해 조선에 유입된 데에 대해서는 김현권, 「추사 김정희 일파의 제현화상 수용과 제작」, 『강좌미술사』 26(2), 한국불교미술사학회, 2006, 1048~52쪽 참조. 소동파 입극도상의 유형별 계보와 특징에 대해서

는 김울림 「18·19세기 동아시아의 蘇東坡像 연구: 淸朝 考證學과 관련을 중심으로」, 홍익대학교 미술사학과 박사학위논문, 2018, 272~348쪽.

32__南公轍, 『歸恩堂集』, 「歐蘇畫像帖跋」, 秦弘燮 編, 『韓國美術史資料集成』6, 一志社, 1998, 750쪽. 羅崎, 「十二月十九日碧梧社詩人作坡公生日」, 『碧梧堂遺稿』卷七; 성혜영, 「고람 전기의 회화와 서예」, 홍익대학교 미술사학과 석사학위논문, 1994, 9쪽.

33__조희룡이 소동파입극상을 펼쳐놓고 동파의 생일을 기념했다는 기록은 趙熙龍, 『又峰尺牘』五·六, 趙熙龍, 實是學舍 古典文學硏究會 譯註, 『趙熙龍 全集: 壽鏡齋海外赤牘 外』5, 한길아트, 1999, 46쪽. 동파상을 자기 자리에 걸어두었다는 기록은 趙熙龍, 『趙熙龍 全集: 壽鏡齋海外赤牘 外』5, 한길아트, 1999, 70~71쪽; 趙熙龍, 實是學舍 古典文學硏究會 譯註, 『趙熙龍全集: 又海岳庵稿 外』4, 한길아트, 1999, 141~43쪽.

34__김정희가 소동파 이미지에 자신을 투영한 데에 대한 원문은 金正喜, 『阮堂全集』卷六, 「又在濟州時」, 民族文化推進會 編, 影印標點 韓國文集叢刊 301, 민족문화추진회, 2003, 126쪽. 국역은 민족문화추진회 편, 신호열 편역, 『(고전국역총서 244) 국역 완당전집』2, 솔출판사, 1988, 274쪽 참조. 소동파상을 호신부로 여긴 데에 대한 원문은 金正喜, 『阮堂全集』卷三, 「與權彝齋敦仁, 十」, 民族文化推進會 編, 影印標點 韓國文集叢刊 301, 민족문화추진회, 2003, 55쪽. 국역은 민족문화추진회 편, 임정기 편역, 『(고전국역총서 243) 국역 완당전집』1, 솔출판사, 1995, 219~21쪽 참조. 김정희가 제주 유배 시절에 소동파 초상을 자신의 호신부로 여겼다는 점에 대해서는 조규백, 「秋史 金正喜의 濟州道 流配漢文詩에 담긴 문학 세계 탐색: 중국 문인 蘇東坡와 관련하여」, 『中國硏究』32, 한국외국어대학교 중국연구소, 2003, 200~02쪽 참조.

35__원문은 金正喜, 『阮堂全集』卷四, 「與沈桐庵熙淳 二十八」, 民族文化推進會 編, 影印標點 韓國文集叢刊 301, 민족문화추진회, 2003, 80쪽. 국역은 민족문화추진회 편, 신호열 편역, 『(고전국역총서 244) 국역 완당전집』2, 솔출판사, 1988, 42~43쪽 참조. 규장각에 소장되어 있는 신관호의 문집 목록인 『신대장군집 목록』(古3428 339 v.22)에도 「동파입극도연(東坡笠展圖硯)」이라는 제목이 확인되는데 그 내용은 확인할 수 없다.

36__趙熙龍, 『阮堂公轍』, 252쪽. 국역은 조희룡, 한영규 엮음, 『(태학산문선 108) 매화 삼매경』, 태학사, 2003, 120~21쪽.

37__허련이 김정희 진상(眞像)을 걸고 술잔을 올렸다는 내용은 金有濟, 『夢緣錄跋文』. 원문은 허련, 김영호 편역, 『小癡實錄』, 서문당, 1976, 190쪽, 국역은 109쪽.

38__이가원의 증언에 따르면 당시 많은 문인(門人)과 학자들이 김정희의 진상을 그려 서재(書齋)에 모셨다고 한다. 李家源, 「阮堂肖像小考 -특히 海天一笠像에 대하여-」, 『美術資料』7, 국립박물관, 1963, 1쪽 참조.

39__『哲宗實錄』卷八 哲宗 7年, 十月十日 甲午條.

40__원문은 허련, 김영호 편역, 『小癡實錄』, 서문당, 1976, 197쪽. 국역은 115쪽. 허련의 김정희 서본 판각이 김정희의 선양 작업임을 논의한 연구는 김상엽, 「추사 김정희와 소치 허련 관견(管見)」, 『추사의 삶과 교유』, 추사박물관, 2013, 15~19쪽.

41__김정희의 탁본첩은 현재 『수선화부(水仙花賦)』, 『반야심경(般若心經)』, 『서증홍우연(書贈洪祐衍)』, 『여석파난권(與石坡蘭卷)』등 10여 권이 전한다. 이에 대해서는 박철상, 『추사 김정희 학예 일치의 경지』, 국립중앙박물관, 2006, 328~29쪽 참조.

42__"遠遊多得見先生之墨輪轉轉. 登梓廣拓, 庶幾雅俗同玩耶. 代邸臨池習書之家, 亦從摹刻, 求跡求神. 此雖揚本, 不可以唐臨晉帖下眞跡一擧論. 未知大方眼目謂何如耳. 丁丑 重陽日 門生 許鍊 小癡 謹識" 국립중앙박물관 소장의 『완당탁묵』마지막 쪽. 원문과 번역은 박철상, 『추사 김정희 학예 일치의 경지』, 국립중앙박물관, 2006, 328~29

쪽 참조.

43__ 판화의 유통이 대가(master)에 대한 대중적 숭배(cult)를 생산한다는 논의는 Alison McQueen, *The Rise of the Cult of Rembrandt: Reinventing an Old Master in Nineteenth-Century France*, Amsterdam: Amsterdam University Press, 2003, pp. 211~41.

44__ 조선 작가의 작품을 방작한 사례는 18세기 화가 김희성(金喜誠)의 「방김명국신선도(倣金明國神仙圖)」와 정충엽(鄭忠燁)의 「방겸재산수도(倣謙齋山水圖)」 정도가 알려져 있다. 허련의 김정희 방작이 예외적인 사례라는 점은 한정희, 「조선 후기 회화에 미친 중국의 영향」, 『한국과 중국의 회화』, 학고재, 1999, 250쪽 참조. 『호로첩』에 들어 있는 '임(臨) 완당회화'류의 대표적 작품이라 할 「임완당모정도」와 「임완당모옥도」에 대한 논의는 김현권, 「秋史 金正喜의 산수화」, 『미술사학연구』 240, 한국미술사학회, 2003, 200~02쪽 참조.

45__ 문화권력으로서 호남화단이 점한 입지는 우리나라 정치가가 소장한 미술품의 1, 2위가 허건과 허백련의 작품이라는 데에서도 실감할 수 있다. 이규일, 「공직자 미술품 공개, 수준 미달이다」, 『한국미술 졸보기』, 시공사, 2002, 24~40쪽.

46__ 이 전시에는 전형필과 손재형이 김정희의 작품을 각각 서른두 점, 쉰 점을 출품하였으며 나머지 개인은 각각 한 점에서 네 점씩을 내놓았다. 본 전시의 도록은 전체가 50쪽에 불과하다. 국립박물관·진단학회, 『완당 김정희 선생 백주기추념유작전람회』, 1956 참조.

47__ 간송미술관은 1972년, 1980년, 1983년, 1986년, 1995년, 2001년, 2002년, 2006년, 2014년에 각각 단독으로 김정희와 관련된 전시를 열었다. 여기서는 주로 한국과 중국에서의 김정희 학맥을 밝히고 김정희의 학파 및 서파에 대한 논고를 발표함으로써 '추사학파'와 '추사서파'의 역할을 조명하는 연구가 많았다. 간송미술관의 김정희 관련 전시에 대해서는 한국민족미술연구소, 『간송문화』 2(1972), 19(1980), 24(1983), 30

(1986), 48(1995), 60(2001), 63(2002), 71(2006), 87(2014) 참조.

48__ 김상엽과 황정수는 일제강점기에 출간된 경매도록 33건을 분석한 바 있다. 33건 가운데 18점은 정확한 출간 연대를 알기는 어렵고 나머지 15건은 1936~43년 사이에 출간된 것으로 밝혀졌다. 김상엽·황정수, 『경매된 서화』, 시공사, 2005, 422~505쪽 참조. 1930년대 고미술시장에 대해서는 권행가, 「1930년대 古書畵展覽會와 경성의 미술시장」, 『한국근현대미술사학』 19, 한국근현대미술사학회, 2008, 184~87쪽 참조.

49__ 일제강점기에 경매에 출품된 김정희 작품의 도판은 김상엽·황정수, 『경매된 서화』, 시공사, 2005, 450~90쪽.

50__ 고미술을 거래하는 대표적인 경매회사는 서울옥션, 케이옥션, 마이아트옥션, 칸옥션, 아이옥션, 에이옥션, 아트데이옥션, 꼬모아트옥션이라 할 수 있는데, 이 중 시장을 선도하는 회사는 서울옥션과 케이옥션이다. 2016년 서울옥션의 낙찰총액은 932억 원, 케이옥션은 698억 원이며 2017년 서울옥션의 낙찰총액은 948억 원, 케이옥션은 732억 원, 2018년 서울옥션의 낙찰총액은 1,285억 원, 케이옥션은 717억 원이었다. 이 두 경매회사의 총 낙찰총액은 우리나라 전체 미술경매 낙찰액의 80퍼센트를 넘어 사실상 두 회사가 시장 전체를 이끌고 있다 해도 과언이 아니다. 우리나라 미술경매시장에 대한 분석은 김순임·이영대, 「미술품의 경매와 가격 지수에 대한 조사 연구」, 『The Journal of the Convergence on Culture Technology』 1(2), 2015, 38~39쪽. 조현승·김종호, 「미술품 경매시장에서의 가격결정요인 분석」, 『산업조직연구』 17(4), 2009, 75~77쪽. 김봉수는 고미술 분야에 있어 서울옥션 및 케이옥션에 이은 업계 3위로 마이아트옥션의 거래 규모를 주목한 바 있다. 김봉수, 「국내 미술시장 현황 연구」, 『경영관리연구』 6(1), 성신여자대학교 경영연구소, 2013, 40~42쪽.

51__ 1996~2003년 서예 분야의 작가별 낙찰총

액 및 출품 수량에 대해서는 서진수, 「한국의 미술품경매시장 연구—서예시장을 중심으로」, 『論文集』 41, 강남대학교, 2003, 4~10쪽.

52__ 우리나라 미술경매회사의 누적 낙찰 액수 및 건수를 공개하고 있는 사이트는 '케이아트프라이스(http://artprice.newsis.com)'이다. 이 사이트에서는 언론사 뉴시스(Newsis)와 사단법인 한국미술시가감정협회가 미술품의 유통 가격 정보를 제공하고 있다. 표 2와 표 3은 이 사이트에서 제공하는 자료를 바탕으로 작성한 것이다. 2017년 고미술경매 거래내역에 대해서는 한국예술종합학교 산학협력단, 『2017년 국내경매시장 분석보고서: 한국미술시장 정보시스템 콘텐츠 개발 최종보고서』, 문화체육관광부 예술경영지원센터, 2017, 8~184쪽 참조. 이 밖에 한국 미술시장의 추이를 파악할 수 있는 자료로는 (재)예술경영지원센터에서 2008년부터 발행하고 있는 『미술시장실태조사』가 있다.

---

7. 오원 장승업, 흥행에 이르는 길

1__ 윤덕영 가(家)에 장승업이 그림을 그렸다는 일화의 출처는 김은호이다. 김은호가 젊었을 때 윤덕영의 집에 도배그림을 그리러 갔는데, 방안 벽에 붙어 있던 장승업의 그림 위에 도배지를 덧바르고 그 위에 자기 그림을 덧붙이려 하자, 김은호가 놀라 주인에게 간청하고 장승업의 그림을 떼어다 소중히 간수했다 한다. 「횡설수설」, 『동아일보』, 1993년 9월 12일자.

2__ '삼원'은 단원 김홍도, 혜원 신윤복, 오원 장승업을 일컫는다. '삼재'는 겸재 정선, 현재 심사정과 공재 윤두서를 말한다. 혹은 윤두서 대신 관아재 조영석을 말하기도 한다.

3__ 현재 장승업이나 그의 작품에 대한 당대의 평문을 찾아볼 수 없으며, 『승정원일기』를 통해 장승업이 궁궐 전각의 건립에 참여한 것, 도화서 실관에 임했던 기록을 살펴볼 수 있을 뿐이다. 이에 대

해서는 김현권, 「오원 장승업 일파의 회화」, 『간송문화』 74, 한국민족미술연구소, 2008, 72~73쪽 참조.

4__ 홍선표, 「한국회화사 연구의 근대적 태동」, 『시각문화의 전통과 해석』, 예경, 2007, 497, 500쪽 참조.

5__ 일본인들은 이른바 '이조미술황폐론'과 같은 식민주의 사관의 시각 아래, 고대 미술의 우수성에도 불구하고 조선미술은 점차 위축, 퇴조하였다고 보았으며 이를 국운의 퇴조와도 연결지었다.

6__ 「일사유사」, 『한국민족문화대백과』 인터넷판, 한국학중앙연구원(검색일: 2019. 12. 7); 노관범, 「청년기 장지연의 학문배경과 박학풍」, 『조선시대사학보』 47, 조선시대 사학회, 2008; 안영훈, 「『일사유사』의 「호산외기」, 「이향견문록」 수용 양상」, 『어문연구』 35(4), 한국어문교육연구회, 2007.

7__ 장지연, 『일사유사(逸士遺事)』 卷之二, 1922, 38~40쪽.

8__ 숭양산인, 「송재만필: 일사유사」 32, 『매일신보』, 1916년 1월 30일자. 숭양산인은 장지연의 필명이다.

9__ 장승업은 김홍도, 김명국보다도 순서상 앞서 소개되었다. 김홍도, 김명국에 대하여는 「송재만필: 일사유사」 71, 『매일신보』, 1916년 4월 6일자.

10__ 황해도 안악으로 본 것은 정광호, 「호방한 서민화가, 장승업」, 『월간중앙』, 중앙일보사, 1976년 5월; 진준현, 「오원 장승업 연구」, 서울대학교 석사학위논문, 20~21쪽 참조. 한편, 진준현은 희귀 성(姓)으로서 조선시대 대원장씨의 존재를 역사적으로 확인하는 성과를 보였다. 진준현에 의하면, 1566년, 1725년 두 차례 『국조방목』을 통해 대원장씨 무과 급제자 두 명을 확인했다. 이에 진준현은 『일사유사』의 '상원인(上元人)'을 '대원인(大元人)'의 오기(誤記)로 보았다.

11__ 김양수는 김창현(李昌鉉, 1850~1921)의 『성원록(姓源錄)』을 참고해, "인동장씨는 대원장씨와 같은 조상을 모셨으나, 장금용(張金用)이 여덟 살 무렵 인동으로 분적하였다 한다. 장금용은 본

관을 지명에 따라 옥산으로 쓰다가, 조선 말엽에 옥산이 인동으로 개칭됨에 따라 인동으로 하였다고 했다. 김양수, 「조선 후기 중인 집안의 활동연구(상)-장현과 장희빈 등 인동장씨 역관가계를 중심으로」, 『역사와 실학』 1, 역사실학회, 1990, 27쪽. 한편, 어려서 부모를 잃고 가세가 어려워 집을 떠나 생활했으며, 장승업 자신도 후사가 없었던 관계로 현재 인동장씨 가문에서 장승업의 흔적을 찾기는 어렵다.

12__이응헌 가에 기식(寄食)했다는 것은 『일사유사』, 『근역서화징』, 이응헌 가와 함께 변원규 가를 함께 처음 언급한 것은 「오원일사」이다. 특히 변원규는 개화기의 대표적인 역관으로 한성부 판윤 자리에까지 오른 인물이다. 변원규는 스스로도 시서화에 능했으며, 1881년 조석진과 안중식이 청국 톈진(天津)에 기계제도를 학습하러 갔을 때 수행원으로 동행했다는 점에서, 장승업과 안중식 사이의 직접적인 연결고리가 되기도 해, 장승업의 유력한 후원자였을 것으로 생각된다. 허경진, 『조선의 중인들』, 알에이치코리아, 2015, 375~77쪽; 백두용, 『해동역대명가필보』下, 1926(경문사, 1980, 810쪽에 재수록); 최경현, 「육교시사를 통해 본 개화기 화단의 일면」, 『한국근현대미술사학』 12, 한국근현대미술사학회, 2004; 219쪽.

13__최남선, 「예술과 근면」, 『청춘』 11, 신문관, 1918년 11월.

14__최남선, 『조선상식문답』, 동명사, 1946(『육당 최남선 전집』 11, 도서출판 역락, 2003, 334쪽에 재수록). 『조선상식문답』은 본래 『매일신보(每日新報)』에 1937년 1월 30일부터 9월 22일까지 160회에 걸쳐 16편 456항목의 '조선상식'으로 연재되었는데, 광복 후 출간한 것이다.

15__필사본 형태로 먼저 편찬되었던 오세창의 『근역서화사(槿域書畵史)』(1917)를 활자본 『근역서화징』(1928)으로 출간하도록 권유한 인물이라는 점 또한 참고 가능하다. 최남선에 대해서는 조용만, 「육당 최남선」, 삼중당, 1964 참조.

16__김용준, 「오원일사」, 『문장』, 1939년 12월, 146쪽.

17__김현권은 1895년 오세창이 장승업을 일본 권업박람회 시찰단 학원(學員)으로 추천하기도 했음을 밝혔다. 김현권, 「오원 장승업 일파의 회화」, 『간송문화』 74, 한국민족미술연구소, 2008, 74쪽.

18__안중식이 오세창의 집에서 열린 도소회를 그린 「탑원도소회지도」(간송미술관 소장, 1912) 역시 오세창 가에서 최남선, 이도영 등 일곱 명이 시회를 가진 기록으로 『한동아집첩』(국립중앙도서관 소장, 1925)과 같은 작품을 참고할 수도 있다. 김예진, 「한동아집첩과 오세창의 시회활동 연구」, 『동양학』 48, 단국대학교 동양학연구소, 2010.

19__이도영은 화숙 경묵당(耕墨堂) 수학 시절부터 오랫동안 오세창과 면식이 있었으며, 오세창과 시회를 통해서도 교유했고, 오세창이 사장을 지낸 『대한민보(大韓民報)』에서 삽화를 그렸다. 이도영과 오세창의 관계에 대해서는 김예진, 「관재 이도영의 미술활동과 회화세계」, 한국학중앙연구원 한국학대학원 박사학위논문, 2013.

20__이도영은 오세창을 달마에 비유해 「화수도강도(畵水渡江圖)」를 그려주기도 하는 등 오세창에게 많은 작품을 그려 증정했다. 김예진, 「관재 이도영의 미술활동과 회화세계」, 한국학중앙연구원, 한국학대학원 박사학위논문, 2013, 222~24쪽. 한편 이도영이 그린 「완당선생제시도」는 다음을 참고할 수 있다. 이도영, 「완당선생제시도」, 종이에 엷은색, 160×30cm, 1932, 개인 소장(『학고재 고서화도록』 7, 유희삼매에 수록, 그림 70).

21__오경석은 11차례에 걸쳐 연행하며 청나라 문사와 교분을 맺어왔다. 이상적의 직제자였으며, 일정 기간의 학업이 이루어진 이후에 스승의 소개로 김정희와 사제 간이 되었다. 김현권, 「김정희파의 한중회화교류와 19세기 조선의 화단」, 고려대학교 박사학위논문, 2010.

22__'一口仁兄'에게 증정한 그림으로 확인된다. '一口仁兄'의 口은 화질상 판독이 어려운 글자이다. 밑줄은 글쓴이가 그은 것이다.

23__유복렬에 의하면 「오원선생휘호도」는 오세창의 제자이자 서가(書家) 원충희(元忠喜, 1912~

76)가 보관하고 있었다.

24_ 구본웅, 「무인(戊寅)이 걸어온 길」, 『동아일보』, 1938년 12월 8일~12월 10일자; 이상범, 「나의 스승을 말함(1): 자유주의자 안심전(安心田) 선생」, 『동아일보』, 1938년 1월 25일자. 「나의 스승을 말함(1)」에서 이상범은 안중식에 대한 이야기에 마음이 설렌다 했지만, 장승업에 대해서나 화맥을 설명하는 데에는 매우 소극적인 자세를 보였다.

25_ "단원이나 오원의 의발(衣鉢)을 받아 나아갈 사람은 동양인이요. 동양에서도 조선사람이라야." 이태준, 「단원과 오원의 후예로서의 서양화보담 동양화」, 『조선일보』, 1937년 10월 20일자.

26_ 김용준은 이 글이 진지한 연구가로서가 아닌, 장승업을 추모한 나머지 적는 데 불과함을 밝혔다. 『일사유사』를 비롯해, 오세창, 그리고 현재는 파악할 수 없는 인물인 함양진(晉)씨에게 들은 이야기를 참고하여 이 글을 썼는데, '마치 직접 만난 적이 있는 것처럼 노오란 동공, 불그스름한 코 끝, 까무잡잡한 수염'과 같은 외모에 대해 언급하기도 했다. 이는 김용준이 장승업을 덕수장씨로 파악해, 가계가 위구르계 귀화족으로부터 시작되었다고 이해했기 때문일 것이다. 김용준은 특히 「오원일사」를 통해, 장승업이 소싯적 한약방에서 심부름을 했다는 새로운 사실을 언급했다. 장승업이 매번 도장을 잃어버리는 통에 오세창이 그의 도장을 여러 번 새겨줄 만큼 가까운 사이였다는 점, 40대를 즈음해 오경연 댁에 출입하며 기명절지를 그리게 되었다는 것과 같은 생애사의 중요한 정보들을 덧붙이기도 했다.

27_ 「오원일사」에서는 "사측면(斜側面)으로 바라보는 항아리의 입을 방정한 타원을 그린다기보다 극단으로 삼각을 그려버린 그 대담한 패기"라고 언급했다. 김용준은 장승업의 「기명절지도」를 소장하기도 하고, 수점을 방작(倣作)하였을 정도로 특히 기명절지에 주목했다. 한편, 김용준이 감상했던 장승업의 「기명절지도」를 오늘날 파악할 수는 없으나, 유사한 예로 메트로폴리탄미술관 소장의 「기명절지도 10폭병」을 참고할 수 있다. 이 작품은 현재 소장처에서 전칭작으로 표기하고 있으나, 김용진(金容鎭, 1878~1968)이 '오원신품(吾園神品)'이라 배관한 바 있으며, 1964년 전 박정희 대통령이 주한미국대사 새뮤얼 D. 버거(Samuel D. Berger, 1911~80)에게 선물한 작품이다.

28_ 정형민은 김용준에게 1939년은 작가로서, 이론가로서 일대 전환점을 이룬 시기로 설정했다. 정형민, 「한국미술사에 있어서 근대성의 논의 2」, 『미술사학연구』211, 한국미술사학회, 1996, 70쪽.

29_ 김용준, 『조선미술대요』, 을유문화사, 1949 (『근원 김용준 전집 2: 조선미술대요』, 열화당, 2001, 220~21쪽에 재수록).

30_ 김용준, 「시와 화」, 『근원수필』, 을유문화사, 1948(『근원 김용준 전집 1: 새 근원수필』, 열화당, 2001, 173~76쪽에 재수록).

31_ 장승업을 남화(남종화)의 계열에서 이해했다. 김용준은 조선시대 회화에 대해 북종화 시기, 남북화 혼합 시기, 남화 시기로의 변화상을 읽어냈으며, 이에 따라 조선 말기의 장승업을 남화가로 분류하였다. 김용준, 「겸현 이재와 삼재설에 대하여: 조선시대 회화의 중흥조」, 『신천지』, 1950년 6월(『근원 김용준 전집 3: 조선시대 회화와 화가들』, 열화당, 2001, 63쪽에 재수록).

32_ 김용준, 「오원일사」, 『문장』, 1939년 12월, 146쪽.

33_ 기벽을 일삼던 작가들에 대한 과도한 신뢰에 대해, 최태만은 낭만주의적 시각이라고 해석했다. 최태만, 「근원 김용준의 비평론 연구」, 『한국근현대미술사학』7, 한국근현대미술사학회, 1999, 101쪽.

34_ 김용준, 「한묵여담」, 『문장』, 1939년 10월 (『근원 김용준 전집 1: 새 근원수필』, 열화당, 2001, 195~202쪽에 재수록). 이 밖에 1939년 6월 「최북과 임희지」에서는 예술가와 세인(世人)과의 현격한 차이가 있다면, "예술가는 성격의 솔직한 표현이 그대로 행동되는 것"이라고도 했다.

35_ 김용준 스스로도 예술의 길을 걷는 화가였기 때문일 것이며, 여기에서 김용준이 1920년대 후반

에서 1930년대 초반 미(美) 자체에 천착하던 순수주의 미술의 입장에 서 있었던 흔적을 읽을 수 있다.

36__ 김용준, 「조선화의 표현형식과 그 취제 내용에 대하여」, 『역사과학』, 1955년 2월(『근원 김용준 전집 3: 조선시대 회화와 화가들』, 열화당, 2001, 173~204쪽에 재수록).

37__ 이러한 경향은 "권위의 억압에도 청조(淸操)를 수(守)하야 그의 예술 안에는 왕자와 부호가 구무(俱無)"하다 설명했던 최남선에게서 먼저 살펴볼 수 있으며, 이태준이 "임금님으로서도 병풍 열두 폭을 다 받지 못하고 여덟 폭밖에 못 받았다는 일화도 못 들었습니까"라고 간접적으로 설명한 바 있다. 최남선, 「예술과 근면」, 『청춘』 11, 신문관, 1918년 11월, 32쪽; 이태준, 「단원과 장승업의 후예로서의 서양화 보담 동양화」, 『조선일보』, 1937년 10월 20일자.

38__ "이 화가는 성질이 어떻게 예술가답던지……임금님(고종)께서 그림을 그려달라고 아무리 명령을 하셔도 종내 안 그려드렸답니다." 김용준, 「오원 장승업 선생」, 1946년 11월 17일자(『근대서지』 1, 소명출판, 2010, 399쪽에 재수록); 김용준, 「조선화의 표현형식과 그 취제 내용에 대하여」, 『역사과학』, 1955년 2월(『근원 김용준 전집 3: 조선시대 회화와 화가들』, 열화당, 2001, 201쪽에 재수록).

39__ 이여성, 『조선미술사개요』, 국립출판사, 1955.

40__ 김용준, 「오원일사」, 『문장』, 1939년 12월, 146쪽. 우미우라 아츠야는 1898년에 경성에 일본 상품 진열소를 열었고, 1913년에는 경성 장교통(長橋通)에 거주하고 있었다. 국사편찬위원회 한국사데이터베이스(검색일: 2019. 12. 9).

41__ 박용구, 「최근세 동양화의 대가 장승업」, 『풍류명인열전』, 신태양사, 1960, 292~334쪽; 정규, 「백지 앞의 유형수 장승업」, 『인물한국사』 4, 박우사, 1965.

42__ 박노수, 「오원 장승업의 예술과 공간」, 『공간』, 1970년 3월.

43__ 일제강점기에 장승업의 작품들은 이왕가박물관에도 소장되어 있었고, 〈서화협회전람회〉에

참고품으로 전시되거나, 〈고서화진장품전〉, 〈조선고명화전람회〉 등의 전시회에 출품되곤 했다.

44__ 「오원 장승업 작품전 간송소장 31점 첫선」, 『경향신문』, 1975년 10월 14일자. 이 기사는 간송미술관이 장승업의 작품을 70여 점 소장하고 있음을 밝히고 있다. 덧붙여, 전형필의 아호 '간송(澗松)'은 오세창이 지어준 것이다. 김용준도 오세창을 찾아다니며, 김환기, 김광균, 이동주와 어울려 서화골동에도 탐닉하기도 했다. 명지은, 「근원 김용준의 회화론 연구」, 서울대학교 석사학위논문, 2016, 28쪽. 그리고 오세창은 스스로도 장승업의 작품을 수점 소장했다. 대표적으로 『근역화휘(槿域畫彙)』지(地)첩의 「방황학산초추강도(倣黃鶴山樵秋江圖)」가 오세창이 소장했던 작품이다. 현재 서울대학교박물관에 소장되어 있다.

45__ 전형필, 「오원필(吾園筆) 이곡산장도(梨谷山莊圖)」, 『고고미술』 2(1), 고고미술동인회, 1961. 고고미술동인회는 오늘날 한국미술사학회의 전신이다.

46__ 이동주, 『한국회화소사(韓國繪畫小史)』, 서문당, 1972(범우사, 1995, 220쪽에 재수록).

47__ 이경성, 『한국근대회화』, 일지사, 1980, 59쪽; 이구열, 『근대 한국화의 흐름』, 미진사, 1984, 32~36쪽.

48__ 이경성, 「오원 장승업-그의 근대적 조명」, 『간송문화』 9, 한국민족미술연구소, 1975.

49__ 2000년 '이달의 문화인물 선정'을 통해 무엇보다도 장승업에 대한 학술적 조망이 본격적으로 이루어져, 서울대학교박물관에서는 〈오원 장승업: 조선왕조의 마지막 대화가-2000년 12월의 문화인물 장승업 특별전〉이 열리고, 한국정신문화연구원과 오원 장승업 학술대회를 통해 장승업을 재조명했다. 학술대회의 성과는 『정신문화연구』에 수록되었다. 미술사학자들에 의해 장승업 생애, 연구사, 화풍 등에 대해 본격적으로 논의됨으로써, 소기의 성과를 거두었다. 상세한 목록은 참고문헌 참조. 한편, 진준현은 이미 1986년 「오원 장승업 연구」(서울대학교 석사학위논문)를 통해 장승업의

생애, 화목별 연구에 선구적인 역할을 했다.

50__ 2008년 간송미술관의 3번째 장승업 기획전 〈오원화파(吾園畵派)〉 전이 열린 바 있다. 안중식, 조석진, 강필주는 오원화풍(吾園畵風)을 충실히 계승한 제자 지운영을 장승업을 사숙한 이로 보아, '오원화파'의 개념을 구체화했다.

51__ 장승업 작품의 위작문제는 신문매체를 통해 1970년대부터 수차례 보도되었다. 그동안 학계에서는 장승업에 대한 연구는 한정된 자료와 진위문제에 부딪쳐왔으나, 동시에 근대기 화단에 대한 관심으로 안중식과 이상범, 노수현 등 동양화 6대가를 포함한 근대미술 연구에 진전을 보였다. 이경성은 "그의 문하생으로서 안중식과 조석진 등이 나와서 근대회화의 시조가 되는 바람에 그의 존재는 한국 근대회화의 뚜렷한 거점이 되는 것이다"라고 했다. 이경성, 「전통의 계승과 근대의 자각」, 『한국현대미술전집』 1, 한국일보사 출판국, 1977, 85쪽. 안휘준 역시 "특히 그(장승업)를 사사한 심전 안중식과 소림 조석진에게 전해져 우리나라 근대회화의 토대가 되었다. 또한 안중식과 조석진 문하에서는 심산 노수현, 청전 이상범, 소정 변관식, 이당 김은호 등이 배출되어 우리나라 현대 화단의 기틀을 이루게 되었던 것이다"라고 보았다. 安輝濬, 『韓國繪畵史』, 一志社, 1980, 318쪽.

8. 조선 후기 서화시장을 통해 본 명작(名作)의 탄생과 위작(僞作)의 유통

1__ 명작의 탄생과 지위, 그리고 가치를 유지하는 데에는 각 세대마다 특정한 정치적·문화적 이해관계에 따라 정의되어 온 정전(canon)의 확립이 필수적인데, 이는 정교한 이데올로기적 프로그램의 작동에 의해 유지되고 변화한다. 문화정치학적 관점에서 정전의 확립과 명작의 정의를 탐구하는 방식은 키스 먹시(Keith Moxey)의 방법론에 바탕을 둔 것으로 최근 한국 미술사학계에서도 이러한 연구방법이 시도되고 있다. 대표적으로 장진성, 「명작의 신화-金正喜 筆 〈歲寒圖〉의 성격」, 『국경을 넘어서-이주와 이산의 역사』, 전국역사학대회조직위원회, 2011, 547~50쪽; 조규희, 「만들어진 명작-신사임당과 초충도(草蟲圖)」, 『미술사와 시각문화학회』 12, 미술사와 시각문화학회, 2013, 58~91쪽 등을 들 수 있다. 키스 먹시의 문화정치학적 관점에서 본 정전에 관한 담론에 대해서는 키스 먹시, 조주연 옮김, 『이론의 실천: 문화정치학으로서의 미술사』, 현실문화, 2008 참조.

2__ 푸선(傳申), 이완우 옮김, 「法書의 複本과 僞作」, 『美術史論壇』 8, 한국미술연구소, 1999, 43쪽.

3__ 조선 후기 서화애호 풍조에 대한 연구는 강명관, 『조선시대 문학예술의 생성 공간』, 소명출판, 1999, 271~316쪽; 홍선표, 「朝鮮後期 서화애호 풍조와 鑑評活動」, 『朝鮮時代繪畵史論』, 문예, 1999, 231~54쪽; 장진성, 「조선 후기 고동서화(古董書畵) 수집 열기의 성격: 김홍도의 〈포의풍류도〉와 〈사인초상〉에 대한 검토」, 『미술사와 시각문화』 3, 미술사와 시각문화학회, 2004, 154~203쪽; 박효은, 「18세기 朝鮮 文人들의 繪畵蒐集 活動과 畵壇」, 『美術史學硏究』 233·234, 한국미술사학회, 2002, 139~85쪽 참조.

4__ 김대원, 「중국역대화론-품평론」, 『서예비평』 4, 한국서예비평학회, 2009, 112~23쪽.

5__ 원문은 유검화 편, 김대원 옮김, 『중국고대화론유편: 제2편 품평』, 소명출판사, 2010, 51~52쪽에서 재인용. 北風詩, "亦衛手, 巧密於精思名作, 然未離南中, 南中像興, 卽形布施 之象, 轉不可同年而語矣. 美麗之形, 尺寸之制, 陰陽之數, 纖妙之迹, 世所並貴. 倸儀在心而手稱其目者, 玄賞則不待喩. 不然, 眞絶夫人心之達, 不可或以衆論. 執偏見以擬通兩本均作過者, 亦必貴觀於明識. 夫學詳此, 思過半矣."

6__ 謝赫, 『古畵品錄』, 「古畵品綠序」, 유검화 편, 김대원 옮김, 『중국고대화론 유편: 제2편 품평』, 소명출판사, 2010, 75~76쪽에서 재인용.

7__ 중국 고대 서화의 품평사관에 관해서는 지순임,

「장언원의 품평사관」, 『美術史學』 2, 미술사학연구회, 1990, 86∼87쪽; 조송식, 「북송 초 유도순(劉道醇)의 『성조명화평(聖朝名畫評)』과 그의 회화론」, 『美學』 64, 한국미학회, 2010, 190∼97쪽. 삼품 구등급 외에 일품(逸品)을 따로 설정하는 경우도 다수 발견되는데, 화론에서는 당나라 초기 이사진(李嗣眞)의 『후화품록(後畫品錄)』, 주경현의 『당조명화록』, 황휴복의 『익주명화록』이 대표적인 예라고 할 수 있다. 일품에 분류되는 화가들은 전통적인 육법에 적용되지 않은 이색적인 화풍의 화가 혹은 신품을 뛰어넘는 최고의 품등에 속하는 화가를 의미한다.

8__박상호, 「宋代 逸品論의 無法中心的 도가 미학 특징 연구」, 『서예학 연구』 21, 한국서예학회, 2012, 183∼85쪽 참조.

9__조인수, 「망기(望氣) 또는 블링크(Blink)」, 『美術史學』 20(1), 미술사학연구회, 2006, 350쪽.

10__申欽, 『象村集』 卷22, 「贈李畫師楨詩序」.

11__서유구, 서우보 교정, 『이운지 3: 임원경제지』 권103, 104, 풍석문화재단, 2019, 544∼45쪽; 南公轍, 『金陵集』 卷23, 「書畫跋尾」, '花帖帖綃本.'

12__배현진, 「명말 강남지역의 서화 매매와 그 의미」, 『동양예술』 25, 한국동양예술학회, 2014, 187쪽.

13__ Wenxin Wang, "A social history of painting inscriptions in Ming China(1368-1644)", Ph.D.diss. Leiden University, 2016, pp. 148∼49.

14__Wen Fong, "The Problem of Forgeries in Chinese Painting-Part One", *Artibus Asiae* Vol. 25. No. 2/3, 1962, p. 103.

15__조인수, 「망기(望氣) 또는 블링크(Blink)」, 『美術史學』 20(1), 미술사학연구회, 2006, 345쪽.

16__ Wenxin Wang, "A social history of painting inscriptions in Ming China(1368-1644)", Ph.D.diss. Leiden University, 2016, p. 164.

17__Wen Fong, "The Problem of Forgeries in Chinese Painting-Part One", *Artibus Asiae* Vol. 25. No. 2/3, 1962, p. 98.

18__장태계의 『보회록』의 체계와 구성, 파급력에 대해서는 Wenxin Wang, "A social history of painting inscriptions in Ming China(1368-1644)", Ph.D.diss. Leiden University, 2016, pp. 203∼11 참조.

19__동기창은 여덟 명 이상의 대필화가가 있었고, 당시 진계유(陳繼儒, 1558∼1639)의 기록에 의하면 동기창 작품의 십분의 일만이 진작이라고 할 정도로 동기창은 작품이 생전에 위조되어 유통되었다. 동기창을 비롯한 명대 문인들의 대필화가 고용에 대해서는 제임스 케힐, 장진성 옮김, 『화가의 일상: 전통시대 중국의 예술가들은 어떻게 생활하고 작업했는가』, 사회평론아카데미, 2019, 271∼98쪽 참조.

20__정선이 아들에게 그림을 대신 그리게 했다는 기록은 이규상의 『병세재언록』, 「화주록」에 전한다. 그 내용을 인용하면 "정선의 그림은 당시에 으뜸이었는데, 원기가 넘칠 뿐만 아니라 숙련도에서도 당할 자가 없었다. 그림을 요구하는 이들에게 부응하는 일이 이루 다 감당할 수 없는 지경에 이르면 간혹 아들에게 그림을 대신 그리게 하였는데 언뜻 보면 아버지의 솜씨와 구별할 수 없을 정도였다"라고 한다. "당시에 병풍, 족자, 비지(碑誌) 및 서첩 등을 써달라는 요구가 이광사에게 집중되었다. 그의 집에서는 날을 택해 서장(書場)을 설 정도였다. 서장이란 글을 파는 저자를 말한다. 소매에 명주와 종이를 넣고 앞으로 나오는 자가 담처럼 줄을 서고 마루에 찰 정도였다. 그는 하루 종일 붓을 휘둘렀는데 붓놀림이 마치 몰아치는 찬바람에 소나기 내리듯 일대 장관이었다. 응수하다가 피곤해지면 간혹 제자 가운데 글씨를 자신과 흡사하게 쓰는 자에게 대신하게 하고 자신의 인장을 찍기도 하였다. 이 때문에 가짜 작품도 세상에 많이 돌아다니게 되었다." 원문 해석은 유홍준, 『화인열전』, 역사비평사, 2001, 326쪽과 337쪽에서 재인용.

21__조선시대 수장가들이 열람한 수장과 감식 관

계, 중국서에 관해서는 황정연, 「朝鮮後期 書畵收藏論 研究」, 『장서각』 24, 한국학중앙연구원, 2010, 201~10쪽 참조.

22__『공재선생묵적』의 내용에 대한 자세한 설명은 박은순, 「恭齋 尹斗緒의 畵論:《恭齋先生墨蹟》」, 『미술자료』 67, 국립중앙박물관, 2001, 89~118쪽 참조.

23__李德修, 『西堂私載』 卷4 雜著 「尙古堂金氏傳」, "…… 以是凡人家所藏. 無論中州東土. 鮮有漏其眼. 又能辨其出處雅俗. 展閱未半. 眞贋立判. 有持書畵求售者. 苟其當於意. 雖解衣傾廩. 無所惜焉. 以其有賞鑑也. 所蓄皆精品……"

24__兪漢雋(1732~1811), 『自著準本』 一, 跋「石農畫苑跋」, "……石農金光國元賓妙於知畵. 元賓之看畵. 以神不以形. 擧天下可好之物. 元賓無所愛. 愛畵顧益甚. 故畜之如此其盛也……"

25__李夏坤, 『頭陀草』, 冊15 雜著, 「題紫陽朱夫子畵帖後」; 황정연, 『조선시대 서화수장연구』, 신구문화사, 2012, 458쪽에서 재인용.

26__장진성, 「조선 후기 미술과 『임원경제지(林園經濟志)』—조선 후기 고동서화(古董書畵) 수집 및 감상 현상과 관련하여」, 『진단학보』 108, 진단학회, 2009, 114~20쪽.

27__조선 후기 감상지학의 성립에 관해서는 강명관, 『조선시대 문학예술의 생성 공간』, 소명출판, 1999, 306~09쪽 참조.

28__「이운지」는 현재 오사카본, 규장각본, 고려대본 이외에 국립중앙도서관본이 있다. 오사카본과 국립도서관본은 빠진 부분이 있고 국립도서관본에는 필사시기를 알려 주는 주가 달려 있다. 「이운지」에 인용된 문헌은 총 216종이다. 이 가운데 『준생팔전』, 『금화경독기』, 『동천청록』, 『금석사』 등은 40회 이상 인용되었고 『동의보감』, 『동국문헌비고』, 『악학궤범』 등은 1~2회 인용되는 데 그쳤다. 이 글에서는 서유구, 서우보 교정, 『이운지: 임원경제지』 권103, 104, 풍석문화재단, 2019의 번역본을 참조하였다. 「이운지」의 서지사항과 해제에 관해서는 아래 참조. http://pungseok.

net/?page_id=69587(검색일: 2020. 3. 7).

29__서유구, 서우보 교정, 『이운지 3: 임원경제지』 권103, 104, 풍석문화재단, 2019, 468~81쪽.

30__서유구, 서우보 교정, 『이운지 3: 임원경제지』 권103, 104, 풍석문화재단, 2019, 517쪽.

31__조선 후기 서화 감식의 구체적인 방법에 관해서는 천기철, 「조선 후기 서화 감식론의 여러 양상」, 『漢字漢文敎育』 10, 한국한자한문교육학회, 2003, 289~313쪽 참조.

32__장진성, 「조선 후기 고동서화(古董書畵) 수집 열기의 성격: 김홍도의 〈포의풍류도〉와 〈사인초상〉에 대한 검토」, 『미술사와 시각문화』 3, 미술사와 시각문화학회, 2004, 126쪽; 천기철, 「조선 후기 서화 감식론의 여러 양상」, 『漢字漢文敎育』 10, 한국한자한문교육학회, 2003, 320~05쪽.

33__南有容, 『䨓淵集』 卷13, 題跋「題伯氏漁父圖小詞後」, "槎川李公嗜畵甚. 與河陽監鄭君散遊. 鄭君善爲畵. 李公得古畵. 必問於鄭君. 鄭君曰善. 然後畜之. 故李公不知畵而得好畵最多."

34__李用休, 『惠寰雜著』, 「跋安堅畵」 참조; 이용휴, 조남권·박동욱 옮김, 『혜환 이용휴 산문전집』 하, 소명출판, 2007, 236쪽에서 재인용. "安堅畵. 多膺作. 然此得自許永叔. 所可信. 其爲眞也."

35__金安老, 『龍泉談寂記』, "如郭熙李伯時蘇子瞻. 眞筆亦多傳焉. 其間眞贋模本. 混雜莫辨者衆矣."; 고연희, 「조선시대 모사(摹寫)의 양상과 미술사적 의미」, 『동양예술』 43, 동양예술학회, 2019, 54쪽에서 재인용.

36__전근대시기 동아시아에서의 모사의 의미와 기능, 모본의 제작 양상에 관해서는 고연희, 「조선시대 모사(摹寫)의 양상과 미술사적 의미」, 『동양예술』 43, 동양예술학회, 2019, 38~66쪽 참조.

37__강관식, 「조선 후기 지식인의 회화 경험과 인식: 『이재난고』를 통해 본 황윤석의 회화 경험과 인식을 중심으로」, 『이재난고로 보는 조선 지식인의 생활사』, 한국학중앙연구원, 2007, 505~07쪽.

38__南泰膺, 『聽竹漫錄』, 「畵史補錄」 下; 유홍준, 『화인열전』 1, 역사비평사, 2001, 365쪽에서

재인용.

"윤두서의 진작으로 퍼져 있는 것은 중로인이 사대부 집보다 많았다. 수표교에 사는 최씨 성을 가진 한 중인은 더욱 많이 비축하여 두루마리와 족자로 만들었다. 이로써 근래에 중로인이 가짜를 만들기에 이르렀고 공재의 도장을 다른 사람 그림에 날인하여 이로써 공재 윤두서의 예술세계를 어지럽혔는데 혹 속아서 사가는 사람도 많이 보았다(恭齋眞迹之行于世者, 中路多於士夫家. 水標橋崔姓中人尤多 畜積成卷軸. 是以近來中路人至偏造, 恭齋標章印于他畵, 以亂之, 或多見欺而取買者云爾)."

39＿南公轍,『金陵集』卷10,「尺牘集」, '答崔北.'
"朝自南衙還. 聞虛過, 悵然也. 僮僕皆傳生來時被酒. 亂抽案上書帙. 紛然滿前, 仍欲狂叫嘔吐. 爲人扶出而止. 能免街上顚仆之患不, 趙子昂萬馬軸, 儘是名品. 直佃言絹本. 尙不毁傷. 必是生自作而故爲此. 欺人也. 雖出七七手. 而畵若是好. 則不害爲子昂筆也. 不須論眞贋也. 然得此於人. 皆緣生平生愛酒. 爲一捧腹. 適得一壺. 更過我."

40＿김광국, 유홍준·김채식 옮김,『석농화원』, 눌와, 2015, 62쪽.

41＿김광국의 위작과 관련한 또 다른 일화를 소개하면, 그가 조영석의 관서가 있는「노승탁족도(老僧濯足圖)」를 소장하고 있었는데 그 그림의 붓놀림, 낙관, 자획이 관아재의 것과 닮지 않아 늘 의심했다고 한다. 이 그림을 본 김홍도가 그 작품이 본래 조영석의 진작이 아닌 이행유가 조영석의 그림을 모방하여 그리고, 그의 자인 종보(宗甫) 두 글자를 쓰고, 도장을 새겨 찍은 후 자신에게 준 그림임을 밝히고 있다. 김광국의「노승탁족도」는 그의 화첩인『별집(別集)』에 수록되어 있다. 원문의 해석은 김광국, 유홍준·김채식 옮김,『석농화원』, 눌와, 2015, 57~58쪽 참조.

42＿정선의 대필화 제작과 권섭의 정선의 대필화와 위작에 대한 반응에 관해서는 장진성,「정선과 수응화」, 항산 안휘준 교수 정년퇴임기념논문집 간행위원회 편,『미술사의 정립과 확산 1: 한국 및 동양의 회화』, 사회평론, 2004, 264~89쪽; 장진성,

「정선의 그림 수요 대응 및 작화 방식」,『東岳美術史學』11, 동악미술사학회, 2010, 223~26쪽; 이동천,「조선서화 감정과 근거 자료의 운용: 1850년 이후에 제작된 안건「몽도원도」제첩 '몽유도원도'와 위작 정선「계상정거도」등을 중심으로」,『조형아카이브』1, 서울대학교 미술대학 조형연구소, 2009, 257쪽 참조.

43＿權燮,『玉所稿』卷8,「題畵帖」.
"겸재 노인의 보기 드문 그림으로 이미 각기 다른 체의 그림을 구해 화첩 하나를 꾸미고, 다시 그림의 종류를 넓히고자 하였다. 이 12폭에 또 10폭이 있는데, 각각 득실의 차이가 있으나 어찌 이 친구(정선)가 고단하여 아들로 하여금 대신 그리게 하였는가? 붓 가는 대로 쓸어내리듯 휘둘러 그릴 때 혹은 득의가 있기도 하고 없기도 한 때가 있다는 것인가? 기왕에 겸재 노인의 그림이라 하는데, 어찌 헛되이 취사선택하겠는가? 합쳐서 별도의 화첩을 만들었는데 이를 붙여 한천장(寒泉莊)과 화지장(花枝莊) 두 곳의 서안(書案)에 두었다. 가히 일흔여덟 살 노인의 남은 세월을 즐겁게 기쁘게 할 만하다(謙翁稀世之畵, 旣各體之成一帖, 則更欲廣其物種. 有此十二幅, 又十幅, 而各有得失之異, 豈此友老倦而 使其子代手耶. 縱筆揮洒之際, 或有得意未得意時耶. 旣曰謙翁畵, 則何可以妄見取舍. 幷付之爲別帖, 寒泉. 花枝兩莊之案.可作七十八歲翁餘年嬉怡)."

44＿權燮,『玉所稿』卷8,「題謙齋畵」,「畵帖跋」; 이동천,「조선서화 감정과 근거 자료의 운용: 1850년 이후에 제작된 안건〈몽도원도〉제첩 '몽유도원도'와 위작 정선〈계상정거도〉등을 중심으로」,『조형 아카이브』1, 서울대학교 미술대학 조형연구소, 2009, 257쪽에서 재인용.

45＿제임스 케힐, 장진성 옮김,『화가의 일상: 전통시대 중국의 예술가들은 어떻게 생활하고 작업했는가』, 사회평론아카데미, 2019, 276쪽; Craig Clunas, "Connoisseurs and Aficionados: The Real and the Fake in Ming China(1368-1644)", *Why Fakes Matter: Essays on*

Problems of Authenticity, Mark Jones ed., London: The British Museum Press, 1992, p. 152.

46__ '호사'는 고질적인 수집벽과 사치성 소비를 동반하는 행위를 의미하며, 전통시대 문인들의 고매한 자기 수양의 방편으로 간주되었던 탈속적인 행위인 '감상'과는 구별된다. 중국과 조선시대의 감상과 호사의 차이, 명말과 조선 후기 호사가 출현의 문화적 현상에 관해서는 Craig Clunas, "Connoisseurs and Aficionados: The Real and the Fake in Ming China(1368-1644)", *Why Fakes Matter: Essays on Problems of Authenticity*, Mark Jones ed., London: The British Museum Press, 1992, pp. 153~54; 장진성, 항산 안휘준 교수 정년퇴임기념논문집 간행위원회 편, 「정선과 수응화」, 『미술사의 정립과 확산 1: 한국 및 동양의 회화』, 사회평론, 2006, 154~87쪽.

47__ 건륭제 수장품 목록인 『석거보급(石渠寶笈)』에 상당량의 소주편이 포함되어 있으며, 황실 소장의 소주편을 토대로 청대 궁정 화원이 작품을 제작하기도 하였다. 실제로 옹정·건륭 연간 화원화가들에 의해 완성된 청대 원본 「청명상하도」나 「한궁춘효도(漢宮春曉圖)」 등이 구영의 관지가 있는 소주편에서 유래하였음은 잘 알려진 사실이다.

48__ 朴趾源, 『燕巖集』 卷3, 「筆洗說」.

49__ 趙龜命, 『東谿集』 卷6, 「題跋」, '題唐畫帖.' "今番燕行, 購畫最盛, 大抵多贗本, 無足稱也."

50__ "밤에 서화를 팔러 온 자가 몹시 많았는데, 그들은 흔히 수재(秀才)들이었다. 그중에 난정묵본이 꽤 좋았으나 부르는 값이 너무 많았다. 또 「음중팔선첩」, 「화조첩」, 「산수족」이 다 속필이었고, 당백호의 「수묵산수도」, 범봉의 「담채산수」, 미불의 「수묵산수」가 다 응품(鷹品)이었다. 김창집, 「연행일기(燕行日記)」 제3권, 임진년(1712) 12월 18일 (정묘).
"장사하는 호인들은 옛 서화를 모사해 가지고 와서 진적이라고 하는 자가 가끔 있다." 김창집, 『노가재연행록(老稼齋燕行錄)』.

51__ "유리창의 서화 가게에 있는 것은 모두 수준 이하의 작품들이었으며 게다가 음란한 그림이 많았는데 소년들도 또한 그런 그림을 많이 그리면서도 부끄러워하지 않았다. 대개 옛날 서화들은 가짜가 많았다." 홍대용, 『국역 담헌서』, 「연기·경성기략」.

52__ 吳光運(1689~1745), 『藥山漫稿』 卷16, 「家藏書畫記」, "洛昌际余燕得古書畫, 如閻立本, 吳道玄, 趙松雪, 文章洲, 董其昌等十數軸."

53__ 李夏坤, 『頭陀草』 册18, 「雜著」, '題一源所藏宋元名蹟.'

54__ 南公轍, 『金陵集』, 卷23, 24, 「書畫跋尾」.
① 〈閻立本畫龍障子絹本〉
"魚之類爲千萬, 而龍爲大, 且變化爲雲雨, 人常難見, 而畫者每得肖似, 至於鱔鯉鱒魴, 其首尾鱗鋒, 日所目觀, 而恒患不工, 此龍非肖似, 而鱔鯉鱒魴, 不能工也, 常不見者, 人莫得以測, 常見者, 人皆得指其失, 喜畫鬼神而憚爲狗馬者, 亦類此, 此稱閻本, 而恐是元明人贗蹟."
② 〈李公麟萬魚圖橫軸絹本〉
"李公麟萬魚圖, 或以爲公麟筆, 或以爲趙子昂筆, 皆非也, 余定以爲近日好事者摸本."
③ 〈徐熙沒骨花卷絹本〉
"徐熙五代時人, 畫必不至今存, 明是贗作也, 李鷹畫品云葉有鄕背, 花有低昂, 絪縕相成, 發爲餘潤, 而花光艶炮, 燁燁灼灼, 使人目識眩曜, 徐熙作花, 與常工異也, 夫畫有生意則至矣, 生意是自然, 能不異眞者, 斯得之矣."
成海應, 『研經齋全集續集』 册16, 「書畫雜識」, '記吳道子畫.'
"韓石峯嘗á中國人書先碑, 其人以吳道子龍舌畫遺之, 石峯既沒, 歸之吳竹南, 竹南又傳之尹尙書深, 後, 復歸之吳氏, 吳氏慮人求借, 遂致亡逸, 謾言家多災案, 還掛燕京東嶽廟中, 以神其跡, 畫實在吳氏云, 吳道子畫, 我國又有二本, 一在竹山金氏家, 黑絹用泥金, 畫艸蟲十疊, 一在海西金沙寺, 十六軸並藏以花梨錦緞, 舊滿二十軸, 人或竊去, 存者只此."

55__ 명대 이일화(李日華, 1565~1635)의 『미수

현일기(味水軒日記)』에 의하면, 당시 베이징의 노점에서 판매하는 「청명상하도」가 1냥으로 다른 고서화에 비해 매우 낮은 가격으로 구입할 수 있었다. 한편, 항원변이 소장한 구영의 진작 「한궁춘효도」는 200냥을 호가했고, 곤산의 부호 주육관(周六觀)은 모친의 90수 생일을 축하하기 위해 구영의 「자허상림도(子虛上林圖)」를 의뢰하면서 100냥을 주었다. 이로 미루어볼 때 구영의 진작과 소주편의 가격차는 상당함을 알 수 있고, 연행한 조선사절단이 과연 구영의 값비싼 진작을 손쉽게 살 수 있었는지에 대해서는 의문이 든다. 참고로 1708년 관상감 천문학자인 허원(許遠)이 베이징에 파견될 때 천문학 서적을 구입하기 위해 조정에서 받은 금액은 은 200냥이었고, 1777년 사은부사로 베이징에 갔던 서호수(徐浩修, 1736~99)가 『사고전서(四庫全書)』의 저본이라 할 수 있는 「고금도서집성(古今圖書集成)」 전질 5,020권을 은자 2,150냥에 구입해 왔다. 참고로 「명사(明史)」, 「식화(食貨)」에 따르면, 매월 지급하는 쌀은 관(官)의 대소(大小)를 가리지 않고 모두 1석(石)이고, 이를 비단으로 환산하면 비단 1필로 이는 은 6전(錢)에 해당한다. 이에 따라 각 등급에 따라 관리들이 받는 녹봉은 많게는 56냥 5전 5분, 적게는 3냥 2전 5분이었다.

56__ 강세황의 제발은 국립중앙박물관 소장의 김홍도의 「서원아집도」 병풍의 우측 상단에 기록되어 있다. 화평은 다음과 같다.

"내가 일찍이 아집도를 본 것이 무려 수십 벌이다. 그중 구십주(구영)의 것이 제일이었고, 그 밖의 것은 소소하여 다 적을 만하지 못하다. 지금 사능(김홍도)의 이 그림을 보니 필세는 빼어나고 뛰어나게 아름답고 포치는 적절하며 인물은 엄약하고 살아 움직이는 것 같다. 예를 들면 미불이 석벽에 글씨를 쓰는 모습, 이공린이 그림을 그리는 모습, 소동파가 글씨를 쓰는 모습이 그 진의를 얻지 못한 것이 없으니 그 사람과 그 상황이 잘 합치된다. 이는 아마도 신비로운 깨우침이며 하늘이 내려준 것이다. 십주의 섬약함과 비교하면 더 나을 뿐 아니라, 장차 이

공린의 원본과도 서로 우열을 겨룰 만하다. 우리나라에 지금 이런 신필이 있음을 알지 못했다. 그림은 진실로 원본에 빠지지 않지만, 나의 필법이 능숙하지 못하여 부끄럽다. (그래서) 미불과 비교할 수가 없다. 다만 겨우 먹물을 적셔 아름다운 그림을 더럽힐 뿐이니 어찌 그림을 구경하는 자들의 꾸짖음을 면할 수 있겠는가. 무술년(1778) 섣달 표암이 제하다."

"余曾見雅集圖, 無慮數十本. 當以仇十州所畫爲第一, 其外瑣瑣, 不足盡記. 今觀士能此圖, 筆勢秀雅, 布置得宜, 人物儼若生動. 至於元章之題壁 伯時之作畫 子瞻之寫字 莫不得其眞意, 與幾人相合. 此殆神悟天授. 比諸十州之纖弱, 不啻過之, 將直與李伯時之元本相上下. 不意我東今世, 乃有此神筆. 畫固不減元本, 愧余筆法疏拙, 有非元章之比. 秪涴佳畫, 烏能免覽者之誚也. 戊戌獵月豹菴題."

57__ 金錫冑, 『息庵先生遺稿』卷7, 「擣椒錄」下, '題仇十洲所畫獨樂園障子, 用蘇長公韻.' 현재 이 작품은 전하지 않으나 국립중앙박물관 소장의 작자 미상의 「독락원도」를 통해 구영풍의 독락원도가 조선에 전해져 모사되었음을 짐작할 수 있다.

58__ 黃胤錫, 『頤齋亂藁』3冊 卷15, 영조 46년 경인년(1770), 314쪽. 이 기록에는 작품에 대한 자세한 설명이 생략되어 있어 그 자세한 도상을 알 수 없으나, 샌프란시스코아시아박물관에 소장되어 있는 구영의 「죽림칠현도」를 통해 명대 죽림칠현도의 양식을 추정할 수 있다.

59__ 조선 후기 소주편의 전래와 유통에 관해서는 Yoonjung Seo, "A New Way of Seeing: Commercial Paintings and Prints from China and European Painting Techniques in Late Chosŏn Court Painting", *Acta Koreana* Vol. 22. No. 1, 2019, pp. 61~87 참조.

60__ 서유구, 서우보 교정, 『이운지 3: 임원경제지』권103, 104, 풍석문화재단, 2019, 552쪽.

61__ 명대 오인(吳人) 골동 판매자가 미우인의 관을 잘라내고, 그의 부친 미불의 것으로 속여 더 많

은 돈을 얻어내려고 했다는 첨경봉(詹景鳳)이 『동
도현람편(東圖玄覽編)』에서 언급한 사례를 들 수
있다. 원문의 내용은 배현진, 「명말 강남지역의 서
화 매매와 그 의미」, 『동양예술』 25, 한국동양예술
학회, 2014, 178쪽에서 인용.

62__吳修(1764~1827), 『論畵絶句』; Wen
Fong, "The Problem of Forgeries in Chinese
Painting-Part One", *Artibus Asiae* Vol. 25.
No. 2/3, 1962, p. 97쪽에서 재인용.

63__沈德符, 『萬曆野獲編』 卷26, 「玩具」, '舊畵
款識', 北京: 中華書局, 1959.

64__文震亨, 『長物志』 卷5, 「書畵」, '院畵.' "今人
見無名人畵輒以形似填寫名欵覓高價如見牛必戴
嵩見馬必韓幹之類皆為可笑"; Craig Clunas,
*Superfluous Things: Material Culture and
Social Status in Early Modern China*,
Honolulu: University of Hawaii Press, 2016,
p. 69.

65__J. P. Park, "Reinventing Art History:
Forgery and Counterforgery in Early Modern
Chinese Art", *Center* 39, 2019, pp. 138~39.

66__강명관, 『조선시대 문학예술의 생성 공간』,
소명출판, 1999, 301~02쪽.

67__2018년 4월 1일부터 6월 25일까지 대만국
립고궁박물원에서 명말 청초에 제작된 소주편의
전시가 개최되었는데 그 전시의 제목을 〈偽好物:
16~18세기 蘇州片 및 그 영향〉으로 한 것도 위작
이 갖는 문화적·역사적 가치와 예술적 의미를 재
조명하고자 하는 의도에서 비롯된 것이다.

68__Jonathan Hay, "The Value of Forgery",
RES: Anthropology and Aesthetics No.
53/54, Spring-Autumn, 2008, p. 15.

1. 정선, 명성(名聲)의 부상과 근거

- 姜世晃,「扈駕遊禁苑記」,『豹菴遺稿』卷4, 韓國文集叢刊 80, 민족문화추진회, 2009
- 姜世晃,『豹菴稿』, 韓國文集叢刊 80, 민족문화추진회, 2009
- 『芥子園畵傳 初集』第一冊,「序」
- 겸재정선기념관 편,『겸재 정선』, 겸재정선기념관, 2009
- 郭鍾錫,『俛宇集』卷149,「南冥曺先生墓誌銘」, 韓國文集叢刊 344, 민족문화추진회, 2004
- 關野貞, 沈雨晟 옮김,『朝鮮美術史』(1932 초판), 東文選, 2003
- 權尙夏,『寒水齋集』卷17,「答朴德載振河」, 韓國文集叢刊 150, 민족문화추진회, 1995
- 權尙夏,『寒水齋集』卷21,「朴德載振河耕熟齋題額跋」, 韓國文集叢刊 150, 민족문화추진회, 1995
- 金光國,「倣東玄宰山水圖」,『石農畫苑』
- 金祖淳,『楓皐集』卷16,「題謙齋畫帖」
- 金昌協,『農巖集』卷22,「贈黃敬之欽赴燕京」, 韓國文集叢刊 161, 민족문화추진회, 1996
- 金昌協,『農巖集』卷25,「谷雲九曲圖跋」, 韓國文集叢刊 161, 민족문화추진회, 1996
- 金昌協,『農巖集』, 韓國文集叢刊 161, 민족문화추진회, 1996
- 金昌翕,『三淵集』卷13,「將向北關 與養兒同宿于新里 臨別口占」, 韓國文集叢刊 165, 민족문화추진회, 1996
- 金昌翕,『三淵集』, 韓國文集叢刊 165, 민족문화추진회, 1996
- 金昌翕,『三淵集拾遺』,「題海山錄後(1710)」韓國文集叢刊 167, 1996
- 金熙周,『葛川集』卷6,「紹修書院影幀改摹日記序」, 한국문집총간속집 105, 민족문화추

진회, 2010

- 金熙周, 『葛川集』, 한국문집총간속집 105, 민족문화추진회 2010

- 『논어(論語)』, 「자장(子張)」

- 『맹자(孟子)』, 「진심(盡心)」하, 「공손축(公孫丑)」상

- 『서경(書經)』, 「순전(舜典)」, 「주서(周書)」

- 徐宗泰, 『晚靜堂集』 卷4, 「途中記事」, 韓國文集叢刊 163, 민족문화추진회, 1996

- 申緯, 『警修堂全藁』 冊7, 「次韻篠齋夏日山居雜詠」, 韓國文集叢刊 291, 민족문화추진회, 2002

- 兪漢雋, 『自著』 卷21, 「答豊墅李公敏輔書」, 韓國文集叢刊 249, 민족문화추진회, 2000

- 正祖, 『弘齋全書』, 韓國文集叢刊 265, 민족문화추진회, 2001

- 趙龜命, 『東谿集』 卷6, 「題畫帖」, 韓國文集叢刊 215, 민족문화추진회, 1998

- 洪直弼, 『冷泉遺稿』 卷7, 「祭文」, 한국문집총간속집 109, 민족문화추진회, 2010

- 고연희, 「18세기 초 서종태의 연행체험 - 그의 역사관과 문예관을 중심으로」, 『동방학』 11, 한서대학교 동양고전연구소, 2005

- 고연희, 「申緯의 繪畫觀과 19세기 회화」, 『동아시아문화연구』 37, 한양대학교 동아시아문화연구소, 2003

- 고연희, 「鄭敾의 眞景山水畫와 明淸代 山水版畫」, 『美術史論壇』 9, 한국미술연구소, 1999

- 고연희, 「조선 후기 산수기행문예에 나타나는 '奇'의 추구」, 『한국한문학연구』 49, 한국한문학연구, 2012

- 고연희, 『조선 후기 산수기행예술 연구』, 일지사, 2001

- 고연희, 『조선시대 산수화』, 돌베개, 2007

- 高裕燮, 「仁王霽色圖-鄭謙齋小考」(1940 초판), 『又玄 高裕燮 全集 2, 朝鮮美術史』 下, 悅話堂, 2007

- 고희동, 「朝鮮의 十三大畫家」, 『개벽』 61, 1925

- 김병종, 「화첩기행 38, 겸재 정선과 금강산」, 『조선일보』, 1998년 11월 29일자

- 박은순, 「眞景山水畫 연구에 대한 비판적 검토-眞景文化, 眞景時代論을 중심으로」, 『韓國思想史學』 28, 한국사상사학회, 2007

- 박은순, 『공재 윤두서: 조선 후기 선비 그림의 선구자』, 돌베개, 2010

- 변관식, 「나의 회고록」, 『화랑』 1974년, 여름호

- 변영섭, 「강세황론」, 『美術史論壇』 창간호, 한국미술연구소, 1995

- 변영섭, 「진경산수화의 대가 鄭敾」, 『美術史論壇』 5, 한국미술연구소, 1997

- 안휘준, 「겸재 정선(1676~1759)과 그의 진경산수화, 어떻게 볼 것인가」, 『역사학보』 214, 역사학회, 2012

- 安輝濬, 『韓國繪畫史』, 一志社, 1980

- 오세창 편저, 『槿域書畫徵』, 1928

- 오세창 편저, 동양고전학회 옮김, 『근역서화징』, 시공사, 1998

- 오연주, 「朝鮮後期 文人들의 鄭敾 繪畫에 대한 畫評 硏究」, 명지대학교 석사학위논문, 2010

- 王槩·王蓍, 『芥子園畫傳』, 芥子園, 1679

- 유봉학, 「18~19세기 燕巖一派 北學思想 硏究」, 서울대학교 박사학위논문, 1992

- 유봉학, 「北學思想의 形成과 그 性格」, 『韓國 史論』 8, 1982
- 유홍준, 『화인열전』, 역사비평사, 2001
- 유홍준·김채식, 『김광국의 석농화원』, 눌와, 2015
- 윤희순, 『조선 미술사 연구: 민족미술에 대한 단장』, 서울신문사, 1946
- 이경화, 「강세황 연구」, 서울대학교 박사학위논 문, 2016
- 이기현, 「근역서화징의 기록학적 연구」, 서울대 학교 석사학위논문, 2019
- 李東洲, 「謙齋一派의 眞景山水」, 『月刊亞 細亞』 1967년 4월
- 李東洲, 『韓國繪畫小史』, 瑞文堂, 1972
- 이태호, 「조선 후기의 진경산수화 연구」, 『한국 미술사논문집』 1, 1984
- 이현경, 「불편문화유산의 개념 및 역할에 대한 고찰」, 『도시연구』 20, 도시사학회, 2018
- 임지현·이성시, 『국사의 신화를 넘어서』 휴머 니스트, 2004
- 장진성, 「愛情의 誤謬, 鄭敾에 대한 평가와 서 술의 문제」, 『美術史論壇』 33, 한국미술연구 소, 2011
- 全寅汶, 「沈師正(1707-1769) 繪畫研究」, 이 화여대 박사학위논문, 2019
- 鄭玉子, 「槎川 李秉淵의 詩세계」, 『韓國史學 論叢』, 지식산업사, 1987
- 정옥자, 『조선 후기 역사의 이해』, 일지사, 1993
- 차미애, 『공재 윤두서 일가의 회화』, 사회평론, 2014
- 최순우, 「겸재정선」, 『간송문화』 1, 한국민족미 술연구소, 1971
- 崔完秀, 「謙齋 鄭敾」, 국립중앙박물관 편,
- 『謙齋 鄭敾』, 국립중앙박물관, 1992
- 崔完秀, 「謙齋眞景山水畵考」, 『澗松文華』 29, 韓國民族美術研究所, 1981
- 崔完秀, 『謙齋 鄭敾 眞景山水畵』, 汎友社, 1993
- 최완수, 『겸재 정선』, 1, 2, 3, 현암사, 2009
- 최완수·오주석, 『진경시대』, 돌베개, 1998
- 하영휘, 「유중교(1821~93)의 춘추대의, 위정 척사, 중화, 소중화」, 배항섭·박소현 편, 『근대 전환기 동아시아 전통 지식인의 대응과 새로 운 사상의 형성』, 성균관대학교 출판부, 2016
- 한정희, 「17-18세기 동아시아에서 실경산수화 의 성행과 그 의미」, 『美術史學研究』 237, 미 술사학연구회, 2003
- 한정희, 「조선 후기 회화에 미친 중국의 영향」, 『美術史學研究』 48, 한국미술사학회, 1995
- 한정희, 『동아시아 회화 교류사: 한·중·일 고 분벽화에서 실경산수화까지』, 사회평론, 2013
- 홍선표, 「고희동의 신미술운동과 창작세계」, 『美術史論壇』 38, 한국미술연구소, 2014
- 홍선표, 「국사형 미술사의 영욕(榮辱)」, 『美術 史論壇』 33, 한국미술연구소, 2011
- 홍선표, 「조선시대 회화사 연구의 최근 동향」, 『한국사론』 24, 국사편찬위원회, 1994
- 홍선표, 「진경산수는 조선중화주의의 소산인 가」, 『가나아트』 7, 8월호, 1994
- 황빛나, 「'진경'의 古와 今, 근대기 사생과 진경 개념을 둘러싼 혼성과 변용」, 『美術史論壇』 48, 한국미술연구소, 2019

2. 시서화 삼절에서 예원의 총수로

- 『承政院日記』
- 申光洙, 『石北文集』
- 申緯, 『警修堂全藁』
- 丁若鏞, 『茶山詩文集』
- 丁若鏞, 『與猶堂全書』文集 14卷

- 姜世晃, 『豹菴遺稿』, 한국정신문화연구원, 1979
- 강세황, 김종진·변영섭·정은진·조송식 옮김, 『표암유고』, 지식산업사, 2010
- 고연희, 「謙齋 鄭敾, 그 名聲의 근거 검토」, 『大東文化研究』 109, 2020
- 국립중앙박물관 편, 『표암 강세황』, 국립중앙박물관, 2013
- 김광국, 유홍준·김채식 옮김, 『석농화원』 눌와, 2015
- 金永基, 『朝鮮美術史』, 金龍圖書株式會社, 1948
- 김용준, 『근원 김용준 전집 3: 조선시대 회화와 화가들』, 열화당, 2001
- 대전광역시·충남대학교 유학연구소, 『회덕 진주강문의 인물과 선비정신』, 이화, 2009
- 『동아일보』, 「문호개방을 위한 시련」, 1962년 10월 2일자
- 藤塚鄰, 윤철규 옮김, 『秋史 金正喜 研究: 淸朝文化 東傳의 研究』, 과천문화원, 2009
- 마이클 설리번, 문정희 옮김, 『최상의 중국 예술 시·서·화 삼절』, 한국미술연구소, 2015
- 문일평, 『藝術의 聖職: 역사를 빛낸 우리 예술가들』, 열화당, 2001
- 민길홍, 「18세기 화단에서 표암 강세황의 위상」, 『표암 강세황: 조선 후기 문인화가의 표상』, 한국미술사학회, 2013
- 백인산, 『조선의 묵죽화』, 대원사, 2007
- 변영섭, 「강세황의 지락와도(知樂窩圖)」, 『고고미술』 181, 1989
- 변영섭, 『표암 강세황 회화 연구』 개정판, 사회평론, 2016
- 변영섭, 『豹菴姜世晃繪畵研究』, 일지사, 1988
- 石守謙, 「沈周的酬應畵及其觀衆」, 『從風格到畵意: 反思中國美術史』, 臺灣: 石頭出版社, 2010
- 안휘준, 『한국회화사 연구』, 시공사, 2000
- 예술의 전당 편, 『豹菴 姜世晃: 푸른 솔은 늙지 않는다』, 예술의 전당, 2003
- 오세창, 동양고전학회 국역, 『(국역) 근역서화징』, 시공사, 1998
- 王槪, 『完譯 介子園畵傳』, 서림출판사, 1992
- 윤진영, 「강세황 작 〈복천오부인 영정(福川吳夫人影幀)〉」, 『강좌미술사』 27, 2006
- 이경화, 「강세황 연구」, 서울대학교 고고미술사학과 박사학위논문, 2016
- 이경화, 「강세황의 묵죽화와 회화 酬應」, 『한국실학연구』 38, 2019
- 이경화, 「관모를 쓴 야인: 강세황의 70세 자화상과 자기인식의 표현」, 『미술사와 시각문화』 20, 2017
- 이규상, 민족문학사연구소 한문분과 옮김, 『18세기 조선인물지: 幷世才彦錄』, 창작과비평사, 1997
- 이동주, 『한국회화소사』, 학고재, 1996
- 장진성, 「정선과 수응화」, 항산 안휘준 교수 정년퇴임기념논문집 간행위원회 편, 『미술사의 정립과 확산 1: 한국 및 동양의 회화』, 사회평

론, 2006

- 장진성, 「정선의 그림 수요 대응 및 작화 방식」, 『동악미술사학』 11, 2010
- 장진성, 「愛情의 誤謬-鄭敾에 대한 평가와 서술의 문제」, 『美術史論壇』 33, 2011
- 전희진, 「李奎象의 『幷世才彦錄』에 대한 研究」, 성균관대학교 한문학과 석사학위논문, 2000
- 정은진, 「『聲皐酬唱錄』을 통해 본 豹菴 姜世晃과 星湖家의 교유 양상」, 『동양한문학연구』 22, 2006
- 정은진, 「표암 강세황의 시문학과 미의식 연구」, 성균관대학교대학원 박사학위논문, 2004
- 조규희, 「민길홍에 대한 질의」, 『표암 강세황: 조선 후기 문인화가의 표상』, 한국미술사학회, 2013
- 趙榮祐, 『觀我齋稿』, 韓國精神文化研究院, 1984
- 조인수, 「동주 한국회화사론과 미술사학」, 『장소와 의미』, 연암서가, 2017
- 조지윤, 「십로도권과 십로도상첩」, 『삼성미술관 Leeum 연구논문집』 3, 2007
- 천안박물관 편, 『삼세기영지가 천안의 진주강씨』, 천안박물관, 2019
- 최석원, 「강세황 71세 초상: 강세황, 이명기, 정조가 합작한 초상」, 『미술사와 시각문화』 20, 미술사와 시각문화학회, 2017

관련 자료문헌

- 강경훈, 「重菴 姜彛天 文學 研究: 18세기 近畿 南人, 小北文壇 展開와 관련하여」, 동국대학교대학원 박사학위논문, 2001
- 강경훈, 「豹菴遺稿의 '八物志' 草藁本에 대하여」, 『古書研究』 14, 1997
- 국립중앙박물관, 『중국 사행을 다녀온 화가들』, 국립중앙박물관, 2011
- 김건리, 「豹菴의 《松都紀行帖》 研究」, 이화여자대학교 미술사학과 석사학위논문, 2001
- 김동준, 「海巖 柳慶種의 詩文學 研究」, 서울대학교대학원 국어국문학과 박사학위논문, 2003
- 김양균, 「豹菴 姜世晃 산수화의 題畫詩 연구: 書寫樣狀을 중심으로」, 동국대학교 석사학위논문, 2006
- 대전광역시·충남대학교 유학연구소, 『회덕 진주강문의 인물과 선비정신』, 이화, 2009
- 박은순, 「고와 금의 변주: 표암 강세황의 사의산수화와 진경산수화」, 『표암 강세황: 조선 후기 문인화가의 표상』, 한국미술사학회, 2013
- 변영섭, 『문인화 그 이상과 보편성』, 북성재, 2013
- 안휘준, 「표암 姜世晃(1713-1791)과 18세기의 예단」, 『한국미술사연구』, 사회평론, 2012
- 이성미, 『조선시대 그림 속의 서양화법』, 대원사, 2002
- 이예성, 『현재 심사정 연구』, 일지사, 2000
- 정은주, 「姜世晃의 燕行活動과 繪畫」, 『미술사학연구』 259, 2008
- 정은진, 「姜世晃의 檀園記와 遊金剛山記의 分析: 사대부 문인과 여항 화가의 교유관계의 의미」, 성균관대학교 석사학위논문, 1997
- 진준현, 「단원 김홍도 연구」, 일지사, 1999
- 최석원, 「강세황 자화상 연구」, 서울대학교 고고미술사학과 석사학위논문, 2008

• 한정희, 「강세황의 중국과 서양화법 수용 양상」, 『동아시아 회화 교류사』, 사회평론, 2012

---

3. 최북, 기인 화가의 탄생

• 姜世晃, 『豹菴集』卷3, 「丙戌十月望日. 會于傲軒各賦」
• 金光國, 『石農畫苑』
• 南公轍, 『金陵集』
• 成海應, 『研經齋全集』
• 申光洙, 『石北集』
• 申光河, 『震澤文集』卷7, 「崔北歌」
• 申國賓, 『太乙菴集』卷5, 「題鄭滄海白頭山圖後」
• 吳世昌, 『槿域書畫徵』
• 兪晚柱, 『欽英』
• 柳最鎭, 『樵山雜著』
• 李家煥, 『貞軒瑣錄』
• 李用休, 『惠寰雜著』
• 李瀷, 『星湖集』卷4, 「蘭亭圖歌」, 卷5, 「送崔七七之日本 三首」
• 李玄煥, 『蟾窩雜著』, 「送崔七七之日本序」, 「崔北畫說」
• 張志淵, 『逸士遺事』
• 趙熙龍, 『壺山外記』, 「崔北傳」
• 『晉書』

• 고유섭, 『조선미술사 각론편』, 열화당, 2007
• 關野貞, 『朝鮮美術史』, 朝鮮史學會, 1932
• 국립전주박물관, 『호생관 최북』, 국립전주박물관, 2012
• 권기석, 『里鄕見聞錄』 수록 인물의 사회계층

적 위상과 신분 관념」, 『朝鮮時代史學報』72, 조선시대사학회, 2015
• 권혜은, 「최북의 화조영모화」, 『호생관 최북』, 국립전주박물관, 2012
• 김경, 「朝鮮後期 散文에서의 奇 - 李用休 散文을 중심으로」, 『민족문화연구』58, 고려대학교 민족문화연구원, 2013
• 김용준, 「조선의 표현형식과 그 취제 내용에 대하여」, 『역사과학』1955년 2호
• 김용준, 『근원수필』, 1948
• 김용준, 「화가와 괴벽」, 『조광』1936년 8월
• 김용준, 『근원 김용준 전집』, 열화당, 2007
• 김용준, 『근원 김용준 전집 1: 새근원수필』, 열화당, 2001
• 김태도, 「扶桑에 관한 일고찰」, 『日本文化學報』31, 한국일본문화학회, 2006
• 문일평, 『예술의 성직』, 열화당, 2001
• 박은순, 「19세기 『朝鮮書畫傳』을 통해 본 韓日 繪畫交流」, 『미술사학연구』273, 한국미술사학회, 2012
• 박은순, 「호생관 최북의 산수화」, 『미술사연구』5, 미술사연구회, 1991
• 박정애, 「研經齋 成海應의 書畫趣味와 書畫觀 연구」, 『진단학보』115, 진단학회, 2012
• 박정애, 「『書畫雜識』를 통해 본 成海應의 繪畫鑑評 양상과 의의」, 『溫知論叢』33, 온지학회, 2012
• 박종훈, 「김면주(金勉柱) 관련 『연행신장(燕行贐章)』에 보이는 명·청 인식」, 『한국문학과 예술』30, 숭실대학교 한국문학과예술연구소, 2019
• 박지현, 「연객 허필 서화 연구」, 서울대학교 석사학위논문, 2004

- 박효은, 「≪石農畵苑≫과 17~18세기 한국화단의 後援 문제」, 『숭실사학』 34, 숭실사학회, 2015
- 박효은, 「개인의 취향: 조선 후기 미술후원과 김광국의 회화비평」, 『한국문화연구』 29, 이화여자대학교 한국문화연구원, 2015
- 박효은, 「홍성하 소장본 김광국의 『석농화원』에 관한 고찰」, 『온지논총』 5(1), 온지학회, 1999
- 박희병, 「異人說話와 神仙傳: 說話·野譚·小說과 傳 장르의 관련 양상의 해명을 위해 (1)/(2)」, 『韓國學報』 14(4)/15(2), 1988/1989
- 박희병, 「조선 후기 예술가의 문학적 초상-예인전의 연구-」, 『대동문화연구』 24, 1990
- 박희병, 「중인층 전기 작가로서의 호산 조희룡-『호산외기』의 분석」, 『韓國古典人物傳研究』, 한길사, 1992
- 박희병, 『조선 후기 傳의 소설적 성향 연구』, 성균관대학교 대동문화연구원, 1993
- 박희병, 『韓國古典人物傳研究』, 한길사, 1992
- 邊惠媛, 「毫生館 崔北의 生涯와 繪畵世界 研究」, 고려대학교대학원 석사학위논문, 2007
- 서윤정, 「1764년 통신사의 회화활동과 그 교류」, 서울대학교대학원 석사학위논문, 2005
- 손혜리, 「18~19세기 초반 문인들의 서화감상과 비평에 관한 연구: 成海應의 「書畵雜誌」와 南公轍의 「書畵跋尾」를 중심으로」, 『漢文學報』 19, 우리한문학회, 2008
- 신장섭, 「석북 신광수의 증시를 통한 교유층과 인간애의 고찰」, 『江原人文論叢』 14, 강원대학교 인문과학연구소, 2005
- 안대회, 「『추재기이』의 인간 발견과 인생 해석」, 『韓國學論集』 38, 한양대학교 한국학연구소, 2004
- 안대회, 『벽광나치오』, 휴머니스트, 2011
- 안대회, 『조선의 프로페셔널』, 휴머니스트, 2007
- 안영훈, 「『逸士遺事』의 『壺山外記』·『里鄕見聞錄』 수용 양상」, 『語文研究』 35(4), 한국어문교육연구회, 2007
- 安輝濬, 『韓國繪畫史』, 一志社, 1980
- 오세창, 『근역서화징』, 시공사, 1998
- 유홍준, 「조선 후기 문인들의 서화비평」, 『19세기 문인들의 서화』, 열화당, 1988
- 유홍준, 「호생관 최북」, 『역사비평』 16, 역사비평사, 1991
- 유홍준, 『화인열전』 2, 역사비평사, 2001
- 윤희순, 「조선조의 정열화가」, 『조선미술사연구-민족미술에 대한 단상』, 서울신문사, 1946
- 윤희순, 『조선 미술사 연구: 민족미술에 대한 단상』, 열화당, 2000
- 이가환, 민족문학사연구소 한문분과 옮김, 「이가환의 『貞軒瑣錄』」, 『민족문학사연구』 31, 민족문학사학회, 2006
- 이경화, 「표암 강세황 회화 연구」, 서울대학교 박사학위논문, 2016
- 이기현, 「석북 신광수의 〈금마별가〉 연구」, 『韓國漢文學研究』 17, 한국한문학회, 1994
- 이기현, 『석북 신광수의 문학연구』, 보고사, 1996
- 이선옥, 「19세기 여항 문인화가 조희룡 예술의 근대성」, 『감성연구』 12, 전남대학교 호남학연구원, 2016
- 이선옥, 「붓 끝에 쏟아낸 울분-여항문인화가 조희룡의 삶과 예술」, 『한국인물사연구』 19, 한

국인물사연구회, 2013

• 이원복, 「호생관 최북의 화경-회화사적 위상과 특징」, 『호생관 최북』, 2012

• 이지양, 「『里鄕見聞錄』을 통해 본 兼山 劉在健의 意識」, 『成均語文硏究』 30(1), 성균관대학교 국어국문학회, 1995

• 이흥우, 「奇行의 畵家 崔北」, 『空間』 143, 愛以制作株式會社, 1975

• 임형택 외, 「이가환의 『정헌쇄록』」, 『민족문학사연구』 30, 민족문학사학회, 2006

• 정병호, 「〈里鄕見聞錄〉을 통해 본 朝鮮時代 閭巷人의 形象」, 『東方漢文學』 12, 동방한문학회, 1996

• 정은진, 「『蟾窩雜著』와 崔北의 새로운 모습」, 『문헌과 해석』 16, 태학사, 2001

• 정은진, 「혜환 이용휴의 서화비평 연구」, 『한문학보』 7, 우리한문학회, 2002

• 정은진, 「『蟾窩雜著』와 최북의 새로운 모습」, 『문헌과 해석』 16, 태학사, 2001

• 조지형, 「〈逸士遺事〉의 편찬 의식과 인물 수록 양상」, 『東洋古典硏究』 70, 동양고전학회, 2018

• 최열, 「윤희순의 민족주의 미술론」, 『한국근현대미술사학』 7, 한국근현대미술사학회, 1999

• 최정주, 「1930~1940년대 윤희순의 미술비평」, 『한국근현대미술사학』 10, 한국근현대미술사학회, 2002

• 한태문, 「조선 후기 通信使의 贐章 연구-「遜窩府君日本使行時贐章」을 중심으로」, 『語文硏究』 73, 어문연구학회, 2012

• 홍선표, 「『근역서화사』의 편찬과 『근역서화징』의 출판」, 『인물미술사학』 4, 인물미술사학회, 2008

• 홍선표, 「日本에 있는 朝鮮 繪畵의 전래 및 존재 유형과 사례」, 『동악미술사학』 14, 동악미술사학회, 2013

• 홍선표, 「조선 후기 통신사 수행화원의 회화활동」, 『美術史論壇』 6, 한국미술연구소, 1998

• 홍선표, 「崔北의 生涯와 意識世界」, 『미술사연구』 5, 미술사연구회, 1991

• 황정연, 「石農 金光國(1727~1797)의 생애와 書畵收藏 활동」, 『조선사학연구』 235, 한국미술사학회, 2002

4. '풍속화가 김홍도'를 욕망하다

• 『朝鮮國寶大觀』, 일한서방, 1911

• 『朝鮮美術大觀』, 조선고서간행회, 1910

• 『孝田散稿』 卷6, 「西行詩敍」

• 趙熙龍, 『壺山外史』, 「金弘道傳」

• 강관식, 《단원풍속도첩》의 작가 비정과 의미 해석의 양식사적 재검토」, 『미술사학』 39, 미술사학연구회, 2012

• 강세황, 김종진·변영섭·정은진·조송식 옮김, 「단원기」, 『표암유고』, 지식산업사, 2010

• 고관희, 「한국 초등 미술 교과서의 감상작품 분석: 1946~2011년 시기의 교육과정 변천을 중심으로」, 명지대학교 박사학위논문, 2015

• 고유섭, 「김홍도」, 『조선명인전』 2권, 조선일보사, 1939

• 고유섭, 『朝鮮美術史: 又玄 高裕燮 全集』, 열화당, 2007

• 고희동, 「세계적으로 자랑할 조선의 십삼대 화가」, 『별건곤』 12·13, 1928년 5월

- 고희동, 「朝鮮의 十三大畫家」, 『개벽』, 1925년 7월
- 고희동, 「화단쌍곡선: 풍속화와 조선정취」, 『조선일보』, 1937년 7월 20일자.
- 구재진·조현일·구재진·김병구·박용규·박진숙·이양숙, 『'조선적인 것'의 형성과 근대문화담론』, 소명출판, 2007
- 급우생, 「서화계로 관한 경성」, 『개벽』 48, 1924년 6월
- 김미정, 「1950-60년대 북한의 미술사학자가 본 조선시대 회화사: 정선과 김홍도를 중심으로」, 『통일시대의 미술과 미술사』, 미술사학대회 자료집, 한국미술사학회, 2019
- 김병구, 「고전부흥의 기획과 '조선적인 것'의 형성」, 『'조선적인 것'의 형성과 근대문화담론』, 소명출판, 2007
- 김소연, 「'조선 후기 회화'의 연구사: 풍속화의 재발견과 단원(檀園) 김홍도(金弘道)」, 『한국문화연구』 37, 이화여자대학교 한국문화연구원, 2019
- 김소연, 「미술사 서적 대중화의 명(明)과 암(暗)-어린이를 위한 한국미술사 서술을 중심으로」, 『미술사학보』 47, 미술사학연구회, 2016
- 김용준, 「18세기 선진적 사실주의 화가 단원 김홍도: 그의 탄생 195주년을 맞이하면서」, 『역사과학』 4, 1955
- 김용준, 「단원 김홍도: 이조 화계의 거성」, 『신천지』, 1950년 1~2월
- 김용준, 「단원 김홍도의 창작 활동에 관한 약간한 고찰」, 『문화유산』 1960년 6호
- 김용준, 「동미전을 개최하면서, 하」, 『동아일보』, 1930년 4월 13일자
- 김용준, 「이조시대의 인물화: 주로 신윤복, 김홍도를 논함」, 『문장』 1(1), 1939년 2월
- 김용준, 「조선화의 표현형식과 그 취제 내용에 대하여」, 『역사과학』 1955년 2호
- 김용준, 『근원 김용준 전집』, 열화당, 2001
- 김용준, 『조선미술사대요』, 을유문화사, 1948
- 김원룡, 『한국미술사』, 범문사, 1968
- 김원룡·안휘준, 『(신판) 한국미술사』, 서울대학교 출판부, 1993
- 김일곤, 「단원 김홍도: 조선의 역대 화가」, 『매일신보』, 1937년 3월 16일자
- 김현숙, 「김용준과 『문장』의 신문인화 운동-동양주의 미술과의 관련을 중심으로-」, 『미술사연구』 16, 미술사연구회, 2002
- 『단원 김홍도-탄신 250주년 기념 특별전』, 삼성문화재단, 1995
- 류시현, 「1920년대 초반 조선 지식인의 '조선미술' 규정과 서술-잡지 『동명』을 중심으로」, 『역사학연구』 73, 호남사학회, 2019
- 『매일신보』, 「신간소개-서화협회회보」, 1922년 3월 20일자
- 『매일신보』, 「조선 고미술 연총」, 1915년 10월 7일자
- 문명대, 「1930년대의 미술학 진흥운동」, 『민족문화연구』 12, 고려대학교 민족문화연구원, 1977
- 문일평, 「이조 화가지」, 『조선일보』, 1937년 11월 25일자~12월 10일자
- 문일평, 「화선 김홍도와 당시 화풍」, 『호암전집』 2, 조선일보사 출판부, 1939
- 문일평, 『湖岩全集』 2, 민속원, 1982
- 박진숙, 「동양주의 미술론과 이태준 문학」, 『한국현대문학연구』 16, 한국현대문학연구, 2004
- 변영섭, 「스승과 제자, 강세황이 쓴 김홍도 전

기: 「단원기」·「단원기 우일본」」, 『미술사학연구』 275·276, 2012

- 성대중, 김종태·김용기·박지영 외 옮김, 『(국역) 청성잡기(靑城雜記)』, 민족문화추진회, 1993
- 세키노 타다시, 심우성 옮김, 『조선미술사』, 동문선, 2003
- 신선영, 「개항기 김홍도 풍속화의 모방과 확산」, 『미술사학연구』 283·284, 한국미술사학회, 2014
- 안홍기 편집, 김용준 글, 「김홍도」, 『우리나라 명인들의 이야기』, 조선로동당출판사, 1956
- 안휘준, 『한국회화사』, 일지사, 2000
- 염원, 「신선과 회화」, 『새한민보』 2(11), 통권 28호, 1948년 5월
- 오명석, 「1960~70년대의 문화정책과 민족문화담론」, 『비교문화연구』 4, 서울대학교 비교문화연구소, 1998
- 오세창, 동양고전학회 옮김, 『(국역) 근역서화징』, 한국미술연구소, 2001
- 오주석, 「화선 김홍도, 그 인간과 예술」, 『단원 김홍도 탄신 250주년 기념 특별전 논고집』, 삼성문화재단, 1995
- 오주석, 『단원 김홍도』, 솔출판사, 2015
- 유복렬, 『韓國繪畵大觀』, 문교원, 1969
- 유홍준, 「단원 김홍도-조선적인, 가장 조선적인 불세출의 화가」, 『역사비평』 22, 역사비평사, 1993
- 유홍준·이태호, 「한국미술사 연구 100년(상): 해방 이전」, 『한국미술사 연구의 새로운 지평을 찾아서』, 학고재, 1997
- 윤희순, 『조선미술사연구: 민족미술에 대한 단상』, 서울신문사, 1946

- 윤희순, 『조선미술사연구』, 열화당, 2001
- 이경화, 「우리 시대의 그림 풍속화: 강세황의 비평활동과 김홍도의 행려풍속도」, 『미술사와 시각문화』 15, 사회평론, 2015
- 이동주, 「단원 김홍도-그 생애와 작품」, 『간송문화』 4, 한국민족미술연구소, 1973
- 이동주, 『우리나라의 옛 그림』, 박영사, 1975
- 이수형, 「회화예술에 있어서의 대중성 문제」, 『신천지』 4(3), 1949년 3월
- 이여성, 『조선미술사개요』, 국립출판사, 1955
- 이여성, 『조선미술사개요』, 한국문화사, 1999
- 『이왕가박물관 사진첩』 상권, 이왕직박물관, 1918
- 이원복, 『단원 김홍도-탄신 250주년기념 특별전』, 삼성문화재단, 1995
- 이태준, 「단원과 오원의 후예로서 서양화보담 동양화」, 『조선일보』, 1937년 10월 20일자
- 이태준, 『무서록』, 박문서관, 1941
- 이태호, 「한국미술사 연구 100년(하): 해방 이후」, 『한국미술사의 새로운 지평을 찾아서』, 학고재, 1997
- 장진성, 『단원 김홍도: 대중적 오해와 역사적 진실』, 사회평론아카데미, 2020
- 정병모, 『한국의 풍속화』, 한길아트, 2000
- 정은진, 「표암 강세황의 일상으로의 시선과 문예적 실천」, 『태동고전연구소』 33, 2014
- 정형민, 「한국미술사에 있어서 근대성의 논의 2」, 『미술사학연구』 211, 한국미술사학회, 1996
- 조규태, 「1930년대 한글신문의 조선문화 운동론」, 『한국민족운동사연구』 61, 한국민족운동사학회, 2009
- 조현일, 「『문장』과 이후의 문학에 나타난 '조선적인 것'」, 『'조선적인 것'의 형성과 근대문화담

론』, 소명출판, 2007

- 조희룡, 『호산외사·이향견문록』, 삼성미술문화재단, 1980
- 진준현, 『단원 김홍도 연구』, 일지사, 1999
- 천주현, 「광학적 조사로 본 《단원 풍속화첩》」, 『동원학술논문집』 13, 국립중앙박물관, 2012
- 최순우, 「김홍도-풍속과 세태의 증인」, 『한국의 인간상』, 청구문화사, 1965
- 최열, 「미술사학사 연구의 발자취와 과제」, 『한국 현대미술의 단층-석남 이경성 미수 논총』, 삶과 꿈, 2006
- 최열, 『한국근현대미술사학』, 청년사, 2010
- 한상진, 「풍속화의 문제」, 『새한민보』 2(9), 통권 29호, 1948년 4월
- 홍선표, 「'한국회화사' 재구축의 과제-근대적 학문의 틀을 넘어서」, 『미술사학연구』 241, 한국미술사학회, 2004
- 홍선표, 「국사형 미술사의 영욕-조선 후기 회화의 해석과 평가 문제」, 『美術史論壇』 33, 한국미술연구소, 2011
- 홍선표, 「『근역서화사』의 편찬과 『근역서화징』의 출판」, 『인물미술사학』 4, 인물미술사학회, 2008
- 홍선표, 「김홍도 생애의 재구성」, 『美術史論壇』 34, 한국미술연구소, 2012
- 홍선표, 「한국회화사 연구의 근대적 태동」, 『시각문화의 전통과 해석』, 예경, 2007
- 홍선표, 『조선 회화』, 한국미술연구소, 2014

5. 신윤복 「미인도」의 부상

- 姜淮伯·姜碩德·姜希顔, 『晉山世稿』 卷3, 「景醇用松雪齋麗人圖詩韻寄之步韻答之」
- 徐直修, 「十友軒集抄」, 「美人圖拈韻 含嬌含態雲爲雨 夜夜陽臺夢幾思」
- 『世宗實錄』 卷93, 世宗 23年(1441) 9月 29日條
- 成侃, 『虛白堂集』 卷8, 「題麗人圖後」
- 宋時烈, 『尤菴械子孫訓』
- 『英祖實錄』 卷101, 英祖 39年(1763) 5月 6日條
- 李肯翊, 『燃藜室記述』 卷6
- 李德懋, 『靑莊館全書』 卷 27·28·29, 「士小節」 5
- 李植, 『澤堂集』 卷9, 「仇十洲女俠圖跋」
- 張維, 『谿谷集』 卷3, 「仇十洲女俠圖跋」
- 周命新, 『玉振齋詩稿』, 「金友房中長掛美人圖 求詩於余 遂呼一律」
- 許筠, 『惺所覆瓿藁』 卷13, 「題李澄畫帖後」

- 강관식, 「眞景時代 肖像畵 樣式의 基盤」, 『간송문화』 50, 한국민족미술연구소, 1996
- 강명관, 『그림으로 읽는 조선 여성의 역사』, 휴머니스트, 2012
- 『경향신문』, 「밝혀질 澗松의 所藏美術品 專門家들로 目錄作成委 構成」, 1962년 11월 22일자
- 『경향신문』, 「餘滴」, 1956년 10월 12일자
- 『경향신문』, 「조선 후기 풍속화에서 산수·인물화·서예까지 蕙園의 감춰진 예술혼 재조명」, 1998년 1월 12일자
- 『경향신문』, 「韓國의 女俗」, 1965년 4월 3일자
- 『경향신문』, 「海外展示 國寶展 延期」, 1957년 5월 31자
- 『경향신문』, 「絢爛한 民族藝術의 祭典: 海外展示 國寶展에 붙여」, 『경향신문』, 1957년 5월 21일자
- 古美術品海外展示委員會 刊, 『海外展示 古

美術展覽會』, 세계일보사, 1957

• 고연희, 「미인도의 감상코드」, 『대동문화연구』
58, 성균관대 동아시아학술원, 2007

• 고희동, 「화단쌍곡선: 풍속화와 조선정취」, 『조
선일보』, 1937년 7월 20일자

• 국사편찬위원회, 『'몸'으로 본 한국여성사』, 경
인문화사, 2011

• 김소연, 「풍속화의 근대적 전개: 고전의 복제와
복고적 재현」, 『서강인문논총』 49, 서강대 인
문과학연구소, 2017

• 김용준, 「18세기 선진적 사실주의 화가 단원
김홍도: 그의 탄생 195주년을 맞이하면서」,
『역사과학』 4, 1955년

• 김용준, 「겸현 이재와 삼재설에 대하여: 조선
시대 회화의 중흥조」, 『신천지』, 1950년 6월

• 김용준, 「이조시대의 인물화: 주로 신윤복, 김
홍도를 논함」, 『문장』, 1939년 2월

• 김원용, 『韓國美術史』, 汎文社, 1968

• 김원용·안휘준, 『韓國美術史』, 서울대 출판
부, 1993

• 김재원, 『景福宮夜話』, 탐구당, 1991

• 김재원, 『韓國繪畫』, 탐구당, 1973

• 『동아일보』, 「국내 最古 美人圖 발견」, 1982년
4월 1일자

• 『동아일보』, 「國寶 이야기」, 1957년 5월 20일자

• 『동아일보』, 「國寶를 海外에 搬出말라」, 1954
년 12월 4일자

• 『동아일보』, 「國寶海外搬出에 與論沸騰」,
1952년 11월 3일자

• 『동아일보』, 「문화유산 돋보기 답사: 옛 그림
으로 본 미인관」, 1998년 1월 22일자

• 『동아일보』, 「美代表 곧 來韓 展示할 우리 古
美術品 選定에」, 1956년 8월 30일자

• 『동아일보』, 「博物舘無料公開 文化財愛護
期間에」, 1959년 9월 10일자

• 『동아일보』, 「새 韓國像 밝힐 契機 韓國美術
5千年展 出品文化財學術講演」, 1976년 2월
18일자

• 『동아일보』, 「스케치 二千年展 결산」, 1973년
6월 20일자

• 『동아일보』, 「신윤복 명품 한자리에」, 1998년
1월 26일자

• 『동아일보』, 「有終의 美 거두도록 國寶海外
展示 첫 날 맞아」, 1957년 12월 14일자

• 『동아일보』, 「一九〇點 選定 海外展示할 文
化財」, 1956년 10월 7일자

• 『동아일보』, 「七個項條件附로 通過 文化財
海外展示案」, 1955년 4월 26일자

• 『동아일보』, 「韓國文化의 精粹, 전시 앞두고
마지막 準備作業 韓國美術5千年展」, 1976년
2월 17일자

• 『동아일보』, 「韓國美術 二千年展」, 1973년
4월 16일자

• 『동아일보』, 「새로운 韓日交流의 始發點 韓國
美術五千年展의 意義」, 1976년 7월 24일자

• 문일평, 『湖岩全集: 朝鮮文化藝術』 2, 朝光
社, 1939

• 『미술자료』 2, 「구라파 전시 한국 고미술품 목
록」 1960년 12월

• 『미술자료』 6, 「잡보」, 1962년 12월

• 박영민, 「조선시대의 미인도와 여성 초상화 독
해를 위한 제언」, 『한문학논집』 42, 근역한문
학회, 2015

• 『세계일보』, 「광복 직후 佛서 서구 첫 '한국展'
열렸다」, 2019년 8월 14일자

• 세키노 타다시, 심우성 옮김, 『조선미술사』, 동

문선, 2003

- 송도영, 「1980년대 한국 문화운동과 민족·민중적 문화양식의 탐색」, 『비교문학연구』 4, 서울대 비교문화연구소, 1998
- 송희경, 「1950년대 전통 화단의 '인물화'」, 『한국문화연구』 28, 이화여대 한국문화연구원, 2015
- 신선영, 「일제강점기 신윤복 풍속화의 浮上과 재평가」, 『미술사학연구』 301, 한국미술사학회, 2019
- 안휘준 편, 『國寶 10: 繪畵』, 예경, 1984
- 안휘준, 『韓國繪畵史』, 일지사, 1980
- 오명석, 「1960~70년대의 문화정책과 민족문화 담론」, 『비교문학연구』 4, 서울대 비교문화연구소, 1998
- 오세창, 동양고전학회 옮김, 『(국역) 근역서화징』 하, 시공사, 1998
- 오주석, 『오주석의 한국의 미 특강』, 솔, 2003
- 유복렬, 『韓國繪畵大觀』, 문교원, 1969
- 윤희순, 「단원과 혜원」, 『조선 회화사연구』, 동문선, 2001
- 윤희순, 「朝鮮 美術界의 當面問題」, 『신동아』, 1932년 6월
- 윤희순, 『조선 미술사 연구: 민족미술에 대한 단상』, 서울신문사, 1946
- 이경성, 『韓國美術史』, 문화교육출판사, 1962
- 이동주, 「俗畵」, 『亞細亞』, 1969년 5월
- 이동주, 「韓國繪畵史」, 『民族文化研究』, 고려대 민족문화연구원, 1970
- 이여성, 『조선미술사개요』, 한국문화사, 1999
- 이영도, 「기록을 통해서 본 70년대 문예중흥 5개년 계획」, 『기록인』 7, 2009년 여름
- 이원복, 「혜원 신윤복의 서화」, 『간송문화』 59,

한국민족미술연구소, 2000

- 이원복, 「蕙園 申潤福의 畵境」, 『미술사연구』 11, 미술사연구회, 1997
- 이원복, 『회화: 한국미의 재발견 6』, 솔출판사, 2005
- 이태호, 「도판 해설」, 『한국의 미 20: 인물화』, 중앙일보사, 1985
- 이태호, 「조선 후기 풍속화에 그려진 女俗과 여성의 미의식」, 『한국고전여성문학연구』 13, 한국고전여성문학회, 2006
- 임미현, 「조선 후기 미인도 연구」, 숙명여대 박사학위논문, 2018
- 장경희·강현숙·강민기·이선재·이숙희·윤희상, 『한국 미술문화의 이해』, 예경, 1994
- 정무정, 「1950년대 미국에 소개된 한국미술」, 『한국근현대미술사학』 14, 한국근현대미술사학회, 2005
- 정수진, 「최순우의 미술관 연구」, 명지대 석사학위논문, 2017
- 『조선일보』, 「30주년 간송미술관 산증인 최완수 연구실장」, 1996년 6월 5일자
- 『조선일보』, 「古美術에 나타난 韓國의 美女: 트레머리의 美人」, 1964년 2월 6일자
- 『조선일보』, 「國寶 海外展示同意 政府서 再要請」, 1953년 7월 16일자
- 『조선일보』, 「뉴욕통신 우리 국보 전시: 우리 문화재 해외 전시」, 1958년 2월 28일자
- 『조선일보』, 「문화재 해외 전시 동의안을 상정」, 1955년 4월 21일자
- 『조선일보』, 「조선시대 풍속화전」, 2002년 3월 14일자.
- 『조선일보』, 「한국 미인을 찾아서」, 1997년 1월 29일자.

- 『조선일보』, 「한국의 멋 알릴 문화사업」, 2002년 2월 20일자
- 『조선일보』, 「海外展示 古美術展覽會 開催에 際하여」, 1957년 5월 12일자
- 『조선일보』, 「혜원 미인도 등 50점 공개 신윤복전 개최」, 1998년 1월 16일자
- 『朝鮮中央日報』, 「中央畵譜」, 1935년 11월 14~17일자, 12월 4일자
- 진홍섭·강경숙·변영섭·이완우, 『한국미술사』, 문예출판사, 2004
- 최순우, 「續 澗松故事」, 『보성』, 1963
- 최순우, 「조선 회화에 나타난 에로티시즘」, 『공간』, 1968년 3월
- 최순우, 『韓國美術全集 12: 繪畵』, 동화출판공사, 1973
- 최완수, 「작품 해설」, 『간송문화』 81, 한국민족미술연구소, 2011
- 하마나카 신지, 「일본 미인화의 탄생, 그리고 환영」, 『미술사학보』 25, 미술사학연구회, 2005
- 한국박물관 100년사 편찬위원회 편, 『한국 박물관 100년사』 본문편, 국립중앙박물관, 2009
- 『韓國의 美: 人物畵』 20, 중앙일보사, 1985
- 허영환, 「지상박물관대학: 미인도」, 『조선일보』, 1982년 4월 4일자
- 홍선표, 「화류계의 여항화가 신윤복」, 『조선 회화』, 한국미술연구소, 2014
- 홍선표, 「화용월태의 표상: 한국 미인화의 신체 이미지」, 『한국문화연구』 6, 이화여대 한국문화연구원, 2004
- 홍선표, 『한국 근대미술사』, 시공아트, 2009

6. 누가 김정희를 만들었는가

- 金有濟, 「夢緣錄跋文」
- 趙熙龍, 「阮堂公輓」
- 『哲宗實錄』 卷8 哲宗 7年, 十月十日 甲午條

- 국립박물관·진단학회, 『완당 김정희 선생 백주기 추념유작 전람회』, 1956
- 권행가, 「1930년대 古書畵展覽會와 경성의 미술시장」, 『한국근현대미술사학』 19, 한국근현대미술사학회, 2008
- 김봉수, 「국내 미술시장 현황 연구」, 『경영관리연구』 6(1), 성신여자대학교 경영연구소, 2013
- 김상엽, 「추사 김정희와 소치 허련 관견(管見)」, 『추사의 삶과 교유』, 추사박물관, 2013
- 김상엽·황정수, 『경매된 서화』, 시공사, 2005
- 김순임·이영대, 「미술품의 경매와 가격 지수에 대한 조사 연구」, The Journal of the Convergence on Culture Technology 1(2), 2015
- 김울림, 「18·19세기 동아시아의 蘇東坡像 연구: 淸朝 考證學과 관련을 중심으로」, 홍익대학교 미술사학과 박사학위논문, 2018
- 김울림, 「翁方綱의 金石考證學과 東蘇坡像」, 『미술사논단』 18, 한국미술연구소, 2004
- 金正喜, 『阮堂全集』 卷2, 「與舍季金相喜, 六」, 民族文化推進會 編, 影印標點 韓國文集叢刊 301, 민족문화추진회, 2003
- 金正喜, 『阮堂全集』 卷3, 「與權彝齋敦仁 十七」, 民族文化推進會 編, 影印標點 韓國文集叢刊 301, 민족문화추진회, 2003
- 金正喜, 『阮堂全集』 卷3, 「與權彝齋敦仁, 二十一」, 民族文化推進會 編, 影印標點 韓國文集叢刊 301, 민족문화추진회, 2003

- 金正喜,『阮堂全集』卷3,「與申威堂觀浩, 三」, 民族文化推進會 編, 影印標點 韓國文集叢刊 301, 민족문화추진회, 2003
- 金正喜,『阮堂全集』卷4,「與金君奭準, 三」, 民族文化推進會 編, 影印標點 韓國文集叢刊 301, 민족문화추진회, 2003
- 金正喜,『阮堂全集』卷4,「與金穎樵炳學, 一」, 民族文化推進會 編, 影印標點 韓國文集叢刊 301, 민족문화추진회, 2003
- 金正喜,『阮堂全集』卷4,「與沈桐庵熙淳 二十八」, 民族文化推進會 編, 影印標點 韓國文集叢刊 301, 민족문화추진회, 2003
- 金正喜,『阮堂全集』卷4,「與吳閣監圭一, 一」, 民族文化推進會 編, 影印標點 韓國文集叢刊 301, 민족문화추진회, 2003
- 金正喜,『阮堂全集』卷4,「與吳進士, 七」, 民族文化推進會 編, 影印標點 韓國文集叢刊 301, 민족문화추진회, 2003
- 金正喜,『阮堂全集』卷4,「與張兵使寅植」 一~二十, 民族文化推進會 編, 影印標點 韓國文集叢刊 301, 민족문화추진회, 2003
- 金正喜,『阮堂全集』卷5,「與草衣, 二十七」, 民族文化推進會 編, 影印標點 韓國文集叢刊 301, 민족문화추진회, 2003
- 金正喜,『阮堂全集』卷6,「又在濟州時」, 民族文化推進會 編, 影印標點 韓國文集叢刊 301, 민족문화추진회, 2003
- 金正喜,『阮堂全集』卷7,「書示金君奭準」, 民族文化推進會 編, 影印標點 韓國文集叢刊 301, 민족문화추진회, 2003
- 金正喜,『阮堂全集』卷9,「問某從市中得拙 書流落者購藏之不覺噴飯如蜂走寫以志媿 略敍書道又以勉之」, 民族文化推進會 編,
- 影印標點 韓國文集叢刊 301, 민족문화추진회, 2003
- 김현권,「秋史 金正喜의 산수화」,『미술사학 연구』 240, 한국미술사학회, 2003
- 김현권,「추사 김정희 일파의 제현화상 수용과 제작」,『강좌미술사』 26(2), 한국불교미술사학회, 2006
- 南公轍,『歸恩堂集』,「歐蘇畵像帖跋」, 秦弘燮 編,『韓國美術史資料集成』 6, 一志社, 1998
- 羅崎,「十二月十九日碧梧社詩人作坡公生日」,『碧梧堂遺稿』 卷7
- 민족문화추진회 편, 신호열 편역,『(고전국역총서 244) 국역 완당전집』 2, 솔출판사, 1988
- 민족문화추진회 편, 신호열 편역,『(고전국역총서 245) 국역 완당전집』 3, 솔출판사, 1986
- 민족문화추진회 편, 임정기 편역『(고전국역총서 243) 국역 완당전집』 1, 솔출판사, 1995
- 朴珪壽, 李聖敏 校點,『瓛齋集』 成均館大學校出版部, 2018
- 박철상,「추사 김정희의 장황사 유명훈」,『추사 김정희 학예 일치의 경지』, 국립중앙박물관, 2006
- 尙有鉉, 金約瑟 譯解,「秋史訪見記」,『圖書』, 을유문화사, 1966
- 서진수,「한국의 미술품 경매시장 연구: 서예시장을 중심으로」,『論文集』 41, 강남대학교, 2003
- 성혜영,「고람 전기의 회화와 서예」, 홍익대학교 미술사학과 석사학위논문, 1994
- 안병욱,「조선시대 향회와 민란」, 서울대학교 국사학과 박사학위논문, 2000
- 유봉학,「廉人(겸인)-胥吏(서리) 출신의 李潤善(이윤선)」,『조선 후기 학계와 지식인』, 신구

문화사, 1998

• 유홍준, 「추사 김정희의 예술과 그의 패트런」, 『완당과 완당바람』, 동산방·학고재, 2002

• 유홍준, 「헌종의 문예 취미와 서화 컬렉션」, 『조선 왕실의 인장』, 국립고궁박물관, 2006

• 유홍준, 『완당평전』 2, 학고재, 2002

• 유홍준, 『추사 김정희』, 창비, 2018

• 李家源, 「阮堂肖像小考 -특히 海天一笠像에 대하여-」, 『美術資料』 7, 국립박물관, 1963

• 이규일, 「공직자 미술품 공개, 수준 미달이다」, 『한국미술 졸보기』, 시공사, 2002

• 이동주, 『우리나라의 옛 그림』, 학고재, 1995

• 李丙燾, 「秋史先生略傳」, 『완당 김정희 선생 백주기 추념유작 전람회』, 국립박물관·진단학회, 1956

• 임창순, 「解題《杜堂尺素》」, 『서지학보』 3, 1990

• 장진성, 「정선과 수응화」, 『미술사의 정립과 확산』 1, 사회평론, 2006

• 제임스 케일, 장진성 옮김, 『화가의 일상: 전통시대 중국의 예술가들은 어떻게 생활하고 작업했는가』, 사회평론, 2019

• 조규백, 「秋史 金正喜의 濟州道 流配漢文詩에 담긴 문학세계 탐색: 중국 문인 蘇東坡와 관련하여」, 『中國硏究』 32, 한국외국어대학교 중국연구소, 2003

• 조현승·김종호, 「미술품 경매시장에서의 가격 결정요인 분석」, 『산업조직연구』 17(4), 2009

• 趙熙龍, 實是學舍 古典文學硏究會 譯註, 『趙熙龍全集: 又海岳庵稿 外』 4, 한길아트, 1999

• 조희룡, 한영규 엮음, 『(태학산문선 108) 매화삼매경』, 태학사, 2003

• 趙熙龍, 『又峰尺牘』, 趙熙龍, 實是學舍 古典文學硏究會 역주, 『趙熙龍 全集: 壽鏡齋海外赤牘 外』 5, 한길아트, 1999

• 최완수, 「추사 일파의 글씨와 그림」, 『澗松文華』 60, 한국민족미술연구소, 2001

• 한국예술종합학교 산학협력단, 『2017년 국내 경매시장 분석보고서: 한국미술시장 정보시스템 콘텐츠 개발 최종보고서』, 문화체육관광부 예술경영지원센터, 2017

• 한정희, 「조선 후기 회화에 미친 중국의 영향」, 『한국과 중국의 회화』, 학고재, 1999

• 허련, 김영호 편역, 『小癡實錄』, 서문당, 1976

• Alison McQueen, The Rise of the Cult of Rembrandt: Reinventing an Old Master in Nineteenth-Century France, Amsterdam: Amsterdam University Press, 2003

• Matteini Michele, "The Aesthetics of Scholarship Weng Fanggang and the Cult of Su Shi in Late-Eighteenth-Century Beijing", Archives of Asian Art 69, 2019

• Sunglim Kim, "Kim Chŏng-hŭi (1786~1856) and Sehando: The Evolution of a Late Chosŏn Korean Masterpiece", Archives of Asian Art 56, 2006

• Sunglim Kim, Flowering Plums and Curio Cabinets: The Culture of Objects in Late Choson Korean Art, Seattle: University of Washington Press, 2018

- 『경향신문』, 「오원 장승업 작품전 간송소장 31점 첫선」, 1975년 10월 14일자
- 구본웅, 「무인(戊寅)이 걸어온 길」, 『동아일보』, 1938년 12월 8일~12월 10일자
- 『근대서지』 1, 소명출판, 2010
- 김양수, 「조선 후기 중인 집안의 활동연구(상)-장현과 장희빈 등 인동장씨 역관가계를 중심으로」, 『역사와 실학』 1, 역사실학회, 1990
- 김예진, 「관재 이도영의 미술활동과 회화세계」, 한국학중앙연구원 한국학대학원 박사학위논문, 2013
- 김예진, 「한동아집첩과 오세창의 시회활동 연구」, 『동양학』 48, 단국대학교 동양학연구소, 2010
- 김용준, 「겸현 이재와 삼재설에 대하여: 조선시대 회화의 중흥조」, 『신천지』, 1950년 6월
- 김용준, 「오원 장승업 선생」, 1946년 11월 17일자
- 김용준, 「오원일사」, 『문장』, 1939년 12월
- 김용준, 「조선화의 표현형식과 그 취제 내용에 대하여」, 『역사과학』, 1955년 2월
- 김용준, 「한묵여담」, 『문장』, 1939년 10월
- 김용준, 『근원 김용준 전집 1: 새 근원수필』, 열화당, 2001
- 김용준, 『근원 김용준 전집 2: 조선미술사대요』, 열화당, 2001
- 김용준, 『근원 김용준 전집 3: 조선시대 회화와 화가들』, 열화당, 2001
- 김용준, 『조선미술사대요』, 을유문화사, 1949
- 김은호, 『서화백년』, 중앙일보·동양방송, 1977
- 김취정, 「한국 근대기의 화단과 서화 수요 연구」, 고려대학교 박사학위논문, 2014
- 김현권, 「김정희파의 한중회화교류와 19세기 조선의 화단」, 고려대학교 박사학위논문, 2010
- 김현권, 「오원 장승업 일파의 회화」, 『간송문화』 74, 한국민족미술연구소, 2008
- 김현권, 「청대 해파화풍의 수용과 변천」, 『미술사학연구』 217·218, 한국미술사학회, 1998
- 노관범, 「청년기 장지연의 학문배경과 박학풍」, 『조선시대 사학보』 47, 조선시대 사학회, 2008
- 『동아일보』, 「횡설수설」, 1993년 9월 12일자
- 명지은, 「근원 김용준의 회화론 연구」, 서울대학교 석사학위논문, 2016
- 『매일신보』, 1916년 4월 6일자
- 박노수, 「오원 장승업의 예술과 공간」, 『공간』, 1970년 3월
- 박용구, 「최근세 동양화의 대가 장승업」, 『풍류명인열전』, 신태양사, 1960
- 박은순, 「근원 김용준의 미술사학」, 『인물미술사학』 1, 인물미술사학회, 2005
- 박은화, 「장승업의 고사인물화」, 『정신문화연구』 24, 한국정신문화연구원, 2001
- 백두용, 『해동역대명가필보』 下, 1926
- 서울대학교 박물관, 『오원 장승업-조선왕조의 마지막 대화가』, 학고재, 2000
- 숭양산인, 「송재만필: 일사유사」 32, 『매일신보』, 1916년 1월 30일자
- 안영훈, 「『일사유사』의 「호산외기」, 「이향견문록」 수용 양상」, 『어문연구』 35(4), 한국어문교육연구회, 2007
- 安輝濬, 『韓國繪畵史』, 一志社, 1980
- 오세창, 『(국역) 근역서화징』, 시공사, 2007
- 유복렬, 『韓國繪畵大觀』, 문교원, 1969
- 이경성, 「오원 장승업-그의 근대적 조명」, 『간

송문화』9, 한국민족미술연구소, 1975

- 이경성, 「전통의 계승과 근대의 자각」, 『한국현대미술전집』1, 한국일보사 출판국, 1977
- 이경성, 『한국근대회화』, 일지사, 1980
- 이구열, 『근대 한국화의 흐름』, 미진사, 1984
- 이동주, 「한국회화사」, 『민족문화연구』4, 고려대학교 민족문화연구소, 1970
- 이동주, 『한국회화소사(韓國繪畵小史)』, 서문당, 1972
- 이동주, 『한국회화소사』, 범우사, 1995
- 이상범, 「나의 스승을 말함(1): 자유주의자 안심전(安心田) 선생」, 『동아일보』, 1938년 1월 25일자
- 이성미, 「장승업 회화와 중국 회화」, 『정신문화연구』24, 한국정신문화연구원, 2001
- 이양재, 『오원 장승업의 삶과 예술』, 해들누리, 2002
- 이여성, 『조선미술사개요』, 국립출판사, 1955
- 이원복, 「오원 장승업의 회화세계」, 『간송문화』53, 한국민족미술연구소, 1997
- 이창현, 『성원록』, 오성사, 1985
- 이태준, 「단원과 오원의 후예로서의 서양화보담 동양화」, 『조선일보』, 1937년 10월 20일자
- 「일사유사」, 『한국민족문화대백과』인터넷판, 한국학중앙연구원(검색일: 2019. 12. 7)
- 『장승업』, 문화관광부·한국문화예술진흥원, 2000
- 장지연, 『일사유사』, 태학사, 1982
- 전형필, 「오원필(吾園筆) 이곡산장도(梨谷山莊圖)」, 『고고미술』2(1), 고고미술동인회, 1961
- 정광호, 「호방한 서민화가, 장승업」, 『월간중앙』, 중앙일보사, 1976년 5월

- 정규, 「백지 앞의 유형수 장승업」, 『인물한국사』4, 박우사, 1965
- 정량완, 「그리운 아버지에 대한 편모와 문집에 나타난 몇몇 화제에 대하여」, 『어문연구』28(3), 한국어문교육연구회, 2000
- 정형민, 「장승업과 한국 근현대 화단: 진위의 재조명」, 『정신문화연구』24, 한국정신문화연구원, 2001
- 정형민, 「한국미술사에 있어서 근대성의 논의 2」, 『미술사학연구』211, 한국미술사학회, 1996
- 조용만, 『육당 최남선』, 삼중당, 1964
- 진준현, 「오원 장승업 연구」, 서울대학교 석사학위논문, 1986
- 진준현, 「오원 장승업의 생애」, 『정신문화연구』24, 한국정신문화연구원, 2001
- 진준현, 「한국 장승업 화풍의 형성과 변천」, 『삼불 김원룡 교수 정년퇴임기념논총 Ⅱ』, 일지사, 1987
- 최경현, 「육교시사를 통해 본 개화기 화단의 일면」, 『한국근현대미술사학』12, 한국근현대미술사학회, 2004
- 최남선, 「예술과 근면」, 『청춘』11, 신문관, 1918년 11월
- 최남선, 『조선상식문답』, 동명사, 1946
- 최완수, 「오원 장승업」, 『간송문화』53, 한국민족미술연구소, 1997
- 최태만, 「근원 김용준의 비평론 연구」, 『한국근현대미술사학』7, 한국근현대미술사학회, 1999
- 한국민족미술연구소 편, 『간송문화』9, 한국민족미술연구소, 1975
- 허경진, 『조선의 중인들』, 알에이치코리아, 2015
- 허우영·안규진, 「오원 장승업의 〈홍백매도 10곡병〉에 사용된 녹색 안료에 관하여」, 『삼성미

술관 Leeum 연구논문집』4, 삼성미술관 리움, 2008

• 홍선표, 「장승업의 재조명」, 『조선시대 회화사론』, 문예출판사, 1999

• 홍선표, 「한국회화사 연구의 근대적 태동」, 『시각문화의 전통과 해석』, 예경, 2007

• 홍선표, 『조선시대 회화사론』, 문예출판사, 1999

8. 조선 후기 서화시장을 통해 본 명작(名作)의 탄생과 위작(偽作)의 유통

• 權燮, 『玉所稿』卷8, 「題畫帖」

• 金錫胄, 『息庵先生遺稿』

• 金安老, 『龍泉談寂記』

• 金昌集, 『老稼齋燕行日記』

• 南公轍, 『金陵集』

• 南有容, 『雷淵集』卷13, 題跋 「題伯氏漁父圖小詞後」

• 南泰膺, 『聽竹漫錄』, 「畫史補錄」下

• 文震亨, 『長物志』, 北京: 中華書局, 1985

• 朴趾源, 『燕巖集』

• 謝赫, 『古畫品錄』

• 成海應, 『研經齋全集續集』

• 申欽, 『象村集』卷22, 「贈李畫師楨詩序」

• 沈德符, 『萬曆野獲編』, 卷26, 「玩具」, '舊畫款識', 北京: 中華書局

• 吳光運, 『藥山漫稿』卷16, 「家藏書畫記」

• 吳修, 『論畫絶句』

• 兪漢雋, 『自著準本』一, 跋 「石農畫苑跋」

• 李德修, 『西堂私載』卷4 雜著 「尙古堂金氏傳」

• 李夏坤, 『頭陀草』

• 李用休, 『惠寰雜著』, 「跋安堅畫」

• 趙龜命, 『東谿集』

• 洪大容, 『湛軒書』

• 黃胤錫, 『頤齋亂藁』

• 강관식, 「조선 후기 지식인의 회화 경험과 인식: 『이재난고』를 통해 본 황윤석의 회화 경험과 인식을 중심으로」, 『이재난고로 보는 조선 지식인의 생활사』, 한국학중앙연구원, 2007

• 강명관, 『조선시대 문학 예술의 생성 공간』, 소명출판, 1999

• 고연희, 「조선시대 모사(摹寫)의 양상과 미술사적 의미」, 『동양예술』43, 동양예술학회, 2019

• 김광국, 유홍준 · 김채식 옮김, 『석농화원』, 눌와, 2015

• 김대원, 「중국역대화론-품평론」, 『서예비평』4, 한국서예비평학회, 2009

• 박상호, 「宋代 逸品論의 無法中心的 도가 미학 특징 연구」, 『서예학 연구』21, 한국서예학회, 2012

• 박은순, 「恭齋 尹斗緒의 畫論: 《恭齋先生墨蹟》」, 『미술자료』67, 국립중앙박물관, 2001

• 박효은, 「18세기 朝鮮 文人들의 繪畫蒐集活動과 畫壇」, 『美術史學研究』233 · 234, 한국미술사학회, 2002

• 배현진, 「명말 강남지역의 서화 매매와 그 의미」, 『동양예술』25, 한국동양예술학회, 2014

• 서유구, 서우보 교정, 『이운지 3: 임원경제지』권103, 104, 풍석문화재단, 2019

• 유검화 편, 김대원 옮김, 『중국고대화론유편: 제2편 품평』, 소명출판사, 2010

• 유홍준, 『화인열전』, 역사비평사, 2001

• 이동천, 「조선서화 감정과 근거 자료의 운용:

1850년 이후에 제작된 안견 〈몽도원도〉 제첨 '몽유도원도'와 위작 정선 〈계상정거도〉 등을 중심으로」, 『조형 아카이브』 1, 서울대학교 미술대학 조형연구소, 2009

• 이용휴, 조남권·박동욱 옮김, 『혜환 이용휴 산문전집』 하, 소명출판, 2007

• 장진성, 「명작의 신화 金正喜 筆〈歲寒圖〉의 성격」, 『국경을 넘어서 이주와 이산의 역사』 전국역사학대회조직위원회, 2011

• 장진성, 항산 안휘준 교수 정년퇴임기념논문집 간행위원회 편, 「정선과 수응화」, 『미술사의 정립과 확산 1: 한국 및 동양의 회화』, 사회평론, 2006

• 장진성, 「정선의 그림 수요 대응 및 작화 방식」, 『동악미술사학』 11, 동악미술사학회, 2010

• 장진성, 「조선 후기 고동서화(古董書畵) 수집 열기의 성격: 김홍도의 〈포의풍류도〉와 〈사인초상〉에 대한 검토」, 『미술사와 시각문화』 3, 미술사와 시각문화학회, 2004

• 장진성, 「조선 후기 미술과 『임원경제지(林園經濟志)』—조선 후기 고동서화(古董書畵) 수집 및 감상 현상과 관련하여」, 『진단학보』 108, 진단학회, 2009

• 장진성, 「정선의 그림 수요 대응 및 작화 방식」, 『동악미술사학』 11, 동악미술사학회, 2010

• 제임스 케힐, 장진성 옮김, 『화가의 일상: 전통시대 중국의 예술가들은 어떻게 생활하고 작업했는가』, 사회평론아카데미, 2019

• 조규희, 「만들어진 명작-신사임당과 초충도(草蟲圖)」, 『미술사와 시각문화학회』 12, 미술사와 시각문화학회, 2013

• 조송식, 「북송 초 유도순(劉道醇)의 『성조명화평(聖朝名畵評)』과 그의 회화론」, 『美學』

64, 한국미학회, 2010

• 조인수, 「망기(望氣) 또는 블링크(Blink)」, 『美術史學』 20(1), 미술사학연구회, 2006

• 지순임, 「장언원의 품평사관」, 『美術史學』 2, 미술사학연구회, 1990

• 천기철, 「조선 후기 서화 감식론의 여러 양상」, 『漢字漢文敎育』 10, 한국한자한문교육학회, 2003

• 키스 먹시, 조주연 옮김, 『이론의 실천: 문화정치학으로서의 미술사』, 현실문화, 2008

• 푸선(傅申), 이완우 옮김, 「法書의 複本과 僞作」, 『美術史論壇』 8, 한국미술연구소, 1999

• 홍대용, 민족문화추진회, 『국역 담헌서』, 「연기·경성기략」, 파주: 한국학술정보, 2008

• 홍선표, 「朝鮮後期 서화애호 풍조와 鑑評活動」, 『朝鮮時代繪畵史論』, 문예, 1999

• 황정연, 「朝鮮後期 書畵收藏論 硏究」, 『장서각』 24, 한국중앙연구원, 2010

• 황정연, 『조선시대 서화수장연구』, 신구문화사, 2012

• Craig Clunas, "Connoisseurs and Aficionados: The Real and the Fake in Ming China(1368-1644)", *Why Fakes Matter: Essays on Problems of Authenticity*, Mark Jones ed. London: The British Museum Press, 1992

• Craig Clunas, *Superfluous Things: Material Culture and Social Status in Early Modern China*, Honolulu: University of Hawai'i Press, 2016

• Fong Wen, "The Problem of Forgeries in Chinese Painting-Part One", *Artibus Asiae*

Vol. 25, No. 2/3, 1962

- Jonathan Hay, "The Value of Forgery", *RES: Anthropology and Aesthetics* No. 53/54, Spring-Autumn, 2008
- J. P. Park, "Reinventing Art History: Forgery and Counterforgery in Early Modern Chinese Art", *Center* 39, 2019
- Seo Yoonjung, "A New Way of Seeing: Commercial Paintings and Prints from China and European Painting Techniques in Late Chos n Court Painting", *Acta Koreana* Vol. 22, No. 1, 2019
- Wen Fong, "The Problem of Forgeries in Chinese Painting-Part One", *Artibus Asiae* Vol. 25. No. 2/3, 1962
- Wenxin Wang, "A social history of painting inscriptions in Ming China(1368-1644)", Ph.D.diss. Leiden University, 2016

동아시아 회화사 연구 1

명화의 탄생 대가의 발견
— 한국회화사를 돌아보다

© 성균관대학교 동아시아학술원, 2021

초판 인쇄   2020년 12월 30일
초판 발행   2021년 1월 10일

엮은이   고연희
펴낸이   정민영
책임편집   정민영
편집   이남숙
디자인   이효진
마케팅   정민호 박보람 우상욱 안남영
제작처   영신사

펴낸곳   (주)아트북스
출판등록   2001년 5월 18일 제406-2003-057호
주소   10881 경기도 파주시 회동길 210
대표전화   031-955-8888
문의전화   031-955-7977(편집부) 031-955-8895(마케팅)
팩스   031-955-8855
전자우편   artbooks21@naver.com
트위터   @artbooks21
인스타그램   @artbooks.pub

ISBN 978-89-6196-385-5 03600

• 이 도서의 국립중앙도서관 출판예정도서목록(CIP)은 서지정보유통지원시스템 홈페이
  지(http://seoji.nl.go.kr)와 국가자료종합목록 구축시스템(http://kolis-net.nl.go.kr)
  에서 이용하실 수 있습니다. (CIP제어번호 : CIP2020053116)
• 이 저서는 2018년 대한민국 교육부와 한국연구재단의 지원을 받아 수행된 연구임
  (NRF-2018S1A6A3A01023515)